아동문학가 최병화 연구

아동문학가
최병화 연구

장성훈 지음

역락

아동문학가 최병화의 발자취를 정리하며

아동문학가 최병화를 연구하면서 계속해서 받았던 질문은 '왜 하필 최병화인가?'였다. 100년을 넘어선 한국 아동문학사에서 방정환, 이원수, 윤석중처럼 대중에게 잘 알려진 유명 작가도 아니고 이름도 제대로 들어본 적 없는 낯선 작가를 연구한다고 하니 걱정스럽게 바라보는 경우가 많았다.

최병화는 일제강점기와 해방기에 신문과 잡지를 통하여 수많은 아동문학 작품을 발표하고 왕성한 문단 활동을 펼쳤으나 그동안 제대로 주목받지 못했고 관련 연구도 부진한 상황이다. 『별나라』의 편집에 깊이 관여하고 계급주의 작가와 교유한 이력으로 계급주의 성향의 작가로 평가된 탓이 크다. 색깔론은 아동문학의 장에서도 위력을 이어온 것이다. 최병화는 방정환의 동심주의에 문학적 뿌리를 두면서도 계급주의 진영 인사들과 활발히 교류하였는데, 특정 진영 논리에 갇히지 않고 오로지 아동문학 활동에 매진해 온 최병화의 이력은 그래서 더 이채롭고 특별하다. 이것이 '왜 하필 최병화인가?'에 관한 답변의 시작점이다.

이 책은 아동문학가 최병화의 생애와 필명, 작품세계 전반을 정리하여 문학사적 의의를 고찰하는 연구이다. 최병화에 관한 본격적인 연구인 만큼 활동 이력 확인과 작품 확보에 심혈을 기울였다. 연구 초창기에 최병화의 문단 활동 이력과 작품 전체를 전사(轉寫)하는 작업은 지루하고 소모적인 일처럼 보였다. 하지만, 그런 작업 덕분에 〈꽃별회〉의 사무소 주소와 최병화의 집 주소가 같음을 확인하였고, 최유범의 「마경천리」와 최병화의 「십자성의 비밀」을 통하여 최유범이 최병화의 필명임을 밝힐 수 있었으며, 작품 간의 연관성을 통해 개작 유무를 확인할 수 있었다.

이 책은 「최병화의 아동문학 연구」라는 박사학위 논문을 바탕에 두고 미처 정리하지 못한 내용을 일부 보완하는 방식으로 정리하였다. 3장 2절 '소년소설을 통한 흥미성의 추구'에서 '4) 연작소설과 새로운 글쓰기 전략'은 새롭게 추가한 내용인데, 당대 독자의 흥미와 관심을 유발하기 위한 새로운 글쓰기 전략으로 연작소설(릴레이소설) 방식을 활용하였음을 밝힌 것이다. 3장 3절 '동화·미담·수필을 통한 계몽성의 추구'에서 '3) 수필과 시대 소통의 문학 구축'도 새롭게 추가한 것이다. 작가의 교육적이고 계몽적인 의도를 이야기 속에 녹여낸 동화·미담과 작가의 의식을 직접적으로 드러낸 수필을 '계몽성'이라는 동인으로 묶을 수 있다고 보았기 때문이다. 이 밖에도 최병화의 성인 대상의 소설도 눈에 띄는데 이에 관해서는 추가적인 연구를 통해서 정리하고자 한다.

돌이켜보면, 감사한 분이 참 많다.

박사학위를 마칠 때까지 7년이라는 시간을 믿고 기다려 주신 류동규 지도교수님께 그저 송구하고 감사할 뿐이다. 대학원 과정과 학위논문을 쓰는 동안 갈피를 잡지 못해 허둥거릴 때마다 따뜻한 격려와 선명한 가르침을 주신 덕분에 나아갈 길을 찾을 수 있었다. 시중에서 구하기 어려운 아동문학 도서를 선물로 주시고 실증 연구의 어려움에 공감하며 용기를 북돋아 주신 박용찬 교수님과 부족한 제자를 한결같은 마음으로 믿고 바라봐 주신 이문규 교수님, 김혜정 교수님, 한길연 교수님, 임재욱 교수님, 송현주 교수님, 고춘화 교수님께 감사드린다. 그리고 귀한 시간을 내어 학위논문을 심사하고 지도해 주신 김주현 교수님, 박현수 교수님, 양진오 교수님께도 감사드린다.

학문하는 연구자의 자세, 세상살이의 이치를 몸소 실천하여 일깨워주신 류덕제 교수님의 가르침은 내 삶에 깊숙이 자리 잡아가고 있다. 학업과 직장, 가정 사이에서 낙담과 자포의 위기가 찾아올 때마다 "세상에 중요한 일 가운데 어렵지 않은 일이 없다"는 교수님의 말씀은 다시 일어설 용기를 주었고, 더디고 어설프지만 한 걸음 더 나아가는 원동력이 되었다. 학문의 길에 요행은 있을 수 없으며 날마다 꾸준히 하는 것, 결국 자기관리가 가장 중요한 일이란 것을 알게 되었다. 그리고 늘 따뜻한 격려로 이끌어 주신 대구교육대학교 국어교육과 이강엽 교수님, 황미향 교수님, 윤준채 교수님,

진선희 교수님, 이수진 교수님, 박창균 교수님, 이철호 교수님께도 감사드린다.

여러 가지 생각과 정돈되지 않은 자료가 뒤죽박죽 뒤섞여 골치를 앓던 중에 문제 해결의 실마리를 찾을 수 있게 도움을 주신 김종헌 선생님과 든든한 지원군 경북대학교 국어교육과 현대소설교육모임 선생님들도 빼놓을 수가 없다.

평생을, 자식을 위해 헌신하신 부모님께 감사드린다. 몇 년 전 돌아가신 아버지가 살아계셨다면 "수고했다. 잘했다" 하며 좋아하셨을 것이다. 두 아이를 지극정성으로 키워주신 것도 송구한데 공부 뒷바라지까지 감당해 주신 김경란 큰엄마, 김상빈 큰아빠께 그저 감사할 뿐이다. 부족한 동생을 응원하고 지지해 준 장정태 형님과 이상은 형수님이 계셔서 늘 마음이 든든했다. 좋아하는 가수의 노래도 마음껏 부르지 못하고 까탈스러운 아빠의 눈치를 보느라 마음고생한 유빈이와 두이, 늘어가는 책장에 반비례하는 통장 잔고에도 말없이 가사를 전담하다시피 한 아내에게도 고마움을 전한다.

끝으로 난삽한 원고를 보기 좋은 책으로 만들어 준 역락출판사 이대현 사장님과 이태곤 편집이사님, 안혜진 팀장님, 임애정 대리님께도 감사드린다.

2024년 4월

장성훈

차례

1. 연구 목적과 연구사 검토

기왕의 일제강점기와 해방기의 아동문학가 연구는 일반인에게 잘 알려진 대중적인 작가(방정환, 이원수, 윤석중 등) 중심으로 이루어졌다. 최근 들어 일제강점기와 해방기의 자료가 본격적으로 발굴되기 시작하면서, 당대에 신문과 잡지 등 매체 중심으로 아동문학 활동이 전개되었다는 사실과 당대 활동한 수많은 아동문학 작가의 존재를 확인하게 되었다. 일부 자료와 작가를 개관하는 연구가 시행되고 있다고 하나, 아직 자료 접근의 어려움과 연구의 여력이 미치지 못해 이 부분의 연구는 미개척 상태라고 할 수 있다.

그중에서 최병화는 수많은 작품을 발표하였고, 계급주의 진영과도 밀접한 관계를 형성하였으며, 당대 진영 논리에 얽매이지 않고 양쪽을 넘나들면서 다양한 작품과 문단 활동을 펼쳤으나 앞서와 같은 이유로 아직 제대로 알려지지 않은 작가 중 한 명이다. 자료 발굴이 늦은 이유도 있지만, 해방 이후 남북 분단이 되면서 좌익 관련 작가들에 대해서는 이름조차 거명하기 어려운 상황이 되었고, 아동문학계에서도 계급주의적 성향으로 평가된 최병화에 관한 연구는 이루어지지 않았다.

최병화는 일제강점기인 1920년대 중반부터 1951년 한국전쟁 중 사망할 때까지, 각종 신문과 문예지에 수많은 아동문학 작품을 발표하고 문예지 편집 동인과 각종 문예 단체 활동을 하는 등 왕성한 문학 활동을 전개하였다.

발표한 작품 수가 적지 않고, 문단 활동의 이력도 가벼이 여길만한 것이 아닌데도, 최병화에 관한 연구는 그동안 작가 연보와 작품 연보조차 확정하지 못할 정도로 답보 상태였다. 최근 들어 필명과 창씨명, 학력, 친일 활동 이력을 밝히는 등 작가 연보와 작품 연보를 확정하기 위한 기반 연구가 진행되고 있으나,[1] 여기에서 더 나아가 최병화의 문학 활동과 작품세계를 전반적으로 개괄하고 조망할 수 있는 본격적인 연구가 필요한 상황이다. 이 글은 최병화의 생애와 필명, 작품세계를 살펴보고 최병화 아동문학의 문학사적 의의를 고찰하는 것으로 최병화 연구의 깊이를 더하고자 한다.

---

1   류덕제, 「일제강점기 아동문학가의 필명-(9) 최병화와 고접(孤蝶)」, 『한국 현실주의 아동 문학 연구』, 청동거울, 2017, 316~318쪽; 류덕제, 「1. 한국 아동문학 비평가(작가)-최병화」, 『한국 아동문학비평사를 위하여』, 보고사, 2021, 209~211쪽; 이하 장성훈, 「최병화의 아 동문학 활동 연구」, 『국어교육연구』 제80집, 국어교육학회, 2022. 10, 267~317쪽; 「1920 년대 최병화의 아동문학 활동 연구-초기 작품을 중심으로」, 『국어교육연구』 제81집, 국 어교육학회, 2023.2, 391~443쪽; 「아동문학가 최병화의 학교소설 연구」, 『국어교육연구』 제82집, 국어교육학회, 2023.6, 381~410쪽; 「아동문학가 최병화의 필명 연구-최유범을 중심으로」, 『한국아동문학연구』 제46호, 한국아동문학학회, 2023.7, 123~147쪽; 「아동문 학가 최병화의 탐정소설 연구」, 『국어교육연구』 제83집, 국어교육학회, 2023.10, 289~ 320쪽; 「아동문학가 최병화의 미담 연구」, 『한국아동문학연구』 47집, 한국아동문학학회, 2023.10, 287~321쪽 참조.

첫째, 최병화의 '생애'를 재구하고자 하였다. 작가의 생애는 작가 연구의 가장 기본적인 자료로, 작가 의식과 가치관을 판단하거나 작품 활동과 문단 활동의 이력을 찾고 의미를 평가할 때 중요한 근거가 된다. 최병화의 생애에 관한 자료를 수집·검토하여 오류는 수정하고 새로운 자료는 보완함으로써 기본 자료로서의 형태를 갖추고자 하였다.

둘째, 최병화의 '필명'에 관하여 기왕의 논의를 정리하고, 새로운 필명을 제기하여 검증하고자 하였다. 필명의 오류는 곧 연구의 오류이기 때문에 필명은 작가 연구의 기본 토대이며 시작점이라고 할 수 있다. 일제강점기에 아동문학가 대부분이 필명을 사용했듯이 최병화도 몇 가지 필명을 사용하였는데, 최병화의 필명을 검토하고 확정하여, 연구 대상의 범위를 한정하고자 한다. 또한 최병화의 새로운 필명으로 제기된 경우도 검증을 통해 확정하고자 하였다.

셋째, 최병화 아동문학의 갈래와 성격을 조명하고자 하였다. 문단 활동 초기, 습작 시 창작을 통한 갈래 실험을 살펴보고, '흥미성'을 추구하는 소년소설과 '계몽성'을 추구하는 동화·미담·수필, 비평 활동을 통한 '정체성'의 새로운 모색에 초점을 맞추어 작품의 특성과 문학사적 의의를 밝히고자 하였다.

넷째, 작가에 관한 기존 평가의 적합성을 검증하고자 하였다. 최병화에 관한 대표적인 평가는 극좌익 잡지의 편집 동인으로 활동하여 계급주의적 작품세계를 보이고, '소년소설' 중심의 '미담가화'를 다수 발표하였다는 정도로 요약할 수 있다. 이 연구는 최병화의 계급주의적 작품 실천과 특정 갈래 중심의 작품 활동 전개를 확인하여 기존 평가의 적합성을 검증하고자 한다.

최병화 아동문학에 관한 연구는 한 작가의 발자취를 정리하는 일을 넘어서서, '일제강점기와 해방기'라는 특수한 시기를 거치며 생긴 한국 아동문학사의 빈자리를 채워가는 일이라고 할 수 있다. 최병화 아동문학이 남긴 문학사적 의의와 한계를 통하여 현시점의 아동문학을 점검하고 앞으로의 방향을 바로 세우는 것은 일생을 바쳐 아동문학에 전념한 작가의 문학 정신과 업적을 존중하는 일이 될 것이다.

지금까지 진행된 최병화에 관한 연구는 크게 작품론과 작가론으로 나눌 수 있다.

먼저 작품론을 살펴보면, 다음과 같다.

김성희는 한국 역사극 장르의 기원과 형성과정을 탐구하기 위하여 역사소설과 역사극의 교섭, 야담과 역사극의 교섭 양상을 고찰하면서 최병화의 희곡 「낙랑공주」를 민족담론의 계몽성이 강하게 드러난 작품으로 평가하였는데, 희곡 1편만을 다루고 있어 최병화 작품 전반에 관한 분석으로 나아가지는 못하였다.[2]

원종찬은 1990년대 이후 급격히 다문화 사회에 접어든 한국 사회와 문학을 되돌아보기 위해 한국 아동소설의 전통적인 작품(방정환, 최병화, 이중완의 작품)에서 '타자'를 어떻게 다루는지를 살펴보았다. 최병화의 학교소설 「중국소년」(『조선일보』, 1933.12.2.)을 소수자와 사회적 약자에 대한 심리적 연대

---

2   김성희, 「한국 역사극의 기원과 정착-역사소설/야담과의 교섭과 담론적 성격을 중심으로」, 『드라마연구』 제32호, 한국드라마학회, 2010, 65~113쪽.

감을 보인 작품으로 평가하였는데, 현대 한국아동문학의 다문화 인식과 형상화 방안의 선례를 근대 한국아동소설에서 고찰하였다는 의의가 있으나 최병화 작품 전반에 대한 평가로 보기에는 어려움이 있다.[3]

박광규는 일제강점기 아동문학가(방정환, 최병화, 최유범)의 탐정소설에 주목하여 창작과 번역 사실을 고증하고자 하였다. 최병화의 탐정소설 「혈염봉」이 번안되었다는 사실을 밝혔으며, 비록 근거를 들어 밝히지는 못했지만, 최병화의 필명으로 「순아 참살 사건」(『별건곤』, 1932.2.1.)의 작가 '최유범(崔流帆)'을 제기한 것은 의미 있는 접근이었다.[4]

임현지는 최병화의 장편소설 「이역에 피는 꽃」(1935)과 「고향의 푸른 하늘」(1938)의 공간적 배경과 모험 서사의 전개 양상을 분석하였는데, 장편소설 2편을 분석하는 데 그치긴 했지만, 최병화의 작품에 관한 본격적인 연구라는 점에서 의미를 지닌다.[5]

심지섭은 최병화의 해방기 세 편의 장편소설에 나타난 도시와 농촌의 지역성 인식과 젠더 의식의 결합 양상을 살펴보았다. 특정 시기에 국한된

---

3 원종찬, 「근대 한국아동문학에 나타난 중국인 이미지」, 『동북아문화연구』 제25집, 동북아시아문화학회, 2010, 133~142쪽.

4 최병화의 탐정소설에 관한 대표적인 연구는 다음과 같다. 박광규, 「식민지 시기 아동문학가의 탐정소설-작품 소개 및 해설」, 『(계간)미스터리』, 제34호, 한국추리작가협회, 2011, 127~133쪽; 조재룡·박광규, 「식민지 시기의 일본 탐정소설의 한국어 번역 연구-방정환, 최병화, 최유범을 중심으로」, 『비교문학』 제56집, 한국비교문학회, 2012, 137~162쪽; 박광규, 「아동문학가의 탐정소설 창작과 번역-1920~30년대를 중심으로」, 고려대학교 대학원 석사학위논문, 2013.

5 임현지, 「최병화 소년소설 연구-『이역에 피는 꽃』(1935)과 「고향의 푸른 하늘」(1938)의 만주 및 러시아 지역을 중심으로」, 인하대학교 대학원 석사학위논문, 2013.

논의이기는 하지만, 도시와 농촌의 분화와 젠더 의식에 주목하여 작가의 서사 전략을 파악하려는 시도는 최병화 작품을 분석하는 새로운 시각을 제공하였다는 점에서 의미가 있다.[6]

이처럼 최병화의 작품에 관한 연구는 작가의 방대한 작품 활동에 비하여 희곡, 탐정소설, 장편소설 등 특정 갈래에 관한 국소적인 연구에 그치고 있고, 그마저도 최병화의 작품만을 대상으로 한 연구는 몇 편에 불과하다.

다음은 최병화에 대한 일화와 작가론으로, 정리하면 다음과 같다.

어효선은 한국전쟁 이후 소실될 뻔한 최병화의 『즐거운 자장가』(명문당, 1951)를 『즐거운 메아리』(교학사, 1975)로 재간행하면서, 최병화의 동화는 "아름다운 환상보다는, 짓밟히고 억눌려 자라는 어린이들의 생활에서 소재를 찾아, 괴롭고 어두운 환경에서 이겨내고 벗어나는 밝고 즐거운 세상"을 그렸으며, 그의 동화 속 주인공은 불행에도 낙심하지 않고 희망을 향하여 꿋꿋이 나아가는 인물이라고 평하였다. 전문적인 작가론은 아니지만, 작가의 대표적인 이력과 작품집 재간행의 일화를 확인할 수 있다는 데 의미가 있다.[7]

이원수는 박문출판사에서 함께 근무하면서 인연을 맺은 문우(文友) 최병화에 관한 기억을 토대로, 작가의 성향과 작품의 특징을 간략히 정리하였다. 한국전쟁 때 최병화와 함께 한 피난 과정과 폭사(爆死)한 사연까지 짧은

---

6   심지섭, 「최병화의 해방기 장편 소년소설 연구-해방기 도시·농촌의 지역성 인식을 중심으로」, 『아동청소년문학연구』 21호, 한국아동청소년문학학회, 2017, 199~234쪽.

7   어효선, 「해설: 최병화의 동화 세계」, 『즐거운 메아리』, 교학사, 1975, 257~258쪽.

이야기 형식으로 회고하였는데, 전문적인 작가론이라기보다 개인적인 회고록이라 할 수 있다.[8]

이재철은 대표적인 작품을 예로 들면서 최병화를 1920년대 이후 꾸준히 자기만의 필치로 순정적인 미담가화를 보여준 소년소설의 명수로 높이 평가하였다. 다만, 잡지『별나라』의 편집 동인으로 참여한 이력을 문제 삼으며, 최병화의 작품세계를 계급주의에 바탕을 둔 것이라고 한 것은 객관적인 평가로 보기에 어려움이 있다.[9]

원종찬은 이원수의 회고를 바탕으로 최병화의 이력을 보완하여 정리하였으나 대체적인 내용은 그대로 따랐다. 최병화의 동화, 소년소설 작품 연보(60편)를 제공하여, 후속 연구의 가능성을 열어두었다는 점에서 의의를 지닌다.[10]

류덕제는 일제강점기 여러 아동문학가의 필명을 고찰하여 작품 연구의 기본적인 정보를 제공하였는데, 당연시 받아들였던 최병화의 필명 '고접(孤蝶)'은 오류이며 '접몽(蝶夢)', '나븨움(나뷔움)' 등이 실제 최병화가 사용한 필명임을 새롭게 밝혔다. 또한 최병화의 창씨명, 학력, 친일 행위와 친일 예술단체 <경성동극회(京城童劇會)> 활동 등을 밝혀 작가 연구의 기초 자료를 제공하였다.[11]

---

8 이원수, 「동일 승천(冬日 昇天)한 나비 최병화 형」, 『아동문학론-동시동화 작법』, 이원수 전집 29, 웅진출판, 1984, 173~181쪽 참조.

9 이재철, 「Ⅶ. 기타의 작가들-2. 이구조·김성도·조풍연·최병화·최인화」, 『한국현대아동문학사』, 일지사, 1978, 283~285쪽.

10 원종찬, 「동화작가 최병화의 삶과 문학」, 『아동문학과 비평정신』, 창비, 2001, 349~357쪽.

원종찬은 일제강점기와 해방기에 활동한 아동문학 원로 작가 윤석중과 어효선과의 인터뷰를 통하여 아동문학사의 비화를 정리하였다. 윤석중은 최병화에 대해서 "심성이 여린 사람인데, 나중에 계급문학 쪽 사람들과 결합이 됐"다고 평가하였고, 어효선은 부친과 최병화가 동창인 인연으로 박문출판사에서 이원수를 만나게 된 사연, 해방 후 보도연맹에 가입한 이원수의 피난과 최병화의 사망에 관한 일화를 들려주었다.[12] 최병화와 동시대에 문학 활동을 한 윤석중과 어효선의 회고는 생생한 목격담이어서 당대 작가의 상황과 거취를 확인하는 데 중요한 자료가 된다. 다만, 오래전 일을 기억에 의존해 떠올린 것이고 주관적인 입장이 개입되었을 가능성이 있다는 점에서, 실증적 자료를 통한 확인 작업이 뒤따라야 할 것이다.

최병화에 관한 작가론은 대체로 최병화의 생애와 발표 작품, 문단 활동 등을 정리하고 있는데, 개인적 친분을 통한 회고에 그치거나 대표 작품 중심의 인상 비평에 머물러 있다가, 최근 들어 추가적인 자료 발굴을 토대로 새로운 연구의 가능성을 열어놓고 있다.

이처럼 일제강점기와 해방기에 아동문학 분야에서 왕성히 활동한 작가라는 명성에 비해 최병화에 관한 연구는 미미한 실정으로, 작품과 문단 활동이 갖는 아동문학사적 위상과 가치를 조명해보는 후속 연구가 절실한

---

11   류덕제, 「일제강점기 아동문학가의 필명-(9) 최병화와 고접(孤蝶)」, 『한국 현실주의 아동문학 연구』, 청동거울, 2017, 316~318쪽; 류덕제, 「1. 한국 아동문학 비평가(작가)-최병화」, 『한국 아동문학비평사를 위하여』, 보고사, 2021, 209~211쪽 참조.

12   원종찬, 「문학사 인터뷰 1: 윤석중, 문학사 인터뷰 2: 어효선」, 『한국 아동문학의 계보와 정전』, 청동거울, 2018, 503~559쪽 참조.

상황이다. 무엇보다 최병화의 생애와 문단 활동 이력 등 작가 연보와 작품 연보를 확정하여 연구의 기틀을 마련하는 것이 시급하다.

2. 연구 방법과 범위

최병화에 관한 연구는 일제강점기와 해방기 자료 접근의 어려움과 계급주의 성향의 작가로 평가된 이유 등으로 부진을 면치 못하다가 최근에서야 기초적인 연구를 진행하고 있다. 이 글에서는 실증적 연구 방법을 통하여 최병화 아동문학의 논의를 본격화하고자 한다.

역사주의적 연구 방법을 통하여 최병화의 생애를 재구하고자 한다. 여기에서 생애는 "작가의 의도를 조명하게 될 모든 전기적 정보"이며 작가의 문학적 활동의 바탕이 되거나 영향을 줄 수 있는 정보를 의미한다. 또한 생애는 "작가의 인간적 의도와 궁극적으로 그것들을 자기의 예술에 구현시키는 데 영향을 끼친 것으로서 중요성"이 있으며, 하나의 작품은 작가의 "생애의 총화 속에 놓일 때 더욱 풍요하고 의미 있는 것"[13]이라고 보았을 때, 최병화의 생애 재구는 작가 연구의 필수적인 과정이다. 일제강점기와 해방기 신문·잡지를 비롯한 각종 지면에서, 최병화의 생애와 관련한 자료를 수집하여 작가 연보를 작성하는 일이 필요하다.

작가 연구의 1차 자료라고 할 수 있는 원전을 확인하여 작품 연보를 작성하여야 한다. "잘못된 원전 위에서는 참된 비평이 이룩될 수 없"[14]듯이, 원전

---

13   김시태·박철희 편, 『문예비평론』, 문학과비평사, 1988, 122~123쪽.
14   김시태·박철희 편, 위의 책, 119쪽.

의 확정 이후 깊이 있는 작품세계의 탐구로 나아갈 수 있다. 작품 연보는 필명의 확인을 통해 완성도를 높일 수 있다. 필명은 작가 연구의 출발점이고 연구 범위를 설정하는 데 결정적인 요인이라는 점에서, 필명 확인 작업도 병행하도록 한다.

작품의 언어는 그 작품이 발표되던 특정 시간과 공간에서 의미와 기능을 가진 것으로, 당대의 사회·문화적 배경 속에서 특수한 의미를 나타낸다고 할 수 있다.[15] 작품의 갈래 용어와 작품의 형식, 문체를 이해하기 위해서는 당대의 언어문화와 관습을 아울러 살펴볼 필요가 있다.

이 글에서는 역사주의적 방법을 활용하여 최병화의 아동문학 갈래와 작품세계를 분석하고 문학사적 의의를 정리할 것이다. 역사주의적 방법은 당대의 사회·문화적, 정치적 요인과의 영향 관계 속에서 작품을 바라볼 수 있는 시야를 확보하게 한다. 다만, 작품의 내적 원리와 특성을 살펴보기 위해서 형식주의 방법도 유연하게 활용하도록 한다. 이 밖에도, 최병화의 문학적 생애와 작품세계에 관한 기존 비평과 연구를 두루 살펴, 내용을 보완하거나 새로운 논의를 전개해 갈 것이며, 필요에 따라 작가의 문학적 지향과 시대 의식을 확인할 수 있는 수필, 비평 등의 자료를 활용할 것이다.

최병화의 아동문학은 흥미성과 계몽성을 중심축으로 하여 창작되었다. 흥미성은 이야기 소재와 구성의 측면에 중점을 둔 것으로, 독자의 흥미와 관심을 불러일으킬 만한 요인을 찾는 데 집중할 필요가 있다. 계몽성은 정서와 태도의 변화를 끌어내는 교육적인 효과에 중점을 둔 것으로, 작가의

---

15   김시태·박철희 편, 앞의 책, 117~120쪽 참조.

의도를 찾아 그 의미를 파악하는 것이 중요하다.

작가 의식은 비평과 수필 등에 직접적으로 드러나며 작중 인물의 의식으로 형상화된다. 최병화의 비평에서 확인한 작가 의식이 작품에 어떻게 형상화되는지 인물의 의식을 중심으로 파악하고자 한다. 개작은 작품의 완성도를 높이기 위한 작가의 의도적인 창작 활동으로 볼 수 있는데, 작가 의식의 변화를 전제로 한다. 개작을 통해 작가 의식의 변화를 확인할 수 있다고 보았을 때, 일제강점기와 해방기의 개작에서 작중 인물의 정체성을 살펴보는 것은 작가 의식의 변화를 확인하는 한 방법이 될 것이다.

일제강점기와 해방기에 수많은 작품을 발표하고 문단 활동을 활발히 전개한 최병화의 아동문학사적 의의는 크게 두 가지로 볼 수 있다. 첫째, 새로운 어린이상 제시이다. 한국 근대 아동문학은 방정환의 동심주의와 계급주의 아동문학으로 갈라져 진영 논리를 펼쳤다. 당대 아동문학의 주류적 아동관에 비추어 최병화의 아동관과 작품에 구현된 어린이상을 찾아보고자 한다. 둘째, 새로운 아동문학 문화 조성이다. 이는 최병화의 문단 활동 이력에서 일제강점기와 해방기 아동문학단에 새로운 문화 형성과 변화를 끌어낸 공적을 조명하는 일이 될 것이다

이상의 방법을 바탕으로, 이 글은 다음과 같은 순서로 전개할 것이다.

2장에서는 최병화의 생애와 필명을 정리하고자 한다.

첫째, 최병화의 생애를 재구하고자 한다. 최병화의 생애에 관한 자료는 찾기가 쉽지 않고, 기존 정보도 오류인 경우가 많아서, 실증적인 자료를 바탕으로 재구할 필요가 있다. 최병화의 <배재고등보통학교> 재학 시절 학적부를 통하여, 정확한 생년월일과 주소, 재학 기간 등을 밝히고, 당대

최병화의 작품 발표와 문단 활동을 확인할 수 있는 지면(신문, 문예지)을 통하여 <연희전문학교> 재학, <배영학교> 근무, <고려대학> 근무 등의 이력을 밝히려고 한다. 소년 문예 운동과 각종 문단 활동의 이력도 당대와 후대의 지면을 통해서 자료를 수집하여 '작가 연보'와 '작품 연보'에 추가할 것이다.

둘째, 최병화의 필명을 고증하고자 한다. 최병화는 작품을 발표할 때 몇 가지 필명을 사용하였는데, 최병화의 필명에 관한 기존 논의를 정리하고, 새로운 필명을 제기하여 검증하고자 한다. 최병화의 필명으로 알려진 '고접(孤蝶)'을 비롯하여 그 외 거론된 필명을 검토하여 필명으로 확정, 보류, 배제하기로 한다. 특히 1930년대 탐정소설을 주로 발표하였던 '최유범'을 최병화의 새로운 필명으로 제기하여 몇 가지 근거를 통하여 검증할 것이다.

3장에서는 최병화 아동문학의 갈래와 성격을 조명하고자 한다.

첫째, 최병화의 문단 활동 초기 '시'를 통한 습작기의 갈래 실험을 살펴보고자 한다. 최병화가 발표한 '시'의 작품세계와 갈래 용어에 따른 작품 양상을 살펴본 후, 습작기 시 갈래의 문학적 특성과 창작의 의의를 찾아볼 것이다.

둘째, '흥미성'을 추구하는 최병화 소년소설의 대중 문학적 면모를 살펴보고자 한다. 근대적 제도권 교육의 상징인 '학교'를 중심으로 학교 안팎의 아동 현실을 반영한 '학교소설', 성인물에서 아동물로 확장을 꾀한 인기절정의 '탐정소설', 스포츠 소재에 성장 서사를 담아낸 '스포츠소설', 독자의 흥미를 끌어내기 위한 새로운 글쓰기 전략이었던 '연작소설'을 통하여 대중문학으로서의 위상을 정립하고자 한다.

셋째, '계몽성'을 추구하는 최병화의 동화·미담의 특성을 살펴보고자 한다. 아동에게 유익한 읽을거리로 다양하게 분화된 '동화', 계몽과 감동을 함께 살리는 서사 기법을 시도한 '미담'을 통해서 계몽성을 추구하는 갈래의 특성을 찾아볼 것이다. 이와 더불어 최병화의 수필을 통하여 작품에 반영된 작가의 시대 정신과 작가 의식을 찾고자 한다.

넷째, 최병화 아동문학에 나타난 '정체성'을 비평과 개작 활동을 통해 살펴보고자 한다. 먼저, 일제강점기와 해방기 최병화의 비평에 드러난 정체성에 주목하여, 이를 어떻게 작품에 형상화하였는지 살펴볼 것이다. 다음으로, 최병화의 개작 활동에 주목하여, 일제강점기와 해방기를 거치면서 겪게 된 정체성의 변화를 살펴보고자 한다. 개작 활동을 통한 장편화 경향과 작품에 나타난 국민정체성 변화를 살펴보면서 최병화의 시대 감각과 작가 정신을 고찰할 것이다.

4장에서는 최병화 아동문학의 의의를 짚어보고자 한다.

첫째, 최병화가 제시한 새로운 어린이상을 정리하고자 한다. 먼저, 근대 한국 아동문학의 아동관을 중심으로 당대 아동문학의 주류적 아동관을 살핀 후, 이에 비추어 최병화의 아동관의 좌표와 의미를 찾을 것이다. 다음으로, 최병화의 아동관과 작품에 구현된 양상을 통해 최병화가 제시한 어린이상의 실체를 파악하고자 한다. 마지막으로 최병화의 아동문학에서 계급주의적 실천이 이루어졌는지를 살펴보고 기존 평가의 적합성을 따져볼 것이다. 이를 토대로 최병화의 낭만적 현실주의 경향의 특징과 문학사적 의미를 살펴보고자 한다.

둘째, 최병화 아동문학의 의의를 정리하고자 한다. 최병화 아동문학의 가장 큰 의의를 새로운 아동문학 문화 조성에 두고, 잡지의 편집자와 필진으로서 매체 중심(일간지와 잡지)의 아동문학 문화 조성과 학교소설, 미담,

스포츠소설 등 새로운 문학 갈래 개척을 위한 노력을 살펴볼 것이다. 또한 탐정소설과 「세계동화연구」 등 외국 작품의 현지화 작업의 의미를 살펴보고, 계급주의 방향전환에 따른 교양 중심의 작품 활동 등 시대적 흐름과 요구에 부응하기 위한 작가의 노력과 성과를 정리할 것이다.

이 책에서는 일제강점기와 해방기 최병화의 작품 발표와 문단 활동의 이력을 확인할 수 있는 신문과 잡지, 8·15 광복 이후 출간한 작품집을 원본 텍스트로 삼았다. 아울러 최병화의 아동문학 활동을 분석·검토하는 데 참고할 수 있는 당대와 후대의 자료를 대상 자료에 포함하였으며, 필요에 따라 최병화의 작품 중 아동문학 갈래가 아닌 작품도 활용하거나 언급하고자 한다.

······················

최병화의 전기적 고찰

1. 최병화의 생애 재구

　최병화의 왕성한 작품 발표와 문단 활동에 비해 개인의 생애, 즉 성장기나 학창 시절, 가정사와 관련한 일화나 자료를 찾아보기가 쉽지 않으며 그나마 전해지는 정보도 오류인 경우가 많다.[1] 기왕의 최병화 연구에서 최병화의 출생연도를 1905년으로 기록하고 있는 것이 대표적인 예이다. 배재고등보통학교(이하 <배재고보>) 재학시절 학적부에 기재된 생년월일은 명치(明治) 39년 11월 20일로, 최병화의 생년월일은 1906년 11월 20일이다.[2] 주소는

1　최병화의 가정사를 추정할 수 있는 자료로, 이원수의 최병화에 대한 회고(이원수, 앞의 책, 173~181쪽)를 들 수 있으며, "벌써 슬하에 고믈고믈 삼남이녀를 두어서", "현재 받는 박봉으로는 칠팔 인의 가솔의 일주일분 생활비에 불과하였다"(최병화, 「안해의 얼굴」, 『조선교육』, 조선교육연구회, 1947년 6월호, 94~97쪽)와 "어느 틈엔지 네 아들, 두 딸의 아버지가 되었습니다"(최병화, 「머리말(1949.3)」, 『희망의 꽃다발』, 교학사, 1976) 정도에 그치고 있다.

2　학적부의 생년월일이 실제 생년월일과 다를 가능성도 있지만, 이 글에서는 추후 논의의

경성부(京城府) 관철동(貫鉄洞) 251번지이며, 1925년(대정(大正) 14년) 9월 1일에 무시험(無試驗)으로 제3학년에 입학하였으며 1928년(소화(昭和) 3년) 3월 3일에 졸업한 것을 확인할 수 있다.[3]

다만, '배재고보 최병화(崔秉和)'가 「희망의 보물」[4]이라는 작품을 발표하고, <배재고보> 교지(校誌) 『배재』 창간호의 논단에 「우리의 급선무는 과학」[5]이라는 글을 발표한 것은 이 글의 연구 대상인 최병화의 <배재고보> 재학 시기(1925년 9월 1일~1928년 3월 3일)와 상당한 차이가 있어, <배재고보>를 앞서 졸업한 동명이인 최병화(崔秉和)가 있었을 것으로 추정된다. 최병화의 <배재고보> 학적부에 기재된 집 주소 "경성부(京城府) 관철동(貫鉄洞) 251번지"와 아동문학가 최병화가 1927년 동료 문인들과 함께 창립한 아동문제연구회 <꽃별회>의 사무소 주소 "경성부 관털동 251"[6]이 같으므로, 이 글의 연구 대상 최병화는 1925년 9월 1일에 입학하여 1928년 3월 3일에 <배재고보>를 졸업한 이가 맞다. 이로써 <꽃별회>가 최병화를 중심으로 결성·운영되었음을 추정할 수 있게 되었다.

통일성을 위해서 '학적부'라는 공식적인 서류를 근거로 작가의 생년월일을 확정하도록 한다.

3 배재고등보통학교의 후신(後身)인 배재고등학교(현재 서울 강동구 고덕로 277 위치)에서 2021년 1월 4일 발급한 최병화의 학적부를 살펴보면, 당시 고등보통학교는 '5학년제'였는데 최병화는 <배재고보>에 3학년으로 무시험 입학 후, 2년 6개월 정도를 다니고 졸업한 것으로 보인다. 배재고등학교, 「최병화의 배재고등보통학교 학적부」, 2021.1.4 참조.

4 배재고보 최병화, 「희망의 보물」, 『학생계』, 1922년 9월호, 70~71쪽.

5 최병화, 「우리의 급선무는 과학」, 『배재』 창간호, 1922.11.1, 23~25쪽.

6 「시사일속-꽃별회 창립 아동문예연구회」, 『동아일보』, 1927.1.19.; 「꽃별회 창립」, 『조선일보』, 1927.2.4.

최병화는 <배재고보>를 졸업 후 곧바로 연희전문학교(이하 <연전>)에 입학하였는데, '연전(延專) 최병화'로 『조선일보』 <학생문예>란에 발표한 시 「세 죽엄」[7]을 통하여 확인할 수 있다. 1928년 3월 3일에 <배재고보>를 졸업한 최병화는 <연전>에 입학하여 1928년 11월 7일 재학생의 신분으로 작품을 발표한 것이다.

최병화는 '연전 최병화'[8]로 「격!! 여학생 제군에게」(『학생』, 1929년 5월호)[9]라는 격문 형식의 글을 한 편 더 발표하였는데, 여학생들에게 경제적 지식을 함양할 것, 노동을 할 줄 아는 여성이 될 것, 연애 대상관을 개혁할 것을 주문하는 내용을 다루고 있다.[10]

연희전문학교를 졸업[11]한 최병화는 1920년대 중·후반부터 본격적인 문단 활동에 들어갔다. 일찍이 방정환(方定煥), 이정호(李定鎬), 연성흠(延星欽) 등과 교류가 많았던 최병화는 아동문학 잡지(『어린이』(1923.3), 『신소년』(1923.10),[12]

---

7   연전 최병화, 「세 죽엄」, 『조선일보』, 1928.11.7.

8   '연전(延專) 최병화'는 최병화가 연희전문학교 재학생 신분으로 발표한 작품이라는 뜻으로, 「세 죽엄」, 「격!! 여학생 제군에게」 2편을 확인하였다.

9   최병화, 「격!! 여학생 제군에게」, 『학생』, 1929년 5월호, 77~80쪽.

10   학생』(1929년 5월호)에는 '격문(檄文)' 2편이 실렸는데, 여학생에게는 '연전(延專, 연희전문학교) 최병화'가, 남학생에게는 '이전(梨專, 이화여자전문학교) 백귀녀(白貴女)'가 쓴 것으로, 전문학교 학생이 이성(異性)에게 당부하는 형식을 취하였다. 최병화의 노동(勞働)에 대한 존중, 일제하 조선의 경제적 자립, 무산계급에 관한 사고, 여성관 등이 상세히 드러나 있어 주목되는 글이다.

11   최병화의 연희전문학교 졸업 시기에 관해서는 추가적인 확인 작업이 필요하다.

12   류덕제는 『신소년』 연구를 통해 "엄흥섭, 최병화崔秉和, 전우한全佑漢, 김병호金炳昊도 『신소년』의 편집에 힘을 보탰다"는 것을 밝혔다. 류덕제, 「『신소년』을 만든 사람들」, 『한국 아동문학의 발자취』, 보고사, 2022, 225쪽 참조.

『아이생활』(1926.3), 『별나라』(1926.6)) 등을 통해 작품 활동과 편집 동인 활동을 전개하였다.

> 『별나라』는 1926년 6월에 비로서 창간호를 발행햇으니 그째의 동인(同人)은 지금은 네 분이나 작고(作故)한 분도 잇으나 모다 열한 분인 듯합니다. 즉 최병화(崔秉和), 안준식(安俊植), 양고봉(梁孤峯) 씨의 대여섯 분이요 사장에는 안준식(安俊植) 씨엿습니다.[13]

"나는 한때 『별나라』 잡지 편집 동인이었던"[14] 사실을 스스로 밝혔듯이, 최병화는 1926년에 창간한 『별나라』에 초창기부터 편집 동인[15]으로 깊이 관여하였다. 특히 『별나라』 1928년 3월호부터 1930년 10월호까지 인쇄인(印刷人) 이름이 최병화인 것도 이러한 사실을 뒷받침하고 있다.[16]

1919년 3·1운동 이후 1920년대는 사회 여러 부문(교육, 노동, 언론, 여성)에서 운동이 일어났고, 특히 '어린이 해방 운동'을 기치로 내건 1920년대 소년운동은 학교 밖 사회단체를 만들어 주요 활동을 전개해 갔다.[17] 최병화 역시

---

13 엄홍섭, 「별나라의 거러온 길-별나라 약사(略史)」, 『별나라』, 해방 속간 제1호, 1945년 12월호, 8쪽.

14 최병화, 「작고한 아동작가 군상」, 『아동문화』 제1집, 동지사아동원, 1948년 11월호, 58쪽.

15 류덕제에 의하면 『별나라』 동인은 다음과 같다. "「본사에 집필하실 선생님(가나다순)」(『별나라』, 1927년 10월호)에 19명의 동인(同人)을 밝혀 놓은 바 있다. 명단은 다음과 같다. 김도인(金道仁), 김영희(金永喜), 이학인(李學仁), 이강흡(李康洽), 염근수(廉根守), 방정환(方定煥), 박누월(朴淚月), 박아지(朴芽枝), 송영(宋影), 유도순(劉道順), 양재응(梁在應), 연성흠(延星欽), 진종혁(秦宗爀), 한정동(韓晶東), 최규선(崔圭善), 최병화(崔秉和), 최희명(崔喜明)" 류덕제, 『한국 아동문학비평사 자료집 7』, 보고사, 2020, 45쪽 참조.

16 『별나라』 1930년 11월호부터는 인쇄인 이름이 '이유기(李有基)'로 바뀌었다.

소년 문예 운동과 관련한 다양한 활동에 참여하였는데, 먼저 <꽃별회(숫별회)> 활동을 들 수 있다.

숫별회 창립 아동문예연구회

신년 문예부흥(文藝復興)과 더부러 가장 아동문학에 연구와 취미가 깁흔 동지들의 회합으로 『숫별회』가 창립되엿다는데 중앙사무소는 경성부 관렬동 251이라고 하며 회원은 다음과 갓다고 합니다.

강서(江西) 유도순(劉道順)

인천(仁川) 박동석(朴東石) 김도인(金道仁) 한형택(韓亨澤) 진종혁(秦宗爀)

경성(京城) 최병화(崔秉和) 안준식(安俊植) 강병국(姜炳國)[18] 노수현(盧壽鉉) 주요한(朱耀翰) 염근수(廉根守) 이상[19]

숫별회 창립

문예부흥(文藝復興)과 더부러 가장 아동문학에 연구와 취미가 깁흔 동지들이 모히어 정신덕 회합으로 숫별회(숫별회)가 창립되엇다는데 압흐로 널리 아동문학을 창조하리라 하며 사무소는 경성 관렬동(京城 貫鐵同)[20] (밑줄 인용자)[21]

앞서 언급한 대로, <꽃별회>의 사무소 주소와 최병화의 집 주소가 "경성 관철동 251번지"로 같음을 확인하였고, 이를 통해 <꽃별회>가 최병화를 중

---

17   이주영, 「다시 살려내야 할 말, 어린이 운동-어린이 운동의 여러 길」, 『어린이 문화 운동사』, 보리, 2014, 36~41쪽 참조.

18   '강병주(姜炳周)'의 오식이다.

19   「시사일속-숫별회 창립 아동문예연구회」, 『동아일보』, 1927.1.19.

20   「숫별회 창립」, 『조선일보』, 1927.2.4.

21   이 글의 인용문에서 밑줄은 인용자가 친 것으로, 이하 '밑줄 인용자' 표시는 생략한다.

심으로 결성·운영되었음을 추정할 수 있다. <꽃별회> 회원들은 신문이나 잡지에 동요, 동극, 동화 작품을 발표하는 등 주로 아동문학 작품 활동을 하였다. 다만, 창립회원과는 달리, 실제 <꽃별회> 이름으로 작품 활동을 한 작가는 최병화, 한정동, 진우촌(秦雨村, 진종혁), 양재응, 유도순 등이다.[22] 최병화는 <꽃별회> 회원인 염근수, 박원근(朴元根) 등과 함께 황해도 지방에 여름 <가갸거겨 학교>[23]를 설립하여, 순회 활동을 펼쳤다.

<꽃별회> 창립과 비슷한 시기에 인천에서 『습작시대(習作時代)』[24]라는 문예지가 창간되었는데, 엄흥섭(嚴興燮)은 "인천의 진우촌, 한형택, 김도인 제군과 손을 잡고 『습작시대』란 『동』인지를 비로소 문단에 내노앗다. 그때 동인은 우리 외에도 유도순, 박아지, 양재응, 최병화, 염근수 제군"이라고 하면서, "지방에서 문예 운동이 일어나기는 1927년 2월 인천서 처음"인데

---

22   "동요 「널 쒸는 누님」(꽃별회 최병화; 『동아일보』, 1927.2.8.), 「갈대피리」(꽃별회 양고봉(梁孤峯); 『별나라』 통권11호, 1927년 4월호, 27~30쪽), 「은방맹이 금방맹이(전 2막)」(꽃별회 양우촌; 『별나라』 통권12호, 1927년 5월호, 38~42쪽), 「『별나라』 만세」(꽃별회 한정동; 『별나라』 통권13호, 1927년 6월호, 6~7쪽), 「아동 수호지」(꽃별회 유도순; 『별나라』 통권17호, 1927년 10월호, 9쪽)" 류덕제, 「4. 아동문학(소년문예) 단체」, 『한국 아동문학비평사를 위하여』, 보고사, 2021, 511쪽.

23   "이백오십일 번디에 잇는 『꽃털별회경성부』에서는 그간 『꽃별 데일집』 편즙을 마첫슴으로 적어도 가을에는 출판되리라는데 이번 녀름에는 특히 황해도 디방(황해도 백천(白川) 석산면(石山面) 묵화리(墨花里))에 녀름 『가갸거겨 학교』를 설립하게 되어 오는 류일에는 강사로 그히 렴근수(廉根守) 최병화(崔秉和) 박원근(朴元根) 삼씨가 동디를 향하야 써난다오" 「가갸거겨 학교 설립」, 『중외일보』, 1927.8.9.

24   『습작시대』 창간 관련(「문예지 『습작시대』 탄생」, 『조선일보』, 1926.12.17.; 「신간소개」, 『동아일보』, 1927.2.9.; 「인천 습작시대」, 『조선일보』, 1927.3.9.). 『습작시대』 3월호 관련(「신간소개」, 『조선일보』, 1927.3.12.; 「습작시대 혁신」, 『동아일보』, 1927.3.25.). 『습작시대』 4월 혁신호 관련(「신간소개」, 『조선일보』, 1927.4.2.; 「(광고) 습작시대 4월 혁신호」, 『동아일보』, 1927.4.7.).

동지 양우촌의 노력으로 『습작시대』가 발간되어 호를 쌓아 조흔 업적으로 부득기 삼호에 휴간"[25]하게 됨을 아쉬워했다. 비록 삼호 잡지로 휴간(실제로는 종간)하긴 했지만 『습작시대』 창간이 <꽃별회> 창립과 비슷한 시기에 이루어졌고, 참여 동인이 <꽃별회> 창립회원과 다수 겹치는 점에서, 상호 간 깊은 영향력을 주고받았음을 짐작할 수 있다.[26]

1927년 4월경 연성흠이 중심이 되어 창립한 아동문제 연구단체 <별탑회>[27]는 어린이를 대상으로 동화대회를 개최하여 동화구연, 동요 독창 등을 보여 주었는데,[28] 최병화는 1929년 2월 14일부터 2월 24일까지 열린 경성 시내, 시외 특별 동화 순회에 연사(演士) 중 한 명으로 참가하였다.[29]

1928년 2월, 충남 공주에서 월간 문예지 『백웅(白熊)』(백웅사, 1928.2.)이 창

---

25 엄흥섭, 「나의 수업 시대-작가의 [올챙이 때] 이야기 (8)」, 『동아일보』, 1937.8.3.

26 "어린이날 준비: 인천. 인천에서는 지난 십구일 오후 팔 시부터 당디 소년군본부(少年軍本部)에 각 소년단 대표들이 모히여 다음과 가치 협의하엿습니다(인천) 1. 참가 단체: 『꽃별회』, 인천소년회, 가나리아회, 엡윗소년회, 화평리소년회, 인우소년회, 인천소년군본부" 에서 인천 지역 어린이날 준비에 경성 <꽃별회>가 참가 단체의 제일 앞에 이름을 올리고 있음을 확인할 수 있는데, <꽃별회>와 인천 지역 소년운동 단체 간의 교류가 활발히 이루어졌음을 짐작할 수 있다. 「어린이날 준비」, 『동아일보』, 1927.4.22 참조.

27 "◇별탑회 발기 시내에 거주하는 이로 소년운동(少年運動)에 뜻을 둔 몃몃 사람의 발긔로 『별탑회』라는 모힘을 새로 조직하엿다는데 그 회 사업으로는 먼저 매주 일에 한 번식 동화회를 열 계획이며 긔회를 보아 긔관지도 발행하리라는데 동회 사무소는 시내 련건동(蓮建洞) 배영학교(培英學校) 안에 두엇고 그 회 동인은 알에와 갓다고 ▲연성흠▲박상엽(朴祥燁)▲이석근(李石根)▲박장운(朴章雲)▲박노일(朴魯一)" 「단체소식란」, 『조선일보』, 1927. 4.20.

28 주로 동화구연은 연성흠, 장무쇠(張茂釗), 박장운 등이 맡고, 동요 독창은 박상엽이 맡았다.

29 참가한 연사는 "연성흠 안준식 이정호 최병화 고익상(高翊相) 김태치(金泰治) 송영 박세영(朴世永)"이다. 「『별탑회』 주최 동화동요대회」, 『조선일보』, 1929.2.5 참조.

간되어 2호까지 발행되었는데, 최병화는 『백웅』 2호(백웅사, 1928.3.12.)[30]에 필자로 참여하여 수필 「인간소고(人間小考)」를 발표하였다. 경성의 <꽃별회>와 <별탑회>, 인천의 『습작시대』에 이어 충남 공주의 『백웅』으로 문단 활동의 보폭을 넓혀가고 있었다.[31]

1929년 7월 4일, 경성 시내 중앙유치원에서 아동예술 작가 십여 명이 모여 <조선아동예술작가협회(朝鮮兒童藝術作家協會)>를 창립하였는데 최병화는 집행위원으로 선출되었다.[32]

또한 최병화는 『어린이』, 『별나라』 등을 통해 교류한 방정환, 이정호, 연성흠, 안준식 등과 함께 어린이날 기념식 준비위원으로 참가하였는데, 방정환 사후에도 여러 해에 걸쳐서 준비위원으로 활동하였다.[33]

1930년대 중반, 최인화(崔仁化)가 발행한 소년소녀잡지 『동화』(1936년 9

---

30 『백웅』 2호는 강원도 영월초등교육박물관 이재우 박물관장이 소장한 원본 자료를 확인함.

31 『백웅』의 필진으로 참여한 작가는 최병화를 비롯하여 진우촌, 박아지, 엄흥섭, 양재응, 김도인 등으로 『습작시대』와 『꽃별회』 회원 중심이었다. 조동길, 「근대 문예지 『백웅』 연구-제2호의 내용을 중심으로」, 『새국어교육』 96호, 한국국어교육학회, 2013.9, 409~432쪽; 조동길, 「공주의 근대문예지 『백웅』 연구」, 『한국언어문학』 제77집, 한국언어문학회, 2011.6, 263~284쪽 참조.

32 선출된 위원과 회원은 "김영팔(金永八) 안준식 최병화 양재응 염근수(이상 상무위원) 유도순 이정호 홍은성(洪銀星) 박세혁(朴世赫) 연성흠 고장환(高長煥) 신재항(辛在恒) 이원규(李元珪)"이다. 「아동예협 창립 위원 선뎡」, 『조선일보』, 1929.7.6.; 「조선아동예술작가협회 창립」, 『중외일보』, 1929.7.6 참조.

33 「20여 소년단체가 어린이날 준비」, 『조선일보』, 1927.4.10.; 「어린이날 준비」, 『동아일보』, 1927.4.13.; 「어린이날 기념 준비회를 조직」, 『조선일보』, 1937.4.3.; 「금년도 어린이날 전국준비위원회 위원 및 부서」, 『소년운동』 창간호, 1946년 3월호, 10쪽; 「어린이날 준비 위원」, 『조선일보』, 1946.3.12.; 「소년운동자 제2차 간담회 개최」, 『동아일보』, 1947.2.14 참조.

월~12월)에 따르면 "최병화 선생은 목마사(木馬社)에 입사 근무"[34]하다가 "목마사에서 그만두고 나왓"[35]으며 "경성부청 토목과(京城府廳 土木課)에 근무"[36]한 것을 확인할 수 있다. 또한 최병화가 스스로 밝혔듯이 어느 소학교에서 교편생활[37]을 하는 등 짧은 기간에 잦은 이직을 하였다.

1932년 '배영학교 최병화'로 소년소설 「선생님 사진」(『어린이』, 1932.12.20.)을 발표하여, 당시 <배영학교>에 근무하고 있음을 알 수 있다. <배영학교>는 연성흠이 1920년에 연건동(蓮建洞)에 설립한 야학 강습소로[38] 아동교육과 소년 문예 운동에 앞장섰다.[39] 1933년 「총각좌담회」(『신여성』, 1933.2.1.)에서 "최병화 씨 배영학교에 게시며 육영사업에 힘쓰시고 글도 만히 쓰시며"[40]라고 소개한 것과 이정호의 「1933년도 아동문학 총결산」(『신동아』, 1933년 12월호)에서 "작가 최 씨가 련근동 배영학원의 원장으로 잇는이만치"

---

34 「쫄쫄이 신문-아동문예가 최근 동정」, 『동화』, 1936년 9월호, 25쪽.

35 「월간 똘똘이 신문-귓속말」, 『동화』, 1936년 11월호, 26쪽.

36 「월간 똘똘이 신문-특별 새소식」, 『동화』, 1936년 12월호, 26쪽.

37 최병화는 '최인화(崔仁化)'와 잡지 『동화』에 대하여 "내가 이분에게 깊은 감명을 받고 지금껏 잊을 수 없는 것은 『동화』란 잡지이다. 46배판으로 혈수는 약 46혈에 정가는 5전이다. 내가 어느 소학교에서 교편생활을 할 때"라고 회고하였다. 최병화, 「작고한 아동작가 군상-최인화 씨」, 『아동문화』 제1집, 1948.11.10, 61~62쪽 참조.

38 류덕제, 「연성흠의 동화구연론」, 『일제강점기 아동문학 작가와 매체』, 역락, 2023, 267~268쪽 참조.

39 "시내 련건동(蓮建洞)에 잇는 배영학교(培英學校)에서는 이번에 부인 야학반과 무산아동(無産兒童) 야학반을 신설하고 학생을 모집한다"는 소식을 통해, <배영학교>에서 부인과 무산아동을 위한 야학반도 운영하였음을 알 수 있다. 「배영학교 야학반 설립」, 『동아일보』, 1927.4.22 참조.

40 이무영·최병화·박상엽·안회남, 「총각좌담회」, 『신여성』, 1933.2.1, 48쪽 참조.

라고 한 것에서, 1933년에 <배영학교>에 근무하였고 원장으로도 있었다는 것을 확인할 수 있다.[41]

1937년 최인화는 잡지 『동화』에서 작가들의 근황을 소개하면서 "최병화 씨는 「동화의 아동」이라는 박사론문을 데출하여 통과되어 세간에 처음 나오는 동화 박사의 학위"[42]를 받았다고 하였는데, 당시 연희전문학교는 대학이 아니었고[43] 석·박사 과정이 없었기 때문에, 이는 허위 기재이다.

교수, 식사의 정연(敎授, 食事의 整然)

최병화

육군병 지원자 훈련소에 『1일의 입영』의 기회를 가진 것을 무상의 영광으로 생각하는 동시 감격과 감탄으로 충만한 입영 소감 중에서 2, 3을 써볼가 합니다.

---

41 최병화의 학교소설 「전차와 옥순이」(『조선일보』, 1933.11.7.)에서 "옥순이가 집에 도라올 시간이 지나도록 오지 안키에 저 졸업하든 『배영학교』를 갓나 하고 그러케 대서롭게 생각하지 안코 잇섯다."는 내용이 나오고, 학교소설 「최후의 일 분간」(『조선일보』, 1933.11.26.)에서는 이웃에 있는 ××고등보통학교와 축구 시합에서 부른 응원가 가사("쒸여놀자 사백 명의 배영 동모야")에 <배영학교>가 등장한다.

42 「쫄쫄이 신문-비닭기 탐보대」, 『동화』, 1937년 4월호, 26쪽.

43 일제는 효율적인 식민지 지배를 위하여 고등 교육 기관인 '대학'을 관립 중심으로 운영하고자 하였는데, 이를 위하여 법령으로 관립 대학(경성제국대학 중심)과 전문학교(사립 연희전문학교 등)를 구분하였고, 전문학교의 대학 승격을 엄격히 통제하였다.(이준식, 「연희전문학교와 근대 학문의 수용 및 발전」, 『근대 학문의 형성과 연희전문』, 연세대학교 출판부, 2005, 13~57쪽 참조) 1917년 4월 사립 실업전문학교인 '사립 연희전문학교'로 출발하여, 제1차 조선교육령에 따라 1923년 4월 '연희전문학교'가 설립되고, 제4차 조선교육령으로 1944년 4월 '경성공업경영전문학교'로 변경되었다. 대학 기관으로 승격되어 4년제 '연희대학교'가 된 것은 해방 이후의 일이다.(윤종혁, 「2. 식민지 조선의 교육 근대화 정책과 학제개편」, 『근대 이후 한국과 일본의 학제 변천 과정 비교 연구』, 한국학술정보, 2008, 139~162쪽 참조)

1. 훈련소의 주위 풍경이 가려하여 심신단련에 적당한 것.

2. 태양 직하에서 상반신 나체로 용장쾌활한 교련을 받는 병사들의 건강을 상징하는 적동색 육체가 부러운 것.

3. 교수 시간과 식사 시간에 있어서 단체적 훈련을 체득하여 생기발랄한 중에 침묵과언(沈默寡言) 그리고 상관명령에 절대 복종하는 것.

4. 나도 내 생활환경이 허락만 하면 지원병이 되어 건강한 육체의 소유자가 되어 용사가 되고 싶은 충동을 억제할 수 없는 것.[44]

1940년 10월 12일 최병화는 문사부대(文士部隊)로 구성된 문인들과 함께 육군 지원병 훈련소를 입영 견학을 하고 돌아와서 소감록을 썼는데, 그 글이 「교수, 식사의 정연」이다. "『1일의 입영』의 기회를 가진 것을 무상의 영광으로 생각"하였고 "감격과 감탄으로 충만한 입영 소감"을 밝힌 것이다. 소감 1~3번이 훈련소의 분위기와 좋은 여건에 대한 칭송이었다면, "나도 내 생활환경이 허락만 하면 지원병이 되어" 훈련을 통하여 "용사가 되고 싶은 충동을 억제할 수 없"다고 한, 소감 4번은 젊은 청년들에게 지원병에 참여할 것을 노골적으로 독려하고 있어서 더욱 문제가 되는 대목이다.[45]

---

44 지원병 훈련소 입영 참관에 동행한 문사부대 문인은, '춘원 이광수(李光洙), 최정희(崔貞熙), 유진오(兪鎭午), 정인섭(鄭寅燮), 이선희(李善熙), 최영주(崔泳柱), 방인근(方仁根), 모윤숙(毛允淑), 지봉문(池奉文), 임영빈(林英彬), 최영수(崔永秀), 최병화, 함대훈(咸大勳), 안석영(安夕影), 홍효민(洪曉民), 박원식(朴元植), 정비석(鄭飛石), 김동환(金東煥)' 등이다. 「문사부대와 「지원병」」, 『삼천리』, 1940.12.1, 60~67쪽 참조.

45 「문사부대와 「지원병」」의 맨 앞에 실린 춘원 이광수의 「천황께 바쳐서 쓸 데 있는 사람」에서는, 지원병 훈련소는 신체와 정신의 개조를 통한 신인(新人)을 만들어내는 곳인데, 이러한 "신인화(新人化)이야말로 2천3백만이 모주리 통과하여야 할 필연 당연의 과정"이며 궁극적인 지향은 "'천황께 바쳐서 쓸 데 있는 사람'이 되는 것"이라고 하였다. 이광수, 「문사부대와 「지원병」-「천황께 바쳐서 쓸 데 있는 사람」」, 『삼천리』, 1940.12.1, 60쪽

이러한 최병화의 친일(親日), 부왜(附倭) 활동에 관해서는 추가적인 자료 발굴과 면밀한 검토·평가가 뒤따라야 할 것이다.[46]

1941년 2월 "아동예술(兒童藝術)의 순화(淳化)와 그 진흥(振興)을 도모하며 아울러, 국어[47] 보급과 내선일체의 구현(具現)에 노력하며 일본 정신의 진의(眞義)에 입각(立脚)한 아동예술 교화(兒童藝術敎化)를 목적으로 하는 <경성동극회(京城童劇會)>"가 기원가절(紀元佳節)[48]에 창립되었는데, 역원 선거의 선거위원(5명)으로, 사전영(寺田瑛), 최병화, 양윤식(梁潤植), 진장섭(秦長燮), 삼길명(三吉明)이 피선되었다.[49]

1943년경, 최병화는 "조산병화(朝山秉和)"[50]로 창씨개명을 하였는데, 조산병화(朝山秉和)로 작품 활동을 한 것은 『아이생활』에 일본어로 발표한 장편소설 「夢に見ろ顔(꿈에 보는 얼굴)」[51]이다.

참조.

46 양진오는 이광수, 김동인의 친일을 관대하게 바라보자는 상황론("문인의 삶을 윤리적으로 판단해서는 안 되며 중요한 것은 작품이라는")을 경계하였는데, 최병화를 비롯한 일제강점기 아동문학 작가의 친일 행위에 관해서도 상황론보다는 냉철한 분석과 비평이 필요하다. 친일 행위도 작가의 역사의식이고 가치관의 산물이라고 볼 때, 한 작가에 대한 평가에 이를 포함하는 것이 마땅하다. 양진오, 『조선혼의 발견과 민족의 상상』, 역락, 2008, 15쪽 참조.

47 여기에서 '국어'는 '일본어'를 가리킨다.

48 "기겐세쓰(紀元節)라고도 하며, 일본 제1대 천황 진무덴노(神武天皇)가 즉위한 날로 일본의 건국기념일을 가리킨다." 류덕제, 「4. 아동문학(소년문예) 단체」, 『한국 아동문학비평사를 위하여』, 보고사, 2021, 505쪽 각주 12번 재인용.

49 「경성동극회 창립-귀원가절·부민관에서」, 『매일신보』, 1941.2.16 참조.

50 「제 선생의 창씨개명」, 『아이생활』, 1943.9.1.

51 조산병화, 「夢に見ろ顔(제1회)」, 『아이생활』, 1943.10.1, 11~15쪽; 조산병화, 「夢に見ろ顔(제2회)」, 『아이생활』, 1943.12.1, 8~12쪽 참조.

1945년 10월 12일에는 소년운동관계자, 아동예술인, 어린이 보육 및 교육 관계자와 함께, 소년운동의 개시를 위하여 천도교당에서 열린 <조선소년운동중앙협의회> 결성대회에 참석하였다.[52]

1945년 11월경 "해방 직후 아동문화인들이 모여 아동예술연구단체 <호동원(好童園)>을 창립"하여 "우선 아동극을 상연하여(지금 생각하면 무모한 일이지만) 그 이익으로 출판, 무용, 음악 등 널리 사업을 추진시키기로 전력을 경주"[53]하였는데, 아동예술연구단체 <호동원>[54]은 경제적인 자금 마련을 위한 방안으로 연극 중심의 활동을 펼쳤다.

1946년 2월 8일에서 9일까지 서울시 종로 기독청년회관에서 <전국문학자대회>를 개최하였는데, 초청자 명단에 최병화의 이름이 올라 있으며,[55] 최병화는 2일 모두 출석하였다.[56]

---

52 이날 참석한 위원은 "김태석(金泰晳) 김광호(金光鎬) 공진섭(公陳燮) 홍순익(洪淳翼) 박노일 유영애(劉永愛) 한백곤(韓百坤) 최병화 양재호(梁在虎) 정성호(鄭成昊) 백낙영(白樂榮)"이다. 「조선소년운동중앙협의회 결성대회」, 『자유신문』, 1945.10.12 참조.

53 최병화, 「작고한 아동작가 군상-호당 연성흠 형」, 『아동문화』 제1집, 1948.11.10, 60쪽.

54 "서울시 성동구 상왕십리(城東區上往十里) 79번지. 김태석(金泰晳), 이하종(李河鍾). 해방 직후, 1945년 11월경 창립하였다. 아동극 공연과 잡지 『호동(好童)』을 발행하기로 하였다. 아동극단 <호동원>에는 기획부에 김세민(金細民), 문예부에 함세덕(咸世德), 김훈원(金薰園), 최병화(崔秉和), 김처준(金處俊), 연출부에 김태석, 이하종, 김희동(金喜童), 음악부에 박태현(朴泰鉉), 김태석, 무용부에 박용호(朴勇虎), 한동인(韓東人), 김애성(金愛聲), 미술부에 김정환(金貞桓), 이희안(李熙安), 홍순문(洪淳文), 고문(顧問)에 안종화(安鍾和), 송영(宋影), 안영일(安英一), 이서향(李曙鄕), 진우촌(秦雨村) 등이었고, 잡지 『호동』의 편집위원은 양재응(梁在應), 박노일(朴魯一), 최병화 등이 맡았다." 류덕제, 「4. 아동문학(소년문예) 단체」, 『한국 아동문학비평사를 위하여』, 보고사, 2021, 552~553쪽.

55 「전국문학자대회 초청자」, 『자유신문』, 1946.2.7.

56 조선문학가동맹 중앙집행위원회 서기국 편, 『건설기의 조선문학』, 1946, 204~218쪽 참조.

1946년 3월 13일 서울시 종로 기독청년회관에서 정인보(鄭寅普) 이선근(李瑄根) 이관구(李寬求) 설의식(薛義植) 손진태(孫晉泰) 안호상(安浩相) 등의 발기로 각 분야(학자, 평론가, 소설가, 시인, 신문·잡지, 통신 등에 종사하는 저널리스트)를 총망라한 <전조선문필가협회> 대회에 추천위원으로 이름을 올렸다.[57]

1946년 9월경에는 아동의 문화 향상과 각종 지식을 보급하기 위하여 창립된 <조선아동문화보급회>에서 창간하는 문화 교양 잡지 『아동순보(兒童旬報)』의 창간 준비 위원으로 활동하였다.[58]

1947년 2월 9일 국립도서관 강당에서 소년 운동자 제2차 간담회가 개최되는데 '조선 소년운동의 금후 전개와 지도 단체 조직'과 '어린이날' 준비에 관한 안건이 상정되었으며 조선 어린이날 전국준비위원회를 조직하기로 결정되었다. 최병화는 양재응, 양미림, 정홍교, 윤석중, 현덕 등과 함께 준비 위원으로 선정되었다.[59]

1947년 5월 5일 어린이날 기념행사로 문학가동맹 아동문학위원회에서 주최한 <아동예술극장> 발회식과 아동 연극의 밤을 종로 기독교청년회관에서 개최하였는데, 최병화가 사회를 보았고 홍구(洪九)의 개최사와 이서향

---

57 「전조선문필가대회 13일 오후 1시=종로 기독청년회관에서」, 『동아일보』, 1946.3.11 참조.
58 『아동순보』 창간. 조선아동문화보급회(朝鮮兒童文化普及會)에서는 조선 아동의 문화 향상을 도모하는 동시 국사(國史) 과학(科學) 지리 집회 등 지식을 보급시키기 위하야 아동순보(兒童旬報)를 발간한다는데 창간호(創刊號)는 구월 중순경에 나온다 하며 창간준비위원은 다음과 갓다. ▲윤백남(尹白南) ▲박노일 ▲김태석 ▲신문균(申文均) ▲조용균(趙容均)▲김한배(金漢培) ▲최병화 ▲정규완(鄭奎浣) ▲김혜일(金惠一) 「「아동순보」 발간」, 『대한독립신문』, 1946.9.14.; 「「아동순보」 발간」, 『한성일보』, 1946.9.15.; 「아동순보 발간, 조선아보에서」, 『가정신문』, 1946.9.17 참조.
59 「소년 지도 단체 조직-어린이날 준비 위원도 결정」, 『동아일보』, 1947.2.14 참조.

(李曙鄉)의 경과보고가 있었다.[60]

　최병화는 8·15 광복 이후 고려대학[61] 교무과 직원으로 근무하였으며,[62] 1948년 5월 5일에는 최병화, 송영호(宋永浩), 홍은순(洪銀順), 조금자(趙錦子)를 중심으로 조직된 <어린이문화동인회>가 시공관(市公舘)에서 어린이날 기념공연을 개최하기도 하였다.[63] 이후 자리를 옮겨[64] 박문출판사에서 편집기자(편집국장)로 근무하게 된다.[65] 이원수의 회고에 따르면[66] 그 시기 최병

60　「아동예술극장 어린이날 기해 발족」, 『민보』, 1947.5.8 참조.

61　"최형은 그 무렵 연희대학 교무처에 근무하고 있었는데"(이원수, 앞의 책, 174쪽)는 이원수의 기억 착오로 보이며, "그의 최후에 관해서는 이원수의 소중한 기록이 남아 있는데, 1946년 『새동무』가 발간되던 무렵, 최병화는 모교인 연희대학의 교무처에 근무"(원종찬, 앞의 책, 354쪽)하였다고 한 것은 이원수의 회고를 그대로 따른 것이어서 수정이 필요하다.

62　『한성일보』(1947.5.31.)에 실린 『조선교육』(2호, 6월호) 광고에, 「안해의 얼굴」의 저자가 '고려대학 최병화'로 되어 있는 것으로 보아, 최병화가 1947년 5월 31일 이전부터 고려대학에 근무하고 있었다고 볼 수 있다. 1947년에 「황혼의 산보도」라는 짧은 수필을 발표하면서 작가명을 '최병화(고려대학)'라고 밝힌 것과 1947년 『고대신문』에 「아동문학의 당면임무」라는 평론을 발표하면서 "필자 본교 교무과 직원 아동문학가"라고 표기한 것을 통해, 당시 고려대학 교무과 직원으로 근무하였음을 확인할 수 있다. 최병화, 「황혼의 산보도」, 『조선교육』, 1947.10.15.; 최병화, 「아동문학의 당면 임무」, 『고대신문』, 1947.11.22 참조. 다만, 최병화의 고려대학 복무 기간과 취직·퇴직 경과에 대해서는 추가적인 확인 작업이 필요하다.

63　「어린이날 기념공연」, 『한성일보』, 1948.5.3 참조.

64　최병화는 『조선교육』(1948.10.15.)에 「세계동화연구」 연재를 시작하였는데, 이때부터 작가명에 '고려대학'을 사용하지 않은 것으로 보아, 고려대학에서 퇴직하고 직장을 옮긴 것으로 추정된다.

65　"내가 경기 공업 학교를 그만두고 종로에 있는 박문 출판사에 나가 편집을 맡아 보고 있을 때였다. 뜻밖에도 최형이 그 출판사에 취직해 와서 나와 같이 편집 일을 하게 되었"(이원수, 앞의 책, 175쪽)다는 이원수의 회고에 따라, 이원수의 실제 행적을 찾아보면, 1947년 이원수가 10월 경기공업학교 사직 이후 박문출판사에서 근무하였음을 확인할 수 있다.(장영미 편, 「생애 연보」, 『이원수』, 글누림, 2016, 395쪽; 김찬곤, 「이원수 연보」, 『이원수 동요 동시 연구』, 푸른사상사, 2017, 339쪽 참조) 따라서 최병화는 1947년 말이

제2장 최병화의 전기적 고찰　41

화는 여러 가지 사유로 경제적인 어려움을 겪었으나, 최병화는 한국전쟁이 일어나기 전까지 왕성한 문학 활동을 이어갔다.

8·15 광복 이후, 작품을 단행본으로 출간하는데, 첫 번째 작품집은 소년역사소설 『낙화암에 피는 꽃』(조선어학회 교정, 1947)[67]이다.

1949년에는 아동문학 잡지 『진달래』에 새로운 필진으로 참여하였고,[68]

나 1948년 이후, 박문출판사에서 이원수를 만났을 것으로 추정된다. 다만, 『출판대감』(조선출판문화협회, 1949.4.15.)에는 "사장: 이응규(李應奎), 주간: 이원수, 편집국장: 최병화, 자매기관: 박문서관, 대동인쇄소(인사동119)"로 기재된 것으로 보아, 당초 편집국장(이원수), 편집기자(최병화)에서 주간, 편집국장으로 각각 직함을 바꾼 것으로 추정된다. 「박문서관과 노익형(盧益亨) 관련 자료 모음」, 『근대서지』 제6호, 근대서지학회, 2012, 788~789쪽 참조.

66 "출판사 편집 사원이 받는 월급이란 빤한 것이요, 잡지에 이따금씩 내는 작품의 고료라는 것도 몇 푼 되지 않는 터인데 그것들만으로 생활하는 그의 사정이 궁색하지 않을 수 없었을 것이다." 이원수, 앞의 책, 175쪽.

67 『낙화암에 피는 꽃』은 창작동화 「낙화암에 피는 꼿」(전 4회)(『조선일보』, 1929.6.30.~7.4.)과 동화 「낙화암에 피는 꼿」(전 14회)(『매일신보』, 1937.6.13.~6.26.)을 개작하여 장편화한 것으로, <삼중당(三中堂)>, <유길서점(有吉書店)>, <일성당(一成堂)>, <박문서관(博文書舘)> 등에서 동시에 판매되었다.(「(광고) 낙화암에 피는 꽃」, 『한성일보』, 1947.3.25.; (광고) 낙화암에 피는 꽃」, 『한성일보』, 1947.3.30.; 「(광고) 낙화암에 피는 꽃」, 『한성일보』, 1947.4.17 참조) 또한 1946년 아동극 「청의동자군」(전 3막 5장)이 공연되었는데, 『낙화암에 피는 꽃』을 희곡으로 각색한 것이다.(「『동예(童藝)』 제1회 연극공연」, 『동아일보』, 1946.10.15.; 「서울아동예술원 아동극 1회 공연」, 『수산경제신문』, 1946.10.17.; 「아동예술원 공연」, 『경향신문』, 1946.10.20 참조) 『낙화암에 피는 꽃』은 현재까지 실물을 찾지 못하고 있으며, <현담문고>에는 최병화 원작, 이하종(李河鍾) 각색의 희곡 「청의동자군(靑衣童子軍)」(제3막 2장, 서울아동예술원 제1회 상연 대본(등사본))이 보존되어 있다.

68 『진달래』에서 동요와 동시 지도위원은 이병기(李秉岐) 이원수(李元壽) 김철수(金哲洙), 작문과 동화 지도위원은 윤태영(尹泰榮) 박계주(朴啓周) 최병화였다. 「문화 소식-『진달래』지 혁신」, 『조선일보』, 1949.5.3 참조. 『진달래』는 1950년 1월호(1950.1.1.)부터 『아동구락부』로 개제되어 한국전쟁 직전인 1950년 6월호(1950.6.1.)까지 발행을 이어갔다.

소년소녀장편소설『꽃피는 고향』(박문출판사, 1949)을 출간하였으며,[69] 연이어 소년장편소설『희망의 꽃다발』(민교사[70], 1949)[71]을 출간하였다.[72]

또한 1949년 4월 30일 <전국아동문학가협회(全國兒童文學家協會)>를 결성하였는데, 최고위원은 박영종(朴泳鍾), 김동리(金東里), 임원호(任元鎬)이고, 최병화는 정지용(鄭芝溶), 조연현(趙演鉉), 최정희(崔貞熙) 등과 이사(理事)에 이름을 올렸다.[73]

1949년 최병화는 "정지용(문학가동맹＝시인) 정인택(문학가동맹＝소설가) 양미림(문학가동맹＝소설가) 최병화(문학가동맹＝소설가) 엄흥섭(문학가동맹＝소설가) 박로아(작＝극작가)" 등과 함께 <국민보도연맹>에 가입하였는데, 당시 일간지에서 "지명인사 자수자 및 자진 가입",[74] "저명한 문화인의 자진 가맹 이채"롭다고 보도하였다.[75]

---

69 「새로 나온 책」,『조선일보』, 1949.5.22 참조.

70 1949년『희망의 꽃다발』을 민교사에서 출간하였는데, 이는『진달래』의 임시사무소가 "시내 중구 회현동(會賢洞) 2가 6번지 민교사(民教社) 내"에 있었고, 최병화가『진달래』 작문과 동화 지도위원으로 활동한 이력과 관련이 있다.『진달래』(1949년 5월호)에는『(새로 나올 책) 희망의 꽃다발』(민교사) 광고가 실려 있다.「문화 소식-『진달래』지 혁신」,『조선일보』, 1949.5.3 참조.

71 『희망의 꽃다발』은 출간 후 몇 달 뒤, "재판 나왔다 대호평! 소년소설 희망의 꽃다발"이라는 신문 광고를 하기도 하였다.「(광고)재판 나왔다 대호평! 소년소설 희망의 꽃다발」,『국도신문』, 1950.2.3 참조.

72 『희망의 꽃다발』출판기념회에는 박목월, 김영일, 윤복진, 윤석중, 이원수, 김원룡 등이 발기인으로 참가하였다. 김원룡,「신서평-『희망의 꽃다발』」,『경향신문』, 1949.12.8.; 임서하,「(신간평) 최병화 저 희망의 꽃다발」,『국도신문』, 1950.1.13.;「문화소식-『희망의 꽃다발』출판기념회 개최」,『조선일보』, 1949.12.10 참조.

73 「소식-아동문학가협회 결성」,『경향신문』, 1949.5.3 참조.

74 「성과 다대한 전향 결산-자수자 무려 오 만여!」,『조선일보』, 1949.12.2.

1950년 1월 27일에는 "한글 전용을 어떻게 보나?"라는 주제로 조선일보사에서 주최한 "한자 문제 좌담회"에 아동문학 작가 대표로 참석하였고,[76] 아동문학가 김영일(金英一)의 자유시집 『다람쥐』 출판기념회에 발기인으로 참석하는[77] 등 왕성한 문단 활동을 이어갔다.

"<즐거운 자장가>가 책이 되자, 6·25 사변이 터져서, 창고에 쌓인 채로 사변을 치러, 그냥 흩어지고" "최병화 선생은 불행하게도 사변 중에 파편에 맞아 세상을 떠났다고 하지만, 묵은 잡지가 더러 남아 있고, 어느 휴지 가게에서 마구리에 닿아 묶였던 노끈 자국으로 쭈그러지고 때 묻은 <즐거운 자장가> 한 권을 구하여, 이 책이 엮여 나오게 된 것"[78]이라는 어효선의 회고에 의하면, 『즐거운 자장가』(명문당, 1951)는 전쟁 전이나 중에 출간이 되었고, 소실될 뻔한 것을 전쟁 이후 어렵게 구하여 『즐거운 메아리』(교학사, 1975)로 제목을 바꾸어 출간하게 되었음을 알 수 있다. 이로써 『즐거운 자장가』의 출판 사실도 확인한 셈이다.[79]

---

75 「반공에 뭉쳐지는 힘, 남로원 자수 주간 드디어 폐막-빛나라 전향의 결실」, 『동아일보』, 1949.12.1.

76 이날 좌담회 참석자는 현상윤(고려대학총장), 이희승(한글학회 간사, 서울대 문리대 교수), 이숭녕(진단학회 총무, 서울대 문리대 교수), 방응모(조선일보 사장) 등이었다. 최병화는 한글 전용 문제에 대해 "한자 문제는 지방에서도 더 야단인 모양이드군요. 더욱이 지방에서는 국민학교만 나오기도 힘드는데 국민학교 졸업한 아이가 신문 제목도 못 보는 형편이니까요. 어쨌던 사회에선 한자를 쓰면서 학교에서만 안 배워준다는 건 큰 모순입니다"라고 하면서, 학교에서 한자를 지도해야 한다는 입장을 밝혔다. 「한글 전용을 어떻게 보나?-본사 주최 한자 문제 좌담회」, 『조선일보』, 1950.1.30 참조.

77 「다람쥐 출판기념회」, 『동아일보』, 1950.4.7.; 「김영일 동화집 「다람쥐」 출판기념회」, 『경향신문』, 1950.4.8 참조.

78 어효선, 「해설: 최병화의 동화 세계」, 『즐거운 메아리』, 교학사, 1975, 257~258쪽.

한국전쟁이 일어난 이후, 최병화는 신변상의 불안으로[80] 동료 문인 이원수와 함께 서울을 떠나 피난하였다가 1951년 서울로 복귀하던 중 사망(폭사(爆死))한 것으로 추정된다.[81] 일제강점기에 겪었던 검열과 출판 규제를 벗어나 본격적인 문학 활동을 전개하려는 최병화가, 전쟁으로 갑작스러운 죽음을 맞게 된 것이다. 한국전쟁 이후 아동 문단에서 큰 족적을 남겼던 이원수, 윤석중 등 동료 문인들과 견주어 볼 때, 최병화의 작품과 문단 활동의 부재는 한국 아동문학계의 크나큰 손실이 아닐 수 없다.

---

79 최병화가 생전에 출간한 작품집은 총 4권(『낙화암에 피는 꽃』(조선어학회 교정, 1947), 『꽃피는 고향』(박문출판사, 1949), 『희망의 꽃다발』(민교사, 1949), 『즐거운 자장가』(명문당, 1951))이다.

80 최병화의 신변상 불안은 1949년 <국민보도연맹>에 가입한 이력에서 기인한 것으로 추정된다. 한국전쟁이 일어난 직후, 이승만 정부는 소위 '예방적' 조치라는 명분으로 <국민보도연맹> 가입자에 대한 검거와 소탕을 단행하였고, 신변상의 불안을 느낀 최병화는 불가피하게 피난을 한 것으로 보인다. 「6·25 직후 국군 후퇴 때 집단 총살·수장」, 『한겨레신문』, 1990.6.24.; 「(비화) 제1공화국 (233) 제9화 「거창사건」 (6)」, 『동아일보』, 1974.3.23 참조.

81 최병화의 사망에 관해서는 이원수의 증언(이원수, 앞의 책, 181쪽)에 기대고 있을 뿐, 다른 기록이나 명확한 증언, 추가로 밝혀진 사실은 없다. 한국전쟁 전후 한국 아동문학가의 활동을 연구한 장정희는 "한국전쟁 전 남한에서 발행된 아동 잡지에서 활동한 이력이 있으나 북한 『아동문학』 내에서 활동이 확인되지 않는 작가군"으로 "정지용, 최병화, 임서하, 현동염 등이 대표적"이라고 하여, 최병화의 사망에 대한 이원수의 증언에 힘을 싣고 있다. 다만, "그가 과연 어떤 경로로 월북을 시도했는지 확인할 수 없으나, '월북을 시도'했다는 내용으로 '월북'의 오명을 덧씌워져서는 안 될 듯"하다고 하여, 최병화의 '월북 시도'를 기정사실로 받아들였는데, '월북 시도'에 관한 명확한 근거를 제시하지는 못하였다. 장정희, 「한국전쟁 전후 아동 잡지에 나타난 아동문학 작가군의 남북 분화 과정 연구」, 『한국문학논총』 제90집, 한국문학회, 2022, 179~209쪽 참조.

2. 최병화의 필명 고증

1) 최병화의 기존 필명[82]

"일제강점기에 대부분의 작가들은 필명을 여럿 사용하였고, 필명으로 작품을 발표한 관계로 이를 알지 못하면 작가론은 물론이고 아동문학에 대한 연구 자체가 불가능"[83]한 것이 사실이다. 필명은 작가 본인이 직접 밝히거나 지인이나 주변 관계자(잡지, 출판사 등)가 정보를 제공하지 않으면 쉽게 확정할 수 없다는 면에서 찾기가 어려울 뿐만 아니라 만에 하나 오류가 있는 경우, 원천적으로 어긋난 연구가 될 수 있으니 신중하고 면밀한 검토·검증 과정이 필수적이라 하겠다. 필명을 확정하는 것은 작가와 문학사 연구의 기초적이고 핵심적인 작업이며 가장 많은 시간과 노력을 기울여야 할 부분이다.

최병화는 몇 개의 필명을 사용하였는데, 최병화의 것으로 제기된 필명을 살펴보면, 다음과 같다.

(1) 고접(孤蝶)

첫째, 지금까지 최병화의 필명은 '고접(孤蝶)'이라는 것이 상식적이었다.

82　이 글에서 '필명'은 호(號), 아호(雅號), 필명(筆名)과 이명(異名), 창씨명(創氏名) 등을 아우르는 개념으로, 필요한 경우 각 명칭을 구분하여 사용하도록 한다.

83　류덕제, 「제2장 아동문학 비평의 양상과 의미」, 『한국현대아동문학비평론 연구』, 역락, 2021, 398쪽.

최병화의 필명과 생몰년을 처음으로 언급한 것은 아동문학가 이원수이다. 이원수는 최병화의 죽음에 대하여 "겨울 속의 한 마리 나비란 물론 비유이지만, 그의 호(號)가 고접(孤蝶)이었던 것은 그의 승천과 무슨 관계라도 지어지는 듯"하다고 회고하면서, 최병화의 필명(호)이 '고접'이라고 밝혔다."[84]

이재철은 "고접 최병화(1905~1951)만큼 작가의 작품세계를 한 곳으로만 꾸준히 끌고 온 작가도 드물 것"이라고 평가하면서, "최병화 崔秉和(1905~1951.1.5.).[85] 아호는 고접(孤蝶)"이라고 하였고,[86] 원종찬의 "고접(孤蝶) 최병화(崔秉和)는 1905년 서울에서 출생"[87]과 최시원·최배은의 "최병화(崔秉和) (1905~1951) 청소년소설가. 호는 고접(孤蝶)",[88] 박광규의 "고접(孤蝶) 최병화(崔秉和, 1905~1951)",[89] "최병화(崔秉和, 1905~1951) 최병화는 호가 고접(孤蝶)",[90] 임현지의 "고접(孤蝶) 최병화(崔秉和)는 1905년 서울에서 출생"[91]에서도 판에

---

84 이원수, 「동일 승천(冬日 昇天)한 나비 최병화 형」, 『신동아』 113호, 1974, 248쪽; 이원수, 앞의 책, 173~181쪽 참조. 책자 수록 면 말미에 "<1974년 1월·신동아>"(181쪽)라고 기재한 것은 『신동아』(1974년 1월)에 발표한 원고를 책자에 재수록하였다는 의미이다.

85 최병화의 사망일을 1951년 1월 5일로 명시한 것이 특이한데, 최병화의 사망에 대해서는 피난 도중, 서울 근교에서 폭사(爆死)하였다는 이원수의 회고만 있을 뿐, 명확한 기록은 찾아볼 수가 없다.

86 이재철, 앞의 책, 1978, 283쪽.

87 원종찬, 「동화작가 최병화의 삶과 문학」, 『아동문학과 비평정신』, 창비, 2001, 349쪽.

88 최시원·최배은, 「작가 소개-11. 최병화」, 『쓸쓸한 밤길』, 문학과지성사, 2007, 240쪽.

89 박광규, 앞의 글, 127~133쪽.

90 박광규, 앞의 논문, 36쪽.

91 임현지, 앞의 논문, 10쪽.

박힌 듯 한결같이 최병화의 호를 '고접'으로 언급하고 있다. 이는 앞선 이원수의 회고 내용을 검증 없이 그대로 수용하였기 때문이다.

이처럼 여러 연구자가 '고접(孤蝶)'을 최병화의 필명(호)으로 받아들여 사용하였는데, 문제는 최병화가 필명 '고접'을 사용하여 발표한 작품을 찾을 수 없다는 것이다.

순서로 따져보면, 이원수가 처음으로 최병화의 필명을 '고접'이라 회고하였고, 이후 이재철, 원종찬 등 후속 연구자들이 이를 그대로 받아들여 사용한 것이다. 다만, 실제 최병화의 필명 중 하나가 '나비 꿈'을 뜻하는 '접몽(蝶夢)'인 것을 감안할 때, 이원수가 최병화와의 일화를 회고하는 과정에서 착오가 있었을 것으로 추정된다.

(2) 경성(京城), 고월(孤月)

둘째, '경성'과 '고월'의 경우이다. '경성(京城) 최병화'가 단편소설 「계의 성(鷄의 聲)」(『조선일보』, 1920.8.24.)을 발표하였는데 이때 '경성'은 특별한 필명이라기보다는 지명(地名)으로서 '경성'을 나타낸 것으로,[92] 경성에 사는 최병화가 쓴 단편소설이라는 의미이다.

'고월(孤月) 최병화'는 '쓸쓸하고 외로운 달'을 뜻하는 '고월'을 필명으로 사용하였다. 「한강교 상(漢江橋 上)의 져무름(전 2회)」(『조선일보』, 1921.12.11.~12)이라는 단편소설을 '고월' 최병화라는 이름으로 2회에 걸쳐서 발표한 것

---

92 「계의 성」이 실린 『조선일보』(1920.8.24)의 같은 지면에는 '전주(全州) 이용숙(李容肅)'의 「쥬사를 마져」라는 논평이 실리기도 했다.

이다.

여기에서 문제는 '경성'과 '고월'을 최병화의 필명으로 볼 수 있느냐는 것이다. 최병화가 동화, 학교소설을 본격적으로 쓴 것이 1920년 후반, 1930년 초반이라는 점에서 「계의 성」과 「한강교 상의 져무름」을 최병화의 작품으로 단정하기는 다소 무리가 있다. 당시, 만 13~15세 학생이 썼다고 하기에는 사용한 어휘가 예스럽고 난해한 면이 있다. 다만, 당시 왕성한 활동을 펼친 소년 문사(윤복진, 이원수, 윤석중 등)가 일찍이(13~15세 정도) 등단하여 다양한 지면에서 작품 활동을 하였고, 최병화도 이른 시기에 작품 활동을 하였을 가능성이 있다는 점을 고려해 볼 때, 추가적인 작품 확인을 통한 확정 과정이 필요하다.

'고월'을 최병화의 필명으로 확정한다면, 앞서 언급한 이원수가 '고접'으로 착오한 원인 중 하나로, '고월'과 '접몽' 사이에서 혼동하였을 가능성을 생각해 볼 수 있다. 다만, '고월'은 1921년 이후 사용하지 않은 필명이라서 최병화와 뒤늦게 만나 인연을 맺은[93] 이원수가 착오했을 가능성은 높지 않다.

(3) 최접몽(崔蝶夢), 접몽(蝶夢)

셋째, 최병화의 필명이 '최접몽(崔蝶夢)'과 '접몽(蝶夢)'이라는 것도 최근에

93　이원수는 최병화와의 만남을 "내가 그를 처음 만나기는 8·15 광복의 해, 서울에 와서 살게 된 후였으나, 그것도 작품으로 먼저 알고 뒤에 대면한"것으로 회고하였다. 이원수, 앞의 책, 174쪽 참조.

와서야 고증의 절차를 밟게 되었다.

박경수는 "최접몽(崔蝶夢)으로 발표한 동화 4편도 최병화의 작품"으로 보았으며 "최병화는 고접(孤蝶)이란 필명을 썼는데, 접몽(蝶夢) 역시 그의 필명으로 보인다"고 하였다. 최병화의 필명이 '고접'이라는 전제하에 '최접몽'과 '접몽'을 필명으로 새롭게 제시한 의의는 있으나 그에 관한 근거를 제시하지는 못했다.[94]

최명표는 "고접 최병화(1905~1951, 창씨명 조산병화)는 서울 출생으로, 연희전문학교를 졸업"하였다는 것과 "그는 '고접' 외에 '접몽'이라는 호를 사용하면서 잡지 『별나라』의 창간 초기부터 관여하였다(XYZ, 「집필 선생의 면모」,[95] 『별나라』 1935.1·2, 50~51쪽 참조)"[96]고 하여 '접몽'이 최병화의 필명이라는 것에 관한 근거를 간략히 밝혔다.[97]

류덕제는 최병화의 필명에 관한 기존 연구를 두루 살핀 후, '고접'이란 이름으로 발표된 작품은 없으며, 『별나라』, 『동아일보』 등에 언급된 필명과 신상에 관한 구체적인 자료를 근거로 제시하여 "최병화의 필명은 '접몽(최접몽)'"임을 밝혔다. '접몽'과 '최접몽'으로 발표한 작품을 정리하여 소개하였으며, "'접몽'을 우리말로 풀이"한 '나븨쑴(나뷔쑴)'도 최병화의 필명임을 새롭게 밝혀 최병화 연구를 위한 기반을 마련하였다.[98]

---

94 박경수, 「『조선일보』를 통해 본 부산·경남지역의 아동문학」, 『아동문학의 도전과 지역맥락-부산·경남지역 아동문학의 재인식』, 국학자료원, 2010, 115쪽.

95 '「집필 선생의 면모」'는 '「집필 선생의 전모」'의 오자이다.

96 최명표, 『한국근대소년운동사』, 선인, 2011, 225쪽.

97 최명표, 「소년문예운동의 출현 배경」, 『한국 근대 소년문예운동사』, 경진, 2012, 28~29쪽.

접몽(蝶夢) 최병화 선생: 『별나라』의 처음 날 째부터 돌보아 주시는 선생님은 『별나라』가 열 살을 먹도록 장가도 안 드시지오. 집필 선생님 중에 아조 독신주의자처럼 버틔심니다. 말느시기는 상당히 말느시엿스되 안경테 째문에 어울님 만큼 되엇지요. 마음씨 고으시기로 유명하거니와 <u>학생소설이란 새 문학 부문을 늘니섯지요.</u> 올치 선생님은 그 고흔 마음씨가 아호로 변한 모양이지요. 선생님도 분필가루를 상당히 마시는데 역시 소년소녀 소설에는 자신이 게신 모양. 그러나 늘 틈이 없어서 걱정이시지요. 선생님 역시 샌님 부문의 한 분이신지라 술 담배 금단(禁斷)은 그야말로 상관이 없을 만큼. 그러나 대식가임에는 대경실색이지요.[99]

◎ **최병화(접몽):** 선생님은 안경 쓰시고 얌전한 학생이심니다. 설은 이약이를 조와하시기 째문에 언제나 『무궁화 두 송이』 가튼 것만 조와하시지요. 얼마나 우리들을 울니시려는지(별나라사)[100]

위 인용문은 『별나라』 편집 동인의 인적사항을 독자들에게 재미있게 소개한 글이다. "접몽 최병화 선생"을 통해 '접몽'이 최병화의 필명임을, "『별나라』의 처음 날 째부터 돌보아 주시는 선생님"에서는 『별나라』 초창기부터 편집 동인으로 참여하였음을, "말느시기는 상당히 말느시엿스되 안경테 째문"에서 최병화의 외모를,[101] "학교소설이란 새 문학 부문을 늘니섯지요"

---

98 류덕제, 「일제강점기 아동문학가의 필명-(9) 최병화와 고접(孤蝶)」, 『한국 현실주의 아동문학 연구』, 청동거울, 2017, 317~318쪽; 류덕제, 「1. 한국 아동문학 비평가(작가)-최병화」, 『한국 아동문학비평사를 위하여』, 보고사, 2021, 209~211쪽 참조.

99 XYZ, 「집필 선생의 전모」, 『별나라』, 1935년 1~2월 합호, 50~51쪽.

100 쌀낭애비, 「별나라를 위한 피·눈물·쌈!! 수무방울」, 『별나라』, 1927.6.1, 42쪽.

101 최병화의 실제 인물사진을 몇 군데에서 확인할 수 있다. 우선, 「보고 싶흔 얼골」(『별나라』, 1927.6.1.)에서 집필 위원 9명(한정동, 최규선, 서록성, 안준식, 최병화, 염근수, 이정호, 진종혁, 최희명)의 사진을 공개하였는데, 최병화의 사진을 가운뎃줄 중앙(안준식(위)과

에서 최병화가 새로운 갈래인 '학교소설'을 다수 발표하였음을, "선생님도 분필가루를 상당히 마시는데"에서 최병화가 학교에서 교편을 잡고 있었음을 짐작할 수 있다. 『무궁화 두 송이』는 최병화가 필명 '접몽'으로『별나라』(1926년 11~12월호)에 발표한 소년소설이다.

최병화가 본명인 '최병화'를 제외하고 가장 많이 사용한 필명은 '최접몽'과 '접몽'이다. '최접몽'은 성(姓)은 그대로 두고 이름 '병화' 대신 '접몽'을 사용한 것이다. '최접몽'을 사용한 작품 수는 10편, '접몽'은 6편에 불과하지만, 시기적으로 보면, 1924년부터 1936년까지 10년이 넘는 기간에 걸쳐 사용하였기에 주변 문인과 독자들에게 익숙한 필명이라고 할 수 있다. '최접몽', '접몽'을 필명으로 사용한 작품을 정리하면 다음과 같다.

염근수(아래) 사이)에 배치하였다. 이 시기는 최병화가 <배재고보> 재학 시기로, 앳된 모습이 남아 있다. 다음으로, 「글 써주시는 선생님들」(『어린이』, 1934.1.20.)에서 성년으로 보이는 최병화의 인물사진(24번 사진)을 확인할 수 있는데, 화질이 선명하여 최병화 사후에 출간된 『즐거운 메아리』(교학사, 1975, 속표지)에서 같은 사진을 사용한 것으로 보인다. 최병화의 생전 마지막 사진은 좌담회 「한글전용을 어떻게 보나?」(『조선일보』, 1950.1.30.)를 다룬 신문 기사에서 찾아볼 수 있다.

<사진 1> 최병화의 인물사진

「보고십흔 얼골」	「글 써주시는 선생님들」	「한글전용을 어떻게 보나」	『즐거운 메아리』
(『별나라』, 1927.6.1.)	(『어린이』, 1934.1.20.)	(『조선일보』, 1950.1.30.)	(교학사, 1975, 속표지)

<표 1> 최병화 필명(최접몽, 접몽) 작품 목록

글쓴이	작품명	갈래	게재지	게재연월일
최접몽	무덤의 사람	신시	조선일보	1924.10.13
최접몽	황혼	시	동아일보	1924.10.20
접몽	귀여운 눈물	동화	별나라	1926.07.01
접몽	병든 꽃의 우름(눈물의 저진 편지)	소녀소설	별나라	1926.09.01
접몽	무궁화 두 송이(전 2회)	소년소설	별나라	1926.11.01~12.01
최접몽	눈섭 시는 밤	동요	동아일보	1927.02.01
접몽	비단결 선생님	소녀소설	별나라	1927.05.01
최접몽	혈구(血球)(전 3회)	야구소설	별나라	1927.06.01~08.18
최접몽	수선화의 향기	소년소설	별나라	1928.03.15
접몽	세계영웅위인 소개(1)	소년소설	별나라	1930.03.19
접몽 역	돌구렝이 잡은 이약이	모험실화	별나라	1930.06.01
최접몽	봉희의 편지	소설	신소설	1930.09.01
최접몽	송별회의 밤	학교소설	조선일보	1933.12.06
최접몽	내 힘을 밋는 사람(전 2회)	학교소설	조선일보	1934.01.14~16
최접몽	소도서관(전 2회)	학교소설	조선일보	1934.01.16~17
최접몽	천도복숭아 (전 2회)	동화	조선일보	1936.03.11~12

(4) 나븨쑴(나뷔쑴)

넷째, 최병화의 필명 '나븨쑴(나뷔쑴)'의 경우이다.

소녀소설『비단결 선생님』오래-ㅅ 동안 공부에 골몰하섯던 나뷔쑴(蝶夢) 선생님의 살을 점이고 쌕를 짝는 듯이 애타고 피 쓸는 설은 소설! 소녀소설. 누가 이것을 눈물 업시 읽으시겟슴니가? 누가 이것을 보고 울지 안으시겟슴니가 잔득 기다립시요.(5월호부터 연재)[102]

---

102 「(연재 광고) 소녀소설『비단결 선생님』」, 『별나라』, 1927년 4월호, 18쪽.

위 인용문은 『별나라』에 실린 작품 연재 광고이다. "소녀소설 『비단결 선생님』"을 "나뷔숨(蝶夢) 선생님"이 썼다는 말인데, 소녀소설 「비단결 선생님」은 최병화가 『별나라』(1927.5.1.)에 발표한 작품이기 때문에, '나뷔숨'은 최병화의 필명이다. 작품 연재를 광고하면서 최병화의 필명에 대한 정보를 『별나라』에서 직접 밝힌 것이다. 최병화는 필명 '나븨숨'으로 동요 「느진 봄」(『별나라』, 1926.7.1.)을 발표하고 '나뷔숨'으로 소녀시 「달밤」(『동아일보』, 1926.10.14.)을 발표하였다.

(5) 기타 필명: 효종(曉鐘), 최선생(崔先生), 병(秉), 조산병화(朝山秉和))

다섯째, 최병화의 필명 '효종(曉鐘)', '최선생(崔先生)', '병(秉)', '조산병화(朝山秉和)'의 경우이다.

'효종(曉鐘) 최병화'는 「고기득 군(高基得 君)은 죽엇다 하는도다」(『매일신보』, 1922.9.2)라는 기고문을 발표하였는데, 작품을 통해서 '효종'이 최병화의 필명인지 확인이 필요하다. '효종 최병화'의 「고기득 군은 죽엇다 하는도다」는 '화자'가 19세 젊은 청년 고기득 군의 죽음을 애통해하는 글인데, "아! 고기득 군이여 웨 그대는 십구 세라는 인생의 아름다운 시기를 최후로 알고 생물된 자에 원치 안코 실혀하는 비운을 당하얏는가?"라는 등 표현이 지나치게 예스러워 당시 만 15세인 최병화가 썼다고 하기에는 어려움이 있다.

'효종'이라는 이름으로 동요 「수염」(『조선일보』, 1929.11.14.)[103]이 발표되었

---

103 「수염」 전문은 다음과 같다. "엽집 영감 턱에는/수염이 업고/우리 집 머슴 영감/수염 길지요//우리 집 머슴 영감/국 마실 적엔/긴 수염 더푸룩이/국에 잠기죠//수염 업는

는데, '효종 최병화'와 '효종'을 이름만으로 동일 인물로 보는 것은 무리가 있다. 또한 동요 「수염」은 '화자'가 어른의 모습을 우스꽝스럽게 그리면서 어른을 놀림의 대상으로 삼고 있어, 최병화가 이와 비슷한 시기에 발표한 서정적인 동요(「널 쮸는 누님」(『동아일보』, 1927.2.8.); 「제웅」(『동아일보』, 1927.4. 6.))와 정서적으로도 어울리지 않는다. 따라서 '효종 최병화'와 '효종'은 최병화의 필명에서 제외하기로 한다.

최병화는 과학상식을 소개하는 「버래 잡아먹는 식물」(『별나라』, 1927.10. 10.)을 발표하였는데, 목차에는 작가명을 '최병화'로, 본문에는 '최선생(崔先生)'으로 기재하여, '최병화=최선생'임을 알 수 있다. 다만, 『별나라』에는 '최선생'을 한 번밖에 사용하지 않아, 필명으로 보기에는 어려움이 있다.[104]

최병화는 동화 「이상한 중」(『동화』, 1936.3.14.)을 발표하였는데, 목차에는 작가명을 '최병화'로, 본문에는 '병(秉)'이라고 쓰고 있다. 당대, 성명의 중간 자를 필명으로 사용하는 경우가 더러 있었다고 본다면, '병'도 최병화의 필명으로 볼 수 있다.

「제 선생 창씨개명」(『아이생활』, 1943년 10월호)을 통해 몇몇 작가들의 창씨 개명 사실이 밝혀졌는데, 최병화의 창씨명은 '조산병화(朝山秉和)'이다. 최병 화는 창씨명 '조산병화'로, 장편소설 「夢に見ろ顔(꿈에 보는 얼굴)」(『아이생활』,

---

엽집 영감/보기 우습고/쉴만 잘난 머슴 영감/보기 우습죠"

104 『어린이』에도 '최선생'이란 이름으로, 11편의 작품이 발표되었는데, 여기에서 '최선생'은 『어린이』 편집에 적극적으로 관여하였던 '최경화(崔京化)'일 것으로 추정이 되나, 실증적 자료를 통한 확인이 필요하다. 오영식 외, 『『어린이』 총목차 1923-1949』, 소명출판, 2015 참조.

1943.10.1.~12.1.)을 2회 연재하였다.[105]

이상의 연구에서 알 수 있듯이, 최병화의 필명은 오랜 기간 검증 없이 사용해 오다가, 최근에서야 오류를 확인하여 정정하거나 새로운 필명을 찾아 확정하고 있다. "부족하지만 흩어진 자료를 모으고 꼼꼼하게 읽어 보았다면 상당 부분 밝힐 수 있는 사실조차 아직까지 확인하지 못했다는 것은 아동문학 연구의 토대가 일천하다는 것"[106]이며, 합리적 의심과 면밀한 검토와 검증 절차 없이 기존 연구를 일방적으로 수용해 온 관행의 문제이기도 하다. 다행히 실제 최병화가 사용한 필명을 몇 가지 찾게 되었다. 다만, 자료와 근거의 부족으로 확정되지 못한 필명의 경우, 추가적인 연구가 뒤따라야 할 것이다. 최병화의 필명을 정리하면 다음과 같다.

<표 2> 최병화 필명 일람

확정된 필명	확정되지 않은 필명	배제된 필명
최접몽(崔蝶夢), 접몽(蝶夢), 나뷔쑴, 나븨쑴, 병(秉), 조산병화(朝山秉和)	경성(京城), 고월(孤月), 최선생(崔先生)	고접(孤蝶), 효종(曉鐘)

2) 새로운 필명 제기

"『별건곤』 1932년[107] 2월호의 목차에는 「순아 참살 사건」의 저자가 최병

---

105 「夢に見ろ顔(꿈에 보는 얼굴)(2회)」(『아이생활』, 1943.12.1.)의 작품 말미에 "(つづく)"라고 하여 후속편을 기약하였으나 『아이생활』이 1944년 1월호로 폐간되어 작품 연재도 중단될 수밖에 없었다.

106 류덕제, 앞의 책, 2017, 297쪽.

화로 되어 있으나, 본문에서는 작가 이름이 최유범으로 나와 있다. 이는
최병화와 최유범이 동일 인물일 수도 있다는 가능성을 보여주는 작은 근거
이다"[108]

박광규는 최병화 연구에서 함께 살펴볼 작가로 '최유범'을 지목하면서,
"최병화와 최유범의 접점을 살펴보면 두 작가 모두 일본 탐정소설을 번안했
으며, 비슷한 시기에 『별건곤』과 『아희생활』에 작품을 발표한 바 있"[109]다
고 하면서, 최병화와 최유범의 동일 인물 가능성을 제기하였으나 확정할
만한 근거 자료를 제시하지는 못하였다.

최병화와 최유범이 동일 인물이라면 '최유범'은 최병화의 새로운 필명이
되는 것이다. 이에 관한 확인과 검증을 통해 최병화 연구의 대상과 범위를
한정할 필요가 있다.

최유범의 필명에 관한 기왕의 연구를 살펴보면 다음과 같다.

최애순은 1930년대 탐정소설의 특성을 연구하기 위해서, "《별건곤》에서
번역자 겸 창작자로 가장 왕성한 활동을 했다고 판단되는 최류범과 류방"의
작품을 분석하였다. '최류범(崔流帆)'과 '류방(流邦)'을 본격적으로 다룬 첫
번째 연구로서, 최류범과 류방[110]의 탐정소설 작품을 정리하면서 순수 창작

---

107 「순아 참살 사건」은 『별건곤』 1933년 2월호(1933.2.1.)에 발표한 작품이기에 박광규 연구
　　의 '1932년'은 '1933년'의 오자이다.

108 박광규, 앞의 논문, 2013, 42~43쪽.

109 박광규, 위의 논문, 45쪽.

110 '류방'이 『별건곤』에 발표한 작품은 「연애와 복수」(제52호, 1932.6.1.), 「기차에서 맛난
　　사람」(제53호, 1932.7.1.), 「공중을 나는 유령선(하)」(제55호, 1932.9.1.), 「무죄한 사형수」

인지 해외 탐정소설을 번역(번안)한 작품인지 밝히는 데 중점을 두었다.[111]

오혜진은 최유범에 관해서 "유독 『별건곤』이라는 잡지를 통해서 작품을 등재한 것을 보면 아마도 잡지사 기자였거나 그쪽 관계자였을 가능성이 높다"고 하였다. "최유범의 모든 작품은 『별건곤』을 통해 발표"되었다고 하면서, 외국 추리소설 '뤼팽'의 우리식 차음은 '유방'이며, "'유범'이란 이름 역시 이를 변형하여 지은 필명인 듯" 싶다고 하였다. 또한 최유범의 이름이 등장하기 전에 '류방'이란 이름으로 번역된 추리소설 2편이 있으므로, 최유범과 류방이 동일 인물일 가능성이 높으나 확인된 사실이 없다고 하였다. '최유범'과 '류방'의 동일 인물 가능성을 처음으로 제기했다는 점에서 의의가 있다.[112]

한국추리작가협회 편집부는 1930년대 초반 『별건곤』에 탐정소설을 발표한 최유범에 대해서 "그의 이름 표기를 '최유범'이라고 했지만 '최류범'이라고도 읽을 수 있는데, 이것은 그의 이름이 당시 소개되어 추리소설에 흥미 있는 독자 사이에서는 이미 알려져 있던 아르센 뤼팽—당시 표기로는 '루팡'—의 이름에서 차용한 것"이라고 하였다. 또한, "비슷한 시기 [별건곤]에만 글을 실었던 '류방流邦'이란 필자 역시 루팡이라는 이름에서 차용한 것으로 보인다고 하면서, 작품 형태와 시기를 볼 때 최유범과 류방은 동일 인물이

(제57호, 1932.11.1.) 등이다.

111 최애순, 「1930년대 탐정의 의미 규명과 탐정소설의 특성 연구」, 『동양학』 42호, 단국대학교 동양학연구원, 2007, 23~42쪽 참조.

112 오혜진, 「1930년대 한국 추리소설 연구」, 중앙대학교 대학원 박사학위논문, 2008, 88쪽. 만일 '최유범'과 '류방'이 동일 인물의 가능성이 있다면, '최병화'와 '류방'의 동일 인물 가능성도 함께 따져볼 필요가 있다.

아닐까"하는 의혹을 제기하였는데, 이는 오혜진의 연구를 그대로 수용한 것이다.[113]

조재룡·박광규는 '최유범'이 '최류범'으로도 읽히며, 이는 "'루팡'-의 이름을 최유범이 차용하여 말놀이를 한 것"이고, "'류방(流邦)'이라는 작가(역시 루팡의 이름에서 차용한 것으로 보이는 이름)와 최유범"은 동일 인물일 개연성이 높다고 하였는데, 이 또한 오혜진의 연구를 그대로 수용한 것이다.[114]

이상의 논의 내용을 간략히 정리해 보면 다음과 같다.

먼저, '최유범'은 1930년대 탐정소설을 창작, 번역(번안)한 작가로서 '최류범'으로 불리기도 하였는데, '최유범(최류범)'은 해외 유명 탐정소설 주인공 '아르센 뤼팽(루팡)'의 이름을 차용한 필명으로 보았다.

다음으로, '최유범'과 비슷한 시기에 탐정소설을 발표한 작가 '류방'도 '뤼팽(루팡)'의 이름을 말놀이하여 만든 필명으로 보았다.

또한, 이름도 유사하고 비슷한 시기에 『별건곤』에 탐정소설을 발표한 '최유범'과 '류방'이 동일 인물일 가능성을 제기하였다.

마지막으로, 『별건곤』에 발표한 탐정소설 「순아 참살 사건」의 저자가 '최병화'(목차), '최유범'(본문)으로 된 것으로 보아, 두 사람이 동일 인물일 가능성이 있다고 보았다.

탐정소설 작가 '최유범'과 '류방'의 연관성은 추정에 머물러 있는 상황으

---

113 한국추리작가협회 편, 「최유범과 신경순에 대해서」, 『(계간) 미스터리』 통권29호, 2010. 9, 9~14쪽 참조.

114 조재룡·박광규, 「식민지 시기의 일본 탐정소설의 한국어 번역 연구-방정환, 최병화, 최유범를 중심으로」, 『비교문학』 제56집, 한국비교문학회, 2012.2, 137~162쪽 참조.

로, 추가적인 연구에서 밝히기로 하고, 이 글에서는 몇 가지 실증적인 자료를 통하여 '최유범'이 최병화의 필명인가를 확인하고자 한다.

(1)「순아 참살 사건」의 저자

첫째,「순아 참살 사건」의 저자의 문제이다.

탐정소설「순아 참살 사건」(『별건곤』, 1933년 2월호)의 저자를 살펴보면, 목차에는 '최병화', 본문에는 '최유범'으로 되어 있다. 여기에서 '최유범'이 최병화의 필명일 가능성을 제기할 수 있다.

그 근거를 들자면, 먼저 "일제강점기 아동문학가들 중에는 필요 이상으로 필명을 자주 그리고 많이 사용"[115]하였으므로 최병화도 필명을 사용하였을 가능성이 있다는 것이다. 덧붙여, "방정환이 사용한 여러 필명들 중, 탐정소설을 집필하거나 번역할 때는 항상 '북극성'을 사용했다는 점"[116]과 관련하여 최병화도 탐정소설을 발표할 때 필명 '최유범'을 사용하였을 가능성을 제기할 수 있다. 다음으로, 최병화는「순아 참살 사건」을 발표하기 전에 이미 탐정소설을 5회 이상 발표한,[117] 기성 '탐정소설 작가'였으므로 탐정소설「순아 참살 사건」은 최병화의 작품일 가능성이 높다는 것이다. 마지막으로, 잡지를 만들 때, "목차를 먼저 구성한다고 볼 때 작가 이름을 최병화에서

115　류덕제, 앞의 책, 2017, 298쪽.

116　조재룡·박광규, 앞의 논문, 149쪽.

117　1932년 2월 이전에 최병화가 발표한 탐정소설은 다음과 같다.「혈염봉(전 2회)」(『학생』, 1930.5.1.~6.15.),「과학 탐정, 철동소년(3회 확인)」(『별나라』, 1930.5.6.~7.1, 확인한 작품은 3회나 결호에 미확인 작품이 더 있을 것으로 추정됨)

최유범으로 바꾸었을 가능성"[118]도 배제할 수 없다.

(2) 최유범의 작품 활동 시기

둘째, 최유범의 작품 활동 시기의 문제이다.

최유범은 「인육 속에 뭇친 야광주」(『별건곤』 32, 1930.9.1.) 번역을 시작으로, 탐정소설 「순아 참살 사건」(『별건곤』, 1933.2.1.)을 비롯하여 총 14편(연재 포함 발표 횟수 21회)의 작품을 발표하였는데, 『별건곤』에 11편, 『아이생활』 1편, 『새동무』 1편, 『어린이나라』 1편이다. 작품 갈래로는 탐정소설이 11편, 모험소설 1편, 동화와 인물이야기가 각 1편이다. 『별건곤』 11편은 모두 1932년에서 1934년 사이에 발표하였고, 『아이생활』 1편(전 6회)은 1940년 한 해에 발표한 작품이다. 8·15 광복 이후, 1947년 『새동무』에 동화를, 1950년 『어린이나라』에 인물이야기를 발표하였다.[119]

여기에서 주목할 것은 최유범이 작품을 발표한 잡지의 같은 호에 최병화의 작품도 함께 실려 있는 경우인데, 『별건곤』 3회, 『아이생활』 5회, 『새동무』와 『어린이나라』는 각 1회로, 총 10회가 확인된다.

---

118 박광규, 앞의 논문, 43쪽.

119 최유범의 작품은 다음과 같다. 「인육 속에 뭇친 야광주」(『별건곤』 32, 1930.9.1.); 「순아 참살 사건」(『별건곤』 60, 1933.2.1.); 「질투하는 악마」(『별건곤』 61, 1933.3.1.); 「K박사의 명안」(『별건곤』 62, 1933.4.1.); 「이상한 걸인」(『별건곤』 63, 1933.5.1.); 「못생긴 악한」(『별건곤』 64, 1933.6.1.); 「아연 중독자」(『별건곤』 65, 1933.7.1.); 「『흑묘좌』 기담(黑猫座綺譚)」(『별건곤』 68, 1933.12.1.); 「약혼녀의 악마성(전 3회)」(『별건곤』 69~71, 1934.1.1.~3.1); 「누가 죽엿느냐!」(『별건곤』 72, 1934.4.1.); 「인육 속의 야광주」(『별건곤』 73, 1934.6.1.); 「마경천리(전 6회)」(『아이생활』, 1940.4.1.~11.31.); 「죄 있는 머슴」(『새동무』, 1947.11.1.); 「술 주정군 아들(베토오벤의 소년시대)」(『어린이나라』, 1950.2.1.)

『별건곤』 제61호(1933.3.1.)에는 봄맞이 특집 '봄! 그째 잇처지지 안는 그 정경!'란에 최병화의 수필 「봄 짜라 생각나는 그 모녀」가 실려 있고, '특별 독물'로 최유범의 탐정소설 「질투하는 악마」가 실려 있다. 『별건곤』 제62호 (1933.4.1.) 목차에는 최병화의 소설 「저주 바든 동정」과 최유범의 탐정소설 「K박사의 명안(名案)」을 '특별독물'로 바로 옆에 나란히 배치하고 있으며, 『별건곤』 제64호(1933.6.1.) 목차에서도 '특별독물'로 최병화의 탐정소설 「늙은 살인마」와 최유범의 탐정소설 「못생긴 악한」을 바로 옆에 배치하고 있다.

최병화의 장편소설 「삼색화」(『아이생활』, 1940.1.1.~1941.3.1.)와 최유범의 장편모험소설 「마경천리」(『아이생활』, 1940.4.1.~11.31.)가 총 5회(1940년 4, 5~6, 9, 11, 12)에 걸쳐서 같은 호에 발표되었으며, 그 가운데 3회(1940년 4, 5~6, 12)는 목차에서 두 작품을 바로 옆에 나란히 배치하고 있다. 작품의 수록 면이 동떨어져 있고, '장편소설'(「삼색화」)과 '모험소설'(「마경천리」)로 갈래도 다른 두 작품을 목차에서 나란히 배치한 것이어서 편집 과정에 의도성이 있었을 것으로 추정된다.

8·15 광복 이후, 최유범의 작품은 총 2편을 확인할 수 있는데, 이 2편도 최병화와 함께 발표하였다. 『새동무』(제11호, 1947.11.1.)에 최유범은 동화 「꾀 있는 머슴」을, 최병화는 소년소설 「푸른 보리 이삭」을 발표하였다. 『어린이 나라』(1950.2.1.)에는 '최류범'으로 「술 주정군 아들(베토오벤의 소년시대)」을, 최병화는 모험소설 「십자성의 비밀」을 발표하였다.

최유범은 일제강점기에 탐정소설 중심의 작품 활동을 하였는데, 작품 활동 시기는 1932년에서 1934년 사이, 1940년 한 해에 집중되어 있다. 활동 시기가 들쑥날쑥하여 꾸준하지 않았음에도 최병화와 최유범이 동일 잡지에 작품을 여러 편 함께 발표한 것과 해방기의 최유범 작품 2편이 최병화의 작품과 함께 발표된 것은, 두 사람이 동일 인물일 가능성을 더욱 높였다.

<표 3> 최병화, 최유범 잡지 중복 발표 작품 목록[120]

글쓴이	작품명	갈래	게재지	게재연월일
최유범	질투하는 악마	탐정소설	별건곤, 제61호	1933.03.01
최병화	봄 잇처지지 안는 그 정경	수필		
최유범	K박사의 명안	탐정소설	별건곤, 제62호	1933.04.01
최병화	저주 바든 동정 (어느 사생아의 고백)	탐정소설		
최유범	S·쑤레-크 명작단편집(2), 못생긴 악한	탐정소설	별건곤, 제64호	1933.06.01
최병화	늙은 살인마(일명 말사스 귀(鬼))	살인괴담		
최병화	삼색화(4)	소년소녀소설	아이생활, 15-4	1940.04.01
최유범	마경천리(1)	장편모험소설		
최병화	삼색화(5)	소년소녀소설	아이생활, 15-5	1940.06.01
최유범	마경천리(2)	장편모험소설		
최병화	삼색화(7)	소년소녀소설	아이생활, 15-8	1940.10.01
최유범	마경천리(4)	장편모험소설		
최병화	삼색화(8)	소년소녀소설	아이생활, 15-9	1940.11.01
최유범	마경천리(5)	장편모험소설		
최병화	삼색화(9)	소년소녀소설	아이생활, 15-10	1940.11.31
최유범	마경천리(완)	장편모험소설		
최유범	꾀 있는 머슴	동화	새동무, 제11호	1947.11.01
최병화	푸른 보리 이삭	소년소설		
최류범	특집·예술가들의 소년 시절	위인전기	어린이나라, 2월호	1950.02.01
최병화	십자성의 비밀	모험소설		

120 같은 잡지에 중복하여 발표한 작품끼리 음영으로 묶어서 표시함.

(3) 「마경천리」와 「십자성의 비밀」

셋째, 최유범의 장편모험소설 「마경천리」와 최병화의 장편모험소설 「십자성의 비밀」의 경우이다.

최유범은 1940년에 장편모험소설 「마경천리(전 6회)」(『아이생활』, 1940.4.1.~11.31, 이하 「마경」)를 발표하였고, 최병화는 1949년에 장편모험소설 「십자성의 비밀(전 9회)」(『어린이나라』, 1949.7.1.~1950.3.1, 이하 「십자성」)을 발표하였다. 발표 시기가 9년 이상 차이가 나고, 발표한 잡지도 서로 다른 두 작품 사이에서 최유범과 최병화 사이의 연관성을 확인할 수 있는데, 두 작품은 같은 작품이며, 최유범과 최병화는 동일 인물이다. 즉 '최유범'은 최병화의 필명이라고 할 수 있다. 이에 관해서는 두 작품을 함께 살펴보면서 확인할 필요가 있다.

먼저, 「마경」과 「십자성」은 작품 내용 구성상 흡사한 구조인 것을 확인할 수 있다. 「마경」은 총 6장 체제에 장별 3~5화로 구성되어 있다면, 「십자성」은 총 9회에 회별 3화씩 구성되어 있어 약간의 차이를 보인다. 회별 소제목을 살펴보면, 「마경」의 제1장 '1. 출발 전날 밤'과 '4. 청년 박물학자'는 「십자성」의 제1회 '★출발 전날 밤', '★청년 박물학자'와 같음을 알 수 있다. 「마경」의 '5. 침몰하는 흥아환'은 「십자성」에서 '침몰하는 해방호'로 바뀌는 등 몇 군데 변화는 있으나, 전체적으로 소제목이 같거나 비슷하게 구성되어 있음을 확인할 수 있다. 총 6장으로 구성된 「마경」을 「십자성』으로 개작하면서, 총 9회로 편수를 늘려 회별 3화로 내용을 구성하였으며, 새로운 이야기를 몇 군데 추가하였다.

「마경」과 「십자성」은 주요 사건과 이야기의 흐름도 흡사하다. 한 가족이 해외로 가던 중 스파이의 악행으로 여객선이 난파되어, 남매와 청년 박물학자 김병호는 바다에서 표류하다가 무인도에 표착하고, 다시 식인종 부족, 야생동물과 식인식물을 만나는 등 우여곡절을 겪은 후 부모님이 갇혀있는 스파이의 소굴로 잡혀가게 되지만, 주변의 도움으로 모두 무사히 구조된다는 내용의 서사로 구성되어 있다.

「마경」과 「십자성」의 작품 내용은 대부분 일치하나 몇 군데에서 사소한 차이가 나타난다. 두 작품의 주요 등장인물을 비교해보면, 「마경」은 아버지(한응호), 어머니, 아들(한세웅, 중학 2학년), 딸(한숙경, 소학 6학년), 윌리암(스파이, 영국인), 김병호(김 선생, 청년 박물학자)[121]이고, 「십자성」은 아버지(오세웅 박사), 어머니(김혜란 여사), 오수동(아들, 소년), 오복희(딸, 소녀), 윌리암(수상한 서양사람, 스파이), 김병호(김 선생, 청년 박물학자)이다. 등장인물의 이름과 직업이 달라진 부분이 있으나 사소한 차이일 뿐, 전체 이야기의 흐름에는 변함이 없다.

두 작품 사이에 달라진 부분으로, 아버지의 직업과 가족의 해외 출국 이유를 꼽을 수 있다. 「마경」에서는 "××상사회사(商事會社) 고급사원(高級社員)인 아버지가 이태리(伊太利) 로마—에 있는 출장소 소장(出張所 所長)으로 영전"(제1장, 26쪽)하게 되었다면, 「십자성」에서는 "우리나라의 오직 한 분밖

---

121 청년 박물학자 '김병호'는 일제강점기에 「곤충동화(전 24회 이상)」(『조선중앙일보』, 1933. 11.16.~12.31.), 「박물동요 연구-식물개설 편(전 29회 이상)」(『조선중앙일보』, 1933. 1.26. ~3.21.?)을 발표하였으며, 1940년에 누점포획기(螻蛄捕獲器)를 발명하여 조선 사람 최초로 〈제국발명장려회〉로부터 금패(金牌) 표창을 받기도 한, 곤충학자 '김병하(金秉河)'를 모델로 삼은 것으로 추정된다. '김병하'에 관해서는 류덕제, 앞의 책, 2021, 34~35쪽 참조.

에 안 계신 이학박사 오세웅 박사는 미국 뽀스톤에서 열리는 세계 과학자 대회에 우리나라 대표로 가게 되었다. 그 부인 김혜란 여사는 부녀대회에 우리나라 대표로"(제1회, 10쪽) 가게 된 것으로 바뀌었다. 「십자성」에서 내용을 개작한 것인데, 그 배경을 추측해 보자면, 비밀 정보를 입수할 대상으로서 적합성과 조국애를 불러일으킬 만한 인물로서의 적합성을 높이기 위한 측면이 있다. 「마경」의 '출장소 소장으로 영전'하는 '××상사회사 고급사원 한응호'보다는 「십자성」의 '우리나라의 오직 한 분밖에 안 계신 이학박사 오세웅 박사'가, 「마경」에서 이름도 소개되지 않은 어머니보다는 「십자성」의 "부녀대회에 우리나라 대표로 가게" 된 "김혜란 여사"가 스파이 일당의 악행 대상으로서, 조국애를 불러일으키는 인물로서 적합성을 높였다고 할 수 있다.

「마경」에서 「십자성」으로 오면서 사건이 추가되거나 이야기가 길어진 부분도 보인다. 무인도(「마경」은 '금한도', 「십자성」은 '금오도')에 표착했을 때 원숭이('해피')를 만나고, 식인종 부족을 만날 때 원숭이가 등장한 장면('숲속의 원숭이', 제3회 제1화)은 「십자성」에서 추가된 부분이다. 또 식인종 부족을 만나 '신의 사자'라고 하면서 병든 추장의 딸을 살려낸 사건을 「마경」(제3장 3화, '기적! 토인 소녀 소생')에서는 1쪽 분량으로 짧게 다루었지만, 「십자성」(제4회 3화, '병든 토인 소녀')에서는 3쪽에 걸쳐 길게 다루었다.

이상의 내용을 정리하면, 최유범의 장편모험소설 「마경천리」와 최병화의 장편모험소설 「십자성의 비밀」은 등장인물의 이름과 직업 등 몇 가지만 바뀌었을 뿐, 같은 내용의 작품이다. 이는 최유범을 최병화의 필명으로 볼 수 있는 중요한 근거가 된다.

이 글에서는 최유범을 최병화의 필명으로 보고, 연구 대상 범위에 최유범의 작품을 포함하여 다루고자 한다. 다만, "텍스트는 표면이고, 조각이며, 흔적일 뿐"이고 "그것을 완전하거나 전체적인 것으로 생각하면 문제"가 될 수 있기에 "고증을 통한 재구가 필요"하며 "그러기 위해 보다 광범위한 자료들을 모"아야 한다.[122] 따라서, 최유범과 최병화의 필명에 관해서는 추가적인 자료 발굴과 검증의 절차를 밟도록 할 것이다.

<표 4> 「마경천리」, 「십자성의 비밀」 작품 개요

「마경천리」(최유범)	「십자성의 비밀」(최병화)
제1장 인도양상의 참극 1. 출발 전날 밤 2. 꿋꿋한 결심 3. 세웅 군의 육감 4. 청년 박물학자 5. 침몰하는 흥아환	제1회 출발 전날 밤 수상한 서양사람 청년 박물학자
제2장 식인종 부락 1. 무인고도 2. 금한도 만세 3. 숙경환의 출범 4. 식인종의 습격	제2회 밤바다의 신호 침몰하는 해방호 무인도의 세 사람
	제3회 숲속의 원숭이 금오도 출발 식인종의 습격
제3장 신의 사자 1. 추장과 문답 2. 신의 사자인 증거 3. 기적! 토인 소녀 소생 4. 어머니 시계	제4회 김 선생의 꾀 신령님의 사자 병든 토인 소녀

---

122 김주현, 「선금술의 방법론」, 『신채호문학연구초』, 소명출판, 2012, 19쪽 참조.

「마경천리」(최유범)	「십자성의 비밀」(최병화)
제4장 공포의 밀림 1. 삼인 일제 사격 2. 『슈벨트』의 자장가 3. 부모님의 구두 자죽 4. 동물 삼키는 식물 제5장 갑첩의 소굴(스파이의 소굴) 1. 괴상한 백인 2. 석굴 감옥 3. 참혹한 고문 제6장 대단원 1. 생명의 은인 2. 윌리암의 최후발악 3. 유도와 권투의 육탄전 4. 마경천리	제5회 괴상한 잔치 아! 어머니 시계 무서운 맹수의 나라 제6회 슈벨트의 자장가 부모님의 구두 자욱 동물 삼키는 식물 제7회 괴상한 백인 석굴 감옥 철장에 나타난 얼굴 제8회 슬픈 상봉 내일 9시까지 깊은 밤의 총소리 제9회 김 선생님 눈물 밀림의 황홀한 풍경 휘날리는 태극기

제3장

최병화 아동문학의 갈래와 성격

일제강점기와 해방기에 아동문학 작품은 다양한 갈래 용어로 발표되었다. 특히 아동문학 작품은 작가의 의도, 작품의 길이, 독자의 나이와 성별, 작품의 문학적 특성 등 다양한 요인에 따라서 갈래 용어를 달리하였다. 이러한 갈래 용어의 난장(亂場)은 "장르가 문학적 실천을 가능하게 하는 제도로서 기능하는 것"으로 볼 수 있으며 "혼란스럽고 과도적인 것이라기보다 오히려 문학적 모색의 과정을 반영하는 구체적이고 생생한 표현"[1]으로 볼 수 있다.

용어와 작품의 발생·변화 순서는 작품이 먼저이거나, 아니면 작품과 용어가 동시에 변화하는 것을 알 수 있다. 즉, 용어가 먼저 생기고 그에 맞는 작품이 생산된 것이 아니라, 한 시대가 요구하는, 혹은 일군의 작가들이

---

1   조은숙, 「일제강점기 아동문학 서사 장르의 용어와 개념 고찰」, 『한국 아동청소년문학 장르론』, 청동거울, 2013, 36쪽.

지향하는 작품의 경향이 먼저 형성됨과 동시에, 혹은 형성된 다음 그에 합당한 명칭이 생겨났다는 것이다. 그러므로 장르의 변화는 그대로 한 장르의 문학사가 되는 것이다.[2]

위 인용문에서는 작가가 지향하는 작품의 경향(의도나 목적)이 먼저 생기고 이후에 갈래 용어가 나타나거나, 작가가 지향하는 작품의 경향과 갈래 용어가 동시에 생긴다고 하였다. 갈래 용어는 시대적 요구와 작품의 경향이 형성된 이후 문학의 장에서 변화와 쇄신, 수용의 과정을 거친 뒤, 통시적·공시적 좌표(문학사)를 만든다는 점에서 일리 있는 지적이다.

일제강점기에 최병화가 다양한 갈래 용어로 아동문학 작품을 발표한 것은 작가가 지향하는 작품의 경향이 그만큼 다양하였다는 것을 의미하고, 문학적 모색을 적극적으로 시도한 것으로 보아야 할 것이다. 문제는 작품에 나타난 갈래별 특징이 명확하지 않고, 작품간 내용이나 형식 면에서 별다른 차이를 갖지 못해 갈래 용어에 맞추어 작품을 구별하거나 대응시키기가 쉽지 않다는 것이다. 다만, 최병화의 작품에 나타난 갈래 용어는 작가의 문학적 지향을 나타난 것이라고 볼 때, 해당 작품에 드러난 단서를 통해 갈래 용어에 내포된 시대적 요구와 작품의 경향을 찾고 문학사적 의의를 조명하는 데까지 나아가고자 한다.

---

2   권혁준, 「아동문학 서사 장르 용어의 통시적 고찰-'동화'를 중심으로」, 『한국초등국어교육』 제39집, 한국초등국어교육학회, 2009.4, 87쪽.

1. 습작 시 창작을 통한 갈래 실험

1) 최병화의 습작기

최병화는 1924년에 신시, 시, 수필을 각 1편씩 발표하고 1925년에는 시 1편, 1926년에는 시, 소녀시, 동화, 소녀소설, 인물평전, 소년소설을 각 1편씩 발표하였다가, 1927년부터는 점차 여러 갈래(동요 3, 미문 1, 동화 2, 야구소설 1, 소품문 3, 회고록 1, 과학상식 1)로 작품을 확장해 간다. 1920년대 중반 주요 일간지와 아동 잡지는 "투서잡지(投書雜誌)"[3]의 형태로 필진을 구성하여 지면을 채우고 있었기에 예비 작가와 기성 작가의 구분이 모호한 시기라고 할 수 있다. 최병화도 문단 활동 초기 일간지에 투고하는 형태로 작품 활동을 시작하였는데, 시, 동요 등을 이 시기에 집중적으로 발표하였고, 일간지와 잡지를 오가며 작품의 발표 수를 늘려가고 있었다.

최병화는 신시 「무덤의 사람」(『조선일보』, 1924.10.13.)을 시작으로, 시, 소녀시, 동요 등 총 9편의 시[4] 갈래 작품을 발표하였다. 9편 모두 1920년대 중·후반에 쓴 것으로, 최병화의 아동문학 작품 활동 초기에 해당한다. 작품 수가 많지 않고 초기에 집중된 것에 대하여 명확히 밝혀진 사실은 없다. 다만, 최병화가 1920년대 후반 이후, 동화와 소년소설 등 다른 갈래의 작품을

---

3   "도쇼잣시(投書雜誌)는 독자의 투고를 받아 우수한 소설, 시가, 평론 등을 선발하여 게재하는 잡지를 가리킨다." 류덕제, 『한국 아동문학비평사를 위하여』, 보고사, 2021, 397쪽 각주 82번 재인용.

4   이 글에서 '시'는 두 가지 경우를 지칭하는 용어로 사용하고자 한다. 첫째, 신시, 시, 동시, 동요, 소녀시 등을 아울러 지칭하는 경우이고, 둘째, 서정 갈래의 하위로서 동시, 동요 등과 대등한 갈래인 '시'를 지칭하는 경우이다.

발표한 것으로 보아, 시를 쓴 시기는 본격적인 작품 창작 활동에 앞서 자신만의 재능과 특기를 시험해 본 습작기[5]로 볼 수 있다.[6] 많은 편수는 아니지만, 기성 작가로 나아가기 위한 작가의 습작기에 발표한 작품이기에 작가연구에 있어서 중요한 의미를 지닌다고 할 수 있다.

따라서, 이 글에서는 최병화가 시 갈래를 중심으로 작품 활동을 펼친 문단 활동 초기를 습작기로 보고, 최병화의 습작기 시 갈래의 특징과 문학사적 의의를 살펴보고자 한다.

2) 최병화의 시 갈래 현황과 작품세계

최병화가 발표한 시 갈래 작품은 신시[7] 1편, 시 4편, 소녀시 1편, 동요 3편으로 총 9편이고, 본명 최병화로 4편, 필명 '최접몽'으로 3편, '나븨쑴'과 '나뷔쑴'으로 각 1편씩 발표하였다. 발표지면은 『조선일보』 3편, 『동아일보』

---

5 습작기는 "예비 작가가 작가로 발돋움하기 위한 수련 과정"이면서 "전문 작가들이 하나의 작품을 완성하기 위해 시험적으로 연습해 보는 행위"와 "작품의 내용을 시험해 보는 과정"을 가리킨다. 한국문화예술위원회 편, 『100년의 문학용어 사전』, 아시아, 2006, 451쪽 참조.

6 최병화가 1920년대 후반 이후 시 갈래를 더 이상 쓰지 않게 된 배경에 대해서는 관련 자료 수집과 추가적인 검토 과정이 필요하다.

7 "구시가(舊詩歌)에 대한 상대개념으로 갑오경장 이후에 나타난 새로운 형태의 시를 말한다. 즉 한국의 신문학 초창기에 씌어진 새로운 형태의 시가(詩歌)라고 하여 '신시(新詩)'라고도 한다. 그 전의 창가(唱歌)와 이후의 자유시 사이에 위치하는 것으로, 종래의 고가(古歌)인 시조나 가사와는 달리 당대의 속어(俗語)를 사용하고, 서유럽의 근대시나 일본의 신체시의 영향을 받은 한국 근대시의 초기 형태이다." 한국문학평론가협회 편, 『문학비평용어사전 하』, 국학자료원, 2006, 356~357쪽.

5편, 『별나라』 1편이었다. 『별나라』에 참가한 편집진이 필명을 사용한 이유가 "창간 초기 전문작가의 부재로 부족한 부문의 원고를 채우기 위해"[8]서라면, 최병화가 일간지와 잡지에 필명을 달리하면서 작품을 발표한 것은 여러 작품을 투고하고 게재하기 위한 의도적인 행동으로 볼 수 있다. 최병화의 시 갈래 작품을 표로 정리하면 다음과 같다.

<표 5> 최병화의 시 갈래 작품 목록

글쓴이	작품명	갈래	게재지	게재연월일
최접몽	무덤의 사람	신시	조선일보	1924.10.13
최접몽	황혼	시	동아일보	1924.10.20
최병화	가신 누의	시	조선일보	1925.10.26
나븨쑴	느진 봄	시	별나라	1926.07.01
나븨쑴	달밤	소녀시	동아일보	1926.10.14
최접몽	눈섭 시는 밤	동요	동아일보	1927.02.01
최병화	널쒸는 누님	동요	동아일보	1927.02.08
최병화	제웅	동요	동아일보	1927.04.16
최병화	세 죽엄	시	조선일보	1928.11.07

최병화의 시 갈래 작품의 내용은 "자연에 대한 정경 및 묘사, 계절에 따라 느끼는 애상감, 생활의 단상 등 순수한 동심과 서정이 주를 이루고 있"[9]다는 1920년대 『별나라』 동요와 별다른 차이를 보이지 않았다. 형식은 7·5조 음수율을 보이는 작품과 자유율[10]을 시도하는 작품이 눈에 띈다. 최병

---

8   정진헌, 『한국 근대 아동문학 장르 인식과 분화』, 역락, 2022, 53쪽.

9   정진헌, 위의 책, 62쪽.

10   "자유율(自由律)은 정형적인 율격 규범으로부터 자유로워진 가락으로, 근대 자유시의 율

화의 시 갈래 작품의 특징을 내용과 형식을 중심으로 살펴보면 다음과 같다.

첫째, 최병화의 시는 저무는 계절과 황혼을 연결 지어 적막하고 쓸쓸하며 애상적인 정서를 자아낸다.

> 눈물과 피로 수 노흔
> 임종의 해가 넘어갈 쌔
> 우수-수- 낙엽 지는
> 가을 오동나무 밋헤서
> 아아! 흙 아래 잠자는 사람이
> 그리워라. 그리워라.
>
> 자연은 가을이 왔다고
> 애닯분 노래를 부르는 초추에
> 황혼은 웨 이리 서러울싸
> 죽은 사람의 아름다운 얼골을
> 생각하면. 생각하면.
>
> ―「무덤의 사람」 부분

> 목동은 논두랑으로 소모라 가고
> 농군는 시내갓에서 발 씻는다
> 집ㅅ마다 밥 진는 연기는
> 저무러가는 하날에 써도라
> 흘너 덥허서 어둠을 돕는데

격을 가리킨다. 이 리듬은 외적으로 나타나는 규범적인 형식이 없으며, 시인의 개성에 전적으로 맡겨져 있다는 점에서 이전과 전혀 다른 유형이라 할 수 있다." 박현수, 『시론』, 울력, 2022, 222쪽.

이른 별은 하날에서 반작반작

(중략)

나무 아래엔 노인의 한숨

잔듸에는 아해들의 우슴

돌빗헤는 실솔(蟋蟀)의 우름이 킷돌々々

뒤쓸에는 낙엽 지는 소래 우수-수

저무러가는 하날에 석기여

그윽히 들니며 날은 차차 어두어간다

― 「황혼」 부분

　신시 「무덤의 사람」은 낙엽 지는 가을과 황혼, 죽음을 연결 지어 적막하고 쓸쓸한 분위기 속에서 애상함을 더하고 있으며, 삶의 방향에 대해 갈피를 못 잡고 방황하는 시적 화자의 복잡한 심경을 담은 작품이다. 최병화의 등단작으로 볼 수 있는데, 이때 최병화의 나이는 만 17세였으며 <배재고보>에 입학하기 전이었다.[11] 「무덤의 사람」은 어둡고 무거운 심경을 담아낸 것이 특징적인데, "당시 소년문예사들의 과잉된 감정의 분출"[12]로 볼 수 있다.[13]

11　최병화는 1906년 11월 20일 출생이고, <배재고보>에는 1925년 9월 1일에 입학하였다. 장성훈, 앞의 논문, 제80집, 274쪽 참조.

12　정진헌, 앞의 책, 70쪽.

13　박현수는 시를 쓸 때 초보자가 범하기 쉬운 오류 세 가지(첫째, 일부러 어렵게 만든다(구체성의 문제), 둘째, 초점이 없다(응집성의 문제), 셋째, 흐름이 부자연스럽다(긴밀성의 문제))를 들고 있는데, '과잉된 감정의 분출'도 엄밀히 말하면, 구체성, 응집성, 긴밀성의 부재에서 기인한 문제라고 할 수 있다. 박현수, 『시창작을 위한 레시피』, 울력, 2014, 38~46쪽 참조.

시 「황혼」도 '저무러가는 하날'과 '낙엽 지는 소래 우수수'를 연결 지어 애상적인 분위기를 자아내는 작품이다. '밥 짓는 연기', '이른 별', '실솔', '낙엽 지는 소래' 등 객관적 상관물을 통해 '황혼'과 '가을'의 애상적인 분위기와 이를 지켜보는 시적 화자의 심경을 자연스럽게 드러내고 있다.

두 작품 모두 깊어져 가는 가을날과 해 저무는 황혼을 배경으로 하고 있지만, 「무덤의 사람」과 비교해 볼 때 「황혼」은 내면의 고민과 정서적 갈등을 드러내기보다는, 깊어져 가는 가을날 해 질 무렵 농촌의 풍경과 정취를 관조적으로 그리고 있어 다분히 서정적이고 낭만적이라고 할 수 있다. 한 작가가 불과 일주일 간격으로 발표한 작품이라고 하기에는 두 작품의 분위기와 표현 기법의 편차가 큰 편인데, 이는 '신시'와 '시'라는 갈래의 차이에서 비롯된 것이라 할 수 있다. '신시'는 '신체시'로서 새로운 형태의 시를 실험하는 새로운 갈래라는 점에서, 기존의 시풍(詩風)과 차별화를 꾀했을 가능성이 높다. 다만, 한 작가의 작품간 편차가 크다는 것은 작가의 필력이 일정 궤도에 오르지 못한 것으로도 볼 수 있다.

둘째, 최병화의 시 가운데 '죽음'을 소재로 한 작품이 눈에 띈다.

어엽쓴 누이를 이른 지
셋 가을이 되도다
여위인 풀 밋헤서 피로 우러
그치려지 안는 버레의 우름
원한에 사모친 설음이
나까지 울리여라
(중략)

보름달 누이 얼골
갈사록 그립어지도다
쌀쌀한 가을바람에
우—수수 락엽지니
아! 언제나 이제는
꼿 피는 봄이나 기다리여라

― 「가신 누의」 부분

「제웅이나 조롱주」
외치는 소리
가엽구나 제웅아
너의 신세야
멧푼 돈에 팔넛니
너의 한 몸이
일 년 도액 대신해
끌녀가는 것
원통하고 분하고
설어 운대다
머리 싸로 팔 싸로
부러지다니
너의 죽엄 왜 그리
애처러우냐

― 「제웅」 부분

몸부림 하는 숩—낙엽이 우는 숩속이여!
걱구러지는 해—붉은 피를 토하는 해여!
눈 홉쓴 싸치—마즈막 숨이 끄치는 싸치여!

써돌아다니는 내 령혼이 너이들 세 죽엄을
내 혼자 어루만저 조상하노라

— 「세 죽엄」 부분

시 「가신 누의」는 누이의 죽음을 슬퍼하고 그리워하는 마음을 드러낸 작품이다. 깊어가는 가을과 맞물려 누이에 대한 그리움과 애절함을 더하고 있는데, 마지막 행에 '꽃 피는 봄'을 기다린다는 표현은 절망적인 상황에서 이를 넘어서려는 의지를 보인 것으로, 앞선 작품(「무덤의 사람」, 「황혼」)과 차별화되는 지점이다. '꽃 피는 봄'과 같은 표현에 주목할 필요가 있는데, 최병화가 이후 발표한 작품의 제목에 유독 '꽃', '봄' 등이 많이 등장하는 것은 죽음 이후에 꽃으로 피어날 것이라는 작가의 믿음과 희망이 작품에 반영된 것으로 볼 수 있다.

동요 「제웅」은 한 해 나쁜 액운을 막기 위한 주술적인 대용물 '제웅'을 의인화하여 그의 희생과 죽음을 연민하고 안타까워하는 작품이다. 동요가 재미있는 가사와 가락을 활용해 어린이가 노래 부르는 것을 전제로 한 갈래라고 할 때, 「제웅」은 7·5조의 율격을 지키고 있으나 '머리 싸로 팔 싸로', '너의 죽엄', '악착한 사자 손에', '배를 쌔어서' 등과 같은 자극적인 내용이 주를 이루고 있어서 동요로서의 적합성 문제를 제기할 수 있는 작품이다. 최병화의 시 작품, 특히 동요가 당대와 그 이후에 널리 알려지지 않고 불리지 않은 원인을 작품 내부에서도 찾을 필요가 있다.

시 「세 죽엄」[14]은 '낙엽이 우는 숲', '붉은 피를 토하는 해', '마즈막 숨이 쓰치는 까치'를 '죽엄'으로 연관 지은 작품이다. '느진 가을 황혼'을 시간적 배경으로 하여, 죽음의 이미지를 부각하고 있고 애상적 분위기를 고조시키고 있다. 다만, 작품 뒤에 실린 "쓸쓸하게 점으러 가는 가을 황혼을 숨과 해와 까치의 세 가지로 잘 그렷다. 그러나 좀 더 세련된 글자를 사용할 수 업섯슬가"[15]라는 여수(麗水) 박팔양의 평가는 착상은 좋았으나 이를 풀어가는 섬세한 표현력의 부족을 한계로 지적한 것이다. 이처럼 최병화의 시에 나타난 '죽음'은 실제 누이의 죽음을 다루는 경우와 시적 화자의 관념에서 만들어 낸 경우로 나눌 수 있다.

셋째, 동심을 다루고 있으며, 7·5조의 음수율 또는 다양한 방법으로 운율을 만들어내는 작품이 있다.

> 섣달 금음날 밤
> 이 밤을 자면은
> 누님 말슴이
> 눈섭이 센다구요

---

14 「세 죽엄」은 최병화가 <연전> 재학 시절에 『조선일보』 '학생문예'란에 투고한 작품이다. 「세 죽엄」과 같은 지면에 <울산 대현공보> 교사로 있던 요산(樂山) 김정한(金廷漢)의 시 「벼는 익는다」와 「야국(野菊)」이 나란히 실려 있다. 또한 "학생문예-투고 환영-", "학생문예 환영"이라는 안내 문구에서 알 수 있듯이 『조선일보』는 당대 학생들의 원고 투고를 적극적으로 지면에 반영하고 있었고, 독자투고 시(작품)에 전문가의 '평(評)'을 달아주는 방식으로 문예가를 꿈꾸는 독자의 참여를 유도하고 있었다. 「학생문예-투고 환영」, 『조선일보』, 1928.11.7.; 「학생문예환영」, 『조선일보』, 1928.11.10 참조.

15 최병화, 「세 죽엄」, 『조선일보』, 1928.11.7. 최병화의 시 「세 죽엄」에 대한 평(評)을 한 '여수'는 시인 김여수(金麗水: 1905~1988)로, 김여수의 본명은 박팔양이다. 필명으로 여수(麗水), 여수산인(麗水山人), 여수학인(麗水學人)을 사용하며, 『동아일보』, 『조선일보』, 『중외일보』 기자를 역임하였다. 류덕제, 『한국 아동문학비평사를 위하여』, 보고사, 2021, 42~43쪽 참조. '여수'라는 이름으로 비평문 「당선된 학생 시가에 대하야」(『조선일보』, 1929.1.1.)를 발표한 것은 『조선일보』 기자로 근무한 이력과 맞아떨어진다.

그래서 밤을 새랴고
안저서 쏙박쇠박
안저서 쇠박쇠박

―「눈섭 시는 밤」 부분

썰거덕! 썰걱!
　널 쒸는 소리
오날이 톱날이라
　세배 못 가는
큰 누님 자근 누님
　널 쒸는 소리

―「널 쒸는 누님」 부분

한 송이 두 송이
복사꼿 써러지니
아! 봄의 천사는
가고야 만담니다.

물네방아 소래 들니는
뒷동산 잔듸에 안져
읽고 읽고 쏘 읽는
동모가 보낸 편지는
쇠불탕 글씨람니다.

―「느진 봄」 부분

　동요 「눈섭 시는 밤」은 섣달그믐에 잠을 자면 눈썹이 센다는 누나의 말을
믿고 밤을 새우기 위해 꾸벅꾸벅 졸고 있는 어린아이의 천진난만한 동심을

그렸고,[16] 동요 「널 쮜는 누님」은 설날을 맞이하여 댕기를 달고 즐겁게 널뛰기하는 누나들의 모습과 설날의 풍경을 그린 작품이다. 특히 「널 쮜는 누님」은 7·5조의 음수율로 당대 동요의 기본적인 형태를 지키고 있는 반면에, 「눈섭 시는 밤」은 7·5조의 율격을 갖추지 않았지만 1~2연을 각각 7행으로 맞추었고, "안저서 쇠박쇠박"과 같은 반복되는 시구를 사용하여 운율을 만들어내고 있다. 이 밖에도 「무덤의 사람」처럼 각 연의 마지막 행에 '그리워라. 그리워라', '생각하면, 생각하면', '보고십허라, 보고십허라', '나는 울랴ㄴ다, 울랴ㄴ다', '괴롭게 하여라, 괴롭게 하여라' 등을 배치하여 "동일한 어구나 문자의 반복"[17]을 통해 가락을 만들어 낸 경우가 있다.

시 「느진 봄」은 저무는 봄날 멀리 떨어진 동무에 대한 그리움을 그린 작품이다. 7·5조의 음수율에서 벗어나 있지만 각 연의 마지막 행에 '가고야 만담니다', '쇠불탕 글씨람니다', '쑴들이 깁허감니다'와 같이 비슷한 어구와 표현을 반복하여 가락을 만들어내고 있다.

넷째, '소녀시'라는 새로운 갈래의 작품이 눈에 띈다.

16　「눈섭 시는 밤」은 "섣달그믐 날 밤에는 어린이들은 맷돌 위에 있는 자기 신발들을 남몰래 감추어 둡니다. 만일 그냥 내버려 두었다가, 암쾡이가 신고 가면 신발 임자가 죽는다고 합니다. 또 자면 눈섭이 센다고 해서 아니 자려고 애를 쓰다가, 복조리 사라는 소리를 어렴풋이 들으면서 그만 자버립니다. 어느 집에서는 누나가 동생 눈섭에다가 분칠을 해 놓고는 그 이튿날 눈섭이 셋다고 해서, 정월 초하룻날 울기까지 하는 일도 있었습니다. 지금 생각하면 다 미신입니다. 나는 그때는 정말 같이만 믿어졌습니다."와 같이 작가의 어린 시절 추억을 바탕으로 한 작품이다.(최병화, 「내가 어렸을 때와 오늘의 어린이날」, 『월간소학생』, 1950.5.1, 13~15쪽 참조) 최병화는 「눈섭 시는 밤(전 2회)」(『조선일보』, 1936.1.31.~2.1.)이라는 동명(同名)의 동화를 발표하기도 하였다.

17　박현수, 앞의 책, 2022, 225쪽.

— 「달밤」 전문[18]

— 강병주, 「새파란 쑴」 전문[19]

---

18   최병화, 「달밤」, 『동아일보』, 1926.10.14.

19   강병주, 「새파란 쑴」, 『동아일보』, 1926.11.7.

소녀시 「달밤」은 7·5조의 율격을 갖추어 동요와 형식상 별다른 차이를 보이지 않았으나, 시어를 통해 '소녀'와 '여성성'을 강조하려는 의도를 찾을 수 있는데, 그 단서를 찾는다면, '애깃씨', '옥항아리', '시녀', '젖가슴에' 등의 시어를 들 수 있다.

「달밤」에서 특이한 점은 삽화가 시 본문보다 더 많은 자리를 차지하고 있다는 점이다. 비슷한 시기에 발표된 강병주의 시 「새파란 숨」(『동아일보』, 1926.11.7.)도 글보다는 그림에 주목하게 된다. 삽화를 그린 작가 염근수[20]는 "글과 그림이 주종관계가 아닌 대등한 관계를 보이며 운문 그림책의 탄생을 위한 초석이 된" "그림동요"[21]를 발표하고 있었고, 1926년 10월 당시 『동아일보』에 동화와 동요 등을 연재하고 있었는데, 최병화, 강병주 등 동료 작가들의 시에 삽화를 그려 그림동요를 발표하기도 하였다. 최병화가 문우 염근수와 '그림동요'라는 새로운 형식의 갈래를 실험하고 시도한 것은 의미 있는 행보라고 할 수 있다. 이러한 인연으로 1927년 1월 최병화, 염근수, 강병주 등은 아동문제연구회 <꽃별회>를 조직하여 함께 문단 활동을 펼치게 된다.

"문학 수업기에는 독서, 영향받은 작가 그리고 당시의 문학적 사조 등"[22]이 작가의 활동에 중대한 영향을 준다고 볼 수 있는데, 최병화는 습작기(문

---

20 염근수는 "1926년경부터 『별나라』의 속표지에 그림을 그렸고", "1926년 9월부터 『별나라』의 새로운 동인으로 참여"(류덕제, 앞의 책, 2021, 126쪽 참조)하는 등, 최병화와 『별나라』에서 함께 활동한 사이였다. 이후 최병화의 창작동화 「낙화암에 피는 꽃(전 4회)」(『조선일보』, 1929.6.30.~7.4.)에 삽화를 그리기도 하였다.

21 정진헌, 앞의 책, 60~61쪽 참조.

22 김용성·우한용, 『한국근대작가연구』, 삼지원, 2003, 36쪽.

학 수업기)에 주요 일간지(『조선일보』, 『동아일보』)와 잡지(『별나라』)를 중심으로 시 갈래를 실험하였으며 염근수, 강병주 등 <꽃별회> 회원들과 문학적 교유를 통하여 문단 활동의 토대를 마련하였다고 할 수 있다.

최병화의 시 갈래 작품의 갈래 용어에 따른 작품 특성을 정리하면 다음과 같다.

<표 6> 최병화의 시 갈래 작품 특성

갈래 용어	분류 기준	작품 특성
신시	형식, 문체	실험적인 형식, 문체
시	태도, 주제	관조적. 어둡고 무거운 주제
동요	동심, 율격	동심, 7·5조 율격, 노래를 전제로 한 운율
소녀시	젠더[23]	7·5조 율격, 소녀적(여성적) 표현

3) 최병화의 시 갈래 실험

최병화는 1924년 신시 「무덤의 사람」을 등단작으로 하여, 문단 활동 초기에 총 9편의 시 갈래 작품을 발표하였으며 점차 동화나 소년소설 등 다른 갈래로 작품 활동을 확장해 갔다. 1920년대 후반 이후 더 이상 시 갈래 작품을 발표하지 않은 것으로 보아, 최병화 문단 활동 초기 시 갈래 작품 활동은 전문 작가로 작품 활동을 펼치기 위한 습작 과정이라 할 수 있다. 이 글에서는 최병화의 습작기 시 갈래 작품의 특징과 문학사적 의의를 살펴

---

23 이 글에서 '젠더(gender)'는 생물학적인 성(性)과 당대 사회·문화적으로 인식되고 통용되는 성 개념을 아울러 일컫는 말이다.

보고자 하였다.

최병화는 『조선일보』, 『동아일보』, 『별나라』에 시를 발표하였으며, 필진의 부족을 메우고 여러 작품을 다양한 지면에 투고하고 게재하기 위해 필명을 사용하기도 하였다.

최병화의 시 갈래 작품의 특징을 내용과 형식을 중심으로 정리하면 다음과 같다.

첫째, 최병화의 시는 저무는 계절과 황혼을 서로 연관 지어 애상적인 정서를 드러내고 있다. 신시 「무덤의 사람」은 지나치게 어둡고 무거운 분위기의 작품이라면 시 「황혼」은 시적 화자가 관조적인 태도를 취하여, 보다 서정적이고 낭만적인 분위기를 만들어내고 있다.

둘째, '죽음'을 소재로 한 작품이 눈에 띈다. 시 「가신 누의」는 누이의 죽음에 대한 애절한 마음을, 동요 「제웅」은 액막이 인형 '제웅'에 대한 연민과 안타까움을, 시 「세 죽엄」은 숲, 해, 까치를 죽음으로 연결 지어 조상하려는 시적 화자의 태도를 보인 작품이다. 최병화의 시에 나타난 죽음은 누이의 죽음과 시적 화자의 관념에서 만들어 낸 죽음으로 나눌 수 있다.

셋째, 동심을 다루고 7·5조의 음수율을 근간으로 하되 정형율에서 벗어나 있으면서도 다양한 방법으로 운율을 만들어내는 작품이 있다. 최병화의 동요 「눈섭 시는 밤」은 어린아이의 천진난만한 동심을, 「널 쮜는 누님」은 설날의 즐거운 분위기와 널 뛰는 소녀의 마음을 다루고 있다. 7·5조의 음수율을 근간으로 하는 작품과 정형율에서 벗어나 있지만 비슷한 어구와 표현의 반복을 통해 가락을 만들어 낸 작품이 있다.

넷째, '소녀시'라는 새로운 갈래의 작품이 눈에 띈다. '소녀시'의 형식은

7·5조의 음수율을 따르고 있는데, '소녀'와 '여성성'을 드러낼 수 있는 시어의 사용에서 갈래의 특징을 찾을 수 있다.

최병화는 습작기에 다양한 형식의 시 갈래 작품을 시도하였으나, 감정이 과잉되게 표출되거나 지나치게 어둡고 무거운 주제를 다룬 탓으로 두드러진 작품으로 나아가지는 못하였다. 최병화가 시 갈래가 아닌 다른 갈래로 방향을 틀게 된 중요한 이유라고 할 수 있는데, 이에 대해서는 추가적인 자료 수집과 검토 과정이 뒤따라야 할 것이다.

2. 소년소설[24]을 통한 흥미성의 추구

1) 학교소설과 아동 현실의 반영

(1) 학교소설의 등장

아동문학가 최병화는 일제강점기와 해방기에 다양한 갈래 용어로 작품을 발표하였는데 1930년대에 '학교소설'이라는 새로운 갈래의 작품을 집중적으로 발표한 것이 그 예이다.

최병화의 학교소설은 작품 제목으로 구분하면 42편, 연재를 포함한 작품 발표 횟수로는 71회에 달하며, 1946년 해방기에 발표한 「학교에 온 동생」(『주

---

24 일반적으로 '소년소설'은 "소년소녀소설의 준말로서 소년 소녀들의 현실 세계를 그린 소설"이며, "중학생 이상 고학년까지를 대상으로 하는 소설"을 가리킨다.(이재철, 『세계 아동문학사전』, 계몽사, 1989, 178~179쪽 참조) 이 글에서는 소년 소녀들이 읽을 만한 학생소설, 탐정소설, 모험소설, 스포츠소설 등을 '소년소설'에 포함하고자 한다.

간소학생』제29호, 1946.10.28.) 1편을 제외하면 모두 1930년대에 집중적으로 발표한 것이다. 한국 아동문학의 "발흥성장기"[25]로 불리는 시기에 적지 않은 작품을 발표하였는데도 최병화의 학교소설에 관한 연구는 진행된 적이 없어 연구의 필요성과 긴요성을 더하고 있다.

하나의 갈래 용어가 정착되기까지는 작가의 문학적 시도와 독자의 반응과 환류라는 상호작용, 문단 내 암묵적인 동조와 합의가 필요하다. 즉 아동문학 갈래 용어는 작가의 문학적 시도와 지향을 포함한 당대의 복잡한 문학적 작용의 산물이라고 할 수 있다. 1930년대 학교소설이라는 새로운 갈래 용어가 등장하게 된 당대 사회·문화적 배경과 문단의 분위기를 살펴보고 문학사적인 의미를 정리하는 것은 이에 관한 확인 절차라고 할 수 있다.

이는 "학교소설로써 우리의 가슴을 뛰놀게 해주시는 최병화 선생님"[26]과 "2·30년대에 순순하게 아동문학을 지켜왔던 작가들 가운데서는 유일한 미담가화적 소년소설의 명수"[27]라는 평가의 의미와 적절성에 관한 검증과도 맞닿아 있다.

이 글의 목적은 아동문학가 최병화가 개척한 학교소설 갈래를 정리하고 평가하는 것이다. 최병화가 발표한 학교소설 작품의 원전 자료를 실증적으

---

[25] 이재철은 1923년 소파 방정환이 『어린이』를 창간한 때부터 태평양전쟁 발생 전인 1940년까지를, 아동문학의 "본격적 출발을 보아 근대적 아동문학을 형성"한, 한국 아동문학의 '발흥성장기'라고 하였는데, 이를 다시 '근대적 아동문학의 형성'(1923~1930), '근대적 아동문학의 전개'(1930~1940)로 구분하였다. 이재철, 앞의 책, 453~458쪽 참조.

[26] 최병화, 「감나무 선 동네」, 『아이생활』, 1938.12.1, 62쪽.

[27] 이재철, 「Ⅶ. 기타의 작가들-2. 이구조·김성도·조풍연·최병화·최인화」, 『한국현대아동문학사』, 일지사, 1978, 285쪽.

로 수집하고 분석·검토하여 작품 현황을 살펴보고, 작품세계의 특징과 문학
사적 의미를 고찰하고자 한다.

(2) 최병화 학교소설의 근원

먼저, 1930년대 최병화가 내놓은 학교소설이 어디에 뿌리는 두었는지
근원을 찾아보고, 최병화 학교소설의 작품 현황을 정리한 후, 작품의 내용
적·형식적 특징과 문학사적인 의미를 살펴보고자 한다.

> 1931년 이후에는 최병화, 김상덕, 현덕, 최영해, 송창일, 정홍교, 임원호,
> 윤석중이 주도적으로 동화란을 이끌었다고 해도 과언이 아니다. 특히『어
> 린이』를 통해 1920년대 말부터 동화 작품을 상당수 발표하고, 한때『별나라』
> 의 편집동인으로 있었던 최병화(崔秉和)는 1933년 10월 이후 '학교소설'이라
> 하여 조선일보에 동화를 집중 발표했다.[28]
> 특히 1933년 10월부터 1934년 6월까지『조선일보』에 '학교소설'이라는
> 장르명칭을 달고 발표한 단편들은 이 시기 그의 소설 세계를 특징짓는 것
> 이라 할 수 있겠다.[29]

지금까지 최병화의 학교소설에 초점을 둔 연구는 없었으며 그나마 위의
두 연구를 통해 최병화가 학교소설을『조선일보』에 집중적으로 발표하였
다는 사실을 확인할 수 있을 뿐이다.

---

28 박경수,「제1부 일제강점기의 일간지 매체를 통해 본 부산·경남지역의 아동문학」,『아동
    문학의 도전과 지역 맥락-부산·경남지역 아동문학의 재인식』, 국학자료원, 2010, 116쪽.
29 임현지,「최병화 소년소설 연구-『이역에 피는 꽃』(1935)과「고향의 푸른 하늘」(1938)의
    만주 및 러시아 지역을 중심으로」, 인하대학교 대학원 석사학위논문, 2013, 15쪽.

1920년대 중반에 등단한 최병화가 학교소설이라는 갈래 용어를 사용하여 작품을 발표한 것은 1933년부터다.

> 용어와 작품의 발생·변화 순서는 작품이 먼저이거나, 아니면 작품과 용어가 동시에 변화하는 것을 알 수 있다. 즉, 용어가 먼저 생기고 그에 맞는 작품이 생산된 것이 아니라, 한 시대가 요구하는, 혹은 일군의 작가들이 지향하는 작품의 경향이 먼저 형성됨과 동시에, 혹은 형성된 다음 그에 합당한 명칭이 생겨났다는 것이다. 그러므로 장르의 변화는 그대로 한 장르의 문학사가 되는 것이다.[30]

위 인용문에서는 새로운 갈래 용어가 생기는 것은 당대 시대의 요구와 작가가 지향하는 작품의 경향이 형성된 이후의 일로 보았는데, 이는 시대와 작가라는 요인이 갈래 용어 생성에 결정적으로 작용함을 고려한 타당한 해석으로 보인다. 여기에서 '시대의 요구'와 '작가가 지향하는 작품의 경향'에 주목할 필요가 있다. 최병화가 학교소설이라는 갈래 용어를 사용하여 작품을 발표한 것도 당대 '시대의 요구'와 '작가가 지향하는 작품의 경향'에 맞춘 결과로 볼 수 있기 때문이다.

최병화가 학교소설 작품을 발표하는 데 중대한 영향을 주었을 '시대의 요구'와 '작가가 지향하는 작품의 경향'을 살펴본다면, 학교소설 갈래 용어가 어디에 뿌리를 두고 있는지 그 근원을 찾을 수 있을 것이고, 이를 통해 학교소설의 개념을 명료화할 수 있을 것이다.

---

30   권혁준, 앞의 논문, 87쪽.

우선, 학교소설이 등장하게 된 '시대의 요구'에 관한 것이다.

> 1920년대 초를 기점으로 한국인에게는 교육에 대한 중대한 의식의 변화
> 가 일어난다. 서당이 아닌, 보통학교를 지향하게 되었고, '소년'들은 근대
> 제도로 재편되는 사회에 무사히 편입하기 위해서라도 신(新)교육과정을
> 반드시 이수해야 한다는 부담을 안게 되었다. 민족의 부활을 담당해야 한
> 다는 임무가 계몽적 담론을 통해서 소년들에게 이미 강조되어 있던 터라
> 소년들은 근대적 교육에 순응하려는 모습을 보였다.[31]
> 일제강점기 조선인의 고등교육을 제한했던 식민 정책과 농업이 주된
> 산업 구조였던 사회적 배경 속에서 많은 소년 소녀는 학교에 진학하지 못
> 하거나 중도에 탈락했다. 따라서 학교, 가정 등을 배경으로 한 한국 아동소
> 설에서 근대적인 학교와 도시 중산층 가정은 주인공이 편입되고 싶은 동경
> 의 대상으로 제시된다.[32]

일제는 일제강점기 식민지 지배의 효율성을 높이기 위해 조선인에 대한
교육을 철저히 통제하였고, 1920년대에 들어서면서 교육에 대한 인식이
변화하면서, 근대적인 "제도권 교육에 대한 지향"[33]과 열기가 높아만 갔다.
이러한 시대적 분위기와 흐름은 문학 작품에 반영되어, "1930년대에 들어
서면서 소년소설은 현실적이고 리얼리티한 요소가 강해지며 학교는 청소년
들이 간절히 원하고 지향하는 목표공간으로 등장"[34]하거나 "고보에 적을

---

31   최미선, 「제4장 한국 소년소설의 전개과정」, 『한국 소년소설과 근대주체 '소년'』, 소명출
     판, 2015, 124쪽.
32   한국아동청소년문학학회 편, 『100개의 키워드로 읽는 한국 아동청소년문학』, 창비,
     2023, 23쪽.
33   최미선, 앞의 책, 124쪽.

두는 것이나, 상급 진학하게 된 사실 그 자체가 삶의 목적으로 보일 만큼 제도권 학교에 대한 열망"[35]이 강하게 표출되었다.

근대적 제도권 교육에 대한 높은 열기와 학교에 대한 지향이 최병화의 학교소설로 표출된 것은 당대 시대의 요구와 흐름을 반영한 자연스러운 현상이라 할 수 있다.

다음은 '작가가 지향하는 작품의 경향'에 관한 것으로 최병화의 학교소설은 방정환이 활동 초기에 발표한 고학생소설과 학생소설의 영향을 받았다고 할 수 있는데, 한국 아동문학의 선구자이며 『어린이』 잡지를 중심으로 최병화의 문단 활동을 이끌어 주었던 소파 방정환의 이력과 관련한 몇 가지 사항을 살펴볼 필요가 있다.[36]

방정환은 1910년대 후반에서 1920년대 초반 사이에 "가난한 고학생의 곤핍한 삶과 꿈을 다룬 '고학생소설'"[37] 4편을 발표한다.[38] 이 가운데 「고학생」과 「졸업의 날」은 '학생소설'이라는 갈래로 발표하였으며, 「우유배달부」

---

34 오세란, 「제3장 청소년소설의 상호텍스트성」, 『한국 청소년소설 연구』, 청동거울, 2013, 82쪽.

35 최미선, 앞의 책, 126쪽.

36 최병화는 「작고한 아동작가 군상-소파 방정환 선생」(『아동문화』 제1집, 1948.11, 56~58 쪽)에서 방정환과의 일화를 소개하였고, 「소파 방정환 선생」(『소년』, 1949.5.1.)에서는 방정환의 일대기를 간략한 전기 형식으로 소개한 바 있다.

37 염희경, 「'소설가' 방정환과 근대 단편소설의 두 계보」, 『아동청소년문학연구』 13호, 한국 아동청소년문학학회, 2013, 119쪽.

38 방정환의 고학생소설 작품은 다음과 같다. ㅅㅎ생, 「우유배달부」, 『청춘』 13호, 1918.4; ㅈㅎ생, 「고학생」, 『유심』 3호, 1918.12; 소파생, 「금시계」, 『신청년』 1호, 1919.1; 잔물, 「졸업의 날」, 『신청년』 2호, 1919.12.

는 <독자문예> 당선작으로, 「금시계」는 '단편소설'로 발표하였는데, 작품의 내용이 '고학생'의 고난과 역경, 성공에 대한 굳은 의지와 집념, 비애와 좌절을 다룬 공통점으로 '고학생소설'로 분류할 수 있다.

또한 방정환은 1927년에 '몽견초'라는 필명으로 '학생소설' 「만년샤쓰」(『어린이』, 1927.3.1.)와 「1+1=?」(『어린이』, 1927.4.1.) 2편을 발표하였다.[39]

창작품으로 감명 깊은 작품은 「만년샤쓰」 「금시계」가 있고 『어린이』지에 매호 연재한 「어린이 독본」 중에 찾을 수가 있다. 이 작품들을 읽으면 "씩씩하고 참된 소년이 됩시다. 그리고 늘 서로 사랑하며 도와 갑시다."하는 선생의 표어를 작품화하였다고 평할 수가 있다.[40]

「만년샤쓰」와 「금시계」는 학생소설로 발표하였지만 앞서 발표한 '고학생소설'로 분류하여도 무방한 작품이다. 최병화가 감명 깊게 읽었다는 것은 그만큼 영향을 크게 받았음을 뜻하며, "'씩씩하고 참된 소년이 됩시다. 그리고 늘 서로 사랑하며 도와 갑시다"하는 선생의 표어를 작품화'하였다는 것은 방정환의 작품에 대한 감상평이면서도 '작가(최병화)의 지향하는 작품의 경향'을 밝힌 것으로 볼 수 있다. 최병화의 학교소설에 고학생 이야기 소재가 자주 등장한 연유를 밝힌 셈이다.

최병화의 학교소설에 중대한 영향을 끼친 또 다른 작가로 미소 이정호를 들 수 있다.[41] 최병화의 학교소설 「승리를 위하여(전 2회)」(『조선일보』, 1933.11.

---

39 오영식 외, 『『어린이』 총목차 1923-1949』, 소명출판, 2015, 56~58쪽.
40 최병화, 「작고한 아동작가 군상」, 『아동문화』 제1집, 1948.11.10, 57쪽.

22.~23)에는 이정호의 『사랑의 학교』[42]가 소재로 등장한다.

> 네 사람이 우리 집에 놀나왓슬 째 너는 책장에서 『사랑의 학교』라는 책을 쩌내서 그중에 『학교』라고 제목을 붓친 이약이를 자미잇고 유익하게 읽지 안엇느냐? (중략) 나는 너에게 그째 긔억을 새롭게 하고 쏘 너의 쌔닷고 뉘웃침을 채죽칠하기 위하야 『학교』라는 이약이 중에서 몃 구절을 벗기여 보낸다.[43]
> 하여간 미소 형은 갔으되 이 한 권 책이 내 책장 속에 진열되어 어린 것들이 틈틈이 꺼내 읽는 것을 볼 때는 문학자의 생애란 것이 후세에까지 얼마나한 영향과 감화를 준다는 것을 절실히 깨닫는 동시, 한 작품이라도 신중한 태도로 집필할 것을 심각하게 깨달았다.[44]

최병화는 학교소설 「승리를 위하여」에서 실제 『사랑의 학교』의 「학교」(10월 28일 금요일)의 일부를 옮겨놓고 있는데, 최병화의 자녀가 『사랑의 학교』를 책장에서 꺼내 읽는 모습과 「승리를 위하여」에서 제자 수길이가 화자(선

---

[41] 최병화는 이정호와 관련해서 「동화 아저씨 이정호 선생」(『새동무』, 1947.4.1, 20쪽)과 「작고한 아동작가 군상-미소 이정호 형」(『아동문화』 제1집, 1948.11.10, 58~59쪽) 2편을 발표하였는데, 2편 모두 "『세계일주동화집』과 『사랑의 학교』(쿠오레)"를 소개하였다.

[42] 이정호는 『사랑의 학교-전역 쿠오레』(이문당, 1929.12)를 출간하였는데, 이는 "1929년 데아미치스(De Amicis, Edmondo)의 『쿠오레』를 「사랑의 학교」(『동아일보』, 1929.1.23. ~5.23.)로 번역"한 것이며, 일기의 10월분부터 다음 해 2월분까지를 번역한 것에다가 3월분부터 7월분까지를 보태어 단행본으로 묶은 것이다. 류덕제, 「1. 한국 아동문학 비평가(작가)-이정호」, 『한국 아동문학비평사를 위하여』, 보고사, 2021, 166~167쪽; 김영순, 「일제강점기 시대의 아동문학가 이정호」, 『아동청소년문학연구』 1호, 한국아동청소년문학학회, 2007, 205~208쪽 참조.

[43] 최병화, 「승리를 위하여」, 『조선일보』, 1933.11.23.

[44] 최병화, 「작고한 아동작가 군상-미소 이정호 형」, 『아동문화』 제1집, 1948.11.10, 59쪽.

생님)의 집에 와서『사랑의 학교』를 책장에서 꺼내어 읽는 모습이 중첩된다. 그만큼『사랑의 학교』를 읽는 자녀와 제자의 모습을 흐뭇하게 여겼음을 알 수 있고, 문학 작가의 작품 한 편이 후세에게 끼칠 영향력을 알기에 집필을 신중히 해야 함을 다짐하고 있다.

> 그 이튿날이엿습니다. 책보에서 가방에서 이 동무 저 동무가 꺼내 논 책이 이십여 권이 되엿습니다. 묵은 잡지 동화책 소년과학(××××)이란 책, 자미잇는 세계풍속사진(世界風俗寫眞) 그중에도 영호(英鎬)가 가지고 온『사랑의 학교』와 선생님이 주신『××××』열 권은 갑 잇고 귀중한 책이엿습니다.[45]

학교소설「소도서관」은 학교 공부만큼이나 잡지나 기타 교양서적을 읽는 것이 중요하다는 것을 알고 '나'(화자)와 성구가 중심이 되어 학급에 도서관을 만드는 이야기인데, "영호가 가지고 온『사랑의 학교』"를 "갑 잇고 귀중한 책"이라고 한 대목에서『사랑의 학교』에 대한 각별한 마음을 짐작할 수 있다.

또한 최병화는 소년미담「소년수병 엔리고(전 5회)」(『동아일보』, 1929.12.13. ~19)를 발표하였는데,『사랑의 학교』의 주인공 '엔리코'를 주인공으로 다룬 점이 눈에 띈다. 또한, 작품 발표 시기가 이정호가 "『쿠오레』를「사랑의 학교」(『동아일보』, 1929.1.23.~5.23.)로 번역"하고『사랑의 학교』(이문당, 1929.12)를 단행본으로 낸 시기와 서로 맞아떨어진다.[46]

---

45 최접몽,「소도서관 (2)」,『조선일보』, 1934.1.17.

최병화는 이정호를 통하여 '작가가 지향하는 작품의 경향'을 벼렸으며, 최병화의 학교소설은 이정호의 『사랑의 학교-전역 쿠오레』(이문당, 1929.12)에 문학 정서적 뿌리를 두고 있다고 할 수 있다.

이상으로, 최병화 학교소설의 근원을 살펴보았는데, 1930년대 학교소설의 등장은 일제강점기 식민지 교육 정책에서 파생된 근대적 제도권 교육에 대한 열기와 지향, 소외와 결핍 현상이 학교소설이라는 새로운 문학 갈래로 표출된 것이라 할 수 있다. 학교소설에서의 '학교'는 공간적 배경 이상의 개념으로, 공간적 배경뿐만 아니라 근대적 제도권 교육 체제하에 있는 학생(인물)과 학교 안팎의 상황과 여건을 아우르는 개념이다. 즉, 학교소설은 학교라는 근대적 제도권 교육과 관련된 학생(인물)이나 그 주변에서 벌어지는 사건을 소재화한 소설로 정리할 수 있다.

(3) 최병화 학교소설의 현황과 개작

최병화가 학교소설 갈래 용어를 처음 사용한 작품은 「우리 학교-슲은 졸업식」(『어린이』, 1933.3.20.)이다. 목차에서는 학교소설 「졸업식」이었으나, 본문에는 장편소설 「슲은 졸업식」으로 표기하였다. 「우리 학교-희망을 찾는 소리」(『어린이』, 1933.5.20.)도 목차에는 학교소설, 본문에는 장편소설로 되어 있다. 최병화는 『어린이』에 「우리 학교」 3편을 장편소설로 연재하였는데, 제1편이 「우리 학교-귀중한 일축」(『어린이』, 1933.2.20.)으로 목차와 본문

---

46   류덕제, 앞의 책, 2021, 166~167쪽 참조.

모두 장편소설로 되어 있다. 제2편 「우리 학교-슬은 졸업식」과 제3편 「우리 학교-희망을 찾는 소리」에서는 갈래 용어를 학교소설과 장편소설로 병용하였는데, 「우리 학교」 3편은 연재된 하나의 작품이므로 장편소설 갈래를 사용한 것이고, 개별 작품으로 보면 학교소설이므로 학교소설 갈래를 사용한 것이다. 따라서, 「우리 학교-귀중한 일축」도 학교소설 작품으로 분류하기로 한다. 이로써 최병화가 학교소설로 발표한 첫 작품은 「우리 학교-귀중한 일축」이 된다.

최병화가 『어린이』에 발표한 첫 작품인 「입학시험」(『어린이』, 1929. 5.10.)은 목차에는 갈래 용어가 들어가 있지 않지만, 본문에 "입학시험(창작)"(38쪽)으로 되어 있어, 창작 작품임을 밝혔다. 작품 속 주인공 "종득이와 재룡이는 ×군 다수(多壽)보통학교를 함께 졸업"(39쪽)하고 서울 ××고등보통학교 입학시험에 응시했으나 재룡이는 합격, 종득이는 낙제한 후, 서울역에서 이별하는 이야기이다. 학교소설 갈래 용어를 사용하지 않았으나 학교와 학생이 나오는 이야기로 학교소설로 보아도 무방한 작품이다.

이외에도 가난 때문에 퇴학 후 공장에 취직한 철수의 이야기를 다룬 입지소설 「소년 직공 「철수」」(『어린이』, 1931.1.1.)와 가난 때문에 오래된 헌 모자를 쓰고 학교에 갔다가 놀림을 받은 경복의 이야기를 다룬 소년소설 「경복의 모자」(『어린이』, 1931.2.20.), 가난 때문에 보통학교 졸업 후 철도역 역부로 취직한 철룡이 이야기를 다룬 소년소설 「불끈 쥔 주먹」(『어린이』, 1931.5.20.) 등은 학교소설로 보아도 무방한 작품이지만, 발표할 때 갈래 용어를 기준으로 제외하기로 한다. 이처럼 고학담(苦學談)을 다룬 비슷한 작품임에도 입지소설, 소년소설, 장편소설, 학교소설 등 여러 가지 갈래 용어를 혼용하였다는 것은, 당대에 문학 작품 갈래의 구분 기준이 모호하였다는 것과 작가들의 갈래에 관한 문학적 시도가 그만큼 적극적으로 이루어졌다는 것을 의미한다.

다만, 이 글은 최병화가 학교소설이라는 새로운 갈래 용어를 사용하여 작품을 발표한 배경과 문학사적인 의미를 살펴보는 데 중점을 두었으므로, 대상 작품은 학교소설 갈래 용어를 사용한 경우로 한정하기로 한다. 학교소설 갈래 용어를 처음으로 사용한 작품은 「우리 학교-귀중한 일축」이기 때문에, 이후의 작품 가운데 최병화가 학교소설 갈래 용어를 사용한 작품을 분석 대상으로 삼고자 한다.

최병화는 「우리 학교(전 3회)」(『어린이』, 1933.2.20.~1933.5.20.)를 발표하면서 학교소설 갈래를 처음으로 사용하였고, 「경희의 변도」(『조선일보』, 1933.10.24.) 발표를 시작으로 「백옥과 흑옥(전 6회)」(『조선일보』, 1934.6.30.~7.6.)까지 『조선일보』에 총 31편(발표 횟수 60회)의 학교소설을 집중적으로 발표하였다.[47] 1930년대에 "조선일보에서는 최병화(崔秉和, 서울)가 동화 작품을 가장 많이 발표했다"[48]고 거명된 것도 학교소설의 영향이 컸다.

『조선일보』에 학교소설을 집중적으로 발표했던 근 8개월 동안, 『조선일보』가 아닌 다른 지면에 발표한 학교소설은 「경희의 벤또」(『어린이』, 1933.12.20.)와 「내 힘과 쌈」(『별나라』, 1934.1.22.) 2편인데, 2편 모두 앞서 발표한 「경

---

47 1934년 1월 16일에는 『조선일보』 동일 지면에 학교소설 「내 힘을 밋는 사람」과 「소도서관」 2편을 동시에 발표하기도 하였다.

48 박경수, 앞의 책, 185쪽.

희의 변도」(『조선일보』, 1933.10.24.)와 「내 힘을 믿는 사람(전 2회)」(『조선일보』, 1934.1.14.~16)의 내용 일부를 수정하여 재발표한 작품이다. 학교소설을 발표할 때는 대부분 '최병화' 본명을 사용하였고, 「송별회의 밤」(『조선일보』, 1933. 12.6.), 「내 힘을 믿는 사람」(『조선일보』, 1934.1.14.~16), 「소도서관」(『조선일보』, 1934.1.16.) 3편에만 필명 '최접몽'을 사용하였다.

1934년 7월 6일 「백옥과 흑옥」 연재를 끝으로 몇 년간 학교소설을 발표하지 않다가, 1938년 「우정의 승리」(『아이생활』, 1939.3.1.)를 비롯한 학교소설 5편을 발표하였다. 이후 해방기에 「학교에 온 동생」(『주간소학생』,[49] 1946.10. 28.) 1편을 발표하였다.

최병화의 학교소설 작품이 모두 새로운 창작물은 아니었다. 기존 작품을 개작하여 재발표하는 경우를 확인할 수 있다.

먼저, 학교소설 「최후의 일 분간(전 3회)」(『조선일보』, 1933.11.26.~29)은 「우리 학교-귀중한 일축」(『어린이』, 1933.2.20.)을 개작 발표한 작품이다. '교내축구대회'를 '학교 대항 축구대회'로 바꾸었고, 결승 골의 주인공 이름을 '문석'에서 '순창'으로, 주인공이 빠지게 된 이유도 '이상한 횡액'에서 '일주일 동안 병으로 앓았기 때문'으로 바꾸었으며, 학교의 명예를 걸고 대결하는 축구 경기인 만큼 응원가를 추가하고 관중석의 응원 분위기를 상세히 묘사하는 등 이야기를 다듬은 흔적이 눈에 띈다. 이는 학교 대항 축구 경기

---

49 원종찬은 "윤석중이 주도한 『주간소학생』(1946.2~1947.4)에는 이야기, 동화, 장편과학동화, 학교소설, 역사소설 등의 용어가 보인다"고 하였는데, 이때 '학교소설'은 최병화의 「학교에 온 동생」을 가리키는 것이다. 원종찬, 「해방 이후 아동문학 서사 장르 용어에 대한 고찰」, 『아동청소년문학연구』 5호, 한국아동청소년문학학회, 2009, 11쪽.

진행 상황을 보다 실감 나게 전하며 긴장감과 흥미를 높이는 효과를 배가하기 위한 의도적인 개작이라 할 수 있다.

최병화는 「경희의 변도」(『조선일보』, 1933.10.24.)를 학교소설 「경희의 벤또」(『어린이』, 1933.12.20.)로 다시 발표하였는데, 문장 몇 부분을 고쳤을 뿐 크게 달라진 점은 없다. 1938년 『조선아동문학집(선집)』(조선일보사출판부, 1938.12.1.)에 소년소설 「경희의 빈 벤또」를 발표하였는데, 앞선 두 작품은 단편으로, 화자(관찰자)가 경희의 빈 도시락을 확인하는 장면에서 끝이 났다면, 「경희의 빈 벤또」는 경희와 같은 반 친구 숙희가 신문팔이를 하다가 교통사고를 당하여 병원에 입원하게 되고 가난한 형편을 아는 경희가 자신의 도시락을 부어주고 오느라 빈 도시락을 들고 다니게 되었다는 이야기를 추가하여 뒷이야기를 상세화하고 있다. 여기에서 주목할 점은 같은 작품인데도 학교소설과 소년소설로 달리 발표한 점이다. 『조선아동문학집(선집)』에서 소년소설 특집으로 꾸리려는 의도에 맞춘 것일 수도 있지만, 갈래 용어로 살펴보았을 때, 소년소설은 학교소설 갈래 용어가 사용되기 전부터 있었고, 학교소설로 분류해도 무방한 작품이 소년소설로 발표된 것으로 볼 때, 소년소설은 학교소설을 아우르는 보다 넓은 개념이다. 즉 학교소설은 소년소설의 하위 갈래라고 할 수 있다.

학교소설 「돈 일 전의 갑」(『조선일보』, 1933.10.25.)은 3년 뒤에 동화 「어린이들의 이야기 동무: 돈 일 전의 값」(『가톨릭소년』, 1936.9.1.)으로 다시 발표하였는데, 마지막 문장 "그째 선생님이나 복남이나 여러 동무나 마음이 퍽 즐겁고 상쾌하얏습니다"를 "그때 복남이나 선생님이나 여러 반 동무들은 한결같이 마음이 기뻣습니다"로 바꾸었을 뿐 주인공 이름과 내용이 대부분 일치하는 작품이다. 다만, 학교소설을 동화로 다시 발표한 것은 갈래 구분이 모호한 연유로 당대 두 갈래를 혼용하여 사용하였음을 보인 경우라고 할 수 있다.

학교소설 「희망을 위하여」(『조선일보』, 1933.10.29.)에는 "첫재 번은 남의 새로 사 온 『크레용』을 가저갓지."라는 내용이 있고, 「눈물의 맹세」(『아이생활』, 1938.7.1.)에서는 친구의 크레용을 훔쳐 간 학봉이의 이야기를 다루고 있다. 이야기의 내용과 흐름을 견주어 볼 때, 「눈물의 맹세」는 앞선 「희망을 위하여」의 크레용을 훔친 이야기를 확대하여 상세히 풀어쓴 것으로 볼 수 있다. 이처럼 최병화의 작품은 기존 작품과 긴밀히 연결되어 있는데, 작품 간 "상호텍스트성(intertextuality)"[50]이 강하게 작용하고 있다고 할 수 있다.

동화 「만 원 얻은 수동」(『서울신문』, 1950.5.15.)은 학교소설 「백 원 어든 남성이」(『조선일보』, 1933.10.31.)를 주인공 이름과 내용 일부를 고쳐 다시 발표한 작품이다. 주인공이 '3학년에서 나이 제일 적은 안남성'에서 '3학년에서 키가 제일 작은 한수동'으로, 사건의 주요 내용이 '혜와공립보통학교 압길에서 백 원짜리 지전 한 장'에서 '□경원 앞에서 만원□[51] 쌈지'로 바뀌었을 뿐 이야기 내용은 거의 그대로이다. 1933년 학교소설로 발표한 작품을 1950

---

50 박용찬은 '상호텍스트성'에 대해서, "한 텍스트가 다른 텍스트와 맺고 있는 연관성"을 가리키는 말로, "작가들이 써낸 작품은 순수 자신의 영감에 의한 개인적 창작이라기보다 대부분 이전의 텍스트에서 얻은 텍스트의 영향을 바탕으로 써낸 것"이며 "주어진 텍스트를 생산하고 수용함에 있어서 참여자들이 다른 텍스트 지식에 의존하는 모든 방식들을 포괄하는 것"으로 볼 수 있다고 하였다. 박용찬, 『한국 현대시의 정전과 매체』, 소명출판, 2011, 298쪽 참조.

51 '□'는 원문 자료 상태 불량으로 판독 불가능한 글자.

년 동화로 갈래를 바꾸어 발표한 것인데, 최병화가 해방기 학교소설 갈래를 사용한 작품이 1편이라는 점을 고려해 볼 때, 해방 이후 학교소설 갈래는 크게 호응받지 못한 것으로 보인다.[52]

학교소설 「슬픈 리별」(『조선일보』, 1933.11.1.)은 최병화가 '접몽'이라는 필명으로 발표한 소녀소설 「비단결 선생님」(『별나라』, 1927.5.1.)과 내용이 흡사한 작품으로, 등장인물의 이름과 선생님의 사직(전근) 사유가 다르기는 하지만 주요 화소와 이야기 흐름은 일치한다. 다만, 보통은 뒤에 발표한 작품이 원작보다 내용이 길어지는데, 「슬픈 리별」은 더 짧게 간추린 작품이라는 게 특이하다. 최병화는 한 번 더 개작하여 학교소설 「꽃 피는 마음」(『아이생활』, 1938.4.1.)을 발표하는데, 전작에는 없던 내용이 추가된 것이 눈에 띈다. 새로 오신 '장 선생님'이 전에 계신 최 선생님과 동무이고 혜숙이의 아버지가 누명을 쓰고 경찰서에 붙잡혀간 이야기, 혜숙이가 뒷산 큰못에서 나쁜 생각을 했으나 장 선생님으로부터 최 선생님이 내년에 서울로 데려가 공부시키겠다는 이야기를 들으며 다시 희망을 품게 된 일 등이다.

「팔녀가는 풍금(전 2회)」(『조선일보』, 1933.11.10.~11)은 동화 「팔려간 풍금(전 3회)」(『중외일보』, 1927.4.11.~13)을 개작하여 발표한 작품이다. '나'가 친구 태민이에게 보내는 편지 형식으로, 죽은 누나가 아끼던 풍금을 통해 누나와의 추억을 떠올리는 등 내면의 슬픔을 잘 보여준 작품이다. 죽은 누나와의 추

52　최병화가 학교소설이라는 갈래 용어를 사용한 이후, 송창일이 학교소설 「거짓말」(『소년』 2-1, 1938.1)과 「부끄럼」(『소년』 2-3, 1938.3) 2편을 발표한 것으로 확인된다. 조은숙, 「일제강점기 아동문학 서사 장르의 용어와 개념 고찰」, 『아동청소년문학연구』 4호, 한국아동청소년문학학회, 2009, 99~100쪽 참조.

억이 서린 풍금, 이를 팔아버리려는 부모님 등 이야기 내용과 구조가 「팔려 간 풍금」과 유사하나, 주인공 이름, 집이 이사하게 된 것, '꿈'에서 누나의 환영을 보는 부분이 빠진 것은 달라진 점이다.

「내 힘과 쌈」(『별나라』, 1934.1.22.)은 필명 '최접몽'으로 발표한 학교소설 「내 힘을 믿는 사람」(전 2회)(『조선일보』, 1934.1.14.~16)과 동일 작품으로 문장 몇 부분을 다듬어 발표한 것이다. 아버지를 "노동자"라고 하였고, 이야기의 끝에 "무석이의 괴로운 로동을 위로하야 줄 것을 이저서는 안 된다"는 대목이 눈에 띄는데, 이는 노동자와 노동을 중시하는 『별나라』의 계급주의 성향이 반영된 것으로 볼 수 있다.

「졸업식날(전 2회)」(『조선일보』, 1934.6.10.~12)은 「우리 학교-슮은 졸업식」(『어린이』, 1933.3.20.)을 등장인물의 이름과 문장 몇 부분을 다듬어 발표한 작품이다.

「희망을 찾는 소리(전 3회)」(『조선일보』, 1934.6.13.~15)는 「우리 학교-희망을 찾는 소리」(『어린이』, 1933.5.20.)를 개작하여 발표한 작품이다. 작품 끝에 "이 것은 작년 『어린이』에 발표되엿든 것인데 다음 거와 연락이 되는 것임으로 한 번 더 발표하게 되엿습니다. (끗)"라고 한 작가의 말은, 이어서 연재한 「학교의 봄(전 2회)」(『조선일보』, 1934.6.16.~17)이 「희망을 찾는 소리」의 후속편임을 밝힌 것이다. 작품을 연재하면서 다음 작품과의 연결성까지 고려하고 있음을 확인할 수 있다.

최병화는 1950년에 소년소설 「귀여운 희생」(『아동구락부』, 1950.5.1.)을 발표하였는데, 이는 학교소설 「우정의 승리」(『아이생활』, 1938.3.1.)를 일부 개작한 작품이다. 전작에서는 '덕구'가 '영순'에게 장학금을 양보한 사실을 선생님이 반 친구들에게 공개적으로 밝혔다. 어려운 형편의 친구를 위해 남몰래 양보한 것이 이 작품의 중요 감상 지점이라고 본다면, 선생님이 공개적으로 밝히는 것(「우정의 승리」)보다는 자신만 알고 비밀을 지켜주는 이야기 전개(「귀여운 희생」)가 더 자연스러워 보인다. 최병화는 하나의 작품을 발표하고, 그 작품을 개작하여 재발표한 경우가 종종 있었는데, 이러한 과정에서 작품성을 높이기 위한 작가의 고민을 엿볼 수 있다. 최병화의 학교소설 작품 개작 현황을 표로 정리하면 다음과 같다.

<표 7> 최병화의 학교소설 작품 개작 현황[53]

글쓴이	작품명	갈래	게재지	게재연월일
최병화	우리 학교-귀중한 일축	장편소설	어린이	1933.02.20
최병화	최후의 일 분간(전 3회)	학교소설	조선일보	1933.11.26~29
최병화	경희의 변도	학교소설	조선일보	1933.10.24
최병화	경희의 벤또	학교소설	어린이	1933.12.20
최병화	경희의 빈 벤또	소년소설	조선아동문학집(선집)	1938.12.01
최병화	돈 일 전의 갑	학교소설	조선일보	1933.10.25
최병화	어린이들의 이야기 동무: 돈 일전의 값	동화	가톨릭소년	1936.09.01
최병화	희망을 위하야	학교소설	조선일보	1933.10.29
최병화	눈물의 맹세	학교소설	아이생활	1938.07.01
최병화	백 원 어든 남성이	학교소설	조선일보	1933.10.31
최병화	만 원 얻은 수동	동화	서울신문	1950.05.15
접몽	비단결 선생님	소녀소설	별나라	1927.05.01
최병화	슬픈 리별	학교소설	조선일보	1933.11.01
최병화	꽃 피는 마음	학교소설	아이생활	1938.04.01
최병화	팔려간 풍금(전 3회)	동화	중외일보	1927.04.11~13

---

53   원작품과 개작한 작품을 음영으로 묶어서 표시함.

최병화	팔녀가는 풍금(전 2회)	학교소설	조선일보	1933.11.10~11
최접몽	내 힘을 밋는 사람(전 2회)	학교소설	조선일보	1934.01.14~16
최병화	내 힘과 쌈	학교소설	별나라	1934.01.22
최병화	우리 학교-슲은 졸업식	학교소설	어린이	1933.03.20
최병화	졸업식 날(전 2회)	학교소설	조선일보	1934.06.10~12
최병화	우리 학교-희망을 찾는 소리	학교소설	어린이	1933.05.20
최병화	희망을 찾는 소리(전 3회)	학교소설	조선일보	1934.06.13~15
최병화	우정의 승리	학교소설	아이생활	1938.03.01
최병화	귀여운 희생	소년소설	아동구락부	1950.05.01

(4) 최병화 학교소설의 작품세계

최병화 학교소설의 작품세계가 어떠한 특징을 갖는지, 내용과 형식 면으로 나누어 살펴보기로 한다. 먼저, 최병화 학교소설의 내용 면을 살펴보면 다음과 같다.

첫째, 가난한 형편 때문에 학업에 어려움을 겪고 중도에 포기하거나 졸업 후 진학하지 못하고 취직하는 인물의 이야기를 다룬 고학담[54]이 많다.

그런대 무석이는 자기의 힘과 땀 갑으로 학비를 써 가며 자기의 압길을

---

54 최병화 '학교소설'의 주요 소재 가운데 하나가 '고학담'인 것은 야학 강습소 <배영학교>에서의 근무 경험이 반영된 것으로 볼 수 있다. 이정호는 최병화의 학교소설에 대해서, "『조선일보 특간』 아동란"에 연재되었고, "작자 최 씨가 련근동 배영학원의 원장으로 잇는이만치 학교 안에서 생기는 학생들의 생활 속에서 취재를 하야 날마다 단편적으로 자미잇게 써 나가는 것"이라고 하여, <배영학교>를 배경으로 하고 있다고 하였다. 또 최병화는 「총각좌담회」에서 "내가 가리친 아이들을 길에서 만히 만나게 되는대 우리 학교가 가난한 가정의 아이들만 수용하게 되여잇는 관게로"라고 하여, <배영학교>에서 고학생을 가르친 경험을 직접 밝히기도 하였다. 이정호, 「1933년도 아동문학 총결산」, 『신동아』, 1933년 12월호, 21쪽; 최병화 외, 「총각좌담회」, 『신여성』, 1933.2.1, 51쪽 참조.

자기가 개척하야 가고 또 어려운 집안 살림을 도와가는 것을 볼 때 엇재서 무석이 보기를 붓그러워 하지 안코 도리혀 놀리고 업수히 녁이느냐 말이 다.[55]

선생님이 가난한 형편 때문에 신문 배달부가 된 무석이를 놀리고 무시하는 다른 아이들을 나무라는 이야기인데, 최병화의 학교소설에는 '무석이'처럼 가난한 형편 때문에 학업에 어려움을 겪거나 중도에 포기하고 취직하는 학생이 자주 등장한다. 「우리 학교-숲은 졸업식」에서 졸업 후 학업을 포기하고 취직하는 아이들, 「경희의 변도」(「경희의 벤또」)에서 빈 도시락을 들고 다니는 경희, 「내 힘과 쌈」(「내 힘을 밋는 사람」)에서 신문 배달부 일을 하면서 공부를 병행하는 무석, 「월사금의 죄」(『조선일보』, 1934.2.4.~7)에서 월사금을 내지 못하여 학교를 결석한 덕순, 「우정의 승리」에서 가난한 형편 때문에 1등을 놓치면 포목점에 취직해야 하는 영순, 「새로 핀 두 송이 꽃」(『아이생활』, 1938년 9-10월 합호)에서 가난한 형편임에도 긍정적인 자세로 성실히 공부하는 명숙이가 이에 해당한다. 이러한 최병화의 고학담은 대부분 행복한 결말로 이어졌으며 절망의 순간에도 포기하지 않고 희망을 품고 살아가라는 주제 의식을 담고 있다.[56]

둘째, 최병화의 학교소설에는 선행과 정직 등 인성 덕목을 다룬 작품이

---

55 최접몽, 「내 힘을 밋는 사람」, 『조선일보』, 1934.1.16.

56 최병화의 작품에는 '봄', '꽃'이 자주 등장하는데, '봄이 온다', '꽃이 핀다'는 것은 꿈을 향한 희망의 신호이고 숱한 고난과 역경을 견뎌냈을 때 비로소 얻을 수 있는 보답이자 결실이라는 의미로 사용되었다.

눈에 띈다.

『우리 이 구루마를 써밀자』하고 일제히 힘을 합하야 써밀엇습니다. 그랫 더니 우리 세 사람의 작은 힘의 보태임이엿는지 구루마 박휘가 제법 순순 히 도라갓습니다. 우리들은 여기에 용기를 어더 가지고 왼몸의 힘을 다 드려서 『넷차』 소리를 내고 구루마를 쎄미럿습니다. 그랫드니 구루마는 두어 간통이나 올나갓습니다.[57]

「귀여운 쌈방울」에서 길을 가다가 힘겹게 언덕길을 올라가는 수레꾼의 수레를 밀어준 아이를 비롯하여, 「돈 일 전의 갑」에서 할머니의 무거운 짐을 들어드린 복남, 「마메콩 우박」에서 몰래 마메콩을 먹고 시치미를 떼다 가 물구나무서기로 들켜버린 똘쇠, 「희망을 위하야」에서 남의 크레용을 훔 친 봉수, 「백 원 어든 남성이」에서 길에서 돈 백 원을 주워 주인을 찾아준 안남성, 「작은 웅변」에서 가난으로 병들어 가는 아이를 도와준 아이들, 「월 사금의 죄」에서 덕순의 월사금을 대신 내주기 위해 어머니에게 저축할 돈 이라고 거짓말을 한 정숙, 「명랑한 교실」에서 반장 순성이가 친구의 잃어버 린 돈을 가져간 것으로 오해한 선생님, 「백옥과 흑옥」에서 착한 일을 많이 하여 흰 구슬을 크게 키운 영남이 이야기는 학생(인간)이 갖춰야 할 바른 마음과 자세, 즉 올바른 인성 덕목을 강조하고 있다.

셋째, 최병화의 학교소설에는 사제의 정을 그리는 작품이 많다. 사제의 정은 선생님과 제자 사이에 쌓인 돈독한 정, 걱정과 당부, 격려, 믿음과 칭찬

---

57   최병화, 「귀여운 쌈방울」, 『조선일보』, 1933.11.15.

등의 형태로 나타났다.

> 경숙이는 김 선생님을 그야말로 어느 째는 어머니처럼 어느 째는 아주머
> 니처럼 어느 째는 언니처럼 공경하여 왔고 어리광을 부려왓스며 김 선생님
> 께서도 경숙이의 외롭고 쓸쓸한 처지를 가엽시 생각하시고 남유달니 다정
> 히 구러주시엿습니다.[58]

삼 년 동안 친어머니, 친언니처럼 공경하던 김 선생님이 학교를 그만두게
되어 슬퍼하는 이야기를 다룬 「슬픈 리별」(「꽃 피는 마음」), 수신 시간 제자들
에게 반성을 통해 바른길로 갈 것을 독려하는 선생님의 목소리를 담아낸
「선과 악」, 나쁜 친구와 어울려 다니며 공부를 등한시하는 제자 수길이를
걱정하는 선생님의 이야기 「승리를 위하여」, 선생님이 제자 점석이의 잘못
을 지적하며 바르게 행동할 것을 다그치는 이야기 「마즈막 벌」, 학교의
시설과 여건이 좋지 못해 다른 학교 학생들에게 놀림을 받아 속상해하는
제자에게 선생님이 격려와 당부를 전하는 이야기 「희망을 찾는 소리」, 친구
의 크레용을 훔쳐 간 학봉이에게 마음이 가난한 것이 진짜 부끄러운 것이라
는 가르침을 주는 선생님의 이야기 「눈물의 맹세」가 이에 해당한다. 다만,
최병화의 학교소설에는 선생님과 제자의 마음이 쌍방향으로 교류되는 것이
아니라 선생님이 제자에게 일방적으로 가치를 전달하는 경우가 대부분이다.
넷째, 최병화의 학교소설은 친구와의 우정, 형제간의 우애를 다루고 있다.

---

58   최병화, 「슬픈 리별」, 『조선일보』, 1933.11.1.

꽃 피는 봄 새 노래 하는 봄 우리 누님은 몹쓸 병에 걸녀 갑작이 이 세상을 써나시엿다. 외? 그러케 일즉이 죽엇는지 몰느겟다. 꿈 가튼 일이엿다. 재조 만코 쏙쏙하다는 누님은 죽고 마럿다. 일즉이 죽을 사람이면 차라리 재조가 업고 못낫드라면 이다지도 어린 동생의 가삼을 괴롭게 하지 안을 것이다.[59]

「팔녀가는 풍금」은 죽은 누나가 잘 치던 풍금을 부모님이 팔까 봐 걱정하면서 죽은 누나와의 추억을 떠올리는 이야기이다. 이 밖에도 같은 반 안옥순이 전차에 치여 입원하게 되자 병문안을 가는 이야기 「전차와 옥순」, 경남 동래로 이사하게 된 숙경이를 위한 송별회 이야기 「송별회의 밤」, 가난한 형편의 영순이에게 1등을 양보한 덕구의 이야기 「우정의 승리」, 수학여행 내내 감나무에서 떨어져 다친 동생을 걱정한 우규의 이야기 「감나무 선 동네」, 갑자기 비가 오자 여섯 살 동생이 교실로 찾아와 우산과 먹을 것을 전해준 이야기 「학교에 온 동생」이 모두 친구와의 우정, 형제간의 우애를 다루고 있는 작품이다.

다섯째, 최병화의 학교소설은 1930년대 사회·문화적 분위기를 반영하고 있다.

조선 사람은 과학적 지식(科學的 智識)이 부족한데다가 연구하는 사람조차 만치가 못하다. 너히들은 장내 과학을 연구하는 사람들이 되여야 한다. 문학(文學)도 좃코 음악(音樂) 미술(美術)도 연구하여야 하겟지만 먼저 조선 사람에게 가장 하로가 급한 것은 무어니무어니 하야도 과학이다.[60]

<hr>

59 최병화, 「팔녀가는 풍금 (2)」, 『조선일보』, 1933.11.11.

1920년 중후반 계급주의 방향전환에 따라 아동문학에서도 '교양'을 중시하게 되었고, 주로 '과학적 지식을 보급'하는 형태로 나타났는데,[61] 1930년 대에 발표한 최병화의 학교소설 「실험하는 소년」에서 그러한 기조가 이어지고 있음을 확인할 수 있다. 이 밖에 실생활에 필요한 기술과 관련 직업을 경시하는 풍조를 비판한 「소년 직공」, 눈뜬장님이 되지 않기 위해서 배움을 강조한 「영미교상에서」, 학교 공부만큼이나 잡지나 기타 교양서적을 읽는 것이 중요하다는 「소도서관」, 노동을 중시하고 노동자를 존중하는 「내 힘을 밋는 사람」(「내 힘과 쌈」)은 1930년대 사회·문화적 요구를 작품에 반영하여 계급주의 방향전환 이후 당대의 분위기를 추정할 수 있게 하는 작품이다.

최병화의 학교소설 가운데, '학교'라는 근대적 제도권 교육 기관에 대한 호기심과 관심을 불러일으키는 「우스운 일 세 가지」, 일제강점기 조선 사람의 다문화적(중국인에 대한) 인식 수준을 보여준 「중국 소년」 등도 눈여겨볼 만한 작품이다.

다음으로, 최병화 학교소설의 형식 면을 살펴보면 다음과 같다.

첫째, 편지 양식을 자주 사용하였다.

이에 비해 『어린이독본』의 편지는 마치 한 편의 단편소설을 방불케 한다. 현저히 다른 문체를 실감하는 것은 그리 어렵지 않다. 이는 편지의 사연(내용)과 목적의 차이에서 비롯된 것일 수도 있다. 하지만 기본적으로 전자

---

60   최병화, 「실험하는 소년 (2)」, 『조선일보』, 1933.12.1.

61   장성훈, 「1920년대 최병화의 아동문학 활동 연구-초기 작품을 중심으로」, 『국어교육연구』 제81집, 국어교육학회, 2023, 430쪽 참조.

는 근대적 매체의 활용과 의사소통의 수단으로 '편지'가 들어가 있는 반면, 후자는 근대적 매체의 활용과는 상관없거나 적어도 뛰어넘어서 내면의 고백과 심리의 표현 등, 이른바 심미적 차원에서 활용되는 문종 혹은 장르로서 '편지'다. 문학의 차원으로 영역전이領域轉移된 형국인 것이다.[62]

『어린이독본』(회동서관, 1928.7.15.)[63]에는 '편지 양식'을 활용한 작품이 많이 수록되어 있는데, 편지는 '의사소통의 수단'을 넘어서서 '내면의 고백과 심리의 표현'이라는 심리적 차원에서 문학적으로 활용되었다는 것이다. 화자의 목소리에 작가의 의도를 쉽게 담아낼 수 있다는 것과 독자가 화자의 시선(입장)에 서서 이야기에 쉽게 몰입할 수 있다는 면에서 편지 양식은 유용한 것이다.

최병화의 학교소설도 편지 양식을 자주 활용하고 있다. 편지 양식을 활용하지만, 학교 현장이나 실생활에서 겪게 되는 상황을 생생하게 담아내고 그로 인한 근심과 걱정을 상세히 다루었다는 점에서 학교소설이라 할 만하다. 다만, 시종일관 편지 '화자'의 입장에서 일방적인 가치(주제 의식) 전달을 하고 있어 도식적이며 지루한 면이 있다. 편지 양식을 사용한 작품은 「우리학교-희망을 찾는 소리」(「희망을 찾는 소리」), 「희망을 위하야」, 「팔녀가는 풍금」, 「승리를 위하야」, 「내 힘을 밋는 사람」(「내 힘과 짬」), 「마즈막 벌」, 「월사금의 죄」, 「학교의 봄」 등이다.

---

62 구자황·문혜윤 편, 「해제: '아동'문학, 아동'문학', 그리고 『어린이독본』」, 『어린이독본 (새벗사 편집)』, 경진, 2009, 164쪽.

63 실제 최병화는 『어린이 독본』에 소녀소설 「병든 꽃의 우름(눈물의 저진 편지)」를 발표하였는데, 이것도 편지 양식으로 된 작품이다.

둘째, 최병화의 학교소설에는 '수신 시간'이 시간적 배경으로 자주 등장한다.[64] '수신 시간'을 통하여, 작가의 생각을 독자에게 적극적으로 펼칠 수 있고, '선생님'이라는 작가의 대변자를 통하여 다양한 가치와 교훈을 쉽게 전달할 수 있기 때문이다. 당대 문학 작가와 작품에 지워진 교육적 역할을 충실히 수행한 것이다. 최병화의 작품은 '미담가화(美談佳話)'[65]로 평가되었는데, 작가의 가치가 작품에 잘 드러났다는 것과 지나치게 교훈적·교화적이라는 비판을 중의적으로 표현한 것이라 할 수 있다. 다만, '학교'라는 공간을 배경으로 하는 학교소설인 만큼, '선생님'은 '학교-학생'만큼이나 불가분의 관계로 볼 필요가 있다.

셋째, 최병화의 학교소설에는 스포츠 소재를 활용한 작품이 눈에 띈다.

> 수길이가 파스해준 뽈을 문석이가 받앗습니다. 오학년 뽈빽은 이것을 빼아스려 하얏습니다. 이때 문석이는 뒤에 딸아온 종영이에게 뽈을 보내엿습니다. 눈치 빠른 종영이가 그 뽈을 받자 오학년 뽈빽은 그곳으로 쫓아갓습니다. 종영이는 다시 뽈을 얼는 문석이에게로 넘기여 주어서 문석이가 뽈을 잡기가 무섭게 그대로 받아서 문으로 찻습니다. 뽈은 오학년 킾어의 얼골에 가 맞아 깊이 뒤로 쓰러지면서 뽈을 집어던지엿스나 킾의 몸은 꼴나인 안에 들어 잇섯습니다. 이리하야 심판은 『꼴인』을 선언하얏습니다.[66]

「우리 학교-귀중한 일축」은 축구 경기 진행 상황을 실감 나게 전하며

---

64   학교소설의 대부분 작품에서 수신 시간과 선생님이 등장하기에 해당 작품 목록은 생략한다.

65   이재철, 앞의 책, 1978, 285쪽 참조.

66   최병화, 「우리 학교-귀중한 일축」, 『어린이』, 1933.2.20, 57쪽.

시종 긴장 속에서 흥미를 유지한 점이 돋보이는 작품이다. 스포츠 소재를 활용하되 학교소설이 가진 본연의 역할과 방향으로 이야기를 전개하는 것이 최병화 학교소설의 매력이라고 할 수 있다. 이러한 스포츠 소재를 활용한 작품으로는, 권투, 마라톤, 육상(사백 미터 릴레이) 등 스포츠 만능 재주꾼 '쌘비'의 이야기를 다룬 「『쌘비』삼룡이」, 이웃 ××고보와의 학교 대항 축구 시합 이야기를 다룬 「최후의 일 분간」 등이 있다. 이러한 작품은 '스포츠소설'이라는 갈래의 가능성을 높이고 있어 주목할 필요가 있는 작품이다.

이상으로, 최병화 학교소설의 특징을 내용과 형식 면으로 나누어 살펴보았다. 최병화의 학교소설은 '학교'라는 근대적 제도권 교육 기관을 중심으로, '학생'과 그 주변의 이야기를 다루었다. 학생(또는 학교 교육을 지향하는 독자)을 독자의 중심에 포함하여 이후 청소년소설의 발판을 마련하였다는 데 의의가 있다. 다만, 1930년대 소년소설의 하위 갈래의 하나로 자리매김 하려 하였으나 크게 호응받지 못하였고, 1950~60년대 이후 학원소설, 학생소설 등으로 갈래 용어를 바꾸었다가 이후 청소년소설로 이어졌다.[67]

아동문학가 최병화는 일제강점기와 해방기에 동화와 소년소설을 주로 발표한 작가로 알려졌는데, 1930년대에 학교소설이라는 새로운 갈래를 집중적으로 발표하였다.

발표한 학교소설의 작품 수는 총 42편이고 발표 횟수로는 71회에 달하며, 해방기에 발표한 1편을 제외하고는 모두 1930년대에 발표한 것이다. 한국 아동문학의 발흥성장기로 불리는 시기에 적지 않은 작품을 발표한 최병화

---

67 오세란, 앞의 책, 84쪽 참조.

의 학교소설에 관한 중점적인 연구가 필요한 상황으로, 이 글에서는 최병화의 학교소설의 근원을 찾고 작품 현황과 작품세계를 정리하는 데 집중하였다.

새로운 갈래 용어는 당대 시대의 요구와 작가가 지향하는 작품의 경향에 맞춘 결과로 볼 수 있다. 일제강점기 식민지 교육 정책에서 파생된 근대적 제도권 교육에 대한 열기와 지향, 소외와 결핍이라는 시대적 요구와 흐름이 1930년대 새로운 문학 갈래인 학교소설로 표출된 것이다. 최병화의 학교소설은 방정환의 고학생소설(학생소설)과 이정호의 『사랑의 학교-전역 쿠오레』에 정서적 뿌리를 두고 큰 영향을 받았다.

학교소설에서 '학교'는 공간적 배경 이상의 개념으로, 공간적 배경뿐만 아니라 근대적 제도권 교육 체제하에 있는 학생(인물)과 학교 안팎의 상황과 여건을 아우르는 개념이다. 즉, 학교소설은 학교라는 근대적 제도권 교육과 관련된 학생(인물)이나 그 주변에서 벌어지는 사건을 소재화한 소설로 정리할 수 있다.

최병화의 학교소설은 내용 면에서, 고학담과 인성 덕목, 사제의 정, 우정과 우애를 주로 다루었으며, 당대 사회·문화적 요구를 담아내기도 하였다. 형식 면에서, 편지 양식을 활용한다거나 스포츠 소재를 활용하는 등 흥미로운 작품 장치를 마련하는 시도를 하였다. 특히, 학교소설에서 당대 인기 스포츠를 소재로 활용한 것은 독자의 흥미를 끌기 위한 작가의 전략으로 볼 수 있다. 학교소설의 주 독자가 학생이라고 하였을 때, 학교 대항 경기는 그 자체로 흥미를 유발하기에 적합한 소재라고 할 수 있다. 또한 스포츠 경기가 진행되는 상황에다, 주인공의 내면적인 고민과 성장 과정을 함께 보여줌으로써 흥미와 긴장을 지속시키는 효과를 거두고 있다.

최병화의 학교소설은 학교라는 공간과 교육이라는 아동 현실을 문학 작품에 반영함으로써, 학생 독자의 관심과 흥미를 높였으며, 학생(또는 학교 교육을 지향하는 독자)을 독자의 중심축에 세워, 이후 청소년소설의 발판을 마련하였다는 의의가 있다. 다만, 작가의 가치를 일방적으로 전달하고 주입하여 교훈적으로 흐른 측면의 작품과 내용 및 형식이 유사하여 스테레오타입으로 비친 작품이 있다는 한계를 갖고 있다.

학교소설은 이후 학원소설, 학생소설 등으로 사용되다가 청소년소설로 이어졌는데, 갈래 변화 과정에 관한 추가적인 연구가 필요하다.

2) 탐정소설과 인기 아동물의 확장

(1) 일제강점기 탐정소설 연구의 새로운 국면

아동문학가 최병화는 일제강점기인 1930~40년대에 동화와 소년소설을 비롯하여 '탐정소설'과 '모험소설'[68]을 여러 편 발표하였는데, 작품 제목으

---

68 이재철은 '탐정소설'을 "일반적으로 범죄에 관한 추리 혹은 합리적인 수단에 의하여 사건을 해명해 나가면서 흥미를 중심으로 한 소설, 의문을 주안점으로 한 논리적인 것, 따라서 트릭의 창안에 중점을 둔 것을 본격물이라 하여 범인 쪽에서 완전하다고 생각하는 범죄를 그린 다음, 사건을 해명해 나가는 것을 도서물(倒敍物)"이라고 보았고, '모험소설'을 "아동문학 중에서 가장 대중적인 장르, 소설의 주인공이 위협이나 장애 혹은 여러 가지 사건과 직면하여 모험을 하고 그 모험적 행동에 흥미의 중심을 둔 소설"이라고 하였는데, "제재와 구상 등의 점에서 추리, 탐험, 역사, 산악, 해양 등으로 나누어"진다고 하여, 탐정소설을 모험소설의 하위 개념으로 바라보았다.(이재철, 『세계아동문학사전』, 계몽사, 1989, 107~365쪽 참조) 이 글에서는 최병화의 '탐정소설'과 '모험소설'을 별개의 갈래로 구분하기보다는 '탐정소설'과 '모험소설'을 아우르는 개념으로 '탐정소설'을 사용할 것이

로 구분하면 20편, 확인한 발표 횟수로는 48편 정도로, 장편모험소설 「십자성의 비밀(전 9회)」(『어린이나라』, 1949.7.1.~1950.3.1.)을 제외하면, 모두 일제강점기에 발표한 작품이다.

1930~40년대 탐정소설을 발표하여 대중적인 인기를 끌었던 방정환, 김내성, 박태원 등에 관한 연구는[69] 활발히 진행되어 상당한 진척을 보인 반면, 적지 않은 작품을 발표하였음에도 최병화의 탐정소설에 관한 연구는 답보 상태에 있으며 그나마 논의된 것도 일제강점기 외국 탐정소설 번역·번안 작품 분석에 그치고 있어[70] 본격적인 연구의 긴요함을 더하고 있다.

며, 당대 사용한 갈래를 표기하거나 별도의 설명이 필요할 경우, 둘을 구분하여 표기하기로 한다.

69 류수연, 「탐정이 된 소년과 '명랑'의 시대-아동잡지 『소년』의 소년탐정소설 연구」, 『현대문학의 연구』 61호, 한국문학연구학회, 2017, 245~274쪽; 송수연, 「식민지시기 소년탐정소설과 '모험'의 상관관계-방정환, 김내성, 박태원의 소년탐정소설을 중심으로」, 『아동청소년문학연구』 8호, 한국아동청소년문학학회, 2011, 95~117쪽; 염형운, 「방정환 탐정소설의 지향점」, 『세계문학비교연구』 제66집, 세계문학비교학회, 2019, 23~52쪽; 오현숙, 「1930년대 식민지 조선의 소년탐정소설과 아동문학으로서의 위상-박태원·김내성·김영수를 중심으로」, 『현대소설연구』 제53집, 한국현대소설학회, 2013, 235~267쪽; 유인혁, 「식민지시기 탐정서사에 나타난 '악녀'와 도시공간」, 『대중서사연구』 24, 대중서사학회, 2018, 352~391쪽; 이선해, 「방정환 동화의 창작방법 연구-탐정소설을 중심으로」, 한남대학교 대학원 석사학위논문, 2007; 이충일, 「한국 아동 추리소설에 대한 반성적 고찰」, 『어린이책 이야기』 6호, 청동거울, 2009, 136~150쪽; 정혜영, 「소년 탐정소설의 두 가지 존재양상」, 『한국현대문학연구』 제27집, 한국현대문학회, 2009, 63~87쪽; 조은숙, 「탐정소설, 소년과 모험을 떠나다-1920년대 방정환 소년탐정소설의 문학사적 위치와 의의」, 『우리어문연구』 38집, 우리어문학회, 2010, 615~645쪽; 차선일, 「한국 근대 탐정소설의 한 연구」, 『국제한인문학연구』 제14호, 국제한인문학회, 2014, 181~207쪽.

70 최애순, 「1930년대 탐정의 의미 규명과 탐정소설의 특성 연구」, 『동양학』 42호, 단국대학교 동양학연구원, 2007, 23~42쪽; 오혜진, 「1930년대 한국 추리소설 연구」, 중앙대학교 대학원 박사학위논문, 2008; 조재룡·박광규, 「식민지 시기의 일본 탐정소설의 한국어 번역 연구-방정환, 최병화, 최유범을 중심으로」, 『비교문학』 제56집, 한국비교문학회,

최병화의 탐정소설에 관한 논의가 본격적으로 이루어지지 못한 이유를 몇 가지로 추정해 볼 수 있는데, 먼저, 일제강점기 아동문학에 관한 연구의 부진(不進, 不振)을 들 수 있다. 일제강점기 아동문학 연구가 활기를 띤 것은 최근의 일이라고 볼 때, 당대 아동문학이 등한시되는 분위기 속에서 최병화의 탐정소설도 자연스레 대상에서 빠졌을 수 있다.[71] 또한 일제강점기 작품의 원본 자료를 확보하고 분석·검토하는 작업의 어려움 등을 생각해 볼 수 있다. 무엇보다 최병화의 '필명'을 서둘러 확정하지 못한 것이 큰 원인이었다.

필명은 작가 연구의 기본 토대이고, 원천적인 출발점이라고 할 수 있다. 작가의 필명 확정은 연구의 대상과 범위를 확정하는 것이고 한 작가에 관한 연구 진행 속도와 깊이에 결정적인 요인으로 작용한다.

그동안 최병화의 필명은 어느 정도 정리되었다고 하지만, 최근 들어 1930년대 탐정소설을 주로 발표하였던 '최유범(최류범)'이 최병화의 필명으로 밝혀지면서[72] 작가 연구를 위한 자료 범위를 재설정하게 되었다. 최유범이

2012, 137~162쪽; 박광규, 「아동문학가의 탐정소설 창작과 번역-1920~30년대를 중심으로」, 고려대학교 대학원 석사학위논문 2013 참조.

71   조재룡·박광규는 "한국 추리소설의 역사에서 아동문학가들의 소년탐정소설에 대한 평가나 역사적 위치는 그간 연구의 대상에서 제외되어왔던 것"이라고 하면서 아동문학가의 탐정소설에 관한 학계의 저평가와 연구의 소홀함을 지적하였고, 박광규는 방정환, 연성흠, 최병화의 탐정소설에 관한 연구 부진의 원인을 "아동문학가라는 명성 때문에 작품이 제대로 평가를 받지 못하였"음에 있다고 밝힌 바 있는데, 아동문학가의 탐정소설에 관한 저평가와 연구의 소홀함보다는 당대 아동문학 전반에 관한 연구의 부진(不進, 不振)에 더 큰 원인이 있다고 할 것이다. 조재룡·박광규, 앞의 논문, 158쪽; 박광규, 앞의 논문, 132쪽 참조.

72   장성훈, 「아동문학가 최병화의 필명 연구-최유범을 중심으로」, 『한국아동문학연구』 46

주로 발표한 탐정소설과 모험소설이 최병화의 작품으로 밝혀진바, 최병화의 탐정소설에 관한 연구는 본격적인 논의에 앞서 새로운 국면을 맞게 되었다.

이 글의 목적은 최병화의 탐정소설을 정리하고 평가하는 것이다. 최유범이 최병화의 필명으로 밝혀짐에 따라, 최유범의 탐정소설을 최병화의 작품에 포함하여 작품의 현황과 특징, 문학사적 의미를 정리할 필요가 있다. 이와 더불어, 기왕의 연구에서 논의된 문학사의 오류는 정정하고 빈자리는 채워가야 할 것이다.

이 글에서는 우선, 최유범의 작품을 포함한 최병화의 탐정소설 작품을 수집·분석하여 발표 양상을 살펴보고, 작품의 창작과 번역(번안) 현황을 정리하고자 한다. 그런 다음, 최병화 탐정소설의 근원을 방정환 탐정소설에 두고 방정환과의 친연성을 살펴보고, 최병화 탐정소설을 성인 대상의 탐정소설, 소년탐정소설, 모험소설 등 갈래로 구분하여, 갈래별 작품의 내용과 특성을 찾아보고자 한다. 이러한 과정에서, 최병화의 탐정소설이 성인물과 아동물로 어떻게 분화되는지, 아동물 안에서 어떠한 갈래의 분화를 거치는지 함께 살펴보고, 최병화 탐정소설의 문학적 지향과 성취, 아동문학사적 의의를 정리하고자 한다.

집, 한국아동문학학회, 2023, 123~147쪽 참조.

(2) 최병화 탐정소설의 현황

① 최병화의 탐정소설 작품

최병화의 첫 탐정소설은 1930년에 발표한 「혈염봉(血染棒)(전 2회)」(『학생』, 1930.5.1.~6.15.)으로, 장안고보(長安高普) 야구부 주장 '동호'의 갑작스러운 죽음을 두고 사건의 진상을 파헤치는 이야기이다. 비슷한 시기에 발표한 작품으로 「과학탐정, 철동소년(3회 확인)」(『별나라』, 1930.5.6.~7.1.)이 있는데, 제호에 '과학탐정'을 붙여 과학적 탐정물임을 강조하고 있다.

1932년에 「여우 최순애의 재판(전 2회)」(『여인』,[73] 1932.7.27.~8.20.)과 「심리고백」(『여인』, 1932.10.1.)을 발표하였는데, 「여우 최순애의 재판」은 억울하게 살인범으로 지목된 '여우(女優) 최순애'의 재판에서 과학적인 논리와 증거를 통해 진짜 살인범을 찾고 누명을 벗는 과정을 상세히 다루고 있고, 「심리고백」에서는 심리학적 방법을 이용한 범죄 수사로 살인범을 찾아내는 과정을 다루고 있다는 점에서 두 작품 모두 탐정소설로 분류할 수 있다.

최병화는 1930년에 L.G. 삐스톤의 작품을 번역한 「인육 속에 뭇친 야광주」(『별건곤』 32, 1930.9.1.)를 시작으로, 성인 대상의 탐정소설을 『별건곤』에 집중적으로 발표하게 된다. 1932년에 발표한 「미모와 날조」(『별건곤』 55, 1932.9.1.)는 이중성격의 여주인공이 벌인 자작극으로 인해 범인으로 몰린

---

73 "《여인 女人》은 1932년 6월 1일자로 창간된 여성잡지이다. 판권장을 보면, 편집 겸 발행인 송봉우(宋奉瑀), 인쇄인 김용규(金容圭), 인쇄소 길강(吉岡)인쇄소, 발행소 비판사(서울·송현동 48), A5판 100여면, 정가 20전, 통권 5호까지 나왔다. 발행소 비판사는 사회주의 성향의 종합지 《비판》(통권 114호)을 발행하는 곳이다." 최덕교, 「일제하에 나온 여성잡지 <2>」, 『한국잡지백년 1』, 현암사, 2005, 334쪽.

피고의 범행이 억울한 누명이었다는 것을 밝힌 이야기로, 탐정소설로 분류할 수 있는 작품이다.

최병화는 1933년 한 해 『별건곤』에만 탐정소설 8편을 발표하였다. 「순아 참살 사건」(『별건곤』 60, 1933.2.1.)은 작가명을 목차에는 '최병화', 본문에는 '최유범'으로 표기하여, '최유범'을 최병화의 필명으로 추정하는 데 결정적인 단서를 제공한 작품이다. 필명 '최유범'으로, 억울하게 살인죄의 누명을 쓴 누님을 구하기 위한 동생의 이야기 「질투하는 악마」(『별건곤』 61, 1933.3.1.), 과학적인 수사 방법으로 범인의 자백을 받은 「K박사의 명안」(『별건곤』 62, 1933.4.1.)을 잇따라 발표하였다.

본명 최병화로 「늙은 살인마(일명 말사스 귀(鬼))」(『별건곤』 64, 1933.6.1.)를 발표하였는데, 일반적인 탐정소설에서는 '탐정'(또는 탐정의 역할을 하는 인물)이 각종 단서를 통해 범인을 추정하고 진범을 밝혀가는 과정에 집중하였다면, 「늙은 살인마」는 '절뚝발이 노인'을 살인범으로 확정한 뒤 범죄 수사 과정을 따라가는 구조로 되어 있어 차별성을 띤다. 갈래 용어로 '살인괴담(殺人怪談)'을 사용하였지만, 연쇄살인 사건과 범인을 추정하여 추적하는 과정을 다루었다는 점을 고려하여 탐정소설로 분류하도록 한다.

최병화는 'S.쌕레-크 명작단편집(1~3)'을 번역하여 발표하였는데, 『별건곤』 제64호(1933.6.1.)에 최병화의 「늙은 살인마(일명 말사스 귀(鬼))」와 최유범의 「S·쌕레-크 명작단편집(2) 못생긴 악한」이 함께 실린 것으로 보아, 같은 호에 본명과 필명으로 두 작품을 발표하기도 하였다는 것을 알 수 있다.

1934년에도 「약혼녀의 악마성(전 3회)」(『별건곤』 69~71, 1934.1.1.~3.1.)을 비롯하여 「누가 죽엿느냐!!」(『별건곤』 72, 1934.4.1.)와 「인육 속의 야광주」(『별건곤』

73, 1934.6.1.)를 잇따라 발표하였으나, 『별건곤』이 "1934년 8월 통권 74호로 종간"[74]되었기 때문에, 더 이상 『별건곤』에 작품을 발표할 수 없게 되었다. 그즈음 최병화는 '소년탐정소설' 「청귀도의 비밀(1~3)」(『어린이』, 1934.5.20.~1935.3.1.)을 발표하였는데, 이마저도 『어린이』의 종간으로 연재를 이어가지는 못하였다.[75]

1939년에 '탐정모험소설' 「소년 금강가(8회 확인)」(『아이생활』, 1939.1.1.~8.1.)[76]를 발표하고, 1940년에는 최유범으로 '장편모험소설' 「마경천리(전 6회)」(『아이생활』, 1940.4.1.~11.31.)를 발표하였다. 해방기에도 '장편모험소설' 「십자성의 비밀(전 9회)」(『어린이나라』, 1949.7.1.~1950.3.1.)을 발표하여 탐정소설의 창작을 이어갔으나, 한국전쟁 중 사망함으로써 그 흐름은 끊기고 말았다.

② 최병화의 탐정소설 번역

최병화의 탐정소설 연구에서 해당 작품이 창작인지 번역인지를 확인하는 것은 작가의 작품세계를 정리하고 문학적 수준과 성취를 평가하는 데 필수적인 작업이다.

그러나 추리소설의 경우 원작을 확인하는 작업은 별도의 노력을 요구한다. 이는 원작을 밝히지 않고 작품을 선보인 경우가 상당수에 이르기 때문

---

74 최덕교, 「23. 항일에 앞장선 개벽사의 잡지」, 『한국잡지백년 2』, 현암사, 2005, 32쪽.
75 「청귀도의 비밀(3)」(『어린이』 통권 122호, 1935.3.1.)의 작품 말미에 "-(계속)-"이라고 하면서 다음 호에 연재를 예고하였으나, 『어린이』가 통권 122호로 종간되면서 연재는 중단되었으며, 복간호(『어린이』 5월호, 1948.5.5.)에도 해당 작품은 수록되지 않았다.
76 『아이생활』 1939년 7월호의 수록 사실은 확인하였으나 원본을 확인하지는 못하였다.

이다. 따라서 원작의 확인은 우선 작가가 누구인지를 확인하는 것에서부터 시작된다. 가장 어려운 것은 원저자의 이름이 누락되어 있는 경우이다. 추리소설 분야의 고전으로 남을 정도로 널리 알려진 작품이라면 내용만 읽어보고도 확인이 가능하겠지만, 그렇지 않은 경우라면 원저자를 알아내는 것이 거의 불가능하다는 데 추리소설 연구의 난점이 놓여 있다.[77]

1920~30년대 탐정소설은 '원작을 밝히지 않고 작품을 선보인 경우가 상당수'였으며 '원저자의 이름이 누락되어' 작품의 원작과 원저자를 찾아내는 것부터 난관에 봉착하게 된다.

이와 마찬가지로 일본의 창작품을 번안한 작품 역시 번역이라는 사실을 밝히지 않았기 때문에 한동안 그 사실이 알려지지 않은 경우가 상당수 존재한다. 방정환, 최병화, 최유범 등이 이러한 형태의 작품을 선보인 대표적인 경우이며, 이들은 공히 1930년대에 일본 탐정소설을 번안하였지만, 작품에 따라 번역이라는 사실을 밝히지 않았을 뿐만 아니라, 원작에 대한 정보나 기타 번역 대상에 대한 구체적인 사항을 누락하기도 하였다.[78]

최병화는 일본의 탐정소설을 주로 번안하였음을 확인할 수 있는데, 번안 작품의 경우 원작과 원저자를 밝히지 않았다면, 번역인지 창작인지 구분하기가 어려울 뿐 아니라 원작에 대한 정보 확인에도 어려움이 따를 수밖에 없다. 비근한 예로 조성면의 연구에서는 최병화의 「혈열봉」과 최유범의 「질투하는 악마」, 「약혼녀의 악마성」을 작가의 '순수 창작물'로 보았다면, 오혜

---

77   조재룡·박광규, 앞의 논문, 146쪽.
78   조재룡·박광규, 위의 논문, 149쪽.

진은 최유범의 「누가 죽엿느냐!」와 「인육 속의 야광주」를 원작자 미상의 번역물로 보고 있다. 최애순은 최류범[79]의 「약혼녀의 악마성」을 '에도가와 란포'의 원작을 번역한 작품이라 하면서, 저자 미상의 작품 「늙은 살인마(일명 말사스 귀(鬼))」와 「누가 죽엿느냐!」를 각각 최병화와 최류범의 번역 작품으로 보았으며, L.G 삐스톤 원작 「인육 속에 뭇친 야광주」와 「인육 속의 야광주」를 최류범이 번역한 것으로 보았다. 또한 「혈염봉」은 최병화의 창작으로, 「순아 참살 사건」, 「질투하는 악마」, 「K박사의 명안」은 최류범의 창작으로 정리하고 있다.[80] 이처럼 연구자마다 번역과 창작을 두고 혼선을 빚는 것은 작가가 작품을 발표하면서 번역 사실과 원작(원작자)을 밝히지 않았다는 데 그 원인이 있으며, 따라서 후속 연구에서 이를 일일이 밝혀내는 수밖에 없게 되었다.

최병화의 탐정소설은 원작을 번역하였다는 사실을 밝힌 경우와 그렇지 않은 경우로 나눌 수 있다. 최병화의 작품 가운데, 필명 '최유범'으로 발표한 「이상한 걸인」(『별건곤』 63, 1933.5.1.), 「못생긴 악한」(『별건곤』 64, 1933.6.1.), 「아연 중독자」(『별건곤』 65, 1933.7.1.)는 'S·쌕레-크 명작단편집(1~3)'으로 '섹스턴 블레이크'의 작품을 번역하였다는 사실을 밝힌 작품이고, 그 외 작품은 번역(번안) 사실을 기재하지 않았다.

---

79 최애순은 '최유범'을 '최류범'으로 표기하였는데, 이 글에서는 기본적인 표기를 '최유범'으로 하되, 원본에 수록된 표기를 살리거나 논의의 필요에 따라 '최류범'을 병용하기로 한다.

80 조성면, 『대중문학과 정전에 대한 반역』, 소명출판, 2002, 285~290쪽; 오혜진, 『1930년대 한국 추리소설 연구』, 어문학사, 2009, 357~359쪽; 최애순, 『조선의 탐정을 탐정하다』, 소명출판, 2011, 319~323쪽 참조.

최병화가 발표한 탐정소설 가운데 번역으로 확인하였거나 추정되는 작품은 10편 정도이다.

먼저, 최병화의 첫 탐정소설 「혈염봉(전 2회)」(『학생』 5~6월호, 1930.5.1.~6.15.)은 문체와 등장인물의 이름과 직위 등 약간의 변화가 있을 뿐 일본 작가 돈카이 오우(呑海翁)의 탐정소설 「血染めのバット」을 번안한 작품이다. 필명 '최유범'으로 발표한 「약혼녀의 악마성(전 3회)」(『별건곤』 69~71, 1934.1.1.~3.1.)은 "에도가와 란포의 〈악귀〉(1931)를 번안한 작품"[81]으로, 내용의 상당 부분을 축약하였으나 원작의 내용을 거의 그대로 다룬 작품이다.[82]

이러한 번역물은 "등장인물이나 배경을 일본에서 조선으로 바꾸어 놓았다는 특징"이 있으며, "번역임에도 그 과정에서 원작을 완전히 자국화(현지화, 동화, domestication)시킨 경우, 번역이 창작으로 오인되는 경우가 상당"[83]하였을 것이다. 최병화의 창작 작품으로 분류된 작품 중에도 번역 작품이 있을 수 있으며 이에 관해서는 후속 연구가 뒤따라야 할 것이다.

정윤환은 "최병화 씨의 『별나라』에 연재하는 「철동소년」은 상당하다만은 이것 역(亦) 일본 잡지에서 제재를 득한 것이 두어 편 잇다"[84]고 하여 「과학탐정, 철동소년」의 표절에 관한 문제를 제기하였다. 다만, 일본 잡지의 출처와 표절로 삼은 원작(원작자)에 관한 정보, 표절로 삼은 근거를 제시

---

81   한국추리작가협회 편, 「최유범과 신경순에 대해서」, 『(계간) 미스터리』 통권29호, 2010. 9, 12쪽.

82   박광규, 앞의 논문, 55~62쪽 참조.

83   조재룡·박광규, 앞의 논문, 146~147쪽 참조.

84   정윤환, 「1930년 소년문단 회고 (2)」, 『매일신보』, 1931.2.19.

하지 않아서, 추가적인 검증이 필요한 부분이다.

「늙은 살인마(일명 말사스 귀(鬼))」는 '맬서스주의(Malthas主義)' 테러리스트인 절름발이 노인의 연쇄살인 사건을 다룬 이야기로, "불란서 랑케덕 지방의 한 족으마한 촌락 븨·산·오스든"에서 "사건은 국경을 넘어서 독일노 옴겨가"(이상 38쪽)는 등, 프랑스와 독일을 배경으로 하고 있고, 피살자의 이름을 작크·무란, 억스스트·븨비엘, 쎈 등으로 사용한 것으로 보아, 외국 원작을 번역한 작품일 가능성이 높다.

최유범의 「『흑묘좌』 기담(黑猫座 綺譚)」에서 '기담(綺譚)'은 '기담(奇談)'과 유사한 의미로 사용되었는데, 1930년대 이전에 이미 사용된 용어로『일본탐정소설집』 등에서 쉽게 확인할 수 있다는 점에서[85] 일본 탐정소설을 번안하였을 것으로 추정되지만, 원작과 원작자를 밝히지 않아 추가적인 확인이 필요한 작품이다.

「누가 죽엿느냐!!」는 주인공 '크라벳트'가 탐정소설 작가 '푸래데릭 원터'의 살해 용의자로 몰리게 되고 자신만의 방법으로 사건의 실체를 밝혀 누명을 벗는 이야기로, 원작자를 밝히고 있지 않지만, 등장인물(쏜·쎄-만, 에봐, 테이트 경부, 쌀스, 로낼드 헨더슨 등)을 볼 때 번역 작품으로 추정된다.

L.G. 삐스톤의 탐정소설 「인육 속에 뭇친 야광주」(『별건곤』 32, 1930.9.1.)는

---

85 일본 '기담(綺譚)' 관련 작품은, 「여계선 기담(女誡扇綺譚)」, 『현대일본문학전집(現代日本文学全集)』 제29편, 개조사(改造社), 1927; 「넥타이 기담(ネクタイ綺譚)」, 『일본탐정소설전집(日本探偵小説全集)』 제10편, 개조사(改造社), 1928; 「북극장 기담(北極莊綺譚)」, 『일본탐정소설전집(日本探偵小説全集)』 제13편, 1929 등 참조.(〈일본국립국회도서관〉자료 참조)

최유범의 「인육 속의 야광주」(『별건곤』 73, 1934.6.1.)와 문장과 단어 몇 부분만 다를 뿐 내용이 대부분 일치하는 작품이다. 따라서 「인육 속에 뭇칫 야광주」와 「인육 속의 야광주」는 동일 작품이고, 최병화(최유범)가 L.G. 삐스톤(또는 L.J. 비스튼)[86]의 탐정소설을 번역한 것이다.

이처럼 최병화의 탐정소설 가운데 상당수의 작품이 번역(번안)물로 밝혀졌는데, 외국의 우수 작품을 국내에 소개하여 탐정소설 작품군을 풍성하게 한 의의가 있으나, 작가 고유의 문학적 성취로 보기에는 어려움이 있다. 번역(번안) 사실을 밝히지 않은 경우, 이를 확인하여 밝히는 연구가 뒤따라야 할 것이다. 최병화와 최유범의 탐정소설 작품을 정리하면 다음과 같다.

<표 8> 최병화(최유범)의 탐정소설 작품 목록

글쓴이(원작자)	작품명(원작)	갈래	게재지	게재연월일
최병화 (돈카이 오우 (呑海翁))	혈염봉(전 2회) (血染めのバット)	탐정소설 (번역)	학생, 5~6월호	1930.05.01 ~06.15
최병화 (작자 미상)	과학탐정, 철동소년(3회 확인)[87]	탐정소설 (번역 추정)	별나라	1930.05.06 ~07.01
최유범 (L.G. 삐스톤)	인육 속에 뭇친 야광주	탐정소설 (번역)	별건곤, 32	1930.09.01
최병화	여우 최순애의 재판(전 2회)	탐정소설	여인	1932.07.27 ~08.20

86　조재룡·박광규는 "「인육 속에 묻힌 야광주」의 경우, 작가인 L. J. 비스튼은 일본에서 대단한 인기를 얻는 덕분에 당시 조선에도 소개된 것으로 보이지만, 정작 미국에서 성공한 작가가 아니었기 때문에 이 작가에 대한 기록이 거의 남아 있지 않으며, 이러한 사실로 인해 원작이 무엇인지를 확인하는 것은 난해한 작업"이 되었다고 평하여, 「인육 속에 묻힌 야광주」의 원작가를 'L. J. 비스튼'으로 정리하였다. 조재룡·박광규, 앞의 논문, 148쪽 참조.

글쓴이(원작자)	작품명(원작)	갈래	게재지	게재연월일
최병화	미모와 날조	탐정소설	별건곤, 55	1932.09.01
최병화	심리고백	탐정소설	여인	1932.10.01
최유범	순아 참살 사건	탐정소설	별건곤, 60	1933.02.01
최유범	질투하는 악마	탐정소설	별건곤, 61	1933.03.01
최유범	K박사의 명안	탐정소설	별건곤, 62	1933.04.01
최유범 (섹스턴 블레이크)	S·쌕레-크 명작단편집(1) 이상한 걸인	탐정소설 (번역)	별건곤, 63	1933.05.01
최병화 (작자 미상)	늙은 살인마 (일명 말사스 귀(鬼))	탐정소설 (번역 추정)	별건곤, 64	1933.06.01
최유범 (섹스턴 블레이크)	S·쌕레-크 명작단편집(2) 못생긴 악한	탐정소설 (번역)	별건곤, 64	1933.06.01
최유범 (섹스턴 블레이크)	S·쌕레-크 명작단편집(3) 아연 중독자	탐정소설 (번역)	별건곤, 65	1933.07.01
최유범 (작자 미상)	『흑묘좌』 기담(『黑貓座』 綺譚)	탐정소설 (번역 추정)	별건곤, 68	1933.12.01
최유범 (에도가와 란포)	약혼녀의 악마성(전 3회)	탐정소설 (번역)	별건곤, 69 ~71	1934.01.01 ~03.01
최유범 (작자 미상)	누가 죽엿느냐!!	탐정소설 (번역 추정)	별건곤, 72	1934.04.01
최유범 (L.J. 비스튼)	인육 속의 야광주	탐정소설 (번역)	별건곤, 73	1934.06.01
최병화	청귀도의 비밀(1~3)	소년 탐정소설	어린이	1934.05.20 ~1935.03.01
최병화	소년 금강가(8회 확인)	탐정 모험소설	아이생활	1939.01.01 ~08.01
최유범	마경천리(전 6회)	장편 모험소설	아이생활	1940.04.01 ~.11.31
최병화	십자성의 비밀(전 9회)	장편 모험소설	어린이나라	1949.07.01 ~1950.03.01

87 『별나라』에 수록 사실을 확인된 작품은 3편이나 『별나라』 결호에 작품이 더 있을 것으로

(3) 최병화 탐정소설의 특징

① 최병화 탐정소설의 근원

최병화의 탐정소설에 중대한 영향을 끼친 작가로 소파 방정환을 들 수 있다. 최병화와 방정환의 탐정소설 작품 활동 이력을 살펴보면서 두 작가의 접점을 찾아보고자 한다.

먼저, 방정환과 최병화의 문예지 발표 이력이다.

최병화는 탐정소설 첫 작품인 「혈염봉」을 『학생』에 발표하게 되는데, 『학생』은 "1929년 3월 1일자로 방정환이 주재하여 개벽사에서 창간한 중학생 잡지로서, 1930년 1월까지 통권 11호를 내고는 종간"[88]한 잡지이다. 또한 최병화는 『어린이』를 발행한 〈개벽사〉에서 발행하고 방정환이 탐정소설을 여러 편 발표했던 『별건곤』에 「인육 속에 뭇친 야광주」를 비롯하여 총 15회에 걸쳐 탐정소설을 발표하기도 하였다. 최병화는 '소년탐정소설' 「청귀도의 비밀(3회 연재)」을 『어린이』(1934.5.20.~1935.6.1.)에 연재하였는데, 방정환이 사망하기 직전까지 손에 놓지 못했던 '소년탐정소설'을[89] 『어린이』에 연재하였다는 것은 의미 있는 행보이다. 이처럼 최병화는 방정환과 관련 깊은 문예지 『학생』, 『별건곤』, 『어린이』에 탐정소설을 주로 발표한 것으로 보인다.[90]

추정된다.

88 최덕교, 『한국잡지백년 2』, 현암사, 2005, 300쪽.

89 방정환이 사망하기 직전까지 연재한 작품은 소년탐정소설 「소년 사천왕」(『어린이』, 1929. 9~1930.12)이다.

90 안경식은 소파 방정환이 간여한 출판물로 '『개벽』, 『사랑의 선물』, 『어린이』, 『신여성』,

다음으로, 방정환과 최병화의 탐정소설 번역·번안과 창작 활동 이력이다.

방정환은 탐정소설의 번역·번안과 창작을 병행하였는데, 방정환이 번역· 번안한 작품은 「누구의 죄」(『별건곤』 2, 1926.12.1.), 「괴남녀 이인조」(『별건곤』 8, 1928.8.17.), 「신사도적」(『신소설』, 1929.12)이며 모두 필명 '북극성'으로 발표 하였다. 번역 사실을 표기하지 않아 원작과 원작자를 밝히는 후속 연구가 진행되고 있는 작품들이다.

최병화도 작품 활동 초기에 외국 작품을 번역·번안하면서 창작을 병행하 였는데, 초기에 발표한 「혈염봉」은 일본 작가 '돈카이 오우(呑海翁)'의 「피에 물든 배트(血染めのバット)」를 번안한 것이고, 「인육 속에 뭇친 야광주」는 L.G. 삐스톤의 작품을 번역한 것으로 밝혀졌다. 이후 창작과 번역·번안을 병행하면서 작품 수준을 다져갔는데, 방정환과 마찬가지로 번역·번안 사실 을 밝히지 않은 작품이 있어 후속 연구가 필요한 상황이다.

마지막으로, 최병화와 방정환의 소년탐정소설의 창작 활동 이력이다.

방정환은 『어린이』에 소년탐정소설 4편을 발표하였는데, 「동생을 차즈 려」(『어린이』, 1924.1~10), 「칠칠단의 비밀」(『어린이』, 1926.4~1927.12), 「소년 삼 태성」(『어린이』, 1929.1), 「소년 사천왕」(『어린이』, 1929.9~1930.12)이다.

최병화도 1930년 「과학탐정, 철동소년(3회 확인)」을 시작으로 「청귀도의 비밀(3회 연재 후 중단)」, 「소년 금강가(8회 확인)」, 「마경천리(전 6회)」, 「십자성 의 비밀(전 9회)」 등 학생(어린이) 대상의 소년탐정소설, 장편모험소설을 꾸준

『별건곤』, 『학생』을 꼽아 소파와의 연관성과 그 의미를 정리한 바 있다. 안경식, 「소파의 아동교육운동」, 『소파 방정환의 아동교육운동과 사상』, 학지사, 1999, 23~56쪽 참조.

히 발표하였다. 당대 성인 대상의 탐정소설은 크게 인기를 끌며 작품 발표가 활성화되었다면, 학생(어린이) 대상의 탐정소설은 제대로 된 작품조차 내놓지 못하고 있었는데, 이런 상황에서 발표한 방정환과 최병화의 소년탐정소설은 학생(어린이) 독자층에 흥미롭고 의미 있는 읽을거리를 제공하였다는 면에서 의의가 있다.[91]

엇더케 자기 힘으로 영선이의 간 곳을 알아볼가 하는 용기가 싹트기 시작하엿습니다. 그 언재인가 <u>학교에서 선생님에게서 『곡마단의 소녀』라는 이약이를 드른 일이 불연 듯 떠올랏습니다. 어렷슬 때 잃어바린 누의동생을 찾기 위하야 가진 위험과 가진 모험을 달게 받고 용감하고 활발하게 악한들과 싸와서 나종에는 누의동생을 찾게까지 되엿다는 아기자기한 이약이의 주인공 명호</u>(明浩)의 쾌활한 얼골이 보여왓습니다. 그 명호는 처음에는 방그레― 웃으면서 이러케 속삭이는 듯 하엿습니다.[92]

위 인용문은 최병화의 소년탐정소설 「청귀도의 비밀 2」에서 주인공 태순이 행방불명된 친구 영선이를 찾는 과정에서, 위험과 모험을 무릅쓰고 악한들과 싸워서 마침내 누이동생을 구한 '『곡마단의 소녀』' 이야기 속 주인공 명호를 떠올리는 장면이다. '『곡마단의 소녀』'라는 이야기는 방정환의 「동

---

91 『별건곤』(61, 1933.3.1.)에는 신경순의 '괴기실화' 「피문은 수첩」과 최유범의 탐정소설 「질투하는 악마」를 읽고 주요 등장인물의 수를 맞히는 문제를 내어 현상 응모를 하였는데, 현상 문제 응모에 59,600매가 들어왔을 정도로 독자에게 큰 호응을 얻고 있었다. 「현상문제」, 『별건곤』 61, 1933.3.1, 64쪽; 「현상문제-전월호 정해(正解)」, 『별건곤』 62, 1933.4.1, 62쪽 참조.

92 최병화, 「청귀도의 비밀 2」, 『어린이』, 1934.6.20, 44~48쪽.

생을 찾으러(전 9회)」(『어린이』, 1925.1~10)와 「칠칠단의 비밀(전 13회)」(『어린이』, 1926.4~1927.12)의 내용과 맞아떨어지는데, 이를 통해 최병화는 소년탐정소설을 쓰면서 방정환의 작품을 참고하였다는 것과 그의 작품에 큰 영향을 받았음을 짐작할 수 있다.

이처럼 최병화의 탐정소설이 방정환의 탐정소설 관련 이력과 유사한 행보를 보인 것은 방정환으로부터 받은 영향이 그만큼 크다는 것이고, 바꾸어 말하면 방정환의 탐정소설의 명맥을 최병화가 이어간 것이라고 할 수 있다.

② 최병화 탐정소설의 작품세계

최병화의 탐정소설은 갈래 용어를 중심으로 크게 성인 대상의 '탐정소설', 학생(어린이) 대상의 '소년탐정소설', 모험 요소를 강조한 '모험소설'로 나눌 수 있는데, 각각의 작품 내용과 특성을 살펴보면 다음과 같다.

먼저, 최병화의 성인 대상 탐정소설로, 최병화가 발표한 탐정소설 가운데 6편(「혈염봉」, 「과학탐정, 철동소년」, 「청귀도의 비밀」, 「소년 금강가」, 「마경천리」, 「십자성의 비밀」)을 제외하면 모두 성인 대상 탐정소설로 분류할 수 있다.

> 김선달이 헤처논 집덤이 속에서 나온 것은 틀님업는 젊은 녀자의 시체엿다. 벌서 오래전부터 이 집덤이 속에 이러케 파무처 잇섯지만 쌔가 동절인 관계로 시체는 그닥지 부란하지 안엇다.
> 아즉것 밋근밋근한 희고 보드라운 탄력잇는 육체는 이곳저곳 쑤러진 의복 사이로 보엿다. 약간 살찐 발목에서 점점 위로 시선을 옴겨가면 그 시선이 씃이는 곳에서 누구든지 무의식중에 고개를 돌니킬만치 참혹한 광경이 전개되여 잇섯다. 그곳에는 즉경 일곱 푼쯤 되는 지우산쌔 가튼 대까

지가 찌저진 치마사이로 낫타낫다, 주재소 순사는 더 자세히 보기를 주저
하엿다.[93]

탐정소설 「순아 참살 사건」에서 살인 사건 피해자의 변사체를 목격하는
부분으로, 참혹한 장면을 그대로 묘사하고 있다. 최병화의 탐정소설 작품
상당수가 살인 사건을 다루고 있고, 그 과정이 기괴하고 잔혹한 점, 살인
과정과 의도 등을 적나라하게 드러낸 점을 볼 때, 애초에 학생(어린이)의
읽을거리가 아닌 성인 대상으로 창작한 작품이라고 할 수 있다. 이처럼 성
인 대상 탐정소설은 대체로 잔혹한 살인 사건을 다루고 있으며, 범인으로
억울하게 누명을 쓰나 논리적이고 과학적인 수사 방법을 통하여 진범을
밝혀내는 과정을 다루고 있다.[94]

> 『그 말을 듯고 쌈작 놀나서 부인이 리혼을 당하게 되면 박씨의 재산
> 백만 원은 부인에게 한 푼도 오지 안을 것을 집작하고 그대는 박씨가 업섯
> 스면 생각하엿지』
> 『절대로 그러한 일은 업슴니다』
> 『박씨만 업섯스면 할 째 이웃집 최순애의 집에서 밤중에 병으로 소란하
> 여지고 식모와 최순애가 약을 사러나갓다. 그째 집이 비인 째를 타서 드러
> 가서 부엌에 잇는 칼을 집어 가지고 뒤에서 박씨의 등더리를 찔는 것이

---

93 최유범, 「순아 참살 사건」, 『별건곤』 60, 1933.2.1, 47~51쪽.
94 살인 사건이 등장하지 않는 작품은 전직 보석 도둑으로 지금은 탐정의 부하가 되어 보석
    도둑을 잡는 이야기 「인육 속에 뭇친 야광주」(「인육 속의 야광주」), 성격적 장애가 있는
    여성의 자작극을 다룬 「미모와 날조」, 유산 때문에 여성을 납치하여 감금한 「못생긴 악한」,
    유산 상속을 위해 권총으로 살인하려 했으나 미수에 그친 「아연 중독자」 정도이다.

아니냐』[95]

「여우 최순애의 재판」에서 진범의 범행 동기를 밝히는 부분으로, 사업가 박승국이 부인과 진범의 불륜 관계를 눈치채고 이혼을 하게 되면 '박씨의 재산 백만 원은 부인에게 한 푼도 오지 안을 것'을 염려하여 진범이 박승국을 살해한 것이며, '식모와 최순애가 약을 사러 나간' 사이에 살해를 저지르고 '최순애'에게 뒤집어씌웠다는 것이다. 이처럼 탐정소설 속 살인 사건의 이유는 대체로 남녀 간의 치정(「심리고백」, 「『흑묘좌』 기담」, 「악혼녀의 악마성」, 「누가 죽엿느냐!」), 유산 상속(「여우 최순애의 재판」, 「이상한 걸인」, 「못생긴 악한」, 「아연 중독자」), 개인의 성격적 장애나 반사회적 인격 장애(「미모와 날조」, 「순아 참살 사건」, 「늙은 살인마(일명 말사스 귀)」) 등이다. '살인괴담'과 '기담' 등은 살인 사건이나 흉악 범죄를 부각하는 용어로, 탐정소설의 한 갈래로 볼 수 있다.

탐정소설에서 살인 사건이나 흉악 범죄의 진상이 밝혀지면서 진범을 찾고 억울한 누명을 벗게 되는데, 이 과정에서 자연스럽게 논리적이고 과학적인 탐정(수사 과정)을 주목하게 된다.

예전에는 미신적(迷信的) 방법을 써서 범인을 자백식혓지만 현대에 더욱이 교육 밧은 지식계급은 과학적(科學的) 방법을 사용치 안흐면 안된다는 것을 절실히 깨닷게 되엿습니다. 박사는 얼골에 미소를 씌우고 이가티 말하얏다.[96]

---

95   최병화, 「여우 최순애의 재판」, 『여인』, 1932.8.20, 95쪽.

「K박사의 명안」에서 법의학자 K박사가 C검사에게 과거의 미신적인 방법으로 범인의 자백을 받아내던 시기는 이제 끝났으며 앞으로 과학적인 수사로 나아가야 함을 강조하는 부분이다. 최병화의 탐정소설에서는 자백을 넘어서는 논리적이고 과학적인 방식으로 찾아낸 증거를 통해 범인을 밝혀내는 장면이 자주 등장하는데, "1930년대 창작된 탐정소설들은 다양한 과학기술을 동원하여 "범인 수색법"으로 사용"[97]한 영향으로 볼 수 있다.

『K박사의 명안』에서 '망막 현상법'을 활용하여 범인을 논리적으로 압도한 것, 「질투하는 악마」에서 피아노로 연주할 때 'D음'(오른쪽 새끼손가락으로 연주해야 하는)이 특히 많은 「헝가리아광상곡」제6번을 연주하는 피살자(새끼 손가락에 상처가 있는)의 피아노 건반에 독약을 묻혀 살해한 사실을 밝혀낸 것, 「아연 중독자」에서 권총에 피격당한 청년의 입안에서 푸른 줄을 발견하고 아연 중독 증상이며 직업이 연세공(鉛細工)임을 찾아내는 것 등이 이에 해당한다. 특히 「심리고백」에서는 이혜란 양을 살해한 범인으로 의심되는 두 사람에게 심리학적 검사를 진행하였는데, '이야기를 듣고 기억하는 실험'과 '물건을 보고 기억하는 실험'을 통해 진범을 밝혀내는 과정은 논리적이고 과학적인 탐정 과정이라 할 수 있다. 「K박사의 명안」도 엄밀하게 따져보면, 범인의 심리 변화나 동요를 읽어내기 위해, 실존하지 않는 '망막 현상법'을 이용한 것이기에, 「심리고백」처럼 심리학적 실험을 한 것으로 볼 수

---

96   최유범, 「K박사의 명안」, 『별건곤』 62, 1933.4.1, 57쪽.

97   한민주, 「근대 과학수사와 탐정소설의 정치학」, 『한국문학연구』 45집, 동국대학교 한국 문학연구소, 2013, 258쪽.

있다.

탐정소설이 논리적이고 과학적인 탐정(수사) 방법을 취한 것과는 반대로 당대 형사, 검사, 판사 등 사법 체계는 과거의 비과학적이고 인상적인 수사 방식에서 벗어나지 못하고 있어, 비판과 조소, 풍자의 대상이 되고 만다. 즉 최병화는 법정의 재판과 수사 과정을 탐정소설의 소재로 끌어와서, 당대 사법 체계의 무능과 모순을 폭로하기도 하였다.[98]

> 재판장이나 검사나 방청석이나 이 곳 가튼 백란 양을 의심할 여유를 갓지 못하엿다. 그 아름답고 부드러운 처녀가 무슨 리유로 그 가튼 범죄를 지엿스리라고는 미더지지 안엇다. 사실 로재신이를 유죄로 판결하기에는 불충분한 점도 적지 안타. 편지가 온 경노라든지, 미결감에 잇슬 때에도 익명의 편지가 온 것이라든지, 침실에 침입한 곳이 명백치 안은 것이라든지 흉행 당야 집안사람이 전혀 모르고 잇섯든 것이라든지, 모순된 점이 만엇지만 백란 양의 미모(美貌)가 모든 것을 해결한다. 저 녀자가 거짓말할 리유가 업다.– 재판장은 생각하엿다. 재판소는 로재신이를 유죄를 결정하고 오 년 증역을 언도하엿다.[99]

재판장이나 검사, 방청객 모두 젊고 아름다운 처녀 '백란 양'이 범죄를 저질렀을 리 없다고 단정 짓고 있으며, 재판소는 불충분한 증거에도 불구하고 죄가 없는 '로재신'에게 5년이라는 중형을 언도하였는데, 이러한 재판부

---

98 억울하게 살인범으로 몰린 누나의 누명을 벗긴 이야기 「여우 최순애의 재판」과 「질투하는 악마」, 타살을 자살로 종결지은 「『흑묘좌』 기담」, 스스로 살인죄의 누명을 벗고 사건의 진상을 밝힌 「누가 죽엿느냐!!」 등에서 이러한 폭로를 이어갔다.

99 최병화, 「미모와 날조」, 『별건곤』 55, 1932.9.1, 56쪽.

의 무성의하고 비과학적·비논리적 판결 장면은 당대 사법 체계의 민낯을 드러내어 조소하고 풍자한 것으로 볼 수 있다.

최병화의 성인 대상 탐정소설의 내용과 특성을 정리하면, 살인 사건을 주로 다루었으며 법정의 재판 과정, 심리학적 범죄 수사, 괴담·기담 등을 끌어와서 탐정소설의 소재를 풍성하게 하였다는 의의가 있다. 다만, 최병화의 성인 대상 탐정소설 가운데 상당수가 번역·번안 작품임을 감안할 때, 최병화의 탐정소설에 드러난 특징이 작가 고유의 성취라고 보기에는 어려움이 있다.

다음으로, 최병화의 소년탐정소설로, 총 4편(「혈염봉」,[100] 「과학탐정, 철동소년」, 「청귀도의 비밀」, 「소년 금강가」)이며, 각각 『학생』, 『별나라』, 『어린이』, 『아이생활』에 발표한 작품이다.

최병화의 소년탐정소설은 주로 중요 인물이 악한에게 납치되거나 행방불명이 되어, 이를 조사하고 찾아 나서는 '소년 탐정'의 이야기를 다루고 있다. 청년 발명가 한일광이 만든 한식 기관 설계도를 훔치려는 악한과 소년 과학탐정 철동 군의 대결을 다룬 「과학탐정, 철동소년」, ×보통학교 야구선수 김영선이 행방불명이 되자 친우이자 소년 탐정인 태순이 이를 추적하는 「청귀도의 비밀」, 조선의 발명가 오 박사의 세계적 발명품의 설계서와 도면을 훔친 악당과 이를 추적하는 5명의 소년 탐정의 이야기 「소년 금강가」

---

100 「혈염봉」은 '살인 사건'을 다루고 있지만, 학생(어린이) 대상의 잡지 『학생』에 발표한 작품이고, '장안고보' 야구부 선수의 죽음을 다루었으며, '정문고보' 학생인 주인공(영호)이 탐정 역할을 하면서 사건의 진상을 밝히는 작품이기에 '소년탐정소설'로 분류하기로 한다.

가 이에 해당한다.

> 『너도 알지. 우리 학교 야구선수(野球選手)인 동호를』
> 『알고 말구요. 저 주장(主將) 말슴이지요』
> 『그래 그 동호가 오늘 새벽 신촌역(新村驛) 철도 선로 엽헤 C전문학교로
> 드러가는 인도턴넬(人道隧道) 어구에서 누구에게 살해를 당하얏다는 소리
> 를 지금 막 급사가 일느고 갓다. 그래서 지금 그곳으로 가는 길이다』하시면
> 서 거름을 쌜리하야 서대문 밧그로 나갓습니다.[101]
> 해마다 열리는 전조선소년야구대회(全朝鮮少年野球大會)는 유월 십사일
> 부터 경성 운동장에서 열리엿습니다. 오늘은 제삼일― ×보통학교와 △보
> 통학교의 결승전을 보려고 관중은 물밀 듯 모여드럿습니다.[102]

소년탐정소설 「혈염봉」과 「청귀도의 비밀」에서는 중심 사건으로 유명
야구선수의 피살 사건과 행방불명을 다루고 있는데, 탐정소설에 인기 스포
츠인 '야구'를 끌어온 것은 당대 독자의 흥미와 관심을 불러일으키기 위한
작가의 의도에서 비롯되었다고 할 수 있다.[103]

최병화의 소년탐정소설에서 소년 탐정은 성인물의 탐정처럼 논리적이고
이성적인 분석과 판단력으로 사건을 해결하기보다는, "사건 자체에 뛰어들
어 몸으로 부딪혀 유용한 정보를 얻거나 꾀를 써서 사건을 해결하는" 방식

---

101 최병화, 「혈염봉」, 『학생』, 1930.5.1, 66쪽.

102 최병화, 「청귀도의 비밀 1」, 『어린이』, 1934.5.20, 50쪽.

103 「혈염봉」의 끝에 '차호 예고'가 실려 있는데, "러구비-보는 법(김사원(金思遠)), 쎄이스쏠
보는 법(이길용(李吉用))"과 같이 럭비, 야구와 같은 스포츠 종목에 관한 전문적인 내용을
제공하고 있는 것으로 보아, 당대 『학생』 잡지에서 스포츠 종목 소개도 비중 있게 다루었
음을 알 수 있다. 최병화, 「혈염봉」, 『학생』, 1930.5.1, 71쪽 참조.

을 취하고 있는데, "소년의 몸으로 뛰는 활동(모험)이 두드러질 수밖에 없"었기 때문이다.[104] '소년탐정소설'과 '모험소설'의 갈래를 혼용하여 '탐정모험소설'(「소년 금강가」)이라는 갈래 용어를 사용하게 된 것은 이런 이유에서 비롯된 것이다.

소년 탐정이 사건에 깊이 개입하면서 위험한 상황을 맞게 되는데, 이때 어른 조력자가 등장하여 소년 탐정의 활동에 큰 도움을 주거나 상황을 이어가는 매개 역할을 하게 된다. 「청귀도의 비밀」에서 소년 탐정 태순을 돕는 신문기자이면서 유명한 탐정소설 작가인 오촌 아저씨 김성윤, 「소년 금강가」에서 다섯 명의 소년 탐정을 돕는 권투선수 박춘민과 유도선수 강영호, 운전수, 수부 아저씨 등이 이에 해당한다.

소년탐정소설에서는 다양한 탐정 기법과 장치를 활용하는데, 주로 편지, 변장술, 종이쪽지, 이상한 표적, 수첩 등이다. 「청귀도의 비밀」에서 행방불명된 김영선을 찾기 위해 소년 탐정 태순이 '소년 빵 장사'와 '신문 배달부 보조'로 변장한 것, 악한을 쫓으면서 위험한 상황에 노출되자 '이상한 표적'을 남겨 자신의 동선을 알린 것, '종이쪽지'와 '수첩'을 통해 중요 정보를 전하는 것 모두 탐정소설 특유의 장치를 활용한 경우이다. 「소년 금강가」에서도 오 박사가 '백지 편지'를 받고 행방불명 된 후, 소년 탐정들이 빵장사, 신문 배달부, 등산객 등으로 변장하거나 회중전등으로 비밀 신호를 보내는 등 탐정소설 고유의 장치를 활용하고 있다.

---

104 송수연, 「식민지시기 소년탐정소설과 '모험'의 상관관계-방정환, 김내성, 박태원의 소년 탐정소설을 중심으로」, 『아동청소년문학연구』 8호, 한국아동청소년문학학회, 2011, 99쪽 참조.

왜, 어째서, 우리 조선 소년들은 이같이 수치와 모욕을 당하고도 아무러한 반동도 없이 쥐구녁을 파고 들어가려 합니까? 사실 저들 외국 사람이 업수이 여기고 비웃고 낮추어 볼만치 우리 조선 소년들은 외국 소년들과 비교하여 아무 가버치가 없고 아무 보잘 것 없는 소년들이겠습니까?

그렇지 않으면 독일이나 이태리나 영국이나 미국이나 이같은 <u>외국 소년과 비교하여 조금도 떨어지지 않는 빛나고 희망이 있는 조선 소년들이겠습니까?</u>[105]

몇십 년 전의 조선 소년을 외국 사람이 대할 때는 사실 희망이 없어 보이는 애 늙그니 같이 보였을 것입니다.

그러나 <u>지금 이때 우리 소년들은 결코 희망이 없거나 책임이 없거나 하는 옛날 소년들이 아니란 것을 우리는 크게 소리치지 않으면 안 됩니다.</u>
<u>이 아래 다섯 소년의 활동하는 것을 읽어 가면 과연 조선 소년이 어떻다는 것을 확실히 알아질 것입니다.</u>[106]

최병화는 「소년 금강가」 제1화의 서두에 "1. 외국인이 본 조선 소년"이라는 글에서 소년탐정소설을 통하여 추구하는 소년상을 밝히고 있다. 당대 서구 열강의 소년들과 비교하여 조선 소년들이 '조금도 떨어지지 않는 빛나고 희망이 있는' 존재라는 것을 보여주고, '희망이 없거나 책임이 없는 옛날 소년이 아니란 것'을 강조하면서, 다섯 소년의 활약을 통해 조선 소년의 정체성을 찾게 될 것이라고 독자를 독려하고 있다. 소년탐정소설을 통하여 조선 소년들에게 꿈과 희망, 조선 소년으로서 자긍심과 정체성을 심어주겠

---

105 외국 사람과 비교하여 조선 소년들이 뒤떨어지지 않는다는 것을 보이기 위한 작품으로 나아가고자 하는 작가의 의도를 엿볼 수 있다.

106 최병화, 「소년 금강가」, 『아이생활』, 1939.1.1, 51쪽.

다는 작가의 지향을 직접적으로 드러낸 것인데, 이를 통해 최병화의 소년탐 정소설은 흥미 위주의 읽을거리 이상의 의미를 내포한 갈래라고 할 수 있다.

마지막으로, 모험 요소를 강조한 '모험소설'로, 장편모험소설 「마경천리」 와 「십자성의 비밀」 2편이 있다.

장편모험소설 「마경천리(전 6회)」(『아이생활』, 1940.4.1.~11.31.)는 일제강점기 말에 '최유범'으로 발표하였고, 「십자성의 비밀(전 9회)」(『어린이나라』, 1949.7. 1.~1950.3.1.)은 해방기에 본명 '최병화'로 발표한 작품인데, 등장인물의 이름 과 장소 등 내용의 일부만 바뀌었을 뿐 주요 사건과 이야기의 흐름이 그대 로인 동일 작품이다.[107]

가족이 배를 타고 해외로 이주하는 과정에서 스파이 윌리암 일당을 만나 부모님은 납치당하고 소년·소녀 주인공 남매는 청년 박물학자 김 선생과 함께 무인도에 표류하였다가 결국 스파이 윌리암 일당의 소굴로 잡혀가지 만 무사히 구출된다는 이야기로, 무인도 표류, 토인 부족, 맹수의 습격, 식인 식물 등 '모험'의 요소로 가득한 작품이다.

『세웅 군! 정신을 바짝 차려. 응! 우리들은 죽을 각오를 허지 않으면 안 되겠지만 그전까지는 최선을 노력을 다해서 모면할 방도를 차려야 해. 그것이 성공된다면 우리들은 살아날 수 있으니깐.』(「마경천리」 제3장, 9쪽)
"수동군 정신을 바짝 차려. 우리들은 죽을 각오를 하지 않으면 안 되겠지 만, 죽기 전까지는 최선의 노력을 다 해서 모면할 방도를 차려야 해. 그것이

---

107 장성훈, 「아동문학가 최병화의 필명 연구-최유범을 중심으로」, 『한국아동문학연구』 제 46호, 한국아동문학학회, 2023, 135~142쪽 참조.

성공된다면, 우리들은 살아날 수가 있으니까,"(「십자성의 비밀」제4회, 21쪽)

　"자, 이제로부터 또 새로운 모험이 우리들을 기다리고 있을 거야. 어떠한 곤난과, 장애가 우리 앞에 가로질려 있드라도, 우리는 물러서지 말고 용감히 물리치고 앞으로 앞으로 힘차게 행진을 해야 해."(「십자성의 비밀」제5회, 6쪽)

　비록 두 작품이 '대일본제국의 국민(친일적인 색채)'[108]과 '새 나라 씩씩한 일꾼(대한민국)'이라는 국민정체성의 대조를 보이고 있지만, 어린이 독자에게, 절체절명의 순간에도 '죽을 각오로 최선을 다하면 해결 방법을 찾을 수 있다는 것', '어떠한 고난과 장애에도 물러서지 말고 앞을 향해 나아갈 것'과 같은 주제를 전하고 있다는 점에서, 모험소설은 소년탐정소설과 마찬가지로 작품의 이면에 작가의 의도를 담고 있다고 할 수 있다.

　이처럼 최병화는 소년 대상의 탐정소설과 모험소설을 발표하여 당대 학생(어린이)에게 '탐정'과 '모험'이라는 흥미로운 읽을거리를 제공하였으며, 탐정소설물의 독자층을 성인 일변도에서 학생(어린이) 독자로 확대하는 데 한몫을 하였다.

(4) 최병화 탐정소설의 의의

　최병화는 1930~40년대 탐정소설과 모험소설을 여러 편 발표하였는데,

108　『아이생활』의 친일에 관한 내용은 류덕제, 「한국 근대 아동문학과 『아이생활』」, 『일제강점기 아동문학 작가와 매체』, 역락, 2023, 407~431쪽; 진선희, 「《아이생활》에 담긴 동시」, 『일제강점기 동시 연구』, 박이정, 2023, 348~391쪽 참조.

해방기에 발표한 1편을 제외하면 모두 일제강점기에 발표한 작품이다. 일제강점기에 대중적인 인기를 끌었던 탐정소설 작품과 작가에 관한 연구는 상당한 진척을 보인 반면에, 최병화의 탐정소설에 관한 연구는 외국 탐정소설의 번역·번안에 관한 내용이 대부분으로 본격적인 연구의 긴요성을 더하고 있다.

최병화에 관한 연구가 더딘 것은 일제강점기 아동문학에 관한 연구의 부진으로 최병화의 탐정소설도 연구 대상에서 소외되었을 가능성을 들 수 있으며, 최병화의 필명을 확정하지 못한 것도 원인 중 하나였다. 하지만, 최근 연구에서 1930년대 탐정소설을 여러 편 발표한 '최유범(최류범)'이 최병화의 필명인 것이 밝혀져, 최병화의 탐정소설 연구는 새로운 국면을 맞게 되었다.

최병화는 1930년 초창기 외국 탐정소설을 번역(번안)하거나 성인 대상의 서구의 탐정소설을 소개하다가 학생(어린이)을 주 독자로 하는 '소년탐정소설'을 본격적으로 창작하기 시작하였는데, '소년 탐정'을 주인공으로 하여 '모험'의 요소를 가미한 '탐정모험소설', '모험소설' 등으로 갈래를 확장해 갔다.

첫 탐정소설 「혈염봉」을 방정환이 발행한 『학생』에 발표하고, 개벽사의 『별건곤』에 탐정소설을 집중적으로 발표하였다. 작품 활동 초기에 외국 작품을 번역·번안을 하다가 창작으로 나아갔으며, 이후 학생(어린이) 대상의 '소년탐정소설'과 '모험소설'을 발표하는 등 방정환의 탐정소설 활동 이력과 유사한 행적을 남겼다.

최병화의 탐정소설이 갖는 문학사적 의의를 정리하면 다음과 같다.

첫째, 최병화의 탐정소설은 성인물과 아동물(소년탐정소설, 모험소설)로 구분할 수 있는데, 성인뿐만 아니라 학생(어린이) 독자를 위한 흥미로운 읽을거리를 제공하였다는 것과 아동물 안에서도 새로운 갈래를 시도하였다는 면에서 의의를 지닌다.

둘째, 최병화의 탐정소설 가운데 상당수의 작품이 번역(번안)물로 밝혀졌는데, 외국의 우수 작품을 국내에 소개하여 탐정소설 작품군을 풍성하게 한 의의가 있으나, 작가 고유의 문학적 성취로 보기에는 어려움이 있으며, 번역(번안) 사실을 밝히지 않은 경우, 이를 확인하여 밝히는 연구가 필요한 상황이다.

셋째, 문예지 발표 이력과 번역(번안) 활동, 창작 활동 이력 등 방정환의 탐정소설 관련 이력과 유사한 행보를 보인 것을 통해, 최병화의 탐정소설이 방정환의 영향을 크게 받았으며, 방정환의 탐정소설의 명맥을 이어간 것으로 볼 수 있다.

넷째, 최병화의 성인 대상 탐정소설에서 참혹한 살인 사건, 유산 상속, 남녀 간의 치정 등을 다룬 것은 기존 탐정물과 별다른 차이가 없었으나, 법정의 재판 과정, 심리학적 범죄 수사, 괴담과 기담 등을 작품 소재로 활용하여 탐정소설의 소재를 풍성하게 한 것은 새로운 시도로서 의의를 지닌다.

다섯째, 최병화의 소년탐정소설은 중요 인물이 악한에게 납치되거나 행방불명되고, 소년 탐정이 이를 조사하고 찾아 나서는 이야기를 주로 다루고 있다. 실천력 있는 행동가로서 소년 탐정과 이를 돕기 위한 어른 조력자가 등장하며, 다양한 탐정 기법과 장치를 활용한 것은 방정환을 비롯한 당대 소년탐정소설이 가진 일반적인 특징이다. 다만, 조선 소년들에게 꿈과 희망,

자긍심과 정체성을 심어주려는 작가의 지향을 직접적으로 드러내고 있어, 최병화의 소년탐정소설은 흥미 위주의 읽을거리 이상의 의미를 내포한 갈래라고 할 수 있다.

여섯째, 최병화의 모험소설은 대체로 위기의 순간 최선을 다하면 해결 방법을 찾을 수 있다는 것, 어떠한 고난과 장애에도 물러서지 말고 앞을 향해 나아갈 것 등과 같은 주제를 다루고 있는데, 소년탐정소설과 마찬가지로 작품의 이면에 작가의 의도를 담고 있다고 할 수 있다. 또한 모험소설을 통하여 탐정소설의 독자층을 성인 일변도에서 학생(어린이) 독자로 확대하였다는 것도 의미 있는 변화였다.

3) 스포츠소설과 성장 서사의 시도

(1) 스포츠소설의 등장

일제강점기인 1920년대 중반에 등단하여 1951년 사망할 때까지 최병화는 수많은 작품을 발표하고 다양한 문단 활동을 전개하였다. 그중 빼놓을 수 없는 이력은 당대 인기 절정의 탐정소설, 스포츠소설[109] 등을 집중적으로 발표하였다는 것이다.

1876년 개항 이후 서구식 근대 교육이 도입되면서 학교를 중심으로 교육 내용에 체조, 체육이 자리를 잡게 되고, 육상을 비롯한 서구 스포츠로 상징

---

109 스포츠 종목을 중심 소재로 다루었거나 서사에 활용한 소년소설, 탐정소설, 학교소설, 동화 등을 아우르는 개념으로, 이 글에서 임의로 붙인 갈래 용어이다.

되는 야구, 축구 등 구기 종목이 본격적으로 소개되어 인기를 끌기 시작하였다.[110] 최병화는 1920년대 중반에 등단한 이후 『별나라』의 창간부터 편집동인으로 있었고, 방정환, 연성흠, 이정호 등과 『어린이』를 중심으로 다양한 문단 활동을 전개하였다. 잡지의 편집과 집필을 책임지는 운영진(기획자)으로서 독자의 문화적 기호와 시대적 흐름에 민감할 수밖에 없었다고 본다면,[111] 당대 인기 스포츠를 작품의 소재로 활용한 것은 당대 분위기에서 자연스러운 일이라 할 수 있다.

최병화는 1927년 야구소설 「혈구(血球)(전 3회)」(『별나라』, 1927.6.1.~8.18.)를 시작으로, 스포츠를 소재로 한 작품을 여러 편 발표하였는데, 이에 관한 연구가 이루어지지 않고 있어 본격적인 논의가 필요한 상황이다.[112]

이 글에서는 최병화 스포츠소설의 발표 양상을 정리하고, 작품의 특징과

---

110 개항기와 일제강점기 스포츠 도입의 역사에 관해서는, 하웅용 외, 『사진으로 보는 한국체육 100년사』, 체육인재육성재단, 2011 참조.

111 천정철은 1920~30대 근대적 대중독자와 엘리트적 독자층의 등장으로, "식민지 조선에도 자본주의사회에만 있는 미디어 소비의 특징적 양상이" 나타나기 시작했으며, "'대중'이 상업화한 신문과 잡지를 일상적으로 '소비'"하는 "소비적 대중문화를 누리"게 되었다고 하였다. 천정철, 『근대의 책 읽기』, 푸른역사, 2014, 272~279쪽 참조.

112 최근 들어, 개항기와 일제강점기에 스포츠가 수용되고 정착하게 된 배경과 흐름에 관한 연구와 문학에 나타난 근대적 관점의 신체 인식에 관한 연구가 본격화되고 있다. 대표적인 연구를 정리하면 다음과 같다. 황익구, 「근대일본의 스포츠를 둘러싼 정치학과 식민지 조선-스포츠담론의 행방과 국민의 신체」, 『한일민족문제연구』 40, 한일민족문제학회, 2021, 207~247쪽; 임동현, 「일제시기 조선인 체육단체의 스포츠 문화운동」, 고려대학교 대학원 박사학위논문, 2022; 김주리, 「근대적 신체 담론의 일고찰-스포츠, 운동회, 문명인과 관련하여」, 『한국현대문학연구』 13, 한국현대문학회, 2003, 17~50쪽; 윤대석, 「1940년대 전반기 황국 신민화 운동과 국가의 시간·신체 관리」, 『한국현대문학연구』 13, 한국현대문학회, 2003, 79~100쪽; 김윤정, 「어린이에 나타난 아동 신체 인식과 형상화 방식」, 인하대학교 대학원 박사학위논문, 2023 참조.

문학사적인 의미를 찾아보는 데 중점을 두고자 한다.

(2) 최병화 스포츠소설의 발표 양상

일제강점기 아동문학단에서, 스포츠 종목을 중심 소재로 다룬 스포츠소설의 초기 작품은 문인암의 소년소설 「야구 쌩 장사」(『어린이』, 1926.12.10.)[113]가 대표적이다. 「야구 쌩 장사」는 소년소설로 발표하였지만 '야구'라는 스포츠 종목을 이야기의 중심 소재로 사용하였다는 점에서 스포츠소설로 볼 수 있다. 특히, 뛰어난 야구 실력뿐만 아니라 어렵고 가난한 형편의 사람을 도울 줄 아는 착한 마음씨를 가진 스포츠소설 주인공의 유형을 제시했다는 점에서 의미 있는 작품이다.

최병화가 스포츠소설을 발표하는 양상은 스포츠 소재를 활용하는 방식에 따라 크게 세 가지로 분류할 수 있다. 첫째, 스포츠 종목을 갈래 용어로 사용한 경우, 둘째, 다른 갈래 용어를 사용하되 내용에 스포츠 관련 소재를 다루는 경우, 셋째, 작품의 인물을 소개하거나 서사 전개의 필요에 따라 부분적으로 스포츠 소재를 활용하는 경우이다.

첫째, 스포츠 종목을 갈래 용어로 사용하여 발표한 경우이다.

---

113 이야기 내용을 간략히 소개하자면, 야구부가 있는 ○○보통학교로 전학한 이성남이 빵을 팔고 다닌다는 소문이 퍼졌는데, 야구 노래를 부르며 빵을 팔아서 '야구 빵 장사'라 불리었다. 한편 '소년 야구대회' 결승전에서 ○○보통학교와 △보통학교가 학교의 명예를 걸고 맞붙었는데, ○○보통학교가 패배의 위기에 처하자 성남이가 투수로 나서게 되고, 성남이의 뛰어난 활약 덕분에 극적으로 승리를 거둔다. 이후 성남이가 어려운 형편에 처한 아이와 그 가족을 돕기 위해 대신 빵 장사를 한 것이 밝혀지면서 축승회 때 전교생 앞에서 모범 소년으로 칭찬을 받게 된다.

최병화는 1927년에 '야구소설' 「혈구(血球)(전 3회)」(『별나라』, 1927.6.1.~8.18.)를 발표하였는데, 당대 낯선 스포츠인 '야구'를 작품의 주요 소재로 활용한 것과 이를 소설의 갈래 용어로 사용한 것이 이채롭다. 「혈구」를 발표하던 1927년 당시, 최병화는 『별나라』의 편집 동인으로[114] 작품 집필과 편집에 관여하고 있었으며, <배재고보>에 재학 중인 학생[115]이었다는 점에 주목할 필요가 있다.

조선례육회 주최와 동아일보사의 후원으로 지난 십오일부터 경성 명동 배재고등보통학교 "그라운드"에서 련일 성황으로 거행되여오던 례육회 전 조선야구대회의 최종일인 지난 십칠일 오후에는 오전보다 배 이상의 성황을 일우은 가운데서 중학단 최종 결승으로 배재(培材)고등보통학교군과 양정(養正)고등보통학교군과의 대전이 잇서 이십일 대 륙으로 배재가 크게 이기여 금년 대회에도 배재가 또 우승하엿고 전문학교단 결승으로 연희(延禧)전문학교와 "세부란쓰"의학전문학교와의 대전이 잇서 륙회초까지에 십팔 대 일의 대차로 연전군의 전세가 어대까지 유리한 형편에 잇섯슴으로 "세부란쓰"에서는 아모리 악전고투를 다하며 그대로 시합을 게속 한다 하여도 기술상 차이로 도져히 연전을 따르지 못할 줄을 짐작하고 대회의 시간상 편의를 생각하야 그대로 기권하고 물너나갓슴으로 가을해가 누엿누엿 서산에 갓가워젓슬 때에 이로써 이번 대회는 아조 원만히 종료되얏는대 당일 오후의 경과는 다음과 갓다.(하략)[116]

---

114 최병화는 1926년 창간(1926.6.1.)한 『별나라』의 초창기부터 편집 동인으로 참여하였다. 엄흥섭, 앞의 글, 1945, 8쪽 참조.

115 최병화의 <배재고보> 재학 기간은 1925년 9월 1일부터 1928년 3월 3일이다. 최병화의 <배재고등보통학교> 학적부 참조.

116 「배재 재차 우승, 전문단은 연전교, 성황리에 원만히 맞친 체육회 주최 본사 후원 전조선

위의 인용문을 보면, 동아일보사의 후원을 받아 조선체육회가 주최한 제6회 전조선야구대회가 1925년 9월 15일부터 서울 정동의 <배재고보> 운동장에서 열렸으며, 중학단의 결승전에서 <배재고보>가 <양정고보>를 상대로 21 대 6으로 이겨 제5회 대회에 이어 2회 연속 우승을 하였다는 것을 알 수 있다. 제6회 전조선야구대회는 최병화가 <배재고보> 입학 직후에 <배재고보> 운동장에서 열린 대회였고, <배재고보>가 결승전에서 우승을 차지하여 당시 <배재고보> 학생이었던 최병화에게 야구는 익숙하면서도 생활에 밀접한 스포츠로 다가왔을 것이다.[117] 또한 <연전>도 <세브란스의학전문학교>에 큰 점수 차이로 기권승을 거둔 것을 볼 때, 야구 명문 학교인 것을 확인할 수 있다. 이러한 환경적 배경은 최병화의 작품에 자연스럽게 반영되었다. 1928년 3월 3일 <배재고보>를 졸업하고 <연전>에 입학한 최병화가 야구소설 「홈으런 쎄트(1회 확인)」(『별나라』, 1929.7.20.)[118]를 발표한 것은, 작가의 개인적 경험을 바탕으로 『별나라』에 야구소설이라는 새로운 갈래를 실험한 것으로 볼 수 있다.[119]

야구대회」, 『동아일보』, 1925.10.19.

117　<배재고보>는 제6회 전조선야구대회에 앞서, 전조선야구대회 중학군 부문에서 제1회, 제3회, 제5회 대회를 우승한 야구 명문 학교였다는 점에서 <배재고보>의 야구 문화는 이미 자리 잡고 있었다고 할 수 있다. "더욱 이날은 오 년 동안을 두고 한 해 걸러 한 번식 우승긔를 다토아 처음 회에는 배재 둘제 회는 휘문 삼 회에는 삼 대 령으로 배재가 데사회에는 사 대 령으로 휘문에 우승하얏슴"에서 배재고보가 제1회, 제3회 대회에서 우승했음을, "드듸여 이십이 대 이로 배재군이 득승하니"에서 제5회 대회에서 우승했음을 확인할 수 있다. 「성황리에 종막, 중학단은 배재, 청년단은 대구, 최후의 승리를 덤령하얏다」, 『동아일보』, 1924.5.19 참조.

118　『별나라』의 결호로 인하여, 『별나라』(1929.7.20.)에 수록된 「홈으런 쎄트」 1회분만 원본 확인하였다.

야구소설 「혈구」와 「홈으런 째트」는 학교 야구부를 배경으로, 야구 경기와 이와 얽힌 사건, 인물의 이야기를 다루고 있는데, "'야구(野球)'가 교과서에도 실린 것은 1933년에 발간된 일본 강점기 한글 교과서인 『보통학교 조선어독본』(권4)를 통해서"[120]라는 점을 감안하면, 최병화의 야구소설은 당대 독자들에게 새롭고 흥미로운 소재였을 것이다.

둘째, 스포츠소설이 아닌 다른 갈래 용어를 사용하되 내용에 스포츠 관련 소재를 중점적으로 다룬 경우이다.

최병화는 탐정소설 「혈염봉(전 2회)」(『학생』, 1930.5.1.~6.15,)을 번안하여 발표하였는데, 장안고보 야구부 주장 동호가 피살된 사건을 놓고, 결승전 상대 학교인 정문보고에 다니는 소년(영호)이 사건의 진상을 밝히는 과정을 다루고 있으며, 야구를 소재화하여 야구 이야기를 작품에 자연스레 드러내고 있어 스포츠소설로 분류할 수 있다. 「혈염봉」은 탐정소설로 발표하였지만, 작품의 끝에 실린 「차호 예고」에 '럭비', '야구' 보는 법을 안내하고 있다는 점에서, 「혈염봉」을 스포츠소설로도 분류하고 있다는 것을 알 수 있다. 당시 야구가 서울(경성)이나 대도시의 몇몇 서구식 근대 학교를 중심으로 인기를 끌었지만, 전조선으로 확대해서 보면 아직 생소한 스포츠였다.[121]

---

119 비슷한 시기에 미담을 집중적으로 발표해왔던 이정호가 야구미담 「정의의 승리」(『어린이』, 1929.6.18.)를 발표하였는데, 야구미담은 「정의의 승리」 단 1편에 그치고 있어, 야구나 스포츠와 관련한 새로운 갈래를 실험했다기보다는 미담의 소재로 야구 이야기를 활용한 것이라 할 수 있다.

120 홍윤표, 「『청춘』과 『학생』 잡지로 본 초창기 야구의 계몽」, 『근대서지』 제10호, 근대서지학회, 2014, 366쪽.

121 "조선 야구계 연중행사로 절대의 인기를 집중하는 조선체육회 주최 제11회 전조선야구대

그 연장선에서 스포츠의 규칙과 방법을 모르거나 궁금해하는 독자에게 스포츠를 소개하는 글을 잡지에 싣게 된 것인데, 당대 잡지가 문학 작품과 더불어 독자의 교양과 상식을 위한 다양한 자료를 제공하는 역할을 하고 있었기에 가능한 일이었다.

최병화는 교내 축구대회 경기를 소재화한 장편소설 「우리 학교-귀중한 일축」(『어린이』, 1933.2.20.)을 발표하였다. 「우리 학교-귀중한 일축」에 장편소설을 사용한 것은 후속편인 학교소설 「우리 학교-슳은 졸업식」(『어린이』, 1933.3.20.)과 「우리 학교-희망을 찾는 소리」(『어린이』, 1933.5.20.)와 하나로 연결된다는 의미에서 비롯된 것이다. 1933년에 학교 대항 축구 경기를 소재로 한 「최후의 일 분간(전 3회)」(『조선일보』, 1933.11.26.~29)을 학교소설로 발표하였는데, 1933년 이후 최병화는 더 이상 야구와 같은 스포츠 종목을 갈래 용어로 사용하지 않았으며, 학교에서 일어난 사건과 학생을 중심인물로 설정한 이야기는 학교소설, 소년소설, 동화로 발표하였다.

1934년에 발표한 소년탐정소설 「청귀도의 비밀(1~3)」(『어린이』, 1934.5.20.~1935.3.1.)은 경성 운동장에서 열린 '전조선소년야구대회'에 참가한 ×보통학교 투수 '김영선'이 악한에게 납치되어 행방불명되자 친우이자 소년 탐정인 태순이 이를 뒤쫓는 이야기이다. 중심 갈래는 소년탐정소설이지만 '전조선

회는 예정과 가티 12일 오전 10시부터 경성운동장에서 개막할 터인바 소학단 중학단 청년단 삼부에 참가 단체가 14팀에 달하야 자못 성황을 예기하는 바 (하략)"에서 소학, 중학, 청년단을 합해 14개 팀이 참가하고 그나마 서울(경성) 연고의 팀이 대부분이며 개성, 군산 등 대도시에서 몇 개 팀이 참가한 것을 보았을 때, 야구가 전국적으로 활성화되었다고 보기에는 어려움이 있다. 「조선체육회 주최 제11회 전선야구」, 『조선일보』, 1930.6.12 참조.

소년야구대회', 야구선수 등 야구 소재를 활용하여 스포츠소설로도 분류할 수 있는 작품이다.

1935년 소년소설 「이역에 피는 쏫(전 15회)」(『조선일보』, 1935.4.16.~5.9.)은 만주 혜성보통학교를 배경으로 만주, 러시아, 조선 세 나라의 학교가 참가하는 '북만소년륙상경기대회'를 중심 소재로 사용하고 있다. 소년소설로 발표하였지만, 혜성보통학교의 대표 육상선수 홍수의 행방불명 이후 홍수를 구출하는 과정은 탐정소설의 서사 방식을 취하고 있으며, 속도감 있는 육상경기를 다룬 '북만소년륙상경기대회' 당일에 관한 서사는 스포츠소설의 특성을 띤 작품이다.

1949년 동화 「즐거운 꿈」(『조선일보』, 1949.8.21.)은 '스포츠 동화'로, 1936년 제11회 베를린올림픽에서 마라톤 금메달을 딴 손기정, 1947년 제51회 보스턴 국제마라톤대회에서 금메달을 딴 서윤복의 뒤를 잇는 마라톤 선수가 되기 위해 날마다 열심히 훈련하는 네 친구의 이야기를 다루고 있다. '마라톤' 종목을 전문적인 관점으로 깊이 있게 다루었다기보다는, 꿈을 향해 나아가는 아이들의 씩씩한 모습과 굳은 의지를 따뜻한 시선으로 담아냈기에 '동화'로 분류한 것이다.

셋째, 작품의 인물을 소개하거나 서사 전개의 필요에 따라 부분적으로 스포츠 소재를 활용하는 경우이다.

> 윤수길이는 더욱이 운동에 천재를 가저 재학시대(在學時代)에 삼교 연맹(三校 聯盟) 권구대회, 또는 사백미 대항 리레―에 잇서서 우승을 가저오게 한 공로자인 만큼 선생님도 그를 퍽 사랑하시고 전교 학생들도 그를 존경하야 왓든 관게로 떠나보내기를 안타가워 하엿습니다.[122]

학교소설 「우리 학교-슲은 졸업식」(『어린이』, 1933.3.20.)에서 삼교 연맹 권구대회, 사백미 대항 릴레이(육상)에서 학교를 우승으로 이끈 '윤수길'이라는 친구의 졸업을 안타까워하는 대목이다. 주인공의 능력과 인물의 됨됨이를 평가하는데 운동 능력이 중요한 잣대로 작용하고 있음을 엿볼 수 있는 부분이다. 즉 작품 속 인물을 소개하면서 스포츠 소재(능력)를 활용하고 있는 경우라고 할 수 있다.

> 사람됨이 근실하고 의협심이 잇스며 손재조가 묘하고 그 우에 거름이 쌜너서 사백미 리레―선수고―이 몃 가지가 더한층 쌘비 삼룡이 일홈을 빗나게 하야 주엇습니다.[123]

학교소설 「『쌘비』 삼룡이」에서 학교의 유명한 인물(학생) '삼룡이'는 근실하고 의협심이 있으며 손재주가 뛰어난데다, 달리기가 빨라서 사백 미터 이어달리기 선수이기도 하다. 여기에서 "그 우에"라는 표현에 주목할 필요가 있다. 사람됨을 평가할 때, 근실함, 의협심, 손재주 외 더 위의 기준, 즉 더 중요한 능력을 갖추고 있다는 뜻이다. 사백 미터 달리기 선수로서 뛰어난 기량을 갖춘 것을 사람됨의 가장 우선순위에 둔 것인데, 스포츠 능력을 사람됨의 평가 기준으로 중요하게 다룬 것에서 스포츠를 중시하는 당대의 분위기를 짐작할 수 있다.

---

122 최병화, 「우리 학교-슲은 졸업식」, 『어린이』, 1933.3.20, 29쪽.
123 최병화, 「『쌘비』 삼룡이」, 『조선일보』, 1933.11.12.

권투 아저씨 박춘민 씨는 조선 최초의 푸라이급(級) 선수권 보지자(選手權保持者)로 몇 해 전 비율빈(比律賓)서 권투선수 일행이 조선에 원정(遠征) 왔을 때에 비율빈 선수를 TKO로 이겨 그 명성이 아직까지 사라지지 않은 분입니다.

유도 아저씨 강영호 씨는 유도 삼단(三段)으로 전일본 무도대회(全日本武道大會)가 동경에서 열렸을 때 조선 대표로 가서 저곳에 강적을 모조리 물리치고 명예스러운 우승배(優勝盃)를 차지하여 유도 조선(柔道 朝鮮)의 의기를 마음껏 뽐내인 강자(强者)입니다.

이러한 조선의 보배 두 아저씨를 마치 폭격기(爆擊機)나 탕크(戰車) 같이 믿고 어서 무슨 일에든지 자기들이 활동할 시기가 오기를 안타깝게 기다리고 있습니다.[124]

1939년에 발표한 탐정모험소설 「소년 금강가(8회 확인)」(『아이생활』, 1939.1.1.~8.1.)에는 다섯 명의 소년탐정 외에 이를 돕는 어른 조력자 박춘민과 강영호 씨가 중요한 역할을 담당하고 있다. 동양의 발명왕 '오세광' 박사가 악당에게 납치되어 행방불명이 되고 오 박사를 찾아 다섯 소년이 악당의 뒤를 쫓게 되는데, 위험천만한 순간에 이 다섯 소년을 돕는 어른 조력자가 바로 박춘민과 강영호 씨이다. 위의 인용문은 이 두 사람을 소개하는 장면으로, 각각 권투와 유도로 강한 신체 능력과 뛰어난 운동 신경을 보유하였다는 사실을 상세히 설명하고 있다. 작품 속 인물의 능력과 특성을 소개하는 데 스포츠 능력을 중요시하고 있음을 보여주는 대목이다.

---

124 최병화, 「소년 금강가」, 『아이생활』, 1939.1.1, 51~52쪽.

(3) 최병화 스포츠소설의 작품세계

최병화의 작품에서 스포츠 종목을 갈래의 중심으로 내세웠거나 작품의 중심 소재로 사용한 경우를 쉽게 찾을 수 있다. 갈래를 야구소설로 발표한 작품은 「혈구」와 「홈으런 쎄트」 정도이고, 축구 경기를 중심 이야기로 다룬 작품은 「우리 학교-귀중한 일축」, 「최후의 일 분간」이며, 육상, 마라톤을 중심에 둔 「이역에 픠는 곳」, 「즐거운 꿈」이 있으며, 그 밖에도 육상 릴레이, 유도, 권투, 수영 등을 작품에 부분적으로 다룬 작품이 있다.

스포츠소설에서 작품 발표 양상과 함께 주목할 점은 스포츠소설의 서사 방식이다.

먼저, 최병화의 스포츠소설은 스포츠 경기를 서사의 전면에 드러내고 중요한 경기를 치르는 동안 주인공이 내면적 성장으로 나아가는 과정을 상세히 보여준다.

『영국이도 남자다』응원석에서 피를 짜내는 듯한 소리가 들넛습니다. 『그럿타. 나는 남아다. 인정에 붓들녀서는 안 되겟다』하고 영국이는 응원석을 흘깃 바라다 보앗습니다.
『이기든지 지든지 이 쎄스 한 번에 달넛다. 영국이는 이러케 책임이 중한 것을 생각하고 『쎄스을 치자』하고 마음 속에서 부르지젓습니다. 복구스 우에 슨 영국이의 눈은 이상스럽게 빗나고 잇섯습니다. 괴로운 침묵 중에 영국이 눈과 입살은 무섭게 타올넛습니다.[125]

---

125 최병화, 「혈구」, 『별나라』, 1927.8.18, 34~35쪽.

야구소설 「혈구」는 리화촌에서 도화촌으로 전학을 가게 된 야구선수 영국이의 이야기로, 야구대회에서 자신이 몸담았던 리화촌 야구부와 결승전을 치르게 되면서 겪는 갈등 상황과 복잡한 심경을 잘 보여준 작품이다. 승부를 결정짓는 절체절명의 순간에 "인정에 붓들녀셔는 안 되겟다"는 냉철함을 되찾아 자신의 자리에서 "이러케 책임이 중한 것을 생각하고 『쌔ㅅ을 치자』 하고" 최선을 다하여 승리를 거두는 것으로 이야기는 마무리된다. 냉혹한 승부의 세계에서 겪게 된 인간적인 고뇌 속에서 한층 성숙해가는 주인공의 모습을 문학적으로 잘 형상화하고 있다고 할 수 있다.

영남이는 이러케 부르지즈면서 선생님과 선수들 그리고 학우들에게 미안한 것도 아랏지만― 오즉 하나인 죽어가는 동생을 내버리고 가기에는 발이 안노엿슴니다.

『학교서 학생이 불느러 왓다. 시간이 다 되엿쓰니 급히 오라고 한다……』 어머니는 문박그로 영남이를 불너내서 이러케 말슴하시엿슴니다.

『그럿치만 저는 참아 갈 수가 업서요』 영남이 목소래는 우름 속에 석겨 나왓슴니다.

『영남아! 결승전이 아니냐? 얼는 가 보아라』 아버지께서도 묵어운 입을 여러서 타일느셧슴니다.

『네…………』 영남이는 대답만 간신히 하고 고개를 숙으렷슴니다.

『가라! 얼는 가라!! 경남이는 죽지 안는다. 어서 가서 익이고 오너라. 그러면 경남이가 얼마나 깃버하겟늬? 응……』 아버지는 이러케 말슴하시고 얼쓴 고개를 돌이시는데 눈물이 해빗에 번적어리셧슴니다. 어머님은 치마 고름으로 눈물을 씨스셧슴니다. 이 가장 슯흔 광경을 본 영남이 마음 속을 무슨 빗이 번적하고 지나갓슴니다. 영남이는 얼는 아래 방으로 갓슴니다. 얼마 후에 대문을 나슨 영남이 손에는 진흙 무든 유니폼(運動服)과

클넙 그리고 홈으런 갈기는대 업지 못할 사랑하는 쎄트가 쥐여젓습니다.[126]

위 인용문은 야구소설 「홈으런 쎄트」의 한 대목으로, 야구대회 결승전 당일 영남이는 병으로 죽어가는 동생 경남이를 두고 차마 경기장으로 갈 수 없었는데, 친구들이 영남이를 데리러 집으로까지 찾아온 상황에서, 아버지는 경기에 나가서 이기고 오면 경남이가 기뻐할 거라는 말로 영남을 타이르고, 영남이는 굳은 결심을 하고 야구 장비를 챙겨서 경기장으로 가게 된다는 내용이다. 야구대회 결승전과 중병으로 목숨이 위태한 동생을 사이에 두고 갈등하는 영남이의 심리를 잘 드러내고 있으며, 중대한 갈림길에서 자신이 해야 할 일을 책임감 있게 함으로써 한층 더 성숙해진 영남이의 모습을 보여주고 있다.

다음으로, 최병화의 스포츠소설은 경기를 상세하고 속도감 있게 전달하는 서사 기법을 활용함으로써 스포츠소설의 특수성을 높이고 있다.

심판의 호각이 한 소래 나자 싸움은 또 시작되엿습니다. 오학년 반에서는 문석이가 출전햇다는 말을 듯고 다소 불안한 공긔가 떠돌앗스나 몹시 수척한 문석이를 보고는 그다지 염녀하지 안앗습니다. 사실 다리에 힘이 하나 업서 보이는 문석이의 뽈차는 것을 보고는 도리혀 후보 응삼이가 낫다고 떠드는 사람도 잇게 된 형편이닛가 문석이가 출전햇대야 그다지 신기할 것은 업슬 것 갓치 보엿습니다. 별로 넘어지는 일이나 실수하는 일이 업든 문석이가 수업시 넘어지며 실수를 하얏습니다. 그러나 문석이의 야외인 얼골에는 무서운 살긔가 떠돌앗으며 단단한 결심의 빛이 보엿습니다.

---

126 최병화, 「홈으런 쎄트」, 『별나라』, 1929.7.20, 23~24쪽.

레프트윙(左翼)인 수길이는 뽈을 몰고와서는 센트포드(中央)인 문석이에게로 꺽거질러 주엇습니다. 그것은 을마만큼 문석이의 기술을 인정하는 까닭이겟습니다. 그러나 원체 몸이 몹시 약해진 문석이는 뽈을 빼앗기고 또는 아웃을 내여 번번히 조흔 챤스를 일어버리여 『어구!』 소리가 여긔저긔서 나게 하얏습니다.

사학년 문전에서도 여러 번 뽈이 놀고 오학년의 키장다리란 별명을 듯는 복길이가 차는 뽈이 여러 번 하마하마 들어갈 듯한 것을 명킾어 룡철이가 번번히 잘 막아내여 위험한 고비를 만이 넘기엿습니다.[127]

축구 경기가 속도감 있게 전개되는 상황을 실제 스포츠 경기를 중계하듯이 생생하고 긴장감 있게 그리고 있는 장면이다. 특히, 승리를 쟁취하기 위한 선수들의 모습과 응원단의 열기를 상세히 묘사하여 몰입감을 높인 것이 눈에 띈다. 경기 시작('심판의 호각 소리'), 우리 편의 공격 과정('레프트윙 수길', '센트포드 문석'), 공수 전환('뽈을 빼앗기고'), 상대방의 공격과 우리의 수비('상대 공격수 복길이의 공격', '골키퍼 룡철이의 선방') 등 상황과 위치가 수시로 변하는 과정을 실감 나게 보여주면서 축구 경기를 더욱 생생하고 속도감 있게 전달하였다. 영상매체가 활성화되지 않은 당시 상황에서 스포츠소설이라는 특수성을 잘 살린 서사 기법이라고 할 수 있다.

사백 미리 레- 출장팀 일곱 로국 세 팀, 만주국 세 팀, 조선 한 팀, 사백 미리 레- 웅환, 무석, 원기, 흥수, 는 얼골을 모으고 잠간 동안 상의를 하엿다. 계원의 요이 소리가 나자 일동은 자리에 가 나누워 서 잇다.

---

127 최병화, 「우리 학교-귀중한 일축」, 『어린이』, 1933.2.20, 56쪽.

땅! 소리가 또 낫다. 일 번이 뛰엿다. 이 번에 뻔드를 전할 때 로국 만두 조선 삼 번에 뻔드를 전할 때 로국 만주 조선, 이리하야 혜성팀은 삼착이 될 듯 하야 러시아 사람들은 여간 조와하지 안는 것이 아니엿다. 사 번에 뻔드를 전할 때도 역시 로국, 만주, 조선 혜성은 거진 할 메돌 반이나 만주국 소년에게 떠러젓다.

이리하야 조선은 이착하기도 어렵게 되엿다. 흥수는 마음이 초조하엿다. 뻔드가 흥수의 손에 전하야질 때 로국팀은 사 메돌을 압섯고 만주국은 이 메돌 반을 압섯다. 흥수는 이를 악물고 뛰엿다. 오십 메돌을 지날 때는 만주와 조선은 반 메돌 차이 로국과 조선은 두 메돌, 팔십 미둘에 이를 때는 만주는 떨어지고 로국과 조선은 반 메돌 차로 로국팀이 일착한다. 비록 일착은 못하엿지만 흥수의 공훈은 여간 큰 것이 아니엿다.[128]

소년소설 「이역에 픠는 꽃 (15)」에서 육상 대회의 절정에 해당하는 사백 미터 릴레이 과정을 그려낸 부분으로, 출발('땅! 소리'), 배턴 전달 1번에서 2번(러시아, 만주, 조선), 2번에서 3번(러시아, 만주, 조선), 3번에서 4번(러시아, 만주, 조선), 마지막 주자 흥수(러시아와 4m, 만주와 2.5m → 러시아와 2m, 만주와 0.5m → 러시아와 0.5m, 만주를 제침 → 간발의 차이로 2위로 도착)의 차례에 따라 팀별 순위와 거리의 변화를 실감 나게 표현하여 긴장감을 고조시키고 있다. 이처럼 순간적으로 승부가 결정 나는 육상 경기의 특성에 맞게 생생한 상황 묘사와 속도감 있는 진행은 최병화의 스포츠소설에서 볼 수 있는 특징이자 장점이다.

---

128 최병화, 「이역에 픠는 꽃 (15)」, 『조선일보』, 1935.5.9.

(4) 스포츠에 성장을 담은 서사

아동문학가 최병화는 일제강점기와 해방기에 수많은 작품을 발표하고 다양한 문단 활동을 전개하였으며, 당대 인기를 끌었던 스포츠소설에도 힘을 쏟았다. 1876년 개항 이후 서구식 근대 학교를 중심으로 체육이 교육 내용으로 자리 잡게 되고, 체조, 육상과 더불어 야구, 축구 등 구기 종목이 본격적으로 소개되고 인기를 끌기 시작하였다.

스포츠에 대한 대중의 관심과 인기는 최병화의 작품에도 적극적으로 반영되었는데, 일찍이 『별나라』의 편집 동인으로 참여한 최병화는 잡지의 편집인으로 잡지의 평가와 판매에 직결되는 독자의 문화적 기호, 시대적 흐름에 민감할 수밖에 없었다는 점에서, 스포츠소설은 독자의 기호를 중요시하는 분위기 속에서 기획된 갈래라고 할 수 있다. 이 글에서는 최병화의 스포츠소설의 현황을 정리하고, 작품의 특징에 관해 중점적으로 살펴보고자 하였다.

최병화 스포츠소설의 발표 양상은 세 가지로 분류할 수 있는데, 첫째, 스포츠 종목을 갈래 용어로 사용한 경우로, 야구소설 「혈구」, 「홈으런 쎄트」 등이 있다. 야구소설을 처음 발표한 1927년 당시, 최병화는 『별나라』 편집 동인으로 있었고, <배재고보>에 재학 중인 학생이었다는 것에 주목할 필요가 있다. 제6회 '전조선야구대회'가 <배재고보> 운동장에서 열렸고, '전조선야구대회'에서 제1회, 3회, 5회, 6회 우승을 차지하는 등 <배재고보>는 야구의 명문 학교라는 점에서 최병화에게 야구는 익숙한 스포츠라고 할 수 있으며 이러한 분위기 속에서 스포츠 소재를 여러 편 발표하게 되었다.

둘째, 스포츠소설과 다른 갈래 용어로 발표하되 스포츠 관련 소재를 중점적으로 다룬 경우이다. 장편소설 「우리 학교-귀중한 일축」, 학교소설 「최후의 일 분간(전 3회)」 등은 축구 경기를 중심으로 펼쳐지는 이야기를 다룬 작품인데, 이때부터 스포츠 종목을 갈래 용어로 사용하지 않았다. 스포츠 소재 이야기를 학교나 생활 속 이야기의 하나라고 보아 학교소설이나 동화에 포함한 것으로 볼 수 있다. 이 밖에도 탐정소설 「혈염봉(전 2회)」, 소년탐정소설 「청귀도의 비밀(1~3)」, 소년소설 「이역에 픽는 꽃(전 15회)」과 같은 작품도 갈래 용어를 달리하였지만 작품 속에 야구와 육상 이야기를 다루고 있어 스포츠소설로 분류할 수 있다.

셋째, 작품의 인물을 소개하거나 서사 전개의 필요에 따라 스포츠 소재를 부분적으로 활용한 경우이다. 학교소설 「『쌘비』 삼룡이」에서 인물의 평가 기준으로 스포츠 능력을 중요하게 다루고 있고, 탐정모험소설 「소년 금강가(8회 확인)」에서는 소년 탐정을 돕는 어른 조력자를 권투와 유도 등으로 단련된 강한 신체 능력의 소유자로 소개하고 있다. 당대 인물의 능력과 인품을 평가하는 데 스포츠 능력이 중요하게 반영되고 있음을 짐작할 수 있는 부분이다.

최병화의 스포츠소설은 스포츠 경기를 서사의 전면에 드러내고 이 과정에서 주인공이 내면적 성장으로 나아가는 방식을 취하고 있다. 또 최병화의 스포츠소설은 생생하고 속도감 있는 서사 기법을 활용함으로써 스포츠소설의 특수성을 높이고 있는데, 실제 경기를 생중계하듯이 생생하고 현장감 있게 그리고 있고, 수시로 변하는 상황을 실감 나게 묘사하여 독자의 몰입감을 높였다고 할 수 있다.

최병화의 스포츠소설은 당대 인기를 끌었던 스포츠 종목을 작품화하여 독자들의 관심과 호응을 끌어냈으며, 인기 스포츠 종목에 인간적인 고뇌와 성장으로 나아가는 과정을 담아내어 성장물의 한 유형을 제시하였다는 데 큰 의의가 있다.

4) 연작소설과 새로운 글쓰기 전략

(1) 연작소설의 기획

최병화가 등단하여 본격적인 문단 활동을 펼친 1920~30년대는 주요 일간지가 창간되고 수많은 잡지가 발간되어 독자는 풍성한 읽을거리 속에서 선택의 폭이 넓어졌다면, 언론 매체는 더 많은 독자층을 확보하기 위한 생존 경쟁에 돌입하게 하였다. 독자층 확보를 위한 다양한 전략을 세울 수밖에 없었는데, '연작소설(連作小說)'[129]이 그러한 전략 중 하나였다.

연작소설은 몇 명의 작가가 작품의 일정 분량을 맡아서 순서대로 돌아가면서 쓰는 방식을 통하여, 개성 있는 글쓰기에 대한 기대와 호기심을 동력으로, 작가와 독자의 관심과 참여를 끌어낸 기획된 갈래라고 할 수 있다. 연작소설에 관한 기왕의 연구를 살펴보면, 연작소설은 당대 명성 있는 작가

---

129 이 글에서는 몇 명의 작가가 필진으로 참가하여 한 작품의 일정 분량을 맡아 순서대로(릴레이 방식으로) 쓴 소설(작품)을 '연작소설'이라고 보았으며, '릴레이소설'과 동일한 개념으로 사용하고자 한다. 또한 필요한 경우, '합작소설'을 아우르는 호칭으로 사용하고자 한다. 다만, 한 작가가 동일한 인물을 대상으로 단편 여러 개를 써서 이를 연결하여 창작한 소설을 가리킬 때는 '1인 연작소설'로 표기한다.

를 필진으로 구성하고, 독자의 흥미와 관심, 참여를 유도할 수 있는 다양한 전략을 앞세워 대중문학으로 기획된 갈래이며, 1920~30년대 독자의 관심과 참여 속에 인기 갈래로 흥행하였으나, 작품성의 문제가 계속해서 제기되었고 연재 중단과 미완성으로 끝나는 경우가 많아, 결국 문학 작품으로서의 존립이 흔들리며 1930년대 중반 이후 소멸한 것으로 대체로 정리하고 있다.[130]

최병화는 1928년 『별나라』(1928.7.31.)에 최청곡(崔靑谷), 송영(宋影) 등과 함께 연작소설 「눈물의 선물」을 발표하고, '합작소설(合作小說)'[131]이라는 갈래 용어로 연성흠, 이정호와 함께 「아름다운 희생(전 2회)」(『어린이』, 1929.12.20.~1930.01.20.)을 발표하였으며, 1949년에는 방기환, 정비석, 박계주 등과 함께 '소설리레이'[132] 「굴러간 뽈」(『소년』 6호, 1949.1.1.)을 발표하였다.

최초의 연작소설로 밝혀진 「홍한녹수(紅恨綠愁)」(『매일신보』, 1926.11.4.)[133]

---

130 연작소설의 출현과 소멸에 관해서는 다음 연구를 참조하였다. 한원영, 『한국근대신문연재소설연구』, 이회문화사, 1996.; 정미란, 「1920~30년대 아동잡지의 연작소설(連作小說) 연구」, 『아동청소년문학연구』 15호, 한국아동청소년문학회, 2014, 175~207쪽; 박정희, 「1920~30년대 '릴레이 소설'의 존재방식과 그 의미에 대한 연구」, 『한국현대문학연구』 51, 한국현대문학회, 2017, 261~290쪽; 최미선, 「『학생』지 연재 <소설 창작 리레이> 연구」, 『한국아동문학연구』 46, 한국아동문학학회, 2023, 183~216쪽.

131 몇 명의 작가가 힘을 보태 함께 창작하는 소설을 가리킨다.

132 이때 '소설리레이'는 연작소설을 가리킨다.

133 한원영은 「홍한녹수」(『매일신보』 1926.11.14.~12.16.)를 "우리 문학사상 처음 보이는 연작소설"이라고 밝혔으나 두 번째 연작소설을 「여류음악가」(『동아일보』, 1929.5.24.~6.12.), 세 번째를 「황원행(荒原行)」(『동아일보』, 1929.6.8.~12.21.)으로 본 것은 후속 연구(정미란, 박정희 등)에서 다른 연작소설 작품이 있음을 확인하여 오류임이 밝혀졌다. 한원영, 앞의 책, 137쪽 참조.

를 기준으로 보았을 때, 이른 시기에 연작소설을 발표하고 해방 후에도 연작소설을 발표하였다는 점에서 최병화의 연작소설은 문학사적으로 의미를 따져볼 만한 가치가 있다. 하지만 1920~30년대 연작소설을 전반적으로 정리하고 평가한 박정희의 "1920~30년대 '릴레이 소설' 목록"[134]에 최병화의 연작소설은 빠져 있으며, 1920~30년대 아동 잡지의 연작소설을 집중해서 연구한 정미란의 연구에서도 합작소설 「아름다운 희생」에 관해서만 간략히 언급하는 데 그치고 있어,[135] 본격적인 연구가 필요한 실정이다.

연작소설은 탐정소설, 스포츠소설 등과 함께, 1920~30년대 문학이 다양한 독자층을 확보하며 대중문학으로 나아가는 데 중요한 역할을 한 갈래이다. 따라서 이 글에서는 연작소설의 기획과 소멸을 지적한 기왕의 관련 연구를 이어받아, 그동안 조명하지 못한 최병화의 연작소설의 현황과 특징, 문학사적 의미를 고찰하고자 한다.

(2) 최병화 연작소설의 현황

지금까지 아동문학계에서 발표한 연작소설은 『어린이』(1927.3~1928.9, 미완)에 발표한 「5人동무」[136]를 시작으로, 학교 학생들이 소설공모전에 직접

---

134 박정희, 앞의 논문, 287쪽.

135 정미란은 합작소설 「아름다운 희생」에 대해서 "연성흠·이정호·최병화의 공동작으로 2회로 완결된 작품인데 회기별로 나누어 쓴 것이 아니라 공동으로 집필했기 때문에 회별로 다른 작가가 이어 쓴 연작소설과는 차별화하기 위해 '합작'이란 다른 이름을 붙일 듯"하며, "연작과 동일선상에 놓을 수는 없지만 공동창작의 포괄적 의미에서 함께 논의할 지점을 찾을 수 있을 것"이라고 하였다. 정미란, 앞의 논문, 185쪽 참조.

136 참여 작가는 마해송, 고한승, 진장섭, 손진태, 정인섭, 최진순, 정병기 등이다.

참여한 「학생소설 창작 리레이(19편)」(『학생』, 1929.10~1930.2),[137] 태영선·이동규·성경린의 「불탄 촌(村)」(『신소년』, 1930.5~1930.8, 미완), 오경호·강영환 등의 「새나라로」(『신소년』, 1931.9, 미완), 박일·엄흥섭 등의 「노선생(老先生)」(『별나라』, 1932.8, 미완), 이동규의 「동맥(動脈)」(『신소년』, 1934.2, 미완) 등 6편 정도로 알려졌다. 확인된 작품 수가 적은 상황에서 작품 하나의 자료적 가치와 의미는 클 수밖에 없다. 여기에서는 최병화 연작소설의 발표 현황을 밝히고 새롭게 확인한 작품은 연작소설의 목록에 추가하고자 한다.

앞서 밝힌 대로 최병화는 최초의 연작소설 「홍한녹수」와 비슷한 시기에 『별나라』(1928.7.31.)에 최청곡(崔靑谷), 송영(宋影) 등과 함께 연작소설 「눈물의 선물」[138]을 발표한다. 아동문학가의 연작소설로 치면 「5인 동무」를 잇는 두 번째 작품에 해당하는 것으로, 일찍부터 연작소설의 창작에 관심을 두고 참여한 것으로 보인다.

> 벼란간에 식껌한 옷을 입고 꼿 세 송이를 들고 들어오는 사람이 잇섯스니 이 분은 누구시겟스며 이 이약이가 쏘한 청진소년으로 엇써한 일을 꾸미게 할 것인지는 다음―최병화 씨의 손으로 될 것입니다.―(병석(病席)에서)―

위의 인용문은 최청곡이 발표한 연작소설 「눈물의 선물(제3회)」의 마지막

---

137 이에 관해서는 최미선의 「『학생』지 연재 <소설 창작 리레이> 연구」(『한국아동문학연구』 46, 한국아동문학학회, 2023, 183~216쪽)에서 상세히 다루고 있다.

138 『별나라』 결호로 인하여 제3회, 제5회를 제외한 「눈물의 선물」의 원본을 확인하지는 못하였다.

부분으로, 최청곡의 작품 끝에는 "다음—최병화 씨의 손으로 될 것"이라고 하였으나, 잡지 편집 과정에서 네모 상자 속 안내문을 삽입하여, 원래 최병화가 제4회를 쓸 차례였으나 사정에 의해 못 쓰게 되었고, 편집자가 '송영'에게 부탁하여 제4회를 쓰게 되었으니 다음 이야기를 기대해 달라는 안내를 한 것이다. 이후 「편집을 맛치고」에서 "여러분의 갈채를 밧아오는 「눈물의 선물」은 사정에 의하여 송영 씨가 쓰시게 되엿습니다. 그리고 최병화 씨는 제5회에 쓰실 터임니다"[139]라고 하여 최병화가 제5회를 쓸 것이라는 예고를 하였고, 최병화는 예정대로 「눈물의 선물(제5회)」(『별나라』, 1928.7.31.)을 발표하였다.

　　잇쌔 준성이는 얼는 생각한 것이 잇섯습니다. 준성이 아버지께서는 귀밋해 콩알만한 혹이 잇섯습니다. 그리하야 준성이는 그 사람을 간호하면서 귀밋을 만저보앗습니다. 그 사람이 준성이가 찾는 아버지인지 아니인지는? <u>이 다음 호—이정호(李定鎬) 선생님께서 마즈막으로 쓰실 쌔 아십시요</u>[140]

　최병화의 「눈물의 선물(제5회)」의 마지막 부분으로, 다음 호는 이정호가 쓸 차례이며 연재도 마지막이라는 것을 알려주고 있다. 또한 이야기 내용과 관련해서는 주인공 준성이가 찾고 있는 아버지가 굴속에서 만난 그 아저씨가 맞는지에 대해서 중점적으로 다루어달라는 당부를 남기고 있다. 이를

139　「편집을 맛치고」, 『별나라』, 1928.3.15, 57쪽.
140　최병화, 「눈물의 선물(제5회)」, 『별나라』, 1928.7.31, 91쪽.

통해 「눈물의 선물」은 제3회 최청곡, 제4회 송영, 제5회 최병화, 제6회(종결) 이정호의 순으로 이어지고 있음을 확인할 수 있으며, 연작 작가의 순서는 사전에 정해 두더라도 상황에 따라 바뀌기도 하고, 작품 전회(前回)의 내용은 미리 공개하지 않고 해당 호가 발표된 이후에 확인할 수 있다는 것을 알 수 있다.

최병화는 1929년 연성흠, 이정호와 함께 '대합작소설' 「아름다운 희생(전 2회)」(『어린이』, 1929.12.20.~1930.1.20.)을 발표한다. 대합작소설은 세 명의 유명한 아동문학가가 함께 쓴 사실을 홍보하기 위하여 부풀려 사용한 용어이고, 실제 사용한 갈래 용어는 합작소설이다. 합작소설은 "여러 작가가 함께 쓴다는 창작 방식에 대해 알려주는 용어"[141]인데, 연작소설처럼 작가별로 한 회씩 순서대로 발표하는 것이 아니라, 전 2회를 발표하면서 세 작가의 이름을 함께 올리고 있어 차별화를 꾀하고 있다. 다만, 몇 명의 작가가 한 작품의 창작에 공동으로 참여하여 함께 기여한다는 점에서 일정 부분 연작소설의 방식과 중첩되는 부분이 있어 이 글에서는 연작소설의 범주에 포함하도록 한다.

최병화는 1949년 『소년』[142](제6호, 1949.1.1.)에 '소설리레이' 「굴러간 뽈 3」

---

141 조은숙, 「일제 강점기 아동문학 서사 장르의 용어와 개념 고찰」, 『한국 아동청소년문학 장르론』, 청동거울, 2013, 26쪽.

142 문경연은 "문화당(文化堂)에서 발간된 해방기 아동잡지 『소년』은 1948년 7월 1일 창간호를 필두로 1950년 3월에 발간된 제20호까지 총 스무 권이 발굴된 상황"이라고 하면서, 『소년』의 서지사항과 특징, 편제와 주요 기획 등에 관해서 상세히 다루고 있으며, 『소년』 목차도 별도로 정리하였다. 문경연, 「이야기와 만화의 향연-해방기 아동잡지 『소년』」, 『근대서지』 제4호, 근대서지학회, 2011, 203~214쪽; 문경연, 「『소년』 목차」, 『근대서지』 제4호, 근대서지학회, 2011, 473~502쪽 참조.

을 발표하였는데, 제목란에 "소설리레이 『굴러간 뽈』첫째 방기환 둘째 정
비석 셋째 최병화 넷째 박계주"[143]라고 되어 있어, 최병화가 세 번째 이야기
를 맡고 있음을 확인할 수 있다.[144] 여기에서 '소설리레이'는 '연작소설'의
다른 말로, 4명의 작가가 「굴러간 뽈」이라는 작품을 순서대로 이어서 쓴
것을 뜻한다. 다만, 기존 연작소설과 차별화되는 것은 4편의 연작을 『소년』
에 차례로 연재한 것이 아니라 한 호(『소년』제6호)에 같이 실었다는 점이다.

이로써 연작소설은 해방기에도 그 명맥을 이어가고 있음을 확인한 셈이
다. 연작소설이 "1926년에서 1936년까지 약 10년간에 걸쳐 집중적으로 창
작되었으며 그 후로는 확인되지 않"[145]았다는 논의와 "1930년대 중반 이후
연작의 양식은 단절되"[146]었다고 본 논의는 이제 일정 부분 수정이 필요해
보인다. 다만, "창간호부터 정비석의 연재소설 「돌아온 아버지」, 방기환의
연재소설 「꽃 필 때까지」, 양미림의 「야학생」 등의 소설과, 박태원의 사화
(史話) 「소년 김유신」이 실렸다. 또 '세계명작'으로 분류되어 셰익스피어의
「뻬니스의 상인」(이촌일 글, 김의환 그림)이 연재를 시작했다. 제2호부터는 박
계주 글의 「쨘 발쨘」, 송근영의 「얼간이」가 새로운 연재 대열에 합류했
다"[147]는 것에서 알 수 있듯이, 해방기 『소년』의 연작소설은 몇 명 작가가

143 '박계주(朴啓周)'의 오식이다.

144 최병화가 쓴 「굴러간 뽈 3」은 참여한 작가 중 세 번째 순서이기에 '3'을 쓴 것이다. 「굴러
    간 뽈」은 9쪽에서 17쪽까지 순서대로 이야기가 이어지는데, 9쪽은 제목란이고 방기환의
    「굴러간 뽈(1)」은 10~11쪽, 정비석의 「굴러간 뽈(2)」는 12~13쪽, 최병화의 「굴러간 뽈(3)」
    은 14~15쪽이고, 박계주가 맡은 「굴러간 뽈(4)」는 16~17쪽이다.

145 박정희, 앞의 논문, 265쪽.

146 정미란, 앞의 논문, 200쪽.

필진으로 참여하여 한 작품을 분담하여 창작하는 방식에서 벗어나, 한 작가가 동일한 인물을 대상으로 단편 여러 개를 써서 이를 연결하여 창작한 '1인 연작소설'의 방식을 본격화하고 있다는 것은 눈여겨볼 점이다. 최병화의 연작소설 작품을 표로 정리하면 다음과 같다.

<표 9> 최병화의 연작소설 작품 목록

글쓴이	작품명	갈래	게재지	게재연월일
최병화	눈물의 선물 제5회 어둔 빗과 발근 빗	연작소설	별나라, 1928년 7월호	1928.07.31
연성흠 이정호 최병화	아름다운 희생(전 2회)	대합작소설	어린이, 7-9, 8-1	1929.12.20 ~1930.01.20
방기환 정비석 최병화 박계주	굴러간 뿔 3	동화	소년, 6호,[148] 문화당	1949.01.01

(3) 최병화 연작소설의 특징

연작소설은 신문, 잡지의 대중성을 확보하기 위하여 기획된 갈래라고 하였는데, 대중성의 확보는 독자의 관심과 참여를 높여 신문, 잡지의 구독을 활성화하고 유지하는 것이라 할 수 있다. 앞서 최병화가 일찍부터 연작

---

147 문경연, 앞의 논문, 207쪽.

148 『소년』(제6호, 1949.1.1.)에는 조병덕이 작가들의 '커리커처'를 그렸는데, 대상 작가로는 '박계주, 정비석, 최병화, 조병덕, 이원수, 윤태영, 방기환, 김의환' 등이었다. 오영식, 「해방기 잡지 목차 정리 ⑤ 시옷편」, 『근대서지』 제27호, 근대서지학회, 2023, 915쪽 참조.

소설에 관심을 두고 작품 활동한 사실을 확인하였는데, 최병화 개인의 문단 활동 이력과 연작소설의 기획 의도를 연결 지어 살펴볼 필요가 있다.

최병화는 아동 문예지 『별나라』에 초창기부터 편집 동인으로 관여하였고, 『별나라』의 인쇄인으로 2년 반(1928년 3월~1930년 10월호) 넘게 이름을 올렸으며,[149] 소파 방정환의 『어린이』에도 단편소년소설 「입학시험」(『어린이』, 1929.5.10.)을 시작으로 꾸준히 작품을 발표하였다. 또 방정환과 함께 『어린이』에 깊이 관여한 일화를 밝힌 것 등을 볼 때[150] 잡지의 편집인, 집필진으로서 일찍부터 독자 확보의 중요성을 깨닫고 독자의 관심과 참여를 끌 수 있는 다양한 방안을 모색한 것으로 보이는데, 연작소설의 기획도 그 방안 중 하나였을 것이다.

잡지 편집인, 집필진으로서 최병화의 연작소설 기획 의도를 찾고 그에 따른 작품의 특성을 정리해 보면 다음과 같다.

첫째, 최병화의 연작소설은 기존 연작소설과 마찬가지로 유명한 작가들로 필진을 구성하였다. 「눈물의 선물」의 최규선·송영·최병화·이정호 등, 「아름다운 희생」의 연성흠·이정호·최병화, 「굴러간 뽈」의 방기환·정비석·최병화·박계주라는 필진은, 당대 문학계에 자리매김한 기성 작가이자 인기

---

149 엄흥섭, 앞의 글, 1945, 8쪽; 류덕제, 『한국 아동문학비평사 자료집 7』, 보고사, 2020, 45쪽 참조. 연작소설 「눈물의 선물」과 합작소설 「아름다운 희생」을 발표하던 시기에 최병화는 『별나라』의 인쇄인으로 이름을 올리고 있었다.

150 최병화의 회고에 따르면, 방정환과 함께 출판 관련으로 옥고를 치르기도 했다. "몇 해 전에 선생(방정환, 주-연구자)과 나(최병화, 주-연구자)는, 쓰지 말라는 글을 썼다 해서, 서대문 감옥에 들어가서 미결로 있다가 놓여나온 일이 있었습니다." 최병화, 「소파 방정환 선생」, 『소년』 5월호, 1949, 18쪽 참조.

작가들이다. 이러한 인기 작가의 명성을 활용한 이른바 "명성 마케팅 전략"[151]은 독자들의 관심과 호응을 불러일으키는 데 유리하게 작용하였을 것으로 보인다.

둘째, 최병화의 연작소설은 『어린이』와 『별나라』, 『소년』 등 당대 아동 잡지의 운영과 편집에 적극적으로 관여했던 인사로 필진을 구성하였다. 주로 『어린이』에는 편집과 집필에 깊이 관여한 이정호, 연성흠, 『별나라』는 편집 동인으로 활동한 최병화, 최청곡, 송영, 『소년』은 잡지를 창간한 방기환 등이 편집 동인, 집필진 등으로 깊이 관여한 것으로 분류할 수 있는데,[152] 신문과 잡지의 족출시대에 저널리즘의 생존 경쟁에 대한 이해, 잡지의 생존을 위한 다양한 방안과 전략 모색을 위한 공감대 형성에 유리한 조건을 가진 작가로 필진을 구성하는 것은 자연스러운 일이다.

셋째, 최병화의 연작소설은 새로운 창작과 연재 형식을 시도하였다.

(전략) 이것은 근일 동경 대판 등지의 각 쥬간신문(週刊新聞) 혹은 월간 잡지에 만히 류횡하야 독자의 환영을 크게 밧는 것이니 몃々 작가를 미리 작졍하여 가지고 소설의 내용을 서로 의론하지 아니하고 한 사람이 한 회식 련속하야 짓는 것임니다. 그럼으로 첫번에 쓴 분의 다음에 졔이회 집필자(第二回 執筆者)가 자긔 마암대로 계속하야 쓰고 그 다음에 삼회 집필자가 또 마암대로 계속하야 쓰는 것이니까 독자도 갓치 다음 계속 될 내용을 상상하엿다가 집필자의 계속 된 것과 비교하여 볼 수 잇는 재미 잇는 계획

---

151 박정희, 앞의 논문, 269쪽.
152 아동 문예지에 관여한 작가의 이력은 류덕제, 『한국 아동문학비평사를 위하여』, 보고사, 2021 참조.

임니다.(후략)[153]

위 인용문은 조선 최초의 연작소설로 알려진 「홍한녹수」를 연재하기 전, 『매일신보』(1926.11.12.)에 실린 연재 예고 글이다. 내용을 살펴보면, 먼저 연작소설은 일본의 주간신문과 월간 잡지에서 이미 시도하여 유행한 것으로, 몇몇 작가를 섭외하되, 소설의 내용을 서로 의논하지 않고, 한 사람이 1회씩 연속하여 짓는 방식임을 알 수 있다. 또한 회별로 맡은 작가가 마음대로 쓰는 것과 동시에, 독자도 회별 내용을 상상하여 작가의 작품과 비교해 보는 독서 방법까지 안내하고 있다. 여기에서 주목할 점은 작가가 소설의 내용을 서로 의논하지 않고 작품을 발표한다는 것이다. 서로 의논하지 않기 때문에 앞의 작품에서 남긴 최소한의 정보를 바탕으로 다음 작가가 자신만의 역량으로 개성 있는 작품을 만들어 갈 수 있다는 것인데, 이것이 연작소설이 작가와 독자의 관심을 받은 지점이라고 할 수 있다. 하지만, 작가 간 사전 협의 없이 창작하는 이 방식으로 인해 연작소설은 "작품의 통일성이 떨어"[154]지고 "작품의 일관성이 결여되어 있다"[155]는 비판을 받는 등, 작품의 통일성과 개연성, 일관성이 부족하다는 작품성의 문제에 봉착하게 된다.

원호어적(元湖漁笛)은 연작소설 『황원행(荒原行)』의 독후감에서 작품 내용의 통일성 부족을 지적하면서 "여기에서 나는 연작을 함에는 주의주장이 동일한 자끼리 협의하야 창작의 붓을 들어야 될 것이라고 늣기엇다"[156]라고

153　「흥미 잇는 연작소설, 일요부록에」, 『매일신보』, 1926.11.12.
154　박정희, 앞의 논문, 280쪽.
155　정미란, 앞의 논문, 201쪽.

하였는데, '주의주장이 동일한 자끼리'라는 것은 "시대와 사회 문제에 대해서 참여 작가들이 공통된 가치관을 가지고 있"[157]어야 한다는 전제이고, '협의하야 창작의 붓을 들어야 될 것'이라는 것은 연작소설의 작가 간 사전에 충분한 협의를 통하여 작품의 통일성과 개연성을 확보하라는 일침이다.

최병화는 원호어적이 연작소설 창작에 대한 비평문을 발표한 지 한 달여 후에 연성흠, 이정호와 함께 대합작소설 「아름다운 희생(전 2회)」(『어린이』, 1929.12.20.~1930.1.20.)을 발표한다. '합작'은 아이디어 구상, 내용의 조직, 쓰기 과정에서 다양한 방식으로 협의·조율이 가능한 글쓰기 방법이다. 연작소설이 아닌 합작소설이라는 갈래 용어를 사용한 것은 세 작가가 「아름다운 희생」이라는 작품을 위해 함께 협의하고 조율한 것을 강조한 것으로, 연작소설로 향하는 비판을 수용하여 새로운 방식으로 나아가려는 시도로 보인다.

또한 1949년 소설리레이 「굴러간 뽈」(『소년』 6호, 1949.1.1.)을 발표하였는데, 신문이나 잡지에 날짜나 호수별로 순차적으로 연재하던 방식이 아니라, 4편의 연작소설을 한 호에 발표하는 방식을 선보인다. 이러한 연재 방식은 4편의 작품을 모으고 정리하는 과정에서 내용 조율과 편집을 통하여 작품의 통일성을 점검하고 검토하는 작업이 가능하다. 또한, 연작소설의 특성상 1개의 호라도 결호가 발생하거나 놓치는 경우 작품의 내용과 흐름을 파악하기가 어렵다는 점에서 독자가 전체 내용을 파악하기에 유리하며, 참

---

156 원호어적(元湖漁笛), 「『황원행(荒原行)』 독후감 (3)」, 『동아일보』, 1929.11.12.

157 최미선, 「『신소년』의 서사 특성과 작가의 경향 분석」, 『한국아동문학연구』 27호, 한국아동문학학회, 2014, 227~228쪽.

여 작가의 서사 전개 방식과 개성 있는 문장력을 한눈에 비교하기에 적합한 방식이라 할 수 있다.

넷째, 최병화의 연작소설은 독자의 관심과 호응을 얻기 위한 문체와 내용을 활용하고 있다. 「눈물의 선물 (제5회)」의 작품 끝에 "그 사람이 준성이가 찾는 아버지인지 아니인지는? 이 다음 호―이정호 선생님께서 마즈막으로 쓰실 째 아십시오"라고 하면서, 결론을 알리지 않고 다음 호 작가에게 내용을 잇게 하는 방식은 독자들의 흥미와 관심을 불러일으키는 데 큰 역할을 하고 있다. 또한, 작품의 내용에 탄광에 물이 터지는 '재난(災難)'과 주인공의 아버지를 찾는 '혈육 찾기' 모티프를 활용하여, 시종 긴장감을 유지하며 흥미롭게 이끌어간 것도 독자를 매료시킬 만한 요소이다. 특히, 이야기를 절정으로 몰고간 '재난(災難)' 상황의 생생한 전개는 큰 장점으로 평가할 만하다.

> 5, 정의의 책벌(責罰)
> 여러분은 혹시 기억하실는지 모르나 그째(지금으로부터 약 七八 年 前) 이 서울에는 류행성 감모(流行性 感冒)라는 무서운 감기병이 한창 써도라서 처처에 환자(患者)가 속출하고 쏘 죽는 사람이 하로에도 몃 명씩 되엿습니다. 그래서 이 학교에도 날마다 결석하는 생도가 수십 명씩이나 되엿습니다.
>
> 그런데 천벌이라 할까요!¹⁵⁸

「아름다운 희생」에서 화자(話者)가 독자('여러분')를 이야기 속으로 불러들

---

158 연성흠·이정호·최병화, 「아름다운 희생(제2회)」, 『어린이』, 1930.1.20, 67쪽.

이는 방식이 눈에 띄는데, 이는 구연동화, 즉 들려주는 문학이 활성화되었던 당대의 분위기를 엿볼 수 있는 대목으로, 독자와 함께 호흡하는 생동감(현장감) 있는 이야기 전개를 위한 장치라고 할 수 있다.

이상으로, 최병화 연작소설의 특징을 기획 의도와 연결 지어 살펴보았다. 최병화의 연작소설은 독자의 관심과 흥미를 이끄는 대중문학의 면모를 보였는데, 당대 유명한 작가를 필진으로 하여, 새로운 연재 방식을 도입하였고, 독자의 이목을 집중시킬 요소를 작품에 배치하는 등 다양한 노력을 기울였다. 다만, 발표 작품 수가 많지 않아 지속적인 흐름과 변화의 양상을 짚어내는 데까지는 나아가지 못하였다.

(4) 연작소설과 독자층 확보

1920~30년대는 일간지 신문이 창간되고 수많은 아동 잡지가 발간되었는데 이러한 매체의 족출은 저널리즘의 활성화와 생존을 위한 경쟁을 가속하였다. 각 신문과 아동 잡지는 독자층을 확보하기 위한 다양한 전략을 세웠는데 연작소설이 그중 하나였다.

연작소설은 몇 명의 작가가 한 작품을 분담하여 순서대로 돌아가면서 쓰는 방식으로, 1920~30년대 독자의 흥미와 관심을 끌어내기 위해 기획된 갈래라고 할 수 있다. 연작소설에 관한 기왕의 연구는, 지금까지 확인된 연작소설은 일반문학 작품 10편, 아동문학 작품 6편 정도이고, 유명 명사를 집필진으로 구성하고 일반독자를 참여시키거나 독자를 위한 이벤트를 준비하는 등 독자 확보 전략을 시도하였는데, 이러한 다양한 시도에도 불구하고 연작소설은 작품의 통일성과 개연성 부족 등 작품성의 문제가 제기되어 1930년대 중반 이후 자연스럽게 소멸(단절)되었다고 정리하고 있다.

최병화는 1928년 『별나라』에 「눈물의 선물(제5회)」, 1929~30년 『어린이』에 「아름다운 희생(전 2회)」, 1949년 『소년』에 「굴러간 뽈 3」을 발표하였다. 일찍부터 연작소설을 발표하고 해방기에도 연작소설을 발표하였는데도 이에 관한 연구는 제대로 이루어지지 않고 있어, 이 글에서는 실증적인 자료를 바탕으로 최병화의 연작소설의 현황과 특징을 정리하고자 하였다.

최병화의 「눈물의 선물」은 아동문학계에서 발표한 연작소설로는 「5인 동무」에 이어 두 번째로 일찍 발표한 작품으로, 최청곡, 송영, 최병화, 이정호 등이 필진으로 참여하였다. 「아름다운 희생」은 연성흠·이정호·최병화가 힘을 합쳐 공동 창작한 작품이라는 의미에서 '합작소설'이라는 갈래 용어를 사용한 것을 보이는데, 작가가 한 회씩 맡아서 순서대로 연재하는 것이 아니라는 점에서 연작소설과 차별화를 꾀하고 있다. 1949년에 발표한 「굴러간 뽈 3」은 방기환·정비석·최병화·박계주가 한 회씩 나누어 창작한 연작소설인데, 기존의 방식처럼 4편의 연작을 잡지 호별 순서대로 연재한 것이 아니라 한 호에 4편을 같이 수록하여 연재 방식을 달리했다. 특히 「굴러온 뽈 3」을 통해 해방기에도 연작소설이 발표되고 있다는 사실을 확인하였기에, 연작소설이 1930년대 중반 이후 찾아볼 수 없었다거나 소멸되었다고 한 기존의 논의는 수정이 불가피하다.

최병화는 일찍부터 『별나라』의 편집 동인으로 있었고, 『어린이』에도 집필진으로 참여하는 등 아동 잡지 운영에 깊이 관여한 만큼, 독자층의 확보라는 연작소설의 기획 의도를 잘 이해하고, 이를 작품에 적극적으로 반영하고자 하였다. 최병화의 연작소설은 독자층 확보를 위해, 첫째, 유명한 작가들로 필진을 구성하였고, 둘째, 필진을 구성할 때 『어린이』와 『별나라』, 『소년』 등 당대 아동 잡지의 운영과 편집에 적극적으로 관여했던 인사를 중심에 두었으며, 셋째, 새로운 창작과 연재 형식을 시도하였고, 넷째, 독자의 관심과 호응을 얻기 위한 문체와 내용을 작품 속에 활용하였다.

지금까지 연구를 통하여 최병화는 일찍부터 연작소설 창작에 참여하였고, 연작소설의 기획 의도인 독자층 확보를 위해 다양한 시도를 하였으며, 연작소설의 흐름을 해방기에도 이어갔음을 확인하였다. 다만, 해방기 특히 『소년』의 연작소설은 여러 작가의 작품 분담 방식에서 벗어나, 한 작가가 동일한 인물을 대상으로 단편을 여러 개 써서 연결하는 '1인 연작소설'의 방식이 본격화되고 있었는데, 이후 어떤 흐름과 변화를 가져왔는지 살펴볼 필요가 있다.

3. 동화·미담·수필을 통한 계몽성의 추구

1) 동화와 아동 독물의 분화

(1) 최병화의 동화

"몇 편 되지 않는 그의 동화에 나타난 환상성과 예술성으로 말미암아 더욱더 어떤 가능성까지 보"였으며, "2·30년대에 순순하게 아동문학을 지켜왔던 작가들 가운데서는 유일한 미담가화적 소년소설의 명수"[159]라는 평가에서 보듯이, 최병화는 동화보다는 소년소설에 집중한 작가로 평가되었다가, 최근에야 비로소 "이 외에 동시, 동화, 소년소설, 번역동화 등 다수의 아동문학 작품을 발표"[160]하였다는 사실이 밝혀지는 등, 본격적인 연구가 이루어지고 있다.

최병화는 1926년 첫 동화 작품인 「귀여운 눈물」(『별나라』, 1926.7.1.)을 시작으로, 한국전쟁이 일어나기 직전에 발표한 「만 원 얻은 수동」(『서울신문』, 1950.5.15.)까지 총 89편의 동화를 발표하였으며, 각종 신문과 잡지 등 여러 지면을 통해 적게는 2회에서 많게는 55회에 이르기까지 연재 발표한 작품이 상당수였다. 최병화의 동화는 작품 수가 적지 않고, 다른 갈래와 달리 작가가 등단 초기부터 사망하기 전까지 공백 없이 꾸준히 발표해 왔다는 점에서 작가의 문학 정신과 가치관, 문학사적 의미를 살펴보는 데 중요한 자료적 가치가 있다고 할 수 있다.

이 글에서는 최병화가 오랜 기간 천착한 동화 갈래를 정리하고 평가하기 위해, 최병화 동화의 현황과 작품세계를 집중적으로 조명하여 문학사적 의의를 도출하고자 한다.

(2) 최병화 동화의 현황과 작품세계

'동화'라는 갈래를 어떻게 분류하는가 하는 것은 최병화의 아동문학 작품을 분류하고 정리하는 데 중요한 기준으로 작용한다. 일제강점기 동화 갈래

---

159 이재철, 『한국현대아동문학사』, 일지사, 1978, 285쪽.
160 류덕제, 『한국 아동문학비평사를 위하여』, 보고사, 2021, 211쪽.

의 분류 기준을 마련하고 정리한 대표적인 연구를 살펴보면 다음과 같다. 우선, 권혁준은 "1920년대와 30년대의 아동문학계에서는 '동화'와 '소설'은 다른 장르이며, '동화'는 옛이야기나 우화, 의인동화같이 비현실적인 이야기이고, '소설'은 현실 세계에서 현실적인 등장인물이 펼쳐가는 사실적인 이야기라는 장르 인식이 일정 정도 있었다"[161]고 하여, 동화와 소설을 구분 짓고 있다. 아동문학 갈래의 세부적인 분류 기준을 제시한 이재철은 '소설'의 하위에 '동화' '아동소설'을 넣고, '동화'를 다시 '전래동화'와 '창작동화'로 분류하였으며,[162] 최미선은 아동문학(산문 갈래)의 하위에 '동화'와 '소년소설'을 양분한 뒤, '동화'의 하위에 '전래동화', '창작동화', '사실동화(생활동화)'를, '소년소설'의 하위에 '개작소설', '창작소설'을 두었다.[163]

이상의 내용을 종합하여 간략히 정리하면, '동화'는 현실적(사실동화, 생활동화)이거나 비현실적인(옛이야기(전래동화), 우화, 의인동화, 환상동화) 이야기와 새롭게 창작한 동화(창작동화)를 포함한다고 할 수 있다. 다만, 문제는 현실적인 등장인물의 생활 속 이야기를 다룬 '사실(생활)동화'를 '동화'나 '소설' 중 하나로 구분할 수 있는 기준이 모호하다는 점이다. 1920~30년대 많이 발표된 '동화'와 '소년소설'을 구분하고 분류할 수 있는 기준이 모호한 것도 이러한 점에서 비롯된 것인데,[164] 이에 관해서는 추가적인 연구가 뒤따라야

---

161 권혁준, 「아동문학 서사 장르 용어의 통시적 고찰: '동화'를 중심으로」, 『한국초등국어교육』 제39집, 한국초등국어교육학회, 2006, 61~62쪽.

162 이재철, 앞의 책, 1978, 22~25쪽 참조. 이재철은 아동문학 갈래 구분표에서 '동화'의 동의어로 '생활동화'를, '아동소설'의 동의어로 '소년소설'을 제시하기도 하였다.

163 최미선, 「한국 소년소설 형성과 전개과정 연구」, 경상대학교 대학원 박사학위논문, 2012, 24~30쪽 참조.

할 것이다.

　최병화가 실제 동화를 발표하면서 사용한 갈래 용어는 '동화'와 '창작동
화' 두 가지뿐이었으나 작품의 면면을 들여다보면 최병화의 동화는 다양한
하위 갈래로 분화하고 있음을 알 수 있다. 앞서 살펴본 동화 갈래 기준을
적용하여 최병화의 동화를 세분화하면, 현실적인 사건과 소재를 다룬 작품
은 '사실동화', 비현실적인 이야기나 소재를 다룬 경우는 '옛이야기', '우화',
'의인동화', '환상동화'로 분류되고, 창작 여부에 따라서 새롭게 창작한 동화
는 '창작동화', 외국 작가의 작품을 번역한 경우는 '번역동화', 외국 동화를
소개하거나 외국 인물에 관한 이야기는 '외국동화', 역사적인 사건을 배경
으로 한 작품은 '역사동화'로 분류할 수 있다. 최병화의 동화 작품을 표로
정리하면 다음과 같다.

<표 10> 최병화의 동화 작품 목록

순	글쓴이	작품명	갈래	게재지	게재연월일
1	접몽	귀여운 눈물	동화	별나라	1926.07.01
2	최병화	팔려간 풍금(전 3회)	동화	중외일보	1927.04.11~13
3	최병화	개나리꼿 필 째(전 6회)	동화	중외일보	1927.05.29 ~06.07
4	최병화	일홈 업는 명인	동화	어린이	1929.06.18
5	최병화	낙화암에 피는 꼿 (전 4회)	창작 동화	조선일보	1929.06.30 ~07.04
6	최병화	소녀의 심장	동화	어린이	1929.07.20
7	최병화	(어린이차지)잠 못 자는 왕자 (전 4회)	동화	조선일보	1929.10.19.~23

164　단적인 예로, 동화 「돈 일 전의 값」(『가톨릭소년』, 1936.9.1.)을 학교소설 「돈 일 전의
　　갑」(『조선일보』, 1933.10.25.)으로 갈래 용어만 바꾸어 재발표한 경우를 들 수 있다.

순	글쓴이	작품명	갈래	게재지	게재연월일
8	최병화	새벽에 부르는 놀애 (전 4회)	동화	동아일보	1929.11.04~07
9	최병화	(어린이차지) 누나에게	동화	중외일보	1930.03.28
10	최병화	(어린이차지) 나를 대신 째려라	동화	중외일보	1930.08.13
11	최병화	(어린이차지) 접시의 소리	동화	중외일보	1930.08.14
12	최병화	(어린이차지) 호랑이게 덤버드러	동화	중외일보	1930.08.15
13	최병화	미련한 호랑이	동화	동아일보	1935.05.19
14	최병화	이름 없는 명인(名人)	동화	동아일보	1935.05.23
15	최병화	이상한 막때기	동화	동아일보	1935.05.24
16	최병화	『바둑이』의 일기	동화	동아일보	1935.05.25
17	최병화	선장의 꾀	동화	동아일보	1935.05.26
18	최병화	원숭이와 조롱박	동화	동아일보	1935.06.16
19	최병화	햇ㅅ님과 시게(전 2회) 「시계와 아침 해(下)」	동화	동아일보	1935.07.28~ 08.04
20	노국 안톤·체홉 작, 최병화 역	(세계문예동화집) 처음 행복(전 3회)	동화	조선일보	1935.08.02~04
21	한스·안데르센 작, 최병화 역	천사(The Angel)	동화	조선일보	1935.08.06
22	영국 오스카·와일드 작, 최병화 역	(세계문예동화집) 별의 아들(전 9회)	동화	조선일보	1935.08.08.~23
23	독일 뷜헬름·하우푸 작, 최병화 역	(세계문예동화집) 학이 된 임금님(전 6회)	동화	조선일보	1935.08.25 ~09.04
24	최병화	(외국동화)시골 나무 장사(전 3회)	동화	동아일보	1935.09.07.~11
25	불국 짠·모레아스 작, 최병화 역	(세계문예동화집) 욕심쟁이와 샘쟁이 (전 2회)	동화	조선일보	1935.09.10.~12
26	정말 한스·안데르센 작, 최병화 역	(세계문예동화집) 어머니 (전 4회)	동화	조선일보	1935.09.19 ~10.08

순	글쓴이	작품명	갈래	게재지	게재연월일
27	최병화	무쇠왕자(전 4회)	동화	조선일보	1935.12.07~11
28	최병화	늙은이 버리는 나라	동화	조선일보	1935.12.12
29	최병화	참새의 공	동화	조선일보	1935.12.14
30	최병화	진주와 배암(전 2회)	동화	조선일보	1935.12.21~22
31	최병화	숲속의 신선(전 2회)	동화	조선일보	1935.12.25~28
32	최병화	바보 두 사람	동화	조선일보	1936.01.13
33	최병화	귀순이와 간난이	동화	조선일보	1936.01.20
34	최병화	눈섭 시는 밤(전 2회)	동화	조선일보	1936.01.31 ~02.01
35	최병화	이상한 파랑새(전 3회)	동화 (스페인)	조선일보	1936.02.14~16
36	최병화	오천 냥에 산 거북	동화	조선일보	1936.03.02
37	최병화	돌이 된 귀신(전 2회)	동화 (네덜란드)	조선일보	1936.03.03~04
38	최병화	외다리 병정(전 3회)	동화 (덴마크)	조선일보	1936.03.05~07
39	최병화	김생의 은혜 가픔 (전 2회)	동화	조선일보	1936.03.08.~10
40	최접몽	천도복숭아(전 2회)	동화	조선일보	1936.03.11~12
41	최병화	농부와 바람(전 4회)	동화 (러시아)	조선일보	1936.03.14~18
42	병(秉)최병화	이상한 중	동화	동화	1936.03.14
43	최병화	호랑이: 백사람 고개	동화	아이생활	1936.03.18
44	최병화	쥐들의 공론(전 4회)	동화	조선일보	1936.03.27~31
45	최병화	물 업는 나라(전 2회)	동화	조선일보	1936.04.03~05
46	최병화	요술 우물의 보물 (전 5회)	동화 (아라비아)	조선일보	1936.04.08~14
47	최병화	젊어지는 샘물	동화	조선일보	1936.04.27
48	최병화	신선이 된 사람(전 2회)	동화 (중국)	조선일보	1936.05.03~05
49	최병화	지옥에 간 세 사람	동화	동화	1936.05.06
50	최병화	봄과 소녀(전 3회)	동화	조선일보	1936.05.09~12
51	최병화	병든 꽃과 나비	동화	조선일보	1936.05.11
52	최병화	토마스의 효성(전 3회)	동화	조선일보	1936.05.14~19
53	최병화	임금님의 귀(전 3회)	동화	조선일보	1936.05.22~24
54	최병화	형제의 마음	동화	아이생활	1936.06.01
55	최병화	바보 수남이(전 2회)	동화	조선일보	1936.06.09~10
56	최병화	명길이와 바나나	동화	조선일보	1936.06.15
57	최병화	선녀가 만든 꽃술	동화	조광, 7월호	1936.7
58	최병화	린색한 부자(전 2회)	동화	조선일보	1936.07.14~15

순	글쓴이	작품명	갈래	게재지	게재연월일
59	최병화	깨진 벙어리[165]	동화	조선일보	1936.08.24
60	최병화	파랑새 노래(전 4회)	창작동화	매일신보	1936.08.30 ~09.20
61	최병화	어린이들의 이야기동무: 돈 일전의 값	동화	가톨릭소년	1936.09.01
62	최병화	옥수수 편지	동화	조선일보	1936.09.14
63	최병화	장수와 개	동화	아이생활	1936.10.11
64	마크 트웬 작, 최병화 역	왕자와 거지(전 55회)	동화	조선일보	1936.10.28 ~1937.01.13
65	최병화	오동나무 밑의 노인	동화	조광	1936.11
66	최병화	산속의 외딴집	동화	월미	1937.1
67	최병화	"별" 동생	동화	소년조선일보	1937.01.24
68	최병화	꿈에 본 누나(전 5회)	동화	매일신보	1937.02.02.~06
69	최병화	참새와 까마귀	동화	소년조선일보	1937.02.21
70	최병화	낙화암에 피는 꽃 (전 14회)	동화	매일신보	1937.06.13.~26
71	최병화	소뿔 백만 개	동화	사해공론	1937.07.01
72	최병화	명희의 꿈	동화	소년조선일보	1937.12.05
73	최병화	성탄 전날 밤	동화	조선일보	1938.02.04
74	최병화	(이야기) 긴 이름	동화	소년조선일보	1938.02.06
75	최병화	자금이 생일날	동화	소년조선일보	1938.02.20
76	최병화	매다른 고추	동화	소년조선일보	1938.02.27
77	최병화	귀여운 물장수	동화	소년조선일보	1938.03.27
78	최병화	형제의 약속/ 고향의 푸른 하늘(전 4회)	동화	동아일보	1938.09.04~07
79	최병화	할머니 웃음	동화	소년조선일보	1939.09.03
80	최병화	내가 그린 태극기	동화	중앙신문	1945.12.20
81	최유범	꾀 있는 머슴	동화	새동무, 제11호	1947.11.01
82	최병화	이름 없는 풀	동화	아동문화, 제1집	1948.11.10
83	방기환 정비석 최병화 박계주	굴러간 뽈 3	동화	소년, 제6호	1949.01.01
84	최병화	봄이 먼저 찾아오는 집	동화	어린이나라	1949.03.01
85	최병화	봄과 어린이	동화	월간소학생	1949.04.01
86	최병화	나비와 민들레	동화	조선일보	1949.05.01
87	최병화	즐거운 꿈	동화	조선일보	1949.08.21
88	최병화	즐거운 얼굴들	동화	서울신문	1950.03.19
89	최병화	만 원 얻은 수동	동화	서울신문	1950.05.15

최병화의 동화를 갈래별로 구분하여 살펴보면 다음과 같다.[166]

먼저, 현실적인 사건과 소재를 다룬 사실동화로, 최병화는 「귀여운 눈물」(『별나라』, 1926.7.1.)을 비롯한 25편의 사실동화를 발표하였다. 사실동화는 말 그대로 일상생활에서 겪을만한 현실적인 사건을 소재로 한 작품이다. 최병화의 사실동화 중에는 당시에 실제로 있었던 실화를 바탕으로 한 작품이 눈에 띈다.

그날 저녁때 회사에서 도라오신 아버지는 양복도 버스시지 안코 어머니께『여보! 이 신문 좀 보!』하고 얼골에 기뿐 우슴을 우스면서 조선일보를 내노시엿습니다. 어머니와 아주머니는『무엇일가』하고 급히 신문을 펼처 보앗습니다. 오늘 신문도 역시 남쪽 시골은 장마비로 해서 집이 떠나가고 사람이 빠저 죽은 이야기가 웬통 차지하엿습니다. 그런대 그때 명수가『여기 숙희 사진이 낫수』하고 떠들므로 그 가르키는 곳을 보닉간 아닌 게 아니라 따는『단발머리에 학교복을 입은 귀엽게 생긴 숙희의 사진이 틀림없섯습니다. 신문을 보니 숙희가 벙어리에 모와둔『팔십오전』을 수해당한 곳 어린 동무들에게 보내달라고 신문사로 가지고 와서 기특한 소녀라고 층찬을 하엿습니다.[167]

전주(全州)의 귀여운 두 남매

이번 전주 수해는 참으로 참담하야 어린이들의 순진한 동심을 움지긴 바가 컷다. 다른 사람의 불행을 목도할 때에 자긔 자신의 행복감은 몃배나

---

165 돈을 넣어서 모으는 데 쓰이는 작은 통으로 돼지저금통 정도로 볼 수 있다.

166 최병화가 발표한 동화 89편을 하위 갈래별 편수로 정리하면, 옛이야기 28편, 사실동화 25편, 번역동화 7편, 외국동화(인물 일화) 14편, 창작동화 2편, 우화 3편, 의인동화 7편, 환상동화 2편, 역사동화 1편이다.

167 최병화, 「깨진 벙어리」, 『조선일보』, 1936.8.24.

더 크게 늦겨지는 법이다. 재지 전주에서는 작금 어린이들이 물품 또는 현금을 작구 가저다가 리재민 중에도 가엽슨 어린 동모들에게 보내여달라는 부탁이 날마다 늘어가는 중이라 한다. 지난 십구일에도 전주 부내에 사는 리춘배(李春培)군과 그 누의동생 리영숙(李暎淑)은 벙어리 궤를 가지고 본사지국에서 리재민에게 보내주기를 부탁하엿다.(사진은 올흔편은 리춘배, 외인편은 리영숙 양이다)[168]

동화 「깨진 벙어리」[169]의 끝에 "이 동화를 전주 리연숙 리춘배 남매에게 보냅니다"라고 쓴 작가의 말을 통해, 「깨진 벙어리」가 『조선일보』에 실린 '전주 리연숙 리춘배 남매'의 사연을 소재화하여 발표한 작품임을 알 수 있다. 작품 속 "숙희가 벙어리에 모와둔 『팔십오 전』을 수해 당한 곳 어린 동무들에게 보내달라고 신문사로 가지고" 온 것과 "전주 부내에 사는 리춘배(李春培) 군과 그 누의동생 리영숙(李暎淑)은 벙어리 궤를 가지고 본사지국에서 리재민에게 보내주기를 부탁"한 신문의 사연이 서로 일치한다. 또한 "오늘 신문도 역시 남쪽 시골은 장마비로 해서 집이 떠나가고 사람이 빠저 죽은 이야기가 웬통 차지하엿"다는[170] 부분은 비슷한 시기에 발표한 동화 「옥수수 편지」(『조선일보』, 1936.9.14.)의 "그런데 고만 이번 장마비에 누나가 잇는 시골에 수해가 심해서 산이 문어지고 다리가 떠나려 가고 사람이 만히

---

168 「푼푼히 모흔 벙어리궤 재민(災民) 쥬라고 지참(持參)」, 『조선일보』, 1936.8.21.

169 원제목은 「깨지 벙어리」로 되어 있으나, '깨진 저금통'을 뜻하는 「깨진 벙어리」의 오식이므로 수정하여 사용하기로 함.

170 1936년 8월 21일자 『조선일보』에는 수해 피해와 관련하여 다음과 같은 기사가 실렸다. 「남한강 삽오 척(卅五尺) 돌파, 사상자만 백여 명」, 『조선일보』, 1936.8.21.; 「수난 후의 참상!-충남도 관내의 집계」, 『조선일보』, 1936.8.21 참조.

죽고 해서 학교에 볼일도 만히 잇스려니와 강에 물이 부러서 건너가기가 위태하야 방학하는 날 올나갈 수가 업다고 편지가 누나에게서 왓습니다"와 연결이 된다. 시골 학교 선생님으로 잇는 누나가 장맛비로 인한 피해로 방학 때 올라오지 못한다는 내용을 다루고 잇는데, 이처럼 최병화는 당대 화제가 된 사회적 사건이나 현상, 작가의 실제 경험을 작품에 담아내려고 하였다.

다음은 최병화의 옛이야기로, 총 28편을 발표하였다.

> 『이와 가티 <u>어엽분 심장을 가진 소녀의 목슴을 쎄아슨</u> 나야말로 참말 말할 수 업시 어리석고 피 업는 사람이엿고나. 나는 입째까지는 <u>외모(外貌)의 아름다운 것만 사랑하엿지 정신(精神)의 아름다운 것</u>이란 조금도 몰낫다. 아! 어엽분 소녀여! 이 어리석은 왕을 용서해라』 나라님은 옥좌(玉座)에서 이러나서 어름 가티 찬 소녀의 쌤에다가 진정에서 우러나오는 쓰거운 입을 대엿습니다.
> 그째 커다란 오색빗 유리창이 제절로 할작 열니드니 흰옷 입은 련사가 날러드려왓습니다. 그리고 이 마음이 어엽부고 착한 소녀의 시례(屍體)를 안고 감안히 유리창 박그로 사라젓습니다.
> 아! <u>그 소녀는 이 쌍을 써나 승련(昇天)할 것임니다.</u>[171]

위의 인용문은 「소녀의 심장」에서 "어엽분 심장을 가진 소녀의 목슴을 쎄아슨" 임금이 지금까지 "정신(精神)의 아름다운 것"을 모르고 "외모(外貌)의 아름다운 것만 사랑"했던 자기 잘못을 뉘우치는 장면으로, 겉으로 보이

---

171 최병화, 「소녀의 심장」, 『어린이』, 1929.7.20, 51쪽.

는 외모에만 집착하던 임금님이 자신 때문에 죽은 소녀를 통하여 진정한 아름다움에 대한 깨달음을 얻고 뒤늦게 후회하는 이야기이다. 이처럼 최병화의 옛이야기는 강한 교훈성을 담고 있는 것이 특징이다.

"넷날 우리 조선에 잇든 이약이입니다"로 시작하는 최병화의 첫 옛이야기 「일홈 업는 명인」(『어린이』, 1929.6.18.)은 이름만 떠들썩한 것이 아니라 진정한 무예 실력과 겸손함을 갖추는 것이 중요하다는 것을 보여주는 진정한 명인에 관한 이야기이다. 이 밖에도, 잠 못 자는 왕자가 숲속에서 노인을 만나 노동의 기쁨을 알게 된다는 「잠 못 자는 왕자(전 4회)」(『조선일보』, 1929. 10.19.~23), 과거에 저지른 잘못된 행동으로 위험에 빠지지만 착하고 따뜻한 마음을 찾아 용의 소굴에 갇혔던 형과 누나들을 구한다는 「무쇠왕자(전 4회)」(『조선일보』, 1935.12.7.~11), 가난한 사람을 돕고 더불어 살아가는 삶을 실천한 스님의 이야기 「이상한 중」(『동화』, 1936.3.14.), 큰 장마로 나라에 물난리가 난 뒤 물을 한 방울도 남기지 않고 없앤 임금님이 결국 물의 소중함을 깨닫게 되는 『물 업는 나라(전 2회)』(『조선일보』, 1936.4.3.~5) 등도 교훈성이 강하게 드러난 작품으로 꼽을 수 있다.

다만, 최병화의 옛이야기가 교훈 일변도로 흘러간 것은 아니다.

조대는 즉시 담 밋테 흙을 파고 그 속에 돈을 파뭇엇습니다. 그러나 그러케 해도 마음을 턱 놀 수가 업스므로 이번에는 담에다가 『이곳에 은(銀) 설흔 량을 감추지 안이하엿다』하고 크게 써붓치엿습니다.

『자! 자! 이러케 하면 염려가 업다. 감추지 안엇다고 썻스니간 누구든지 돈이 잇스리라고는 생각지 안을 것이다. 흥!』하고 마음을 놋코 길을 떠낫 습니다.

조대가 하는 꼴을 자세히 보고 잇든 이웃에 사는 장이는 즉시 담 미레 땅을 파고 돈을 끄냇습니다.

『이게 웬 떡이냐. 이게 웬 떡이냐』하고 조와하면서 가지고 갓습니다.

그러나 조대가 도라와서 돈 일허버린 것을 관리에게 호소하면 큰일나겟스므로 즉시 『이웃에 사는 장이는 훔치지 안엇다』하고 담에 가 써노앗습니다.[172]

「바보 두 사람」은 돈을 담장 밑에 숨기며 돈을 감추지 않았다고 글씨를 써 붙인 '조대'와 그 돈을 파가면서 자신이 훔치지 않았다고 써 놓은 '장이'의 이야기를 통해 재미를 주고 있다. "세상을 잘 몰라서 엉뚱한 일을 저지르고 거기에서 웃음을 자아내는 바보 이야기"로 "특별한 목적보다는 바보 이야기를 통해 한번 웃고 지나자는 성향"의 작품이다.[173] 그 외에도, 때와 장소, 상황을 제대로 이해하지 못하는 바보 수남이가 어머니 말씀에 따라 행동하다가 사고를 치며 큰 웃음을 주는 「바보 수남이(전 2회)」(『조선일보』, 1936.6.9.~10), 남에게 한없이 인색하며 뺨까지 때리는 못된 버릇을 가진 인색한 부자(富者)가 조카의 요술 고깔로 인해 한바탕 골탕을 먹는 「린색한 부자(전 2회)」(『조선일보』, 1936.7.14.~15), 오래 살라고 붙여준 긴 이름 때문에 오히려 목숨을 잃을 뻔한 이야기 「긴 이름」(『소년조선일보』, 1938.2.6.) 등은 익살과 해학을 통해 재미를 주는 작품이다.

---

172 최병화, 「바보 두 사람」, 『동아일보』, 1936.1.13.

173 이강엽은 바보 이야기를 5가지 유형(어리석은 바보, 양반 바보, 바보 사위, 바보 음담, 바보의 행운)으로 분류하였는데, 「바보 두 사람」은 '어리석은 바보' 이야기에 속한다고 할 수 있다. 이강엽, 『바보 이야기, 그 웃음의 참뜻』, 평민사, 1998, 25~26쪽 참조.

우화·의인동화[174]는 사람이 아닌 동식물, 사물이 사람처럼 생각하고 행동하는 이야기인데, 최병화는 우화 3편과 의인동화 7편을 발표하였다.

> 『아아! 인제 알엇다. 이것은 틀림없는 부자이요. 세상에는 소리만 하고 편안하게 지내는 부자가 잇다는 것을 언제인가 장거리에 갓을 때 들은 일이 잇엇소. 이것이 필경 일은 아니 하고 밤낮 소리만 하고 지내는 부자라는 것이요』[175]

우화 「햇ㅅ님과 시계」(『동아일보』, 1935.7.28.)는 '시계'를 처음 보는 참새 가족을 통해 일은 하지 않고 말만 앞세우는 부자(富者)와 외국 유학을 다녀온 지식층(제비 아저씨)에 대한 풍자와 조소를 보내는 작품이다.[176] 이 밖에 우화로는 쥐들이 모여 누가 고양이의 목에 방울을 달고 올 것인가를 놓고 회의하는 과정을 통해 허위의식과 실천이 없는 탁상공론, 자신만 잘 먹고 살겠다는 악덕 주인의 행태를 풍자한 「쥐들의 공론(전 4회)」(『조선일보』, 1936.3.27.~31), 어린 참새에게 부당한 요구를 하는 까마귀 아저씨를 통해 어른이 가진 고정관념과 편견, 모순을 드러내 보인 「참새와 까마귀」(『소년조선일보』, 1937.2.21.) 등의 작품이 있다.

의인동화로는 '바둑이'라는 개의 시점으로 주인(인간)을 바라보면서 이웃

174　'우화'와 '의인동화' 둘 다 사람이 아닌 동식물, 사물이 사람처럼 생각하고 행동하는 이야기라는 점에서 공통점이 있지만, '우화'는 풍자와 조소의 경향이 있다는 차이점에 주목하여 이 글에서는 구분하여 다루고자 한다.

175　최병화, 「햇ㅅ님과 시계 (상)」, 『동아일보』, 1935.7.28.

176　「햇ㅅ님과 시계 (상)」의 후속편은 「시계와 아침 해 (하)」(『동아일보』, 1935.8.4.)이다.

집 개 '나폴레온'과 협력하여 주인끼리 친하게 만든 「『바둑이』의 일기」(『동아일보』, 1935.5.25.), 존재감도 없이 춥고 배고프게 살던 참새가 자신을 따뜻하게 보살펴준 주인에게 보답하기 위해, 부리로 창문을 두드려 집에 도둑 든 것을 알린 「참새의 공」(『조선일보』, 1935.12.14.), 계절이 바뀌면서 겨울을 한 번도 겪어본 적 없는 어린 꽃들이 겨울은 '죽음'과 같다고 생각하면서, 겨울은 봄을 기다리며 잠을 자는 것이라는 소나무 할아버지의 말을 믿지 않았으나, 따뜻한 봄이 되자 그 말이 사실임을 알게 된다는 「봄과 소녀(전 3회)」(『조선일보』, 1936.5.9.~12), 봄을 맞이하여 노랑나비와 흰나비가 이리저리 꽃을 옮겨 다니면서 꽃의 안부를 묻고 다친 꽃을 걱정하고 챙겨주는 「병든 꽃과 나비」(『조선일보』, 1936.5.11.), 이름 없는 잡풀인 '나'는 어느 남매에게서 남매의 아버지가 '나'의 꽃으로 인해 병환이 나았다는 소식을 듣게 되고, 세상에 태어난 보람을 느끼고 새 희망과 용기를 갖게 되었다는 「이름 없는 풀」(『아동문화』 제1집, 1948.11.10.), '뚱뚱보' 아저씨는 아이들을 자기 집 뜰에 들어오지 못하게 하였는데 이상하게 그 집에만 봄이 오지 않았고, 아이들의 손길이 닿아야 봄이 온다는 것을 뒤늦게 깨달은 아저씨가 자기 행동을 뉘우치게 되었다는 「봄과 어린이」(『월간소학생』 66, 1949.4.1.), 어린이의 신발에 짓밟혀 줄기가 꺾인 민들레에게 나비가 날아와 용기와 힘을 북돋아 주었고, 그 덕분에 민들레는 줄기가 조금 구부러졌지만 예쁜 꽃을 피울 수 있게 되었다는 「나비와 민들레」(『조선일보』, 1949.5.1.)가 있다.

최병화는 세계 유명 작가의 작품을 번역하기도 하였다. 『조선일보』에 '세계문예동화집'이라는 이름으로 세계적인 유명한 작가의 작품을 번역하여 발표하였는데, 러시아 안톤 체호프의 「처음 행복(전 3회)」(『조선일보』,

1932.8.2.~4), 덴마크 한스 안데르센의 「천사(The Angel)」(『조선일보』, 1935.8.6.),[177] 영국 오스카 와일드의 「별의 아들(전 9회)」(『조선일보』, 1935.8.8.~23), 독일의 빌헬름 하우프의 「학이 된 임금님(전 6회)」(『조선일보』, 1935.8.25.~9.4.), 프랑스 짠 모레아스의 「욕심쟁이와 샘쟁이(전 2회)」(『조선일보』, 1935.9.10.~12), 덴마크 한스 안데르센의 「어머니(전 4회)」(『조선일보』, 1935.9.19.~10.8.) 등 6편이다. 1936년에는 마크 트웨인의 「왕자와 거지(전 55회)」(『조선일보』, 1936.10.28.~ 1937.1.13.)를 번역하여 두 달 반 동안 연재하기도 하였다. 이처럼 외국 동화를 직접 번역하여 소개한 것은 당대 어린이 독자에게 다양한 읽을거리를 제공 하였다는 점에서 의미가 있으며, 작품의 내용과 수준이 이미 검증된 세계 유명 작가의 작품이어서 장기간 신문 연재가 용이했을 것이다. 최병화는 "노국 안톤·체홉 작, 최병화 역"[178]처럼 원작자와 자신의 번역사실을 밝히고 있는데, 최병화에 앞서 번역동화와 동화구연론 등을 발표한 방정환이나 연 성흠처럼 일본어판을 저본으로 하여 번역했을 것으로 추정되나,[179] 이에 관 해서는 추가적인 연구가 필요한 상황이다.

최병화는 세계 유명 작가의 작품을 번역하는 것과 더불어 유명 인물의 일화와 외국 동화를 여러 편 소개하기도 하였다. 유명 인물의 일화를 다룬

---

177 「천사(The Angel)」(『조선일보』, 1935.8.6.)는 '세계문예동화집'이라는 부제를 붙이지 않 았는데, 앞뒤의 작품이 '세계문예동화집'이라는 부제를 달고 연속하여 발표되었다는 점 에서, 표기상 빠트린 것으로 볼 수 있다.

178 최병화 역, 「(세계문예동화집) 처음 행복(전 3회)」, 『조선일보』, 1935.8.2.

179 이정현, 『방정환 번역동화 연구─『사랑의 선물』을 중심으로』, 청동거울, 2023, 356~357쪽; 류덕제, 「연성흠의 동화구연론」, 『일제강점기 아동문학 작가와 매체』, 역락, 2023, 265~ 293쪽 참조.

작품으로, 영국 대정치가 로버트 빌과 시인 바이론의 의협심 넘치는 어린 시절 이야기 「나를 대신 째려라」(『중외일보』, 1930.8.13.), 한 가지 궁금증이 해결될 때까지 끈기 있게 탐구하는 물리학자 파스칼의 어릴 적 이야기 「접시의 소리」(『중외일보』, 1930.8.14.), 중국의 효자 중 한 명인 '양향(楊香)'의 이야기로 '액호구부(搤虎救父)'의 유래가 된 「호랑이에게[180] 덤벼드러」(『중외일보』, 1930.8.15.)가 있다. 세 작품 모두 『중외일보』의 '어린이 차지'란[181]에 실렸으며, 작품의 첫머리에 '의협심(義俠心)', '발명심(發明心)', '효자일념(孝子一念)' 등의 부제를 붙여 이야기의 주제를 전면에 노출하고 있는데, 재미와 감동보다는 교육적이고 계몽적인 의도에 맞추어 쓴 짧은 이야기라고 할 수 있다.

외국 동화를 소개한 경우는 총 13편인데, 대체로 이야기가 짧고 사건의 흐름이 단순한 점을 볼 때, 원작을 번역한 작품이 아니라 기존 작품집이나 잡지 등에서 본 외국의 재미난 이야기나 동화를 간추려 소개한 것으로 추정된다. 인도에서 호랑이를 잡을 때 쓰는 재미있는 방법을 소개한 「미련한 호랑이」(『동아일보』, 1935.5.19.), "어느 해 여름에 「베로나」라는 동리에 큰 장마가 젓을 때 이야기"로 대가를 바라지 않고 남을 돕는 젊은 농부의 이야기 「이름 없는 명인」(『동아일보』, 1935.5.23.), "인도의 어느 동리에서 모직(毛織) 장사를 하는 영국 사람"이 보석을 훔쳐 간 범인을 잡아낸 이야기 「이상한 막때기」(『동아일보』, 1935.5.24.), 네덜란드 젊은 선장의 기지로 바다의 해적을

---

180 원제목은 「호랑이게 덤벼드러」이나 「호랑이에게 덤벼드러」의 오식이므로 수정하여 사용하기로 함.
181 『중외일보』의 '어린이 차지'란에는 짧으면서 교훈적인 주제를 담은 이야기가 주로 실렸다.

물리친 「선장의 꾀」(『동아일보』, 1935.5.26.), "『알제리아』라고 하는 나라에서 농부들의 원숭이를 잡는 방법은 참 우습고도 자미잇다"고 소개한 「원숭이 와 조랑박」(『동아일보』, 1935.6.16.) 등이 있다.

또한 "아세아(亞細亞)에 잇는 토이기(土耳其) 나라의 『박다―드』를 배경 으로 시골 나무 장사가 욕심 많은 이발사를 혼내 준 이야기 「시골 나무 장사(전 3회)」[182](『동아일보』, 1935.9.7.~11), 소원 들어주는 파랑새를 받았으나 지나친 욕심으로 허사가 된 "서반아(西班牙) 동화" 「이상한 파랑새(전 3회)」(『조 선일보』, 1936.2.14.~16), 네덜란드에서 사람들을 놀리고 괴롭힌 '고부링'이라 는 귀신을 잡아 돌로 만들어 버린 "화란(和蘭) 동화" 「돌이 된 귀신(전 2회)」(『조 선일보』, 1936.3.3.~4), 외다리 병정 인형과 춤추는 여자 인형의 이야기를 담은 "정말(丁抹) 동화" 「외다리 병정(전 3회)」(『조선일보』, 1936.3.5.~7), 가장 가까운 사람, 소중한 사람을 위해 무언가를 할 때 삶의 의미가 있음을 일깨우는 "노국(露國) 동화" 「농부와 바람(전 4회)」(『조선일보』, 1936.3.14.~16),[183] 착하고 정직하게 살면 복을 받고 욕심부리면 벌을 받는다는 "아라비아(亞剌比亞) 동화" 「요술 우물의 보물(전 5회)」(『조선일보』, 1936.4.8.~14), 과묵하면서도 성 실함과 겸손, 인자함을 두루 갖추어 마침내 신선이 된 '성선공'의 이야기 "중국 동화" 「신선이 된 사람(전 2회)」(『조선일보』, 1936.5.3.~5) 등 여러 나라의 다양한 이야기를 소개하고 있다.

---

182 작품 제목에 '외국동화'로 갈래를 표기하고 있다.

183 작품 끝에 "(노국(露國) 동요(童謠))"라고 되어 있는데, '동요(童謠)'는 '동화(童話)'의 오식 이다.

그러닉간 그곳에는 핫싼이 말한대로 그것은 그것은 어느 것부터 집어야 조흘지 모를만치 보석이 만히 잇섯습니다. 욕심 만흔 내외는 아모거나 속에 닥치는 대로 가지고온 전대 속에 모다 집어넛코 영치기! 하면서 등에 둘너미고 숨을 길게 쉬인 다음 나갈냐고 하엿습니다.

그러닉간 엇더켓습닉가. 별안간 사자가 무서운 소리를 질느면서 두 사람에게로 갓가히 오고 잇습니다. 그러고 어듸서인지 『이 욕심 만흔 놈! 너의들의 저즐는 죄의 갑슬 바더라!』하는 소리가 들니는 듯 하더니 갑자기 두 마리 사자가 날카로운 주둥아리를 버리고 두 사람에게 덥벼들어서 물어죽엿습니다.

바―드마나바 선생님과 핫싼은 이 모양을 노픈 공중에서 구름을 타고 내려다 보앗습니다.

그 후로 선생님은 글 배호기 조와하는 핫싼에게 세계의 비밀 광물(鑛物) 식물(植物) 의약이 되는 것까지도 아르켯습니다.

핫싼은 만히 배혼 지식(智識)과 엄청난 재산(財産)을 될 수 잇는대로 세상 사람을 위하야 유익하게 써 왓슴으로 왼세상에서 누구 하나 몰르는 사람이 업는 훌륭한 학자가 되엿습니다.

이러케 된 것은 오로지 핫싼은 착한 마음을 가지고 잇든 까닭이고 핫싼의 수양부모는 낫분 마음을 가젓스므로 끔직한 죽엄을 한 것입니다.[184]

「요술 우물의 보물」에서 "욕심 만흔" 핫싼의 수양부모는 큰 벌을 받고, "만히 배혼 지식(智識)과 엄청난 재산(財産)을 될 수 잇는 대로 세상 사람을 위하야 유익하게" 쓴 핫싼은 "훌륭한 학자가 되"었듯이, 최병화의 번역동화나 외국동화에서도 옛이야기에서 흔히 볼 수 있는 권선징악과 인과응보의 구조가 드러나 있다.

---

184 최병화, 「요술 우물의 보물 (5)」, 『조선일보』, 1936.4.14.

최병화가 발표한 동화 89편 중 갈래 용어로 '창작동화'를 사용한 경우는 「낙화암에 피는 꽃(전 4회)」(『조선일보』, 1929.6.30.~7.4.)과 「파랑새 노래(전 4회)」 (『매일신보』, 1936.8.30.~9.20.)[185] 2편뿐이고, 나머지 작품은 모두 '동화'를 사용하였다. 백제의 멸망기를 배경으로 어느 남매의 슬픈 이야기를 다룬 「낙화암에 피는 꽃」은 백제의 멸망이라는 '역사적인 배경'에 부모를 일찍 여의고 가난 때문에 헤어진 '남매의 슬픈 사연'을 결합하여 창작한 작품이다.[186] 삼 남매와 헤어진 아버지가 파랑새를 통해 극적으로 다시 만나게 되는 이야기 「파랑새 노래」도 작가의 창작임을 강조하는 의도에서 '창작동화'를 사용한 것이다.

최병화의 동화 중 환상 세계로 가거나 환상적인 요소를 사용한 '환상동화'[187]는 「성탄 전날 밤」과 「"별" 동생」 2편이 있다.

「성탄 전날 밤」(『조선일보』, 1938.2.4.)[188]은 감기에 걸려 크리스마스 전날까

---

185 작품 제목이 원래 「파랑새의 노래」(1936.8.30.)였으나 제2회부터 「파랑새 노래」(1936. 9.6.)로 바뀌었다.

186 작품의 끝에 "이 글을 누님 녕전에 고히 올림(6월 18일 작)"이라는 짧은 글을 남겼는데, 「낙화암에 피는 꽃」을 '죽은 누님의 영전에 바치는 작품'으로 창작하였다는 것을 밝힌 것이다.

187 최병화의 동화에는 '꿈'을 통해 환상 세계를 일시적으로 경험하는 방식을 취하는 작품이 있으나, 이 글에서는 환상적인 요소와 인물이 이야기에 주도적인 역할을 하고 주제 의식을 명확히 보이는 작품을 '환상동화'로 보고, '꿈'을 활용한 아래의 작품은 제외하기로 한다. 「팔려간 풍금(전 3회)」(『중외일보』, 1927.4.11.~3); 「지옥에 간 세 사람」(『동화』, 1936.5.6.); 「린색한 부자(전 2회)」(『조선일보』, 1936.7.14.~15); 「파랑새 노래(전 4회)」(『매일신보』, 1936.8.30.~9.20.); 「쑴에 본 누나(전 5회)」(『매일신보』, 1937.2.2.~6); 「명희의 꿈(전 5회)」(『소년조선일보』, 1937.12.5.); 「즐거운 꿈」(『조선일보』, 1949.8.21.)

188 작품의 끝에 "=이 동화를 강서라(姜曙羅)에게 줌="이라고 하여 '강서라'를 위하여 쓴 작품임을 밝히고 있다.

지 자리에 누워있던 봉희에게 일어난 일로, 거미가 은실 집을 짓고 그것이 은빛 별로 변하더니 예쁜 별 아가씨 12명이 내려와서 노래하고 춤을 추며 봉희를 위로하고 병을 낫게 해줬다는 이야기이다. 별 아가씨가 부른 노랫말에는 "아가씨는 한 달에 한 번식 착한 일을 하신 것을 우리는 하늘에서 다 보앗습니다"라고 하여, 봉희가 착한 일을 한 것을 알고 별 아가씨가 내려와서 병을 낫게 해주었다는 사실을 밝히고 있다. 「"별" 동생」(『소년조선일보』,[189] 1937.1.24.)은 연수의 간절한 바람에 하늘이 감응한 이야기로, 어린 별이 떨어지고 다시 하늘로 올라가는 등 환상적인 요소를 활용한 작품이다. 이야기는 대략 다음과 같다. 언니나 동생이 없어 외롭던 연수는 형제자매가 있는 친구가 몹시 부러웠는데, 어느 날 창밖에 번쩍하면서 어린 별이 연수 집 뜰에 떨어지고 5~6살쯤 된 예쁜 여자아이가 그 자리에 있어서, 연수는 집으로 데려와 '연순'이라 이름을 짓고 동생을 삼아 같이 살았다. 연순이가 온 지 일 년쯤 되었을 때 연수 어머니는 아이를 낳게 되고 연순이는 갓난아이를 자신이라 여기고 잘 길러달라고 한 뒤 하늘로 올라갔다. 갓난아이는 하늘로 간 연순이와 똑 닮아서 다들 연순이가 다시 태어난 것이라고 하였다.

현실 세계와 초현실 세계가 한 차원에 놓여 있는 전래동화에서는 초현실 세계로 가는 특별한 통로가 따로 필요 없지만 판타지에서는 문제가 다르

---

189 김현숙은 『소년조선일보』에 발표한 최병화의 작품(8편)에 대해서 "최병화의 아동서사가 자주 끌어들이는 대상은 작고 여린 것들"이며, "약자를 돕는 인물을 통해 약자들의 문제가 해결 국면에 이르게 하는 것"이 최병화 서사의 특징이라고 하였다. 김현숙, 「『소년조선일보』(1937~1940)의 아동서사 연구」, 『근대서지』 제20호, 근대서지학회, 2019.12, 900~901쪽 참조.

다. 또 다른 세계로 우리를 안내하는 다양한 통로를 찾아 보는 것도 판타지를 들여다보는 재미 중 하나이다.

한 공간에서 다른 공간으로 이동하려면 당연히 두 공간 사이의 벽과, 그 벽을 통과할 수 있게 하는 '문'이 가장 먼저 떠오른다. 그렇게 서로 나뉜 두 세계를 연결해 주는 노릇을 하는 문은, 판타지 세계로 가는 길 중에서도 가장 기본 요소로 평가받는다.[190]

두 작품에서 주목할 점은 환상 세계로 들어가는 방식이다. '현실 세계'에서 '환상 세계(초현실 세계)'로 갈 때 두 세계를 가로막고 있는 '벽'을 통과하는 '문'이 있기 마련인데, 전래동화에서는 별다른 통로가 필요 없었다면 '환상동화(판타지)'에서는 그것이 존재하며 필요하다는 것이다.

봉히는 혼자서 『참, 재주도 용하다』하고 자미잇게 바라보고 이슨데 그 거미집이 한가운데서부터 점점 은비츠로 변해오지 안켓습니까.

반작! 반작! 은비츠로 빗나는 가느다란 은실 거미집은 여름에 이슬을 먹은 그 거미집보다도 더한층 곱고 깨끗하게 보엿습니다. 봉희는 그것을 보고 잇스려니깐 답답하든 가슴속이 시원해지는 듯 하엿습니다. 그리고 자기의 병도 차츰차츰 가시어 가는 듯이 생각이 드럿습니다.

그러는 동안에 은빗 거미줄은 서로 얼크러지드니 은빗 별로 변해젓습니다. 은별―그것은 참말 아름답게 비처서 왼방안을 환하게 하야주엇습니다.

봉희는 하도 신기해서 『참 곱기도 하다』하고 말하니깐 또 변허지 안케습니까. 그 은별 한가온데서 어여쁜 별아가씨들이 차레차레 뛰여나왓습니다. 그 별 아가씨는 모두 열두 사람이엇습니다.

살이 내비칠 듯한 흘보두루한 춤옷을 입고 이마에는 열두 달을 제각기

---

190 김서정, 「판타지 세계로 가는 길」, 『멋진 판타지』, 굴렁쇠, 2002, 31~32쪽.

알려주는 화관(花冠)을 쓰고 날신한 발에는 구슬로 얼거 맨드른 듯한 춤신을 신고 잇섯습니다. 모두 귀엽고 어여쁘게 생긴 아가씨들은 어대로선지 흘러오는 음악소리에 마차서 꾀꼬리가티 노래하고 나비가티 춤을 추기 시작하얏습니다.[191]

「성탄 전날 밤」은 주인공이 환상의 세계로 들어가기 위해 이동하거나 관문을 통과하는 과정을 거치지 않고 제자리에서 현실 세계와 환상 세계를 넘나들게 한 설정이 특이한데, 병으로 아파 누워있는 인물(봉희)의 특수한 상황 때문에 '찾아가는 방식'이 아니라 '찾아오는 방식'을 취하고 있다. 「성탄 전날 밤」은 현실 세계(감기로 자리에 누워 있음)-환상 세계(은실 집-은실 별-12명의 별 아가씨)-현실 세계(어머니가 약병을 들고 들어옴, 병이 나아 즐거운 크리스마스를 맞게 됨)의 순으로 변하는데, 앞서 언급한 '문'의 역할은 거미가 지은 '은실 집', '은빛 별'이 하고, '찾아오는' 인물은 '12명의 별 아가씨'로 볼 수 있다. 「"별" 동생」은 「성탄 전날 밤」보다 더 단순화하였는데, 현실 세계(형제자매가 없어 외롭고 쓸쓸함)-환상 세계(번쩍하는 불빛과 함께 '어린 별'이 집 뜰에 떨어지고, '5~6살쯤 된 여자아이'가 있음)-현실 세계(연순이는 다시 어린 별이 되어 하늘로 올라감)의 구조로 되어 있다. 「성탄 전날 밤」처럼 환상 세계의 인물이 현실 세계로 '찾아오는 방식'을 취하고 있고, '벽', '문'의 역할을 하는 요소는 없다. 두 작품 다, 현실 세계와 환상 세계가 명확히 구분되지 않아 '벽'과 '문'의 요소를 사용하지 않고 있으며, 주인공이 환상 세계를 찾아가기 위해 주체적이고 적극적으로 나아가지 않고 환상 세계의 인물이 '찾아오는 방식'

---

191 최병화, 「성탄 전날 밤」, 『조선일보』, 1938.2.4.

을 취하였으며, 옛이야기에서 자주 사용하는 '하늘-땅'을 오가는 단순한 구조로 되어 있는 것으로 보아, 본격적인 환상동화로 보기보다는 옛이야기에서 자주 사용하는 환상적인 요소를 가미한 작품으로 보는 것이 타당하다.

마지막으로, 역사적인 사건을 중심 소재로 다룬 역사동화이다. 최병화는 역사동화 「낙화암에 피는 꽃(전 14회)」(『매일신보』, 1937.6.13.~26) 1편을 발표하였는데, 창작동화 「낙화암에 피는 꽃(전 4회)」(『조선일보』, 1929.6.30~7.4)의 내용을 장편화하여 전 14회로 연재 발표한 작품이다. '백제와 신라와 싸움', '당나라의 청병', 동생 충효가 이끄는 '청의동자군(靑衣童子軍)'의 활약, '백제의 멸망', '삼천 궁녀의 죽음' 등 백제의 멸망기에 벌어진 역사적 사건과 시대적 분위기를 전편보다 충실히 담아냈으며, 역사의 소용돌이 속에서 두 남매(충효와 월랑소저)가 겪게 되는 이별과 만남의 과정을 다루고 있어 역사동화로서 면모를 갖추었다고 할 수 있다. 「낙화암에 피는 꽃(전 14회)」은 1946년 서울아동예술원 주최 제1회 아동연극공연에 「청의동자군」(이하종(李河鍾) 각색, 김단동(金丹童) 연출, 전 3막 5장)으로 상연되었으며,[192] 1947년 소년역사소설 『낙화암에 피는 꽃』(조선어학회 교정)으로 출간되었다.

(3) 최병화 동화의 의의

최병화는 1920년대 중반에 등단하여 한국전쟁 중 사망할 때까지 여러 갈래의 작품을 발표하였다. 특히 최병화의 동화는 총 89편으로 작품 수가

---

192 「동예(童藝) 1회 연극 공연」, 『동아일보』, 1946.10.15.; 「아동예술원 공연」, 『경향신문』, 1946.10.20 참조.

적지 않고, 등단 초기부터 사망 전까지 꾸준하게 발표해 왔다는 점에서 최병화의 아동문학 작품 활동과 작품세계를 살펴보는 데 중요한 자료적 가치가 있는 갈래이다.

이 글은 최병화가 등단 이래 꾸준히 발표해 온 동화를 정리하고 평가하기 위해, 최병화 동화의 현황과 작품세계를 집중적으로 조명하고자 하였다.

최병화가 동화를 발표하면서 사용한 갈래 용어는 '동화'와 '창작동화' 두 가지이지만, 실제 작품을 들여다보면, 다양한 하위 갈래로 분화하여 발표하였다는 것을 알 수 있다. 최병화의 동화는 현실성을 기준으로, 현실적인 사건과 소재를 다룬 '사실동화', 비현실적인 이야기나 소재를 다룬 '옛이야기', '우화', '의인동화', '환상동화'로 분류할 수 있고, 창작 여부에 따라서 '창작동화', 번역 여부에 따라서 외국 작가의 작품을 번역한 '번역동화', 외국 이야기를 소개하는 '외국동화'로 분류할 수 있다. 이 밖에 역사적인 사건을 다룬 '역사동화'가 있다.

이 글에서는 최병화의 동화 89편을 하위 갈래로 세분화하여 작품 현황과 작품세계를 살펴보았는데, 내용을 간략히 정리하면 다음과 같다.

첫째, 최병화는 등단 초기에 해당하는 1926년 동화 「귀여운 눈물」(『별나라』, 1926.7.1.)을 시작으로 한국전쟁 직전에 발표한 「만 원 얻은 수동」(『서울신문』, 1950.5.15.)까지 오랜 기간 꾸준히 발표한 것으로 볼 때, 동화는 최병화 아동문학의 중심적인 갈래라고 할 수 있다.

둘째, 최병화는 동화의 갈래 용어로 '동화'와 '창작동화' 두 가지만을 사용하였지만, 실제 작품의 내용과 형식을 들여다보면, 사실동화, 옛이야기, 우화(의인동화), 번역동화, 외국동화, 환상동화, 역사동화 등 다양한 하위 갈래로 분화되고 있었다. 이러한 갈래의 분화는 작가의 문학적 지향이 갈래 실험으로 드러난 경우로, 일제강점기 아동문학 갈래의 난상(亂想)과 맞닿아 있다.

셋째, 대체로 교육적이고 계몽적인 의도를 작품에 반영하여, 선행과 정직, 온정의 베풂, 생명의 소중함과 사랑, 용기와 지혜 등 도덕적인 가치를 강조하고 있는데, 권선징악과 인과응보의 이분법적이고 도식화된 구조를 보이기도 하였다.

넷째, 교육적이고 계몽적인 작품 일변도에서 벗어나, 익살과 해학을 담은 작품으로 웃음을 주기도 하고, 환상적인 세계를 담은 환상동화의 서사를 시도하기도 하였으며, 세계 유명 작가의 작품을 번역하거나 외국 동화를 소개하는 등 다양한 작품군 형성을 위해 여러모로 변화의 노력을 기울였다.

다섯째, 최병화의 동화는 아동문학 작품이 충분하지 않았을 뿐만 아니라 기본적으로 읽을거리가 부족했던 당대 어린이 독자에게 다양한 읽을거리를 제공하는 데 크게 기여했을 것으로 보이며, 주요 일간지와 잡지를 통해 꾸준히 발표하였기에 최병화는 당대 대표적인 동화작가로 상당한 인지도를 갖고 있었을 것이다.[193]

---

193 박경수는 일제강점기 일간지 매체를 중심으로 아동문학 작가의 작품 활동을 정리하였는데, 최병화는 『동아일보』, 『조선일보』, 『매일신보』 등에 작품을 다수 발표한 작가였으며, 특히 1930년대 『조선일보』에 동화 작품을 가장 많이 발표한 당대 "대표 동화작가"로 손꼽혔다. 박경수, 『아동문학의 도전과 지역 맥락-부산·경남지역 아동문학의 재인식』, 국학자료원, 2010 참조.

2) 미담과 계몽 서사의 변주

(1) 계몽성의 문학, 미담

일제강점기와 해방기에 왕성한 작품 활동을 한 아동문학가 최병화는 8·15 광복 이후 소년소녀소설집을 출간하면서 "장편소설이란 재미있고, 유익하고, 이 두 가지를 겸하여야"[194] 한다고 강조하였는데, 이는 아동문학이 갖추어야 할 요건으로 '재미'와 '유익' 두 가지를 든 것이며, 최병화의 작품 창작의 중심에 '재미'와 '유익'이 자리 잡고 있음을 의미한다.

흥미로운 이야기 소재와 구성으로 독자를 매료시키는 것이 '재미'라면, 정서적·교육적인 효과를 거두는 데 초점을 맞춘 것은 '유익'에 해당한다고 할 수 있으며, '재미'는 낭만성, 예술성 정도로, '유익'은 계몽성, 교훈성 등으로 환치할 수 있다.

특히 아동 독자를 대상으로 한 아동문학에서 간과할 수 없는 것이 '유익'인데, 일제강점기에 '유익'에 초점을 맞추어 등장한 갈래가 '미담(美談)'[195]이라고 할 수 있다. 계몽적·교화적인 의도를 전면에 드러낸 갈래 미담은 일제강점기에 미소(微笑) 이정호(李定鎬)가 『어린이』에 발표한 것을 시작으로, 이정호를 비롯한 여러 작가에 의해 '사실미담', '학창미담', '의용미담', '물의 미담', '소년미담', '애국미담' 등 다양한 갈래 용어를 달고 발표되었다.

---

194 최병화, 「머리말」, 『꽃피는 고향』, 박문출판사, 1949.

195 이 글에서 '미담'은 일제강점기에 발표한 아동문학 작품 중 갈래 용어에 '미담'이 들어간 작품과 '미화'를 포함하며, 최병화의 '수양미담'과 관련이 깊은 '경전(어린이경전)', '전기(세계위인소개)' 등을 아우르는 개념으로 사용하고자 한다.

최병화는 '소년미담' 「소년수병 엔리고(전 5회)」(『동아일보』, 1929.12.13.~19.)
의 발표를 기점으로, 1934년 『조선중앙일보』(1934.1.24.~2.16.)에 '수양미담'
16편을 발표하였으며, 1936년 『조선일보』(1936.6.25.~7.28.)에 '동물애미담'을
작품 제목으로 구분하면 10편, 연재를 포함한 작품 발표 횟수로는 19회를
발표하는 등 미담 작품을 다수 발표하였다.

하지만 "내가 알기에는 과거에 많은 공적을 갖었고 지금도 오직 아동문
학의 일로에 매진하려 하는 몇 작가를 드러본다면 동요에 윤석중 씨와 윤복
진 씨, 동화와 소년소설에 구직회 씨, 양고봉 씨, 최병화 씨, 안준식 씨 등
이 여섯 분"[196] 안에 들고, "2·30년대에 순순하게 아동문학을 지켜왔던 작가
들 가운데서는 유일한 미담가화적 소년소설의 명수"[197]로 거명될 정도로
최병화의 동화와 소년소설은 상당한 성취를 거두었고 세간의 인정을 받았
는데, 그에 비해 미담에 관한 평가와 연구는 찾아보기 어려운 실정이다.

이 글에서는 아동문학가 최병화가 발표한 미담 갈래를 정리하고 평가하
고자 한다. 최병화가 발표한 미담 작품을 실증적으로 수집, 분석하여 작품
현황을 정리하고, 최병화 미담의 작품세계 특징과 문학사적 의미를 살펴보
고자 한다.

---

196 박세영, 「조선 아동문학의 현황과 금후 방향」, 『건설기의 조선문학』, 조선문학가동맹
    중앙집행위원회 서기국, 1946, 108쪽.
197 이재철, 『한국현대아동문학사』, 일지사, 1978, 285쪽.

(2) 최병화 미담의 특징

① 최병화 미담의 근원과 현황

소파 방정환 선생님을 생각할 때면 자연 연달아 생각나는 분이 있으니 이분이 즉 미소(微笑) 이정호(李定鎬) 선생님이십니다. 이 선생님은 방정환 선생님과 손을 맞잡고 『어린이』 잡지를 꾸미시었고 미담(美談)을 많이 쓰시었는데 맨드신 책으로는 『세계일주동화집』과 『사랑의 학교』(쿠오레)가 있습니다.[198]

미소 형의 초기 작품은 주로 태서 미담과 외국동화를 소개하는데 주력한 감이 있다. 이분의 필치는 미문에 가까운 세련된 필치로써 당대 소년소녀들은 다투어 열독을 하였다.[199]

「이정호 李定鎬(1906~1938)」[200]

동요 '망두석 재판(1933, 신가정)', 동화 '농부와 토끼(1927, 매일신보)', '아가씨와 요술할멈(1935, 조광)', '이상한 연적', '정의는 이긴다' 등 주로 개작과 전래동화, 창작동화를 발표하였으나, 아미치스 원작 '사랑의 학교' 등 외국작품 번역과 동화 구연 활동에 치중하여 전설, 미담, 시사, 과학 문제 등 잡문을 통한 아동문화 사업의 일환으로 작가 생활을 일관하였다.[201]

최병화는 일제강점기에 미담을 많이 발표한 작가로 '미소 이정호'를 거명

---

198 최병화, 「동화 아저씨 이정호 선생」, 『새동무』, 1947.4.1, 20쪽.

199 최병화, 「작고한 아동작가 군상-미소 이정호」, 『아동문화』 제1집, 1948.11.10, 58쪽.

200 이정호는 "1936년 5월에 매일신보사에 입사하여 근무하다가 1939년 5월 3일 사망"한 것으로 밝혀졌다. 따라서 이정호의 생몰년은 '1906~1939'이다. 류덕제, 『한국 아동문학비평사를 위하여』, 보고사, 2021, 166쪽 참조.

201 이재철, 「이정호」, 『세계아동문학사전』, 계몽사, 1989, 292~293쪽.

하고 있다. 이정호[202]는 『어린이』 창간호부터 편집에 관여하였으며, 일찍부터 다양한 미담을 발표하여 독자들에게 상당한 호응을 받았던 작가이다.[203] 이정호가 미담 갈래 용어를 사용해서 발표한 첫 작품은 '의용미담(義勇美談)' 「영국의 용(勇)소년」(『어린이』, 1925.2.1.)이나, 같은 '용소년' 서사인 「불란서의 용소년」(『어린이』, 1924.10.11.)이 '사실애화(事實哀話)'로 발표되었기에 이정호의 첫 미담 발표작은 「불란서의 용소년」이라 할 수 있다. 그 이후에도 이정호는 '열혈', '우정', '애국', '통쾌', '야구' 등 다양한 미담 갈래 용어를 사용하여 『어린이』에 미담을 여러 편 발표하였다.[204]

여기에서 한 가지 짚어볼 점은 그 당시 발표된 애국, 입지, 태서, 소녀, 소년, 야구 등을 비롯한 미담 갈래 용어의 상당수가 일본에서 이미 사용하고 있던 갈래 용어라는 것이다. 일본의 미담 갈래 용어를 그대로 빌려온 경우와 번역·번안 작업을 거친 경우를 생각해 볼 수 있다. 최병화가 발표한 '수양미담', '동물애미담'도 일본에서 '수양미담', '동물미담'을 이미 사용하

---

202 "이정호(李定鎬: 1906~1939) 동화작가, 아동문화 운동가. 호는 미소(微笑, 微笑生), 정호생(靜湖生). 경성(京城) 출생.〈천도교소년회(天道敎少年會)〉회원으로 일찍부터 아동문화 운동에 참가하였다. 최병화(崔秉和), 연성흠(延星欽) 등과 함께 아동문화연구단체인〈별탑회〉(별塔會)를 조직하여 아동문화운동에 힘을 쏟았다. 개벽사(開闢社)에 입사하여 방정환을 도와『어린이』, 『신여성(新女性)』 등의 잡지를 편집하였다." 류덕제, 앞의 책, 2021, 166쪽.

203 김젬마, 「한국 근대아동소설의 '소영웅(小英雄)' 변주와『쿠오레』번역」, 『한국학연구』 제55집, 2019, 41~74쪽 참조.

204 이정호는『어린이』에 총 35편의 미담을 발표하였는데, 필명 '정호'로 미담 14편(의용2, 열혈3, 우정1, 미담1, 설중1, 애국6), 본명 '이정호'로 19편(눈물1, 물1, 통쾌1, 야구1, 어린이 경전2, 미담1, 경전1, 애국1, 장편1, 장편열혈8, 소년1), 필명 '정호생'으로 미담 1편, '미소'로 동물미화 1편을 발표하였다.

고 있었다는 점에서[205] 일본의 영향을 받았을 것으로 보이나 이에 관해서는 추후 연구에서 밝히기로 한다.

『어린이』를 비롯하여 "아동예술연구 단체로 〈별탑회〉가 창립된 후로는 미소 형과의 교제"[206]가 빈번하였던 최병화가 이때부터 본격적으로 미담을 발표하기 시작하였다. 최병화는 1929년 '소년미담' 「소년수병 엔리고(전 5회)」(『동아일보』, 1929.12.13.~19)[207]를 발표하였는데, 이는 『어린이』에 작품 발표를 시작한 1929년 5월 이후이며,[208] 이정호가 『쿠오레』를 『사랑의 학교』(『동아일보』, 1929.1.23.~5.23.)로 번역하여 소개하고, 『사랑의 학교』(이문당, 1929. 12)를 출간한 시기와 맞아떨어진다.[209]

"나는 한때 『별나라』 잡지 편집 동인이었던 관계로 이곳저곳 발표되는 미소 형의 작품을 읽어 봤는데 내용이 빈약한 작품일지라도 미소 형의 그 고운 필치로 살아난 작품이 불소(不少)하였"[210]다는 최병화의 회고에서 알

---

205 '수양미담' 관련 작품은 나가마쓰 키쵸(永松木長), 『수양미담(修養美談): 아동훈화(児童訓話)』, 야지마 세이신도(矢島誠進堂), 1911.4; 카토 마유키(加藤美綸), 『아이들에게 들려주는 일화(子供に聞かせる逸話): 수양미담(修養美談) 초상화 사진(肖像対照)』, 세이분도서점(誠文堂書店), 1925 등 참조. '동물애미담' 관련 작품은 '동물미담' 「슬픔의 애도(哀しき噺き)」, 『소년구락부』 13(2), 大日本雄辯會講談社, 1926.2; '동물미담' 「이상한 어머니(妙なおつ母さん)」, 『소년구락부』 16(2), 大日本雄辯會講談社, 1929.2 등 참조.(〈일본국립국회도서관〉자료 참조)

206 최병화, 앞의 글, 1948, 59쪽.

207 '엔리고'는 『사랑의 학교』의 주인공 '엔리코'를 모델화한 것이다.

208 최병화가 『어린이』에 발표한 첫 작품은 단편소년소설 「입학시험」(『어린이』, 1929.5.10.)이다.

209 장성훈, 「아동문학가 최병화의 학교소설 연구」, 『국어교육연구』 제82집, 국어교육학회, 2023.6, 389쪽 참조.

수 있듯이, 최병화는 이정호가 다양한 지면에 발표한 작품을 꼼꼼히 챙겨 읽고 있었다. 이는 최병화의 미담이 이정호의 『사랑의 학교』(이문당, 1929.12.) 와 미담 작품의 영향을 받았음을 의미한다.

> 이곳에는 일본에서 고국으로 도라오는 전재민으로 정거장 아팍은 꽉 찼습니다. 승애는 이태리(伊太利)의 마알코란 소년이 어머니를 찾으려 머얼리 남아메리카에까지 간 이야기를 생각해 내고는 저는 "아버지를 찾으려 조선의 남쪽 맨 끝에 있는 부산까지 왔구나"라고 즐거운 희망이 불연듯 떠올랐습니다.[211]

최병화는 '소년소녀 장편소설' 『꽃피는 고향』의 어린 주인공 승렬이와 승애가 용기를 잃지 않고 꿈과 희망을 품을 수 있도록 작품 곳곳에 미담을 배치하였는데, 위에서는 이정호의 『사랑의 학교』의 일부를 인용하고 있다. '이태리(伊太利)의 마알코란 소년이 어머니를 찾으려 머얼리 남아메리카에 까지 간 이야기'는 이정호의 『사랑의 학교』의 '5월(maggio)'에 나오는 일명 「엄마 찾아 삼만 리」로 불리는 「마르코의 아페닌산맥에서 안데스까지(5월 이야기)」를 가리킨다. 『꽃피는 고향』에서 여주인공 승애가 아버지를 찾아 부산까지 간 상황을 「엄마 찾아 삼만 리」에 비유한 것이다. 최병화의 미담 이 이정호의 『사랑의 학교』의 영향을 크게 받았다는 사실을 확인할 수 있는 대목이다.

---

210 최병화, 앞의 글, 1948, 58~59쪽.
211 최병화, 앞의 책, 1949, 30쪽.

이정호 다음으로 『어린이』에 미담을 많이 발표한 작가는 '최경화(崔京化)'[212]
인데, 필명 '경화생(鏡花生)'으로 2편(미담 1, 입지성공미담 1), 본명 '최경화'로
18편(사실미담 1, 세계위인소개 2, 세계위인전 1, 전기(세계위인소개) 12, 1인 1화 1, 각계
명화(교육명화) 1)을 발표하는 등, 세계적인 업적을 남긴 위인과 유명 인물의
이야기를 집중적으로 다루었다. 최경화는 유명한 위인(인물)의 일화를 소개
하고 그를 통해 배워야 할 점을 간략히 정리하는 방식을 취했는데, 최병화
의 '수양미담'(16편)(『조선중앙일보』, 1934.1.24.~2.16.)에서 이를 그대로 따르고
있다. 또한 최경화의 미담에서 소개한 인물을[213] 최병화의 『꽃피는 고향』
('페스탈로치, 톨스토이, 슈베르트' 등)과 '동화' 「장수와 개」('소크라테스')에서 공
통으로 다룬 것에서도 영향력을 짐작할 수 있다.

최병화는 1936년 『조선일보』(1936.6.25.~7.28.)에 '동물애미담'을 발표하였
는데, 이정호가 앞서 『어린이』에 발표한 '동물미화' 「비장한 최후」(『어린이』,
1930.1.20.)와 최경화의 '동물소설' 「북해의 왕 백웅」(『어린이』, 1931.7.20.)과의
관련성을 살펴볼 필요가 있다.[214]

---

212 최경화(崔京化: ?~?)의 필명은 최경화(崔鏡花, 鏡花, 鏡花生), 거울꽃(거울꼿) 등이며, 평안
     남도 안주(安州) 출생이다. 1924년 윤석중, 이성홍, 이원수, 서덕출, 신고송, 최순애, 윤복
     진, 이정구, 서이복, 소용수 등과 함께 소년문예단체 〈기쁨사(깃븜사)〉를 창립하였고,
     1928년 『어린이』(1928년 5-6월 합호부터) 기자로 입사하였으며, 동화, 소년소설 등 다수
     의 아동문학 작품을 발표하였다. 류덕제, 앞의 책, 2021, 207쪽 참조.
213 최경화가 『어린이』에서 다룬 인물로는 잔 다르크, 카네기, 소크라테스, 톨스토이, 리빙스
     턴, 조지 스티븐슨, 손일선, 최영 장군, 노벨, 페스탈로치, 크레만소, 웰링턴, 슈베르트와
     베토벤, 루터 등이다.
214 김남순은 '동물동화' 「여우」(『어린이』, 1934.6.20.)를 발표하는데, 여우가 사람을 속이거
     나 쥐를 잡아먹는 이야기로, '동물애미담'과는 거리가 있는 작품이다.

이정호의 '동물미화' 「비장한 최후」는 북국의 어느 농부가 기르던 말이 목숨 바쳐 주인을 구한 이야기로, 술에 취해 잠든 주인을 불길 속에서 살린 개(바둑이)의 이야기를 다룬 최병화의 「올해의 주인공 개 이야기, 바둑이」(『어린이신문』, 1946.1.12.)와 긴밀히 연결되는 작품이다.

최경화의 '동물소설' 「북해의 왕 백웅」은 북극의 북쪽 어딘가에 사는 백웅 '나누-구'와 북극여우, 이리, 순록 등이 살아가는 이야기를 다룬 단편이다. "사실적인 자연 관찰을 바탕으로 생생하게 그려지고 있"고 "동물에 대한 묘사는 마치 백과사전형 생물 도감을 보는 것처럼 사실적이고 자연과학적"[215]인 특징을 가진 작품으로, 최병화의 '동물애미담'의 서사 기법과 연관성이 높은 작품이다.

이처럼 이정호와 최경화의 미담은 최병화의 미담과 긴밀히 연결되고 영향력을 주고받는 '상호텍스트성(intertextuality)'을 가진 작품으로 볼 수 있다. '상호텍스트성'의 원리는 "하나의 텍스트를 넘어서 다른 텍스트와의 관계 내지 확장을 통해 문화론적 맥락까지 파악할 수 있게 해줌으로써 문학사란 틀 속에서 각 시인, 또는 작품의 개별적, 보편적 유형을 파악할 수 있게 해주는 근거"[216]가 되기도 한다.

최병화가 미담 갈래로 발표한 첫 작품은 '소년미담' 「소년수병 엔리고(전 5회)」(『동아일보』, 1929.12.13.~19)이다. 이후 '입지성공미담(立志成功美談)'[217] 「석

---

215 서희경, 「『어린이』의 대중과학적 글쓰기, 동물소설 「북해의 왕 백웅」의 진화론적 상상력」, 『근대서지』 제27호, 근대서지학회, 2023.6, 647쪽.

216 박용찬, 앞의 책, 299쪽.

217 『어린이』(1930.1.20.)는 '신년특대호'로 어린이 독자들이 새해 큰 뜻을 세우라는 계몽적

유대왕이 되기까지-「럭크펠너」이약이」(『어린이』, 1930.1.20.)를 발표하였는데, 과학계, 예술계, 무용계(武勇界)의 위인에 관한 「세계영웅위인 소개(1)』(『별나라』, 1930.3.19.)를 발표한 것과 '소년 경전' 「입신 출세 금언집」(『어린이』, 1931.2.20.)을 발표한 것은 위인이나 성공한 인물에 관한 이야기를 미담으로 발표하는 당대의 분위기에 따른 것이다.

최병화는 1934년에 '수양미담' 16편을 『조선중앙일보』(1934.1.24.~2.16.)에 집중적으로 발표하였는데, 당시 『어린이』와 『별나라』에 작품을 꾸준히 발표하던 시기인 점을 생각해 볼 때,[218] 미담을 『어린이』와 『별나라』가 아닌 『조선중앙일보』에 그것도 단기간에 집중적으로 발표한 것은 특이한 점이다.[219] 1936년에는 『조선일보』(1936.6.25.~7.28.)에 '동물애미담' 10편(연재 횟수 19회)을 발표하였다.

인 취지에서, '입지훈화'(1), '훈화'(1), '입지'(1), '위인의 어릴 째'(5), '입지성공미담'(4), '세계위인전'(4), '위인일화'(1), '입지소설'(1) 등으로 구성하였다. ※ ( )는 작품 수.

218 최병화는 『어린이』(1934.1.20.)에 「글 써주시는 선생님들」로 인물사진이 소개되었고, 「1행 연하장」에 "울 때 울어라"라는 짧은 글을 남겼으며, '소년탐정소설' 「청귀도의 비밀(전 3회로 연재 중단)」(『어린이』, 1934.5.20.~1935.3.1.)을 연재하였다. 또한 『별나라』(1934.1.22.)에 '학교소설' 「내 힘과 쌈」을 발표하였고, '봄 수필' 「봄비 나리는 고향을 차저」(『별나라』, 1934.4.20.)와 '발명물어' 「말코니와 무선 전신전화」(『별나라』, 1934.9.10.)를 발표하였다.

219 '수양미담'이라는 새로운 갈래를 개척하려는 작가의 문학적 지향에 의한 것인지, 일간 신문사의 기획 의도에 따른 것인지, 그 외 다른 이유가 있었는지 명확하지는 않으나, '수양미담'이라는 갈래 용어로 볼 때, 일간 신문사의 계몽적·교육적 의도와 작가의 갈래 개척의 방향이 서로 잘 맞아떨어진 것으로 보아야 할 것이다.

② 최병화 미담의 작품세계

최병화의 미담은 갈래 용어로 '소년미담', '입지성공미담', '인물 이야기', '소년 경전', '수양미담', '동물애미담'으로 나눌 수 있다. 각각의 작품 내용과 특성을 살펴보면 다음과 같다.

먼저, '소년미담' 「소년수병 엔리고(전 5회)」는 아버지가 일찍 돌아가시고 어머니와 단둘이 살아가야 하는 곤궁한 상황 속에서도 희망을 잃지 않고, 누군가의 힘에 기대기보다는 스스로 그 상황을 이겨내려는 굳은 의지와 용기 있게 살아가는 어린 주인공 '엔리코 반노'의 이야기를 담고 있다. '엔리코 반노'는 이정호의 『사랑의 학교』의 주인공 '엔리코'와 동명이고, 이탈리아 런키촌(村)을 배경으로 하는 등 『사랑의 학교』와 깊은 연관성을 보인 작품이다.

'입지성공미담' 「석유대왕이 되기까지-「럭크펠너」이약이」는 1800년대 말 미국 뉴욕의 스탠다드 석유회사를 창립하여 세계적인 석유대왕으로 불린 '록펠러(Rockefeller, John Davison)'의 성공 비법에 관한 이야기로, "석유대왕 럭크펠너 그는 신용과 겸손(謙遜)과 근면(勤勉)으로 말미암아 그 사업을 일관(一貫)하얏다는 것"[220]을 강조하는 이야기이다.

'위인전기' 「세계영웅위인 소개(1)」에서는 과학계(科學界)(다윈, 뉴턴, 에디슨, 구룹푸(獨逸)), 예술계(藝術界)(톨스토이, 셰익스피어, 베토벤, 미켈란젤로, 알렉산더, 성길사한(成吉思汗))에 관한 인물의 업적과 본받을 점 등을 간략하게 기술하고 있다.

---

220 최병화, 「석유대왕이 되기까지-「럭크펠너」이약이」, 『어린이』, 1930.1.20, 29쪽.

'소년 경전' 「입신출세 금언집」은 말 그대로 입신출세에 도움이 되는 금언 10개를 제시하고 각각에 대한 짧은 설명을 달아놓은 일종의 성공 지침서이다.[221]

이처럼 최병화는 사회적으로 성공한 유명 인물의 성공 비법과 업적을 소개하는 글이나 입신출세(성공)를 위한 금언을 미담으로 발표하였는데, 계몽적·교육적 자료로서 미담을 적극적으로 활용한 당대의 분위기에 따른 것이다.

최병화는 1934년에 여러 가지 갈래 용어를 사용하지 않고 '수양미담'으로만 16편을 발표하였는데, '수양미담'은 '몸과 마음을 기르는 데 도움이 되는 좋은 이야기' 또는 '마음 수양에 도움이 되는 이야기' 정도로 이해할 수 있다. 최병화 '수양미담'의 작품세계의 특징을 살펴보면 다음과 같다.

첫째, 주제 의식을 작품 전면에 드러내고 있다. 각 작품의 끝에 한 문장으로 주제를 정리하였는데, 「반듸불빗과 창의 눈(1)」에서 "넉넉지 못한 가운데 공부하는 사람이 참말 공부를 하는 사람입니다"와 같이 '형설지공(螢雪之功)'의 고학 정신을 강조하는 형태를 띠고 있다. 이는 독자가 알아야 하고, 지켜야 할 덕목을 한 번 더 강조하려는 의도와 연결된다.[222]

---

221 첫 번째 금언은 "사나히는 두려운 것이 없다"이고 이에 대한 설명은 "시험이 무엇이냐. 구차한 것이 무엇이냐. 곤란한 것이 무엇이냐. 불행이 무엇이냐. 사나히는 그러한 것을 결코 두려워하지 안는다. 무엇이든지 덤벼드러 보아라. 어데까지 얼마나 싸홀 수 잇슬는지 자기의 힘을 시험해 보자"이다.

222 최병화의 '수양미담' 16편 가운데 발명가 에디슨의 이야기를 다룬 「발명가의 연구심 (8)」에만 주제 문장이 빠져 있는데, '힘든 여건 속에서도 포기하지 않고 노력하면 성공으로 나아갈 수 있다'는 주제를 어린이 독자 수준에서도 충분히 찾아낼 만한 작품이다. 그

둘째, 세계적인 위인이나 유명 인물을 다루면서 동·서양의 비율과 다양한 분야의 인물을 조화롭게 다루고 있다. 16편 중 동양 이야기는 총 7편으로, 중국 3편(「반듸불빛과 창의 눈(1)」(차윤, 손강), 「힘이 약하야진 어머니 매(10)」(한백유), 「끗헤 동생이니까 제일 적은 것(61)」(공융)), 한국 3편(「거지와 악수한『트』문호(4)」(한석봉), 「발명가의 연구심(9)」(조준봉), 「호랑이 잡은 이징옥(李澄玉)(15)」(이징옥), 일본 1편(「내버린 아이를 줍는 사람(13)」(아부충추))이다. 서양 이야기는 9편으로, 영국 2편(「발가벗고 공부(2)」(고벳트), 「남에게 받은 은혜(14)」(니코라스, 웨이크)), 러시아 1편(「거지와 악수한『트』문호(3)」(투르게네프)), 미국 3편(「일 분 느진 시계(5)」(조지 워싱턴), 「발명가의 연구심(8)」(에디슨), 「어머니의 무덤(11)」(링컨)), 프랑스 1편(「빠스칼의 연구심(6)」(파스칼)), 이탈리아 1편(「뭇소리니와 자긔의 힘(7)」(무솔리니)), 스페인 1편(「아가씨에게 드린 약(12)」)이다.

최병화의 '수양미담'은 고사성어의 유래에 해당하는 이야기부터 미국 대통령과 이탈리아 총리대신, 물리학자와 발명가 등 세계적으로 유명한 인물들의 이야기를 골고루 활용하고 있다. 이러한 균형적인 안배는 어린이 독자의 세계 인식의 폭을 넓히면서도 선입견과 고정관념을 경계하려는 의도와 연관 지을 수 있다.

계몽적인 의도를 직접적으로 드러내는 결말 처리 방식은 이정호의 『사랑의 학교』와 최경화의 미담에서 익숙하게 사용된 것으로, 최병화의 '수양미

외 작품도 주제를 강조하는 문장이 없더라도 주제 의식을 찾아내는 데 큰 어려움이 없는 수준이다. 각 작품을 중심 주제(덕목)로 분류하자면, 고학 정신 2편, 자비심 2편, 진심 진력 1편, 신용 1편, 탐구심 1편, 자립심 1편, 끈기·노력 1편, 선행 2편, 효심 2편, 보은 1편, 담력·용맹함 1편, 욕심 경계 1편이다.

담'은 기존 미담의 결말 처리 방식을 따른 것으로 볼 수 있다. 다만, 기존에 '학창', '의용', '열혈', '우정', '출세' 등 여러 가지 용어를 사용하던 미담을 '수양미담' 하나로 정리한 것은 의미 있는 시도라고 할 수 있다. 최병화 '수양미담'의 개요를 표로 정리하면 다음과 같다.

<표 11> 최병화의 수양미담 작품 개요

작품명	주인공	사건	주제(교훈), (중심 덕목)
반듸불빗과 창의 눈 (1)	진나라 차윤, 손강	등잔불이 없어 반딧불이를 잡아 그 빛으로 공부하고, 한겨울에 창문을 열고 눈빛으로 공부한 이야기	"넉넉지 못한 가온대 공부하는 사람이 참말 공부를 하는 사람입니다." '형설지공(螢雪之功)'(고학 정신)
발가벗고 공부 (2)	영국 문법학자 고벳트	가난하여 난로 불빛에 책을 보고 널빤지를 책상 삼아 공부한 이야기	"자긔에게 공부할 마음만 잇스면 어떤한 어려운 중에서라도 공부는 할 수가 잇는 것입니다." 영국판 '형설지공(螢雪之功)'(고학 정신)
거지와 악수한 『트』문호 (3)	러시아 문호 투르게네프	지갑을 깜빡하여 동냥하는 늙은 거지에게 돈 대신 손을 따뜻하게 잡아준 이야기	"천대밧는 사람을 사랑하는 것이 참사랑이라고 할 수가 잇습니다." (자비심)
거지와 악수한 『트』문호 (4)²²³	조선 명필가 한석봉	어둠 속에서 떡을 썰고 석봉은 글씨를 쓰는 대결을 통해 공부하는 자세를 다잡은 이야기	"한글 공부에서" 한글을 공부할 때 유념해야 할 이야기, 한글을 공부하는 아이에게 들려줄 수 있는 이야기라는 뜻. (자만하지 않고 진심 진력)
일 분 느진 시계 (5)	미국 초대 대통령 조지 워싱턴	성공하는 사람은 시간 약속을 잘 지킨다는 이야기	"참말 시간을 잘 직히는 것은 성공의 첫 길이다고도 할 수 잇습니다" (신용)

빠스칼의 연구심 (6)	프랑스 물리학자 파스칼	궁금증이 해결되지 않아 끝까지 알아내려고 한 파스칼의 유년 시절 이야기	"어떠한 적은 일에든지 자긔가 몰느는 것을 자긔가 알 때까지 생각하야 내는 것은 여간 유익한 일이 아닙니다." (탐구심, 자립심)
뭇소리니와 자긔의 힘 (7)	이탈리아 총리대신 무솔리니	자동차가 고장이 나서 대장장이 대신 자신이 직접 자동차를 고친 이야기	"자긔 힘으로 할 수 있는 일이면 자긔가 하는 것이 당연한 노릇입니다." (자립심)
발명가의 연구심 (8)	발명가 에디슨의 유년 시절	집이 가난하여 신문 판매를 하던 중, 차장에게 맞아 한쪽 청력을 잃었지만 포기하지 않고 노력하여 세계적인 발명가가 된 이야기	힘든 여건 속에서도 꿈을 포기하지 않고 계속한다면 성공할 수 있다는 이야기. (끈기, 노력)
발명가의 연구심 (9)[224]	조준봉	계모의 구박을 받으면서도 원망하지 않고 효심을 다하여 계모의 마음을 바꾼 이야기	"착한 행동에는 악한 것도 감동 안 수가 업는 것입니다." (선행)
힘이 약하야진 어머니 매 (10)	중국 한백유	어머니의 매를 맞고 늙으신 어머니를 생각해 울었다는 효자 이야기	"어머니의 매는 금보다 더 갑잇는 보물입니다." (효심, 엄격한 가정교육)
어머니의 무덤 (11)	미국 대통령 링컨의 청년 시절	멀리 이사하게 되자 돌아가신 어머니 산소에서 울었다는 링컨의 이야기	"어머니 살아계실 동안 어머니를 깃부시게 하십시다." (효심)
아가씨에게 드린 약 (12)	스페인 부녀(父女)	부잣집 주인(아버지)의 마음 착한 딸이 중병에 걸리자 평소 딸의 은혜를 받은 하인의 도움으로 병이 낫게 된 이야기	"남에게 은혜를 끼치는 사람은 반듯이 그 갑품을 밧게 됩니다." (자비심, 선행)

내버린 아이를 줍는 사람 (13)	일본 아부충추(阿部忠秋)	길에 버려진 아이가 있으면 자기 집에 데려가 길렀던 아부충추의 이야기	"자긔가 넉넉하야 남을 도와주는 것은 당연히 할 일입니다" (선행)
남에게 받은 은혜 (14)	영국 재판관 '니코라스', 군인 '웨이크'	어린 시절에 받았던 은혜를 어른이 되어서 갚았다는 이야기	"한 번 바든 은혜는 결코 이저서는 안 됩니다" (보은)
호랑이 잡은 이징옥 (李澄玉) (15)	조선 초기 때 장수 이징옥 유년 시절	이웃집 남자가 호랑이에게 물려간 것을 알고 쫓아가 맨주먹으로 호랑이를 때려잡았다는 이야기	"우리는 징옥의 담력을 배워야 하겠습니다." (담력, 용맹함)
끗헤 동생이니까 제일 적은 것 (16)	중국 한나라 공융(孔隆)	어머니가 4형제에게 수박을 네 조각을 내어 주었는데, 형들을 위해 제일 작은 조각을 집은 공융의 이야기	"제 목앗치를 다-먹고 다른 사람의 목앗치까지 빼서 먹으랴는 사람은 이 이야기를 듯고는 부끄러워 하여야 하겠습니다." (욕심(탐욕) 경계)

　　최병화는 1936년 중반에 '동물애미담'을 총 19회에 걸쳐서 발표하였다. '동물애미담'은 '동물끼리의 사랑과 우정, 신뢰를 다룬 이야기' 또는 '동물을 사랑하고 소중히 여기는 이야기'라는 중의적인 표현으로 볼 수 있다. 최병화 '동물애미담'의 작품세계의 특징을 살펴보면 다음과 같다.

　　첫째, 최병화의 '동물애미담'은 작가(화자)의 개입을 절제하고 동물의 세계를 사실적으로 관찰하고 묘사하는 서사 기법을 통하여 작품의 생동감과

223　제목과는 달리, 조선 선조 때의 명필가 한석봉(韓石峯)의 유명한 일화(어둠 속에서 떡 썰기와 글씨 쓰기 대결)를 다루고 있다.

224　제목과 달리, 내용은 계모의 구박을 받으면서도 원망하지 않고 효심을 다함으로써 계모 의 마음을 바꾼 '조준봉'이라는 사람의 이야기를 다루고 있다.

몰입도를 높이고 있다.

> ㉠ 갓가히 가서 자세히 보니깐 그것은 고양이엿습니다. 고양이는 낫부터 그때까지 거북의 겨틀 떠나지 안코 잇섯든 것입니다. 잇다금 압발을 드러서 거북의 등더리를 가볍게 따렷습니다.[225]
> ㉡ 도라다 본다─색기가 업다. 이러슨다 또 휘둘러 본다─그래도 업다. 뜰 구석구석까지 휘둘러보면서 도라다닌다. 문간까지 나가보아도 업다.[226]
> ㉢ 여러분은 저 몸이 호리호리하고 키가 큰 학과 저 몸이 뚱뚱하고 굼스되게 생긴 철면조(七面鳥)를 비교해 보신 일이 잇습니까?[227]

㉠에서 화자는 고양이와 거북의 행동과 모습을 묘사할 뿐, 화자의 생각과 감정을 노출하거나 개입하는 것을 절제하고 있다. ㉡은 새끼 원숭이가 잿물 독에 빠진 후, 새끼를 찾는 어미 원숭이의 행동을 표현할 때 '습니다'로 진행하던 문체를 '-하다'체로 바꾸어 긴박감과 긴장을 고조시키며 독자의 몰입도를 높이고 있다. 짧고 단순한 문투는 상황의 급박함과 긴장감을 더하고 있는데, 작가의 문장력이 빛을 발하는 부분이다. ㉢에서는 화자가 독자를 향해 이야기를 거는 방식을 취하고 있는데, 이는 '이야기 들려주기' 방식으로 동화 구연의 특성으로 볼 수 있다. 최병화는 방정환, 연성흠, 이정호 등과 함께 동화 구연 활동을 적극적으로 펼쳤는데, 그러한 특성이 작품에 반영된 것이다.[228]

---

225 최병화, 「고양이와 거북 (2)」, 『조선일보』, 1936.6.26.
226 최병화, 「색기 따라 죽은 어미 원숭이 (2)」, 『조선일보』, 1936.7.11.
227 최병화, 「칠면조의 선생이 된 학」, 『조선일보』, 1936.7.3.

이 밖에도, 「함께 타 죽은 말과 강아지(전 2회)」에서는 '떠돌이 강아지에게 곁을 내주고 식구로 자연스레 받아들인 말', '죽음을 무릅쓰고 불 속에 뛰어든 강아지', '뜨거운 불길 속에서 함께 타 죽은 말과 강아지의 주검'이라는 점층적인 전개로 감정 이입을 고조시키는 효과를 거두고 있다. 「색기를 위하야 죽은 어미 새의 사랑」은 짧은 이야기 속에서도 '발단-전개-절정-결말' 구조를 통하여 감동과 여운을 주는 작품이다.

둘째, 최병화의 '동물애미담'은 동물 세계의 신비와 경이를 보여주는데, 인간의 감정이나 행동과 별반 차이가 없으며 오히려 인간 세계에서도 볼 수 없을 정도의 절실한 감정과 지극한 마음을 통해 경외심을 갖게 한다.

> 어미 원숭이는 서쪽으로 서쪽으로 시름 업시 거러갓습니다. 어느듯 길이 휘여지자 흘너가는 물소래가 요란히 들려왓습니다.
> 다리 중간즘 오드니 원숭이는 거름을 멈추엇습니다. 다리 아래 물은 흰 거품을 내면서 살 가티 흘너내렷습니다. 원숭이는 흴긋 뒤를 도라다 보고 주인 내외에게 절을 하는 것처럼 꿈벅하드니 즉시 바람에 불리는 입사귀 가티 몸을 날려 물속으로 뛰여드러갓습니다.[229]

「색기 따라 죽은 어미 원숭이(전 2회)」는 산골 늙은 내외가 자식 없이 원숭이 모자를 친자식처럼 키웠는데, 주인 내외가 집을 비운 사이 빨래하려는 양잿물에 새끼 원숭이가 빠져 죽고 새끼를 잃은 슬픔을 참지 못하고

228 「『별탑회』 주최 아동동요대회」, 『조선일보』, 1929.2.5.; 「『별탑회』 주최 특별 동화동요회」, 『매일신보』, 1929.2.7 참조.
229 최병화, 「색기 따라 죽은 어미 원숭이 (2)」, 『조선일보』, 1936.7.11.

어미도 따라 죽었다는 이야기이다. 비록 동물이지만 어미가 자식을 생각하는 마음이 잘 담겨 있어 깊은 여운을 주는 작품이다. 이 밖에도 갓난 수달 새끼를 제 새끼처럼 키우는 어미 고양이의 관계를 통해 키우는 정(또는 모정 (母情))을 생각하게 하는 「수달피를 기른 어미 고양이(전 2회)」, 생사고락을 함께하는 모습을 통해 깊은 우정과 의리를 보여준 「함께 타 죽은 말과 강아지(전 2회)」가 있다. 학과 칠면조는 서로 다른 종이지만 오랜 세월 함께하며 선생님과 제자처럼 지낸다는 「칠면조의 선생이 된 학」, 개에게 심부름시키는 앵무새와 빵 가게로 심부름하는 개의 이야기 「앵무새의 심부름꾼인 개」, 십 년 만에 만났어도 사이좋게 지내는 호랑이와 검정 개의 이야기 「십 년 전 동무이든 호랑이와 개(전 2회)」도 동물 세계의 신비와 경이를 잘 담아낸 작품이라고 할 수 있다.

셋째, 최병화의 '동물애미담'은 동물의 세계를 통해서 인간의 모습과 세계를 성찰하게 한다.

> ㉣ 고래—잇다금 이야기로만 듯고 잇다가 이제 눈 아페 실지로 고래를 보게 되니깐 이 두 아이들은 귀신이나 독갑이 이상으로 두려움과 호기심을 갓게 되엿습니다.
> ㉤ 『이놈을 잡기만 하면 큰돈이 생긴다. 돈덩어리가 뛰여 드러왓는데.』
> ㉥ 그 소리는 부르짓는 듯이 목이 메여 우는 듯이 무엇을 원망하는 듯이 간절이 애원하는 듯이—모든 불행한 소리를 뒤석근 듯한 소리엿습니다. 그 소리가 사라저버린 후에도 그 소리는 머리 위를 빙빙 돌면서 목을 챙챙 감어드러오는 듯 하엿습니다.[230]

---

230 최병화, 「색기를 찾는 어머니 고래 (4)」, 『조선일보』, 1936.7.2.

ⓔ은 아이들이 생전 처음으로 고래를 보고 나서 두려움과 호기심을 갖는 모습을, ⓜ은 고래를 본 어른들이 고래를 잡아서 돈을 벌 궁리부터 하는 모습, ⓗ은 죽은 새끼 고래를 업고 다니며 울부짖는 어미 고래의 소리에 마을 사람들이 괴로워하는 모습을 그리고 있다.

이처럼 「색기를 찾는 어머니 고래(전 4회)」는 억울하게 죽임을 당한 새끼 고래와 이를 슬퍼하여 그 바다를 떠나지 못하고 울부짖는 어미 고래의 이야기를 통하여 인간의 욕심과 이기심을 돌아보게 하는 작품이다. 특히 고래 새끼를 잡으려는 뱃사람들과 새끼를 지키려는 어미 고래 사이의 긴장감 넘치는 대결을 그린 장면은 압권이며,[231] 새끼 고래가 죽은 후 울부짖는 어미 고래와 이를 지켜보는 마을 사람들의 모습을 대비시킴으로써 인간의

---

231 「색기를 찾는 어머니 고래」의 삽화는 화가 최계순(崔桂淳)이 그렸는데, 새끼 고래를 잡기 위해 꼬챙이를 던지는 모습과 새끼를 보호하기 위해 어미 고래가 안간힘을 쏟으며 일으키는 물결을 실감 나게 표현하는 등 매회에 세밀화를 그려 넣어 작품에 생동감을 불어넣고 있다. 최계순은 최병화의 '동물애미담' 삽화를 그린 시기(「색기를 찾는 어머니 고래(전 4회)」(1936.6.28.~7.2.), 「칠면조의 선생이 된 학」(1936.7.3.), 「앵무새의 심부름꾼인 개」(1936.7.4.))에 『조선일보』 광고부에서 근무하고 있었다. 「미술특선화가순방기: 각고삽년에 칠순노인특선(刻苦卅年에 七旬老人特選): 독학으로 금일에 서양화 최계순 씨」, 『조선일보』, 1938.6.3 참조.

<그림> 최병화 작품 중 최계순 삽화

「색기를 찾는 어머니 고래 3」	「칠면조의 선생이 된 학」	「앵무새의 심부름꾼인 개」
(『조선일보』, 1936.7.1.)	(『조선일보』, 1936.7.3.)	(『조선일보』, 1936.7.4.)

욕심과 이기심을 더욱 부각시켰다.[232] 사냥개에게서 제 새끼를 지키기 위해 목숨을 걸고 달려든 어미 새의 사투를 그린 「색기를 위하야 죽은 어미 새의 사랑」도 인간의 이기심과 욕심을 성찰하게 하는 작품으로 손색이 없다.

이처럼 최병화의 '동물애미담'은 계몽성을 절제하면서 생동감 있는 관찰과 묘사로 감동과 여운을 주었으며, 동물의 세계를 통해 인간의 모습을 성찰하게 하였다. 최병화 '동물애미담'의 개요를 표로 정리하면 다음과 같다.

<표 12> 최병화의 동물애미담 작품 개요

작품명	등장인물	줄거리(사건)	주제
고양이와 거북(전 2회) (1)	토미(거북), 고양이, 손녀딸	거북과 고양이가 친구처럼 지냈는데, 거북의 죽음으로 안타까운 이별을 하게 된 이야기	우정
색기를 찾는 어머니 고래(전 4회) (2)	어미 고래, 새끼 고래, 아이들, 어른들	사람들의 욕심으로 억울한 죽임을 당한 새끼 고래, 이를 슬퍼하여 그 바다를 떠나지 못하고 울부짖는 어미 고래의 이야기	모성애, 인간의 욕심과 이기심을 성찰
칠면조의 선생이 된 학 (3)	학, 칠면조	서로 다른 학과 칠면조이지만 함께 지내며 정이 들어, 선생님과 제자 사이처럼 각별하게 지낸다는 이야기	우정, 다름을 받아들이는 자세

---

232 죽은 새끼 고래를 업고 다니는 어미 고래의 모습은 최근에도 언론에서 여러 번 보도된 바 있는데, 주로 남방큰돌고래나 일부 돌고래류에서 이런 행동이 관찰된다는 점에서, 「색기를 찾는 어머니 고래」에서도 남방큰돌고래류의 모성애를 소재화한 것으로 볼 수 있다. 「차마 보내지 못하고…죽은 새끼 업고 다닌 어미 돌고래」, 『YTN』, 2023.8.16.20:05; 「'돌고래의 지극한 모성애' 죽은 새끼 업고 다니는 모습 포착」, 『경향신문』, 2020.6.26.10:54 참조.

앵무새의 심부름꾼인 개 (4)	개(벨), 앵무새, 집주인, 부인, 아들(어기스트), 딸(올피)	훈련을 통해 빵 심부름하게 된 개와 주인의 목소리로 개에게 심부름시킨 앵무새의 이야기	인간처럼 행동하는 개와 앵무새
십 년 전 동무이든 호랑이와 개(전 2회) (5)	호랑이, 검정 개, 누렁개	호랑이와 검정 개가 친하게 지내다 헤어져 십 년 만에 만났는데 서로를 알아보고, 다른 누렁개를 봐도 호랑이가 잘 대해줬다는 이야기	우정, 포용
색기 따라 죽은 어미 원숭이(전 2회) (6)	늙은 주인 내외, 어미 원숭이, 새끼 원숭이	새끼 원숭이가 갯물 독에 빠져 죽자, 슬픔을 참지 못하고 어미도 따라 죽은 이야기	모성애
오리, 닭, 고양이의 두목인 솔개(전 2회) (7)	솔개, 오리, 닭, 고양이	야생 솔개를 길들였더니, 고양이, 오리, 닭을 지키면서 사이좋게 잘 지낸다는 이야기	질서(서열), 우정, 보호본능
수달피를 기른 어미 고양이(전 2회) (8)	아버지, 어머니, 아이들, 수달피, 고양이	갓 난 수달 새끼를 제 새끼처럼 키우는 어미 고양이의 이야기	모성애
함께 타죽은 말과 강아지(전 2회) (9) (10)	집 없는 강아지, 말, 동네 아이들	떠돌이 개를 식구로 받아들인 말과 불길 속에 뛰어들어 말과 함께 타 죽은 개의 이야기	우정
색기를 위하야 죽은 어미 새의 사랑 (11)	투루케네프, 사냥개, 어미 새	사냥개에게 잡힐 뻔한 새끼를 살리기 위해 사투를 벌이다가 죽은 어미 새를 보고 사냥을 끊은 러시아 문호 투루케네프의 이야기	모성애, 인간의 욕심과 이기심을 성찰

(3) 미담의 변주와 응용

미담이란 그 자체가 감상적이고 애상적으로 흐르기 쉬운데다가 필치 역시 이 경향이 농후하였다. 간혹 애국미담 같은 것은 어린이들에게 민족 의식을 갖게 하고 애국심을 고조시켰으나 지금 생각하면 그것은 다분히 봉건적이고 국수주의적인 작품들이었었다.[233]

미담은 이름 자체에 이미 계몽성·교훈성을 내포한 갈래로, 글의 목적과 방향이 정해진 것으로 여겨졌으며 실제 상당수의 작품이 상투적이고 도식적인 경향을 보였다. 최병화는 이러한 미담의 갈래 특성을 정확히 파악하고 있었으며, '봉건적이고 국수주의적'인 경향으로 흐른 미담 갈래의 한계도 적확하게 짚어내고 있다.

최병화는 1936년 「색기를 위하야 죽은 어미 새의 사랑」(『조선일보』, 1936. 7.28.)을 끝으로 '미담'을 더 이상 갈래 용어로 사용하지 않았다. 미담 갈래에 관한 작가의 문학적 관심과 지향을 접었다기보다는 기존 미담에 대한 문제의식을 바탕으로 자기만의 작품 세계를 추구한 것으로 보이는데, 이를 크게 두 가지로 정리할 수 있다.

첫째, 미담 갈래 용어를 사용하지 않고 '동물 소재'를 다룬 작품을 발표한 것이고, 둘째, 계몽적이고 교훈적인 '수양미담'을 '동화'나 '소년소설' 등의 작품 속에 활용한 경우이다.

먼저, 미담 갈래 용어를 사용하지 않고 '동물 소재'의 작품을 발표한 경우이다.

최병화는 1934년 초반에 '수양미담' 16편을 발표하고, 2년 후 1936년 중반에 '동물애미담' 10편을 발표한다. 그 사이인 1935년에 동화 「『바둑이』의 일기」(『동아일보』, 1935.5.25.)를 발표하였는데, '바둑이'라는 개가 주인(인간)의 모습을 바라보면서 관찰자의 시점으로 이야기를 이끌어간 작품이다. 특히 '인간이 키우는 개'라는 상식적인 틀에서 벗어나, '개가 인간을 관찰하고

---

233 최병화, 앞의 글, 1948, 58쪽.

평가'하는 '전복'을 통해 이야기의 재미를 더한 점이 돋보인다. '동물애미담'

이 아닌 '동화'로 발표한 작품이기는 하나 '동물애미담'으로 가기 위한 발판

을 마련한 작품으로 볼 수 있다.

최병화가 『조선일보』에 '동물애미담' 연재를 마친 1936년 10월에, 동화

「장수와 개」(『아이생활』, 1936.10.11.)를 발표한다. 이발소에서 심부름하는 아

이 '장수'가 길에서 만난 '바둑이'를 키우려다가 주인의 성화에 못 이겨 버리

려는데 오히려 검정 개까지 데려오게 된 이야기이다.[234] '동화'로 발표하였

지만, 동물(개)과 관련한 현실적인 상황과 인물의 심리 묘사가 돋보이는 작

품으로, 앞서 발표한 '동물애미담'과 결을 같이 한다고 할 수 있다.

이어서 동화 「오동나무 밑의 노인」(『조광』, 1936.11)을 발표한다. 주인공

병국이가 기르던 개('갑룡이')를 길에서 만난 낯선 노인이 갑자기 달라고 하

자, 노인을 집으로 데리고 가면서 벌어지는 이야기를 다루고 있다. 잔잔한

이야기 진행 속에서도 슬픔과 동정, 동물과 사람 간의 정에 대해 생각해

보게 하는 작품이다.

최병화는 1937년에 '소년소설' 「학교에 온 곰(전 5회)」(『매일신보』, 1937.2.28.

~3.4.)을 발표하는데, 특별한 주인공 없이 곰과 관련한 일화를 바탕으로 이야

기를 전개하였다. 학교에 어미를 잃은 새끼 곰이 들어오자, 선생님과 학생

---

234 "「나는 바둑이를 버리랴고 온 사람인데 바둑이를 내버리기는커녕 검둥이 한 마리가 더
생겼으니 이걸 어떻거나」하고 장수가 뒤를 돌아다보니깐 바둑이와 검둥이가 근심에
싸인 장수의 얼굴을 이상스러운 듯이 치여다보고 있었읍니다."(72쪽)로 이야기는 끝이
나는데, 이러한 열린 결말은 앞으로의 이야기를 더 기대하게 한다. '동물 유기'가 사회적
문제가 되고 있는 오늘날에도 유효한 작품이다.

들은 그 새끼 곰을 내쫓지 않고 학교 '염소 우리'에서 기르게 되었다. 염소랑 사이좋게 지내는 곰에게 학생들은 도시락으로 싸 온 밥과 반찬을 주고 교실에서 같이 놀아주기도 하였는데, 삼 년이 지난 어느 날 갑자기 곰이 사라지고 만다. 그리고 칠 년이 지난 어느 날, 학교에 곰이 찾아오고, 그 곰을 알지 못하는 선생님은 숲으로 가서 총으로 쏴서 죽이게 된다. 이 작품의 압권은 죽은 곰의 사체를 발견한 뒤, 눈 위에 찍힌 발자국을 통해 곰의 행동을 추정하는 마지막 부분이다.

그 청년들은 학교 운동장에 쏙쏙히 백혀진 곰의 발자죽을 더듬어 보앗습니다.

곰은 먼저 문으로 드러가서 교사 오른편을 지나서 뒤겻트로 도라갓습니다. 그리고 예전 염소와 가치 살든 우리싼으로 드러가서 이리저리 헤메이다가 다시 박그로 나와서 뒤겻을 이곳저곳 다라다니엿습니다. 그리고 겻헤서 염소를 맛나지 못한 그 곰은 나종에는 할 수 업시 사람들이 잇는 교실로 드러온 것을 짐작하엿습니다.

『염소 생각이 나서 차저온 것이다』

『염소가 우리싼에 업슴으로 이리저리 차저단엿나 보다. 염소가 안 보이니싼 자긔를 귀애주든 생도나 맛나보려고 교실로 드러온 것이다』

『그쌔 단 한 사람이라도 이 곰을 아러본 사람이 잇섯드라면』

『이런 씀직하고 가엽슨 일은 업섯슬 것이다』[235]

곰은 '염소 우리'를 떠난 지 칠 년 만에 자기를 키워준 염소를 보기 위해 '염소 우리'를 찾았고, 다음으로 도시락도 주고 잘 놀아주었던 학생들을

---

235 최병화, 「학교에 온 곰 (5)」, 『매일신보』, 1937.3.4.

보기 위해 교실로 갔던 것이다. 그런 곰을 총으로 쏴 죽인 것을 알게 되면서, 사람들의 마음은 형용할 길 없이 복잡해진다. 동물의 세계나 사람이 살아가는 세계나 사랑과 정을 주고받는 것은 똑같이 숭고한 일임을 일깨우는 작품이다.[236] 특별한 주인공을 내세우거나 다양한 서사 기법을 사용하지 않았음에도 감명과 깊은 여운을 남겼는데, 이것이 최병화 작품이 가진 매력이고 장점이라고 할 수 있다.

1946년에 발표한 「올해의 주인공 개 이야기, 바둑이」(『어린이신문』, 1946. 1.12.)는 술에 취해 잠든 주인을 목숨을 바쳐 구한 '바둑이'[237] 이야기이다. 갈래 용어를 표기하지 않았지만, 내용으로 보자면 '동물애미담'으로 분류할 수 있는 작품이다.

1948년에 발표한 '소년소설' 「개가 가저온 편지」(『서울신문』, 1948.5.5.)는 주인공 '인호'가 친구 '수동이'와 다툰 이후, 강아지 '삽살이' 편에 편지를

---

236 "선생님께서는 수신시간이면 그 곰에 대한 이야기를 하시고 『사람이나 짐생이나 사귀고 정이 들면 무서울 것이 업다. 그리고 우리 사람은 저런 미물의 짐생을 사랑할 의무와 책임이 잇다. 우리 학교 생도는 누구나 할 것 업시 집에서 길느는 소 말 돼지 개 닭 가튼 짐생을 사랑할 것을 이저버리지 마러라』하시고 동물애호(動物愛護)에 대하야 말슴하시엿습니다."에서 '동물애미담'의 정신이 작품에 반영되었음을 확인할 수 있다. 최병화, 「학교에 온 곰 (2)」, 『매일신보』, 1937.3.1 참조.

237 최병화의 동물 소재 작품에서 개 이름으로 '바둑이'가 자주 등장한다. 「아름다운 희생」(『어린이』, 1930.1.20.); 「『바둑이』의 일기」(『동아일보』, 1935.5.25.); 「오동나무 밑의 노인」(『조광』, 1936년 11월호); 「장수와 개」(『아이생활』 1936.10.11.); 「올해의 주인공 개 이야기, 바둑이」(『어린이신문』, 1946.1.12.) 참조. '바둑이'는 삽살개의 일종으로, 한반도에서 광범위하게 살고 있던 토종개였는데, 1940년대 일제가 전쟁에 필요한 가죽(모피) 공급원으로 한반도의 토종개를 150만 마리 이상을 잡아들였고, 그때 바둑이도 포함되어 멸종되었으나, 최근 바둑이 복원을 위한 관련 연구가 활발히 진행되고 있다. 「일제강점기 거치며 사라진 '바둑이'…멸종됐다 돌아온 사연」, 『중앙일보』, 2023.8.20.09:08 참조.

보내서 화해를 청하는 이야기이다. '동물애'에 관한 내용이 두드러지지는 않지만, '삽살이'가 사람처럼 편지를 가져와서 전달하는 일을 신기하고 재미있게 표현하여 '동물애'를 키우는 작품이라고 할 수 있다.

'맹수 이야기' 「강가루와 사냥개」(『어린이』, 1949.10.1.)[238]는 캥거루 무리가 사냥꾼과 사냥개에 쫓기는 이야기로, 현재의 자연 다큐멘터리에 가까운 작품이다. 생사가 오가는 갈림길에서 느껴지는 긴장감을 생생히 표현했으며 간결하고 빠른 전개로 몰입도를 높인 것이 눈에 띈다. 특히, 캥거루를 잡기 위해 물속으로 뛰어든 사냥개에게 캥거루가 복수하는 장면이 통쾌함을 안겼다면, 사냥개와 사냥꾼의 추격을 피하느라 어린 새끼를 풀숲에 두고 갔던 어미 캥거루가 다시 돌아와 새끼를 찾는 장면은 안도감을 주고 있다. 동물 (캥거루)의 세계에도 함께 살아가기 위한 협동심과 희생이 필요하고, 부모와 자식 간의 사랑이 존재하고 있음을 보인 작품으로, '동물애미담'의 흐름을 이어간 작품이라 할 수 있다.

> 진화론적 상상력의 '적자생존'은 환경에 적응하는 생물만이 살아남고 생물이 환경에 적응하지 못할 때 도태되어 멸망하는 현상을 뜻한다. 동물의 생태계는 약육강식의 자연적 질서를 따른다.[239]

---

238 작품의 머리말에 "희웅아! 네가 밤낮 이야기해 달라고 졸르던 맹수 이야기를 이달부터 "어린이" 잡지를 통하여 들려주기로 하겠다. 먼저 첫째 뻔 이야기로 남쪽 나라 오오스트렐리아에서 가끔 일어나는 "강가루와 사냥개"란 이야기를 골랐다."라고 하여, 창작이 아닌 '번역(또는 번안)' 작품임을 밝히고 있다. '희웅'은 최병화의 자녀 이름으로 추정된다.

239 서희경, 앞의 논문, 648쪽.

위의 인용문은 스펜서의 사회진화론에 관한 언급으로, '적자생존'과 '약육강식'을 생태계의 중심적인 원리로 제시하고 있다. 이에 비해 최병화는 '동물애미담'에 '공존', '평화', '끈끈한 정과 사랑', '신비와 경이'의 동물 세계를 담아, 진화론적 세계관의 기본 원리인 '적자생존', '약육강식'과는 결이 다른 작품을 만들어냈다. 최병화의 '동물 소재' 작품을 표로 정리하면 다음과 같다.

<표 13> 최병화의 '동물 소재' 작품 목록

작품명	갈래	게재지	게재연월일
『바둑이』의 일기	동화	동아일보	1935.05.25
장수와 개	동화	아이생활	1936.10.11
오동나무 밑의 노인	동화	조광	1936.11
학교에 온 곰(전 5회)	소년소설	매일신보	1937.02.28.~03.04
올해의 주인공 개 이야기, 바둑이	동물애미담[240]	어린이신문	1946.01.12
개가 가져온 편지	소년소설	서울신문	1948.05.05
강가루와 사냥개	맹수 이야기	어린이, 136권	1949.10.01

다음으로, 계몽적이고 교훈적인 '수양미담'을 '동화'나 '소년소설' 등의 작품 속에 활용한 경우이다.

「나폴네온」이라고 하면서 뽐내는 데는 놀라지 안흘 수가 없엇다. 그러나 사람의 나폴네온이란 사람도 몸이 적은 사람이엿다고 하닛간 이 개도 외양과는 달러서 기운이 세인지도 알 수가 없어서 공손히 동리의 형편을 물어

---

240 갈래 표기가 되어 있지 않아서 이 글에서 임의로 갈래 용어를 사용함.

보앗다.[241]

　동화 「『바둑이』의 일기」에서 이웃집 개 '나폴레온'이, '몸이 적은 사람'이지만 '외양과는 달러서 기운이' 센 위인(偉人) '나폴레옹'처럼, 이웃집 개도 그럴지 모른다고 생각하는 부분이다. 용맹과 당당한 기상으로 유명한 프랑스의 위인 '나폴레옹'을 이야기에 활용한 것은 미담의 특성을 작품에 담아내기 위한 것으로 볼 수 있다.

> 　장수가 그 호리병 같은 얼굴을 보고 언제든지 생각하는 것은 『원숭이 같이 생긴 미국의 「아브라함·링컨」도 나종의 훌륭한 어린이 되었고 「소크라데스」도 역시 얼굴이 못생겼지만 세계에 유명한 웅변가가 되지 않었나. 얼굴은 하여간에 훌륭한 사람만 되었으면 고만이다 하는 굳은 결심이었습니다.
> 　장수가 이렇게 굳은 결심을 가지게 된 것은 학교에 다닐 때에 선생님께서 링컨 이야기 소크라데스 이야기를 하야주면서 장수에게 큰 결심을 갖게 하시었습니다. 그러므로 지금까지도 장수는 그 선생님을 고맙게 생각하고 잊어버리지를 않었습니다.(중략)
> 　장수는 바둑이에게 무슨 좋은 이름을 지여주고자 하였습니다. 뭐라고 지여줄가? 링컨이라고 부를가? 나포레온이라고 부를가? 장수는 손님의 머리를 씻어주면서 이러한 생각을 하였습니다.[242]

　동화 「장수와 개」에서 자기 외모에 자신이 없었던 '장수'가 선생님께 들

241　최병화, 「『바둑이』의 일기」, 『동아일보』, 1935.5.25.
242　최병화, 「장수와 개」, 『아이생활』, 1936.10.11, 70쪽.

은 미국 대통령 '링컨'과 '소크라데스' 이야기 덕분에 용기를 얻게 되었다는 것과 '바둑이'에게 어떤 이름을 지어줄까 고민하면서 세계적인 인물 '링컨' 과 '나포레온'을 떠올리는 것은 미담의 교훈성을 작품에 녹여내려는 의도와 깊은 연관이 있다.

최병화는 장편소설 『꽃피는 고향』(박문출판사, 1949)에서도 다양한 '수양 미담'을 활용하고 있다.

> "강의록 밖에 또 볼 책이 어디 있니? 승애야, 너 저 형설(螢雪)의 공이란 말 뜻을 알겠니?"(7쪽)
> "반딧불 빛과, 눈으로 공부했단 말이지 뭐유?"
> "응, 옳아 어렴푸시는 알지만, 그 말이 어째서 생겨났는지는 네 모를 게 다 내 이야기 하마."
> 옛날 중국 진(晉)나라에 차윤(車胤)이란 분은 낮에는 틈이 없어 공부를 못하고, 밤이면 하는데 기름이 없어 여름밤 반딧불을 많이 잡아닥아, 그 불빛으로 책을 읽고, 또 역시 진나라 사람인 손강(孫康)이란 분도 글 읽기를 좋아 했으나, 등잔기름 살 돈이 없어 겨울밤에 창을 열어놓고, 들에 쌓인 눈빛으로 글을 배워서 두 분이 다 훌륭한 학자가 되었단다.(8쪽)
> "그래 그 뒤부터는 공부를 마친 사람더러 형설의 공을 이루었다고 하는 말이 전해진 거란다. 그러니까 나는 차윤, 손강 두 분보다는 훨씬 행복스럽단 말이다. 언제든지 내 마음대로 공부를 할 수 있으니까, 너 아브라함·링컨 이란 분을 알겠지?"
> "저어 미국 대통령 말이지."
> "그 분은 가난한 농부의 아들야."
> "오빠는 대장쟁이 손자니 아브라함·링큰처럼 대신 될 자격은 넉넉하겠수."
> 승애는 잠간 어리광 비슷하게 오빠를 놀려주었읍니다.

"난 대신을 바라거나 부자를 탐내지 않는다. 그것은 자칫하면 내 한 사람의 영화나 부귀에 바지기 쉬우니까⋯⋯차라리 에디손 같은 위대한 발명가나, 페스타롯치 같은 대교육자나, 톨스토이 같은 세계적 문학자가 되어, 나 한 사람의 행복보다도 수천수만 사람의 행복이 되는 일을 하고 싶다."(9쪽)

최병화는『꽃피는 고향』의 시작부터 '수양미담'의 내용을 여러 번 인용한다. "형설의 공"과 "옛날 중국 진나라에 차윤", "진나라 사람인 손강"은 최병화가 발표한 '수양미담' 「반듸불빗과 창의 눈」(『조선중앙일보』, 1934.1. 24.)과 관련이 있고, "아브라함·링컨"은 「어머니의 무덤」(『조선중앙일보』, 1934.2.6.), "에디손 같은 위대한 발명가"는 「발명가의 연구심」(『조선중앙일보』, 1934.2.3.)과 관련이 있다. "페스타롯치 같은 대교육자"나, "톨스토이 같은 세계적 문학자"도 당대의 작가들이 '전기(세계위인소개)', '입지성공미담' 등에서 다룬 미담의 주요 인물이었다.

넌 내 대신 공부를 많이 해서 새 조선의 훌륭한 여자가 되어야 한다.
"오빠두, 그런 말을 하우."
"난들 너와 헤어지는 것이 좋을 리가 있겠니, 난 아까 가게 방에서 어떻게 울었는지 모른다.
암만 말고 아버지께루 가서 중학교, 대학교를 졸업해라. 그래 간호부의 시조 나이팅겔 같은 이나, 미국의 불쌍한 검둥이 이야기를 쓴 스토우 같은 부인이나, 또 라쥼을 발명한 뀌리같은 여류발명가가 되어라. 응! 승애야 내 대신 공부를 많이 해서, 훌륭한 여자가 된다면 내가 그리된 거나 마찬가지니까⋯⋯"(23쪽)

위의 인용문은『꽃피는 고향』에서 오빠 '승렬'이가 여동생 '승애'에게 친아빠를 만나게 되면 공부를 열심히 해서 "새 조선의 훌륭한 여자가 되어야" 하며, "'간호부의 시조 나이팅겔(나이팅게일)', '라줌을 발명한 뀌리같은 여류발명가'가 될 것을 당부하는 장면이다. 8·15 광복 이후 대한민국은 "민족적 과제인 '나라 세우기'"[243]에 총력을 기울이고 있었는데, 이러한 당대의 분위기가 '나이팅게일'과 '뀌리 부인'처럼 나라에 힘을 보태고 도움이 되는 인물이 될 것을 강조하는 내용으로 작품에 반영되었다고 할 수 있다.

> "중국 아니라 미국은 혼자 못가겠읍니까?"
> 승렬이는 자못 흥분이 되어서 말하니까.
> "그렇구 말구 천리독왕(千里獨往)이란 말이 있다. 남아는 그 의기를 버려서는 안되느니라. 남에게 의지하거나, 또는 편안한 것을 취하는 일 없이 내 힘으로 내 목적한 바 한 줄기 곧은 길을 향하여, 용감히 뛰어가야 한다."(58쪽)

> 사나히는 두려운 것이 업다

> 시험이 무엇이냐. 구차한 것이 무엇이냐. 곤란한 것이 무엇이냐. 불행이 무엇이냐. 사나히는 그러한 것을 결코 두려워하지 안는다. 무엇이든지 덤벼드러 보아라. 어데까지 얼마나 싸홀 수 잇슬는지 자기의 힘을 시험해 보자.[244]

'천리독왕'은 '먼 길을 남에게 의지하지 않고 혼자서 간다'는 뜻으로, 남아는 의기를 버리거나 남에게 의지하지 않고, 목적한 바를 향하여 용감히

---

243 최미선, 「해방기 장편 아동서사의 현황과 인물의 현실인식」, 『아동문학 야외정원』, 케포이북스, 2018, 112쪽.

244 최병화, 「소년 경전-입신출세 금언집」, 『어린이』, 1931.2.20, 38쪽.

나아가야 한다는 것을 강조한 말이다. 이는 최병화의 '소년 경전' 「입신출세 금언집』에 나오는 "사나히는 두려운 것이 업다"와 긴밀히 연결되는 부분이다.

이처럼 최병화는 더 이상 미담 갈래 용어를 사용하지 않고, '동물 소재'를 활용한 작품을 발표하거나, '동화'와 '소년소설' 속에 '수양미담'을 활용하는 방식을 취했다. 이는 계몽적이고 교훈적인 기존 미담에 대한 문제의식을 바탕으로, 계몽과 감동을 함께 살리려는 작가의 의도에서 비롯한 것이라 할 수 있다. 계몽과 감동을 함께 추구하는 기법을 궁리하였으며 상당한 성취를 보였다는 데 의의가 있다.

(4) 새로운 계몽 서사로 나아가기

최병화는 작품 창작의 중심 원리로 '재미(흥미성)'와 '유익(계몽성, 교훈성)'을 강조하였는데, 일제강점기에 발표한 미담은 '유익'에 초점을 맞추어 등장한 갈래로, 계몽적이고 교훈적인 의도를 앞세우고 있다. 이정호가 『어린 이』에 미담을 발표한 것을 시작으로, 여러 작가가 미담을 발표하였는데, 최병화도 '소년미담' 「소년수병 엔리고」의 발표를 시작으로 1934년에 '수양미담' 16편, 1936년에 '동물애미담' 10편을 발표하였다.

이 글에서는 최병화 미담의 근원이 어디에 있는지 살펴보고, 작품의 현황과 작품세계, 새로운 문학적 시도를 실증적으로 분석·검토하여 정리하고자 하였다.

최병화의 미담은 이정호의 미담과 『사랑의 학교』, 최경화의 미담에 영향을 받았으며, 초창기에 발표한 미담은 계몽적이고 교훈적인 기존 미담과 별다른 차이를 보이지 못했다.

최병화는 여러 가지 용어로 발표되던 미담을 '수양미담' 하나로 정리하려고 하였으며, 이어서 '동물애미담'이라는 새로운 갈래 용어를 사용하여 미담을 발표하였는데, '동물애미담'은 계몽적이고 교훈적인 기존 미담의 틀에서 벗어나 작가의 개입을 절제하면서 동물의 세계를 담담한 필치로 보여주어 감동과 생동감을 높였다는 의의를 지닌다.

최병화는 이정호의 미담과 기존 미담에 대한 문제의식을 바탕으로 자기만의 작품세계를 추구하였는데, 첫째, 더 이상 미담 갈래 용어를 사용하지 않고 '동물 소재'를 다룬 작품을 발표한 것이고, 둘째, 계몽적이고 교훈적인 '수양미담'을 '동화'나 '소년소설' 등의 작품 속에 활용한 경우이다.

먼저, 미담 갈래 용어를 사용하지 않고 '동물 소재'의 작품을 발표한 경우로, 미담이 갖는 계몽성을 절제하면서 감동의 깊이를 더한, '계몽'과 '감동'을 함께 추구한 작품이 눈에 띈다. 계몽의 새로운 서사 기법을 시도하여 상당한 성취를 거둔 사례라고 할 수 있다. 지금의 어린이 세대에게 읽혀도 무방한 작품인데, 그동안 관련 연구가 없어 이러한 작품이 조명받지 못한 것이다.

다음으로, 계몽적이고 교훈적인 미담을 '동화'나 '소년소설' 등의 작품 속에 활용한 경우이다. 이는 계몽성과 교훈성을 띤 미담의 요소를 작품 속에 군데군데 배치하여 이야기에 자연스럽게 녹여내려는 시도였다.

이 글에서는 최병화 미담의 근원과 현황, 작품세계, 갈래 변화의 시도에 대해 살펴보았는데, 최병화 미담의 갈래 변화와 문학적 시도에 관한 것은 작가 의식과 문학적 지향의 문제이기에 추가적인 자료 발굴로 보완·검증이 필요한 부분이다. 또한 최병화를 비롯한 일제강점기 작가가 사용한 미담 갈래 용어의 상당수가 일본에서 이미 사용하던 것인데, 갈래 용어를 '차용' 한 것인지, 일본의 미담을 번역·번안한 것인지에 관해서는 추가적인 연구가 뒤따라야 할 것이다.

4) 수필과 시대 소통의 문학 구축

(1) 시대와 소통하는 문학

아동문학가 최병화는 일제강점기와 해방기에 걸쳐 다양한 갈래의 작품을 발표하고 새로운 문학 갈래를 개척하는 데 앞장선 작가 중 한 명이다. 최병화는 아동문학에 한정하지 않고, 성인 대상의 소설을 발표하거나, 수필, 평론 등의 갈래에도 힘을 쏟았는데, 특히 수필[245]의 경우 총 19편 정도로 많은 편수는 아니지만, 등단 초기부터 사망 전까지 꾸준히 발표해 왔기에 주목할 필요가 있다.

수필은 시대와 소통하는 대표적인 문학 갈래로서, 최병화의 수필은 당대의 시대 상황과 작가 의식을 확인할 수 있는 가장 직접적인 창작물이라고 할 수 있다. 수필에서 확인한 작가 의식은 작가의 다른 갈래의 작품에도

---

245 이 글에서 수필은 "인생의 경험이나 사상, 판단, 체험을 형식적인 구애 없이 산문 양식으로 쓰는 글"(한국문학평론가협회 편,『문학비평용어사전』, 국학자료원, 2006, 266쪽)을 가리키며, '소품문', '회고', '유희', '미문' 등의 갈래를 아우르는 개념으로 사용하고자 한다. 작가가 갈래 용어 없이 발표한 작품 중, 수필에 해당한다고 판단하는 경우, 연구자 임의로 수필로 분류하기로 한다.

반영되었다고 본다면, 최병화의 수필은 그의 작품을 이해하는 데 결정적인 실마리가 될 수 있을 것이다. 하지만 최병화의 수필에 관한 연구는 작가의 작품 목록조차 정리되지 않았을 정도로 별다른 진척을 보이지 않고 있어, 본격적인 연구가 시급한 실정이다.

이 글에서는 최병화가 발표한 수필의 원전 자료를 수집·분석하여, 갈래 용어를 중심으로 작품 현황을 살펴보고, 작품세계의 특징과 수필을 바탕으로 하는 작품 또는 수필의 내용과 연관성 높은 작품을 찾아 그 의미를 정리하고자 한다.

(2) 최병화 수필의 현황

갈래 용어는 작가의 문학적 지향과 의도를 담아낸 것으로 볼 수 있는데, 바꾸어 말하면, 갈래 용어를 통해 작가의 문학적 지향과 의도를 짚어낼 수 있고, 작품을 더 깊이 이해할 수 있다는 것이다. 먼저, 최병화가 발표한 수필을 갈래 용어를 중심으로 살펴보고자 한다.

최병화의 수필은 총 19편으로, 갈래 용어로 구분하면, 수필 12편, 미문 1편, 소품문 3편, 회고록 1편, 유희 1편, 소감록 1편이다. 갈래별 작품 발표 현황을 살펴보면 다음과 같다.

첫째, 갈래 용어로 수필을 사용한 경우이다. 최병화가 수필이라는 갈래 용어를 사용한 작품은 3편 정도인데, 봄날 오랜만에 찾은 고향의 풍경과 변해버린 모습에 대한 서운함을 담은 '봄 수필' 「봄비 나리는 고향을 차저」 (『별나라』, 1934.4.20.), 개나리꽃과 진달래꽃에 대한 각별한 마음을 드러낸

'신춘(新春) 수필' 「개나리와 진달레」[246](『학등』, 1936.3.1.), 해방기 과도기적 문제 상황을 제기하고 자주독립 국가에 대한 열망을 담은 '수필' 「황혼의 산보도」(『조선교육』, 1947.10.15.)이다.

둘째, 갈래 용어로 수필을 사용하지 않았지만, 수필로 구분한 경우이다. 최병화가 발표한 첫 수필은 「고성에서 낙엽을 붓들고」(『조선일보』, 1924.11.17.)로 볼 수 있는데, '나(화자)'가 독백을 통하여 청자 '형님'에 대한 경모(敬慕)와 그리움을 드러낸 작품이다. 갈래 용어를 사용하지 않았지만, 일상생활에서 겪은 개인의 경험과 느낌을 자유롭게 드러내고 있어 수필에 포함하기로 한다. '나(화자)'가 M군에게 보내는 편지에서, 농촌을 버리고 도시로 몰려드는 현상을 비판하며 향토 예찬에 찬동하고 조선의 신문화 건설의 기조는 자연과학 연구에 있다고 한 「과수원에 잇는 M군에게(남학생 간)」(『별건곤』, 1928.7.1.)도 수필로 구분할 수 있다.

이 밖에도, 봄을 통해 자연의 힘(力), 움직임(動), 새로운 느낌(心絃)을 본받자는 「권두, 마음의 싹을 차저」(『별나라』, 1930.3.19.), 봄날에 어릴 적 요사한 누나와의 추억을 떠올리는 「내 봄 자미(봄이 되여 버드나무에)」(『어린이』, 1930.4.20.), 일본 동경 시내에서 어느 고마운 모녀를 만났던 일을 회상한 「봄마다 생각나는 그 모녀」(『별건곤』, 1933.3.1.),[247] 8월의 산과 바다를 찬미하는 「8월

---

246 원문에 따라 '진달레'로 표기하기로 한다.

247 「봄마다 생각나는 그 모녀」에서 "그때는 동경진재(東京震災)가 잇슨지 삼년 후"이고 "이것은 내가 중학 삼학년 시대에 원대한 포부는 가젓스나 완전한 계획을 갓지 못하고 동경 시내를 방낭하든 때 길에서 주슨 이야기"라고 밝혔는데, 동경 대지진 후 3년이면, 1926년 경으로 최병화는 <배재고보> 재학 시기와 맞물린다. 실제로 있었던 이야기인지 명확하지 않아 추가적인 확인이 필요한 작품이다.

의 산과 바다」(『가톨릭소년』, 1936.8.1.), 봄을 가장 먼저 알리는 선구자적 모습, 함께 어우러지는 단결력을 갖춘 개나리꽃을 좋아한다는 「봄 동산에 고운 꽃: 개나리꽃」(『아이생활』, 1938.4.1.),[248] 경제적으로 어려운 형편임에도 내색하지 않고 꿋꿋이 살림을 꾸려가는 아내에 대한 고마움과 미안함을 담은 「안해의 얼굴」(『조선교육』, 1947년 6월호), 일제강점기 식민지 어린이로 살아가던 일을 회상하며, 지금의 어린이에게 희망을 불어넣는 「내가 어렸을 때와 오늘의 어린이날」(『월간소학생』 78, 1950.5.1.) 등이 있다.

셋째, 갈래 용어로 '소품문'을 사용한 경우이다. 초여름을 맞이하여 자연의 신비와 아름다움을 찬양하는 「초하찬미」(『별나라』, 1927.6.1.)가 있다. 「가두 소품」(『중외일보』, 1927.8.2.)은 작품 제목에 갈래 용어를 포함하고 있는데, 길(종로 사거리)을 가다가 보고 듣고 느낀 것을 쓴 짧은 글 정도로 볼 수 있다. '소품문'이 일상생활에서 보고 느낀 것을 일정한 형식 없이 간단히 쓴 짤막한 글이라고 볼 때, 수필과 별다른 차이는 없으나 '수필'이 '소품문'에 비해 글의 분량이 많고, 생활 속에서 깨달음을 얻기 위한 목적성이 더 강하게 나타난다고 할 수 있다. 자연을 벗 삼아 어린 시절 마음껏 뛰고 실컷 놀면서 자라라는 '발가숭이 세 동무', 서울 인근 지역에 가서 동화를 들려주는 동화회 활동에서 겪은 일을 소개한 '임간동화회'를 다룬 「어느

---

248 「봄 동산에 고운 꽃」(『아이생활』, 1938.4.1, 38~41쪽)에는 '도착순'이라고 하여, '함대훈(咸大勳)-산다화(山茶花), 방인근(方仁根)-안즌방이꽃, 전영택(田榮澤)-오랑캐꽃, 최창남(崔昶楠)-창꽃·복상꽃, 최이권(崔以權)-살구꽃, 김복진(金福鎭)-난쟁이꽃, 김창제(金昶濟)-진달래꽃, 최봉칙(崔鳳則)-진달래꽃, 최병화-개나리꽃, 박태화(朴泰華)-장미꽃, 이헌구(李軒求)-봉기꽃, 임원호(任元鎬)-할미꽃'이 수록되어 있다.

녀름 날('발가숭이 세 동무', '임간동화회(林間童話會)')」(『별나라』, 1927.8.18.)이 있다.[249]

넷째, 갈래 용어로 '미문(美文)'을 사용한 경우이다. 「졸업식 후」(『별나라』, 1927.4.1.)는 새 출발에 대한 희망과 지난 시간에 대한 회상으로 만감이 교차하는 졸업식 날의 분위기를 상세히 전하는 작품이다.

> 이제는 코흘니던 소학생 시대[250]를 써나게 되는 것을 생각하니 섭々하기도 그지 업다.
> 아! 벌서 봄 소식을 전하는 새들의 노래는 이제 바야흐로 요란하야 가는대 하날에는 흰구름 한 쎄가 서로へ 둥실 써가기만 한다. 깃부고도 질거운 졸업하는 이날도 점々 저무러 가겟고나.[251]

"새들의 노래"가 "요란하야 가"고, "흰구른 한 쎄"가 "서로へ 둥실 써가"고 날은 "점々 저무러 가"는 등 졸업식 날의 분위기를 드러내기 위해 수사적 표현을 적절히 활용하고 있다. 이를 통해, '미문'은 생활 속에서 겪고 들은 것, 대상의 아름다움을 표현한 글귀나 문장 정도로 볼 수 있으며, 생활 속 소재에 대한 미적(수사적) 표현이 두드러진 것이 특징이다.

다섯째, 갈래 용어를 사용하지 않았지만, '회고록'으로 구분한 작품이 있다.

---

249 「어느 녀름 날」에는 동화회 활동을 한 동료로, '실버들 군', '천파(天葩)'를 거명하였는데, '실버들 군'은 최희명(崔喜明)의 필명으로, 당대 최병화는 최희명 등과 함께 동화회 활동을 하였음을 추정할 수 있다. 최희명의 필명에 관해서는 류덕제, 「2. 아동문학가 일람」, 『한국 아동문학비평사를 위하여』, 보고사, 2021, 260쪽 참조.

250 최병화는 <배재고보>를 1925년 9월 1일 입학, 1928년 3월 3일 졸업하였으므로, 「졸업식 후」를 발표한 1927년 4월에는 <배재고보>에 재학 상태였으므로, 소학교 졸업식 때를 회상하였거나 다른 이의 졸업을 지켜보면서 쓴 글로 추정된다.

251 최병화, 「졸업식 후」, 『별나라』, 1927.4.1, 13쪽.

그날은 웬일인지 하날에 별빗조차 휘황찰난하엿습니다. "19일 밤" 이
한 밤은 영원이 잇지 못할 깁붐을 나에게 주든 날이엿습니다.
　(중략)
　정각 여덜 시 반이 되자 축하회는 시작되엿습니다.
　주간 안준식(安俊植) 씨의 개회사가 끗난 후 다음에는 염근수(廉根守) 씨
의 『별나라』의 경과보고가 잇섯스며 뒤니어 방정환(方定煥) 씨의 간곡한
축사가 잇서 한끗 장내는 흥분된 가온데 축하회는 이것으로 끗을 막고
꿈에도 보지 못한 아름운[252] 소년소녀의 쒸고 노래 부르는 여흥은 시작
되엿습니다. (후략)[253]

　『별나라』 창간 1주년 축하회 당일의 일을 회고하여 기록한 「돌마지 긔렴
축하회와 음악 가극 대회」(『별나라』, 1927.7.20.)에 붙인 '회고록'은 연구자가
임의로 사용한 것으로 '일상생활에서 겪은 일을 추억하고 회상하는 공식적
인 기록' 정도로 볼 수 있다. 개회와 소년소녀회의 각종 공연, 폐회로 이어지
는 당일의 일정과 내용을 상세히 적고 있다.

　여섯째, 갈래 용어로 '유희'를 사용한 경우이다. '유희' 「통쾌! 통쾌! 어린
이들의 힘으로 조혼을 타파한 이약이」(『어린이』, 1930.3.20.)는 글쓴이가 소년
회 활동을 위해 외지로 가서 겪은 일을 담담하게 풀어쓴 글이다. '조혼(早婚)'
이라는 글의 소재가 흥미롭고 문제 해결 과정이 재미있다는 것에 주목하여,
'유희'라는 갈래 용어를 사용한 것으로 보인다.

　마지막으로, 갈래 용어를 사용하지 않았지만, '소감록'으로 구분한 경우

252　'아름다운'의 오식이다.
253　최병화 기(記), 「돌마지 긔렴 축하회와 음악 가극 대회」, 『별나라』, 1927.7.20, 48쪽.

이다.

문사부대와 「지원병」

10월 12일, 군사령부 포소좌(蒲少佐)의 안내로 조선문사부대 38명이 양주 지원병 훈련소에 이르러 해전대좌(海田大佐)의 인도, 설명을 받아가며, 1일 입소를 하고 돌라왔다. 이 장거(壯擧)가 있은 즉후, 당일 참가하였던 문인 제씨의 소감을 청하여 여기 기록하는 바이다.(하략)[254]

「문사부대와 「지원병」」(『삼천리』, 1940.12.1.)은 양주에 있는 일제의 지원병 훈련소에 1일 입영 체험한 조선문사부대 문인들이 쓴 소감을 기록한다는 뜻으로 '소감록'으로 구분하였다. 조선문사부대 문인 중 한 명이었던 최병화는 「교수, 식사의 정연」을 발표하면서, 훈련소가 심신 단련에 적합하다고 평하면서, 병사들의 건강을 상징하는 육체를 칭찬하고, 건강한 육체의 소유자가 되어 용사가 되고 싶은 충동을 느낀다는 소감을 밝혔다. 최병화의 수필 작품을 표로 정리하면 다음과 같다.

<표 14> 최병화의 수필 작품 목록

글쓴이	작품명	세부 갈래	게재지	게재연월일
최병화	고성에서 낙엽을 붓들고	수필	조선일보	1924.11.17
최병화	졸업식 후	미문	별나라	1927.04.01
최병화	초하찬미(初夏讚美)	소품문	별나라	1927.06.01
최병화	돌마지 긔렴 축하회와 음악 가극 대회	회고록	별나라	1927.07.20
최병화	가두 소품(街頭小品)	소품문	중외일보	1927.08.02
최병화	어느 녀름 날	소품문	별나라	1927.08.18

---

254 최병화, 「문사부대와 「지원병」-교수, 식사의 정연」, 『삼천리』, 1940.12.1, 65쪽.

글쓴이	작품명	세부 갈래	게재지	게재연월일
	('발가숭이 세 동무', '임간동화회(林間童話會)')			
최병화	(동지로서 동지들에게) 과수원에 잇는 M군에게(남학생간)	수필	별건곤	1928.07.01
최병화	권두(卷頭), 마음의 싹을 차저	수필	별나라	1930.03.19
최병화	통쾌! 통쾌! 어린이들의 힘으로 조혼을 타파한 이약이	유희	어린이	1930.03.20
최병화	내 봄 자미 (봄이 되여 버드나무에)	수필	어린이	1930.04.20
최병화	봄마다 생각나는 그 모녀	수필	별건곤	1933.03.01
최병화	봄비 나리는 고향을 차저	봄 수필	별나라	1934.04.20
최병화	개나리와 진달레	신춘(新春) 수필	학등	1936.03.01
최병화	8월의 산과 바다	수필	가톨릭소년	1936.08.01
최병화	봄 동산에 고운 꽃: 개나리꽃	수필	아이생활	1938.04.01
최병화	문사부대와 「지원병」 - 교수, 식사의 정연	소감록	삼천리	1940.12.01
최병화 (고려대학)	안해의 얼굴	수필	조선교육	1947년 6월호
최병화 (고려대학)	황혼의 산보도	수필	조선교육	1947.10.15
최병화	내가 어렸을 때와 오늘의 어린이날[255]	수필	월간소학생	1950.05.01

(3) 최병화 수필의 작품세계

최병화 수필이 갖는 작품세계의 특징을 구체적인 내용을 중심으로 살펴보면 다음과 같다.

첫째, 최병화의 수필은 섬세한 감각으로 자연을 관찰하고, 자연으로부터의 깨달음을 얻고 있다.

---

255 목차에는 제목이 「오늘의 어린이」로 되어 있으나, 본문(13쪽)에서는 「내가 어렸을 때와 오늘의 어린이」로 되어 있다.

㉠ 첫 녀름! 꽃은 써러지고 고흔 열매를 매저가는 첫 녀름! 하날을 씨를 듯이 쌔더나오는 풀이나 내리쏘이는 폭은한 해빗을 밧는 곳이면 거긔에 싹이 돗고 입이 나서 열매를 매즈려고 애를 부등〳쓰고 잇다. 맛치 소년소 녀들이 배흘 쌔 잇서서 한 자라도 더 배와서 남보다 훌늉한 사람이 되랴고 가삼을 태워가며 공부를 하는 것 갓치 얼마나 이것은 우리에게 교훈을 주 는 것인가 자라나는 초목들을 보는 것은. (중략)

우리도 새와 갓치 청아한 소리로 노래하고 물고기 갓치 질겁게 춤을 추워 웃적〳자라가자. 그리하야 몸을 튼〳히 하고 정신을 새롭게 가저야 하겟다. 얼마나 미물의 김생들이라도 자라나랴고 쓴님업시 움직이고 잇느 가 노래하고 춤을 추는 것은.[256]

㉡ 산(山)을 보십시요. 들(野)을 보십시요. 그리고 내(川)을 보십시요. 우 리는 그곳에서 반듯이 그 무엇을 차저볼 수 잇게슴니다. 쓴님업시 붓도다 나는 힘(力) 살앗다고 고개를 내여미는 모—든 형상(形) 또 우렁차게 쌔더나 는 움직임(動) 이것을 보고 생각할 째 우리는 바야흐로 이 이른 봄을 마저 새로운 늣김이 우리의 심현(心絃)을 건드릴 것임니다.

봄! 봄!! 봄!!! 三月의 봄— 우리는 마음의 새싹을 야지리 더듬고 차저 누리의 자연과 함쎄 큰 움직임과 쌔더나감과 슬긔로운 그 무엇이 움죽기기 를 바람니다.[257]

㉠ 「초하찬미」는 초목의 모습을 통해 한 개라도 더 배우고 자라려는 자세 를 다지고, 새와 물고기를 통해 몸을 튼튼히 하고 정신을 새롭게 가져야 한다는 것을 강조한 글이다.

㉡ 「권두, 마음의 싹을 차저」는 산, 들, 내의 관찰을 통하여, 자연의 힘(力)

---

256 최병화, 「초하찬미」, 『별나라』, 1927.6.1, 71~72쪽.
257 최병화, 「마음의 싹을 차저」, 『별나라』, 1930.3.19, 1쪽.

과 모―든 형상(形)과 움직임(動)에 감동하게 된다고 하면서, 자연과 함께 자라나고 슬기롭게 되기를 바라는 마음을 강조하였다. 이 밖에도, 「개나리와 진달래」에서는 개나리꽃을 한 송이씩 보는 것보다 여러 송이를 모아두면 아름답다고 하면서 '단결력'을, "봄을 알려주는 선구자"같이 보인다고 하면서 '선구자적인 자세'를 강조하고 있다. 「8월의 산과 바다」에서는 팔월의 산과 바다를 찬미하고 있는데, 산은 짙은 녹음에 젊은 기운이 뻗어가고 산봉우리에서 세상을 바라보며 가슴을 틔울 수 있고 그윽한 새소리가 있어서 좋고, 바다는 푸른 물결이 우렁차고, 갈매기가 춤을 추고 시원한 바닷바람이 있어 좋다고 하였다. 마지막에 "8월의 산! 8월의 바다! 산으로도 가고 바다로도 가라. 그리하야 우리는 그곳에서 새 힘 새 생각을 길러 가지자"라고 하여 8월의 산과 바다로부터 새 힘, 새 생각을 키워갈 것을 강조하였다. 「봄 동산에 고운 꽃: 개나리꽃」도 「개나리와 진달래」와 같이 개나리꽃을 좋아하는 이유로 첫째, "다른 꽃들을 깨워주는 즉 선구자 노릇을 하는 것", 둘째, "그 갸륵한 단결력"을 들고 있다.

이처럼 최병화의 수필은 자연의 생장 과정과 그 모습을 관찰하여 사람이 본받아야 할 점을 찾아내고 있다.

둘째, 최병화의 수필은 당대 정치적, 사회문화적 상황을 직시하여 지식인으로서 시대 고발적인 모습과 개혁 지향적인 모습을 보인다.

ⓒ 우리나라가 해방이 된 후 커다란 희망과 또 커다란 공포가 찾아왔다. 우리나라가 독립 국가로서의 기구가 서고 완전한 정부가 수립이 된다면 삼십육 년간 왜놈에게 착취당한 우리의 경제계도 윤택해져서 우리의 생활이 좀 나으리라 하는 막연한 희망과 일제강점기에 좀처럼 볼 수 없던 물자

는 눈사태같이 시장에 쏟아져 나와서 이목을 황홀케 하였다.[258]

ⓐ 우리 조선 역사에 커다란 오점이 된 한일합병으로 36년간 천인공노할 잔인무도한 군국주의 일본의 철제하에 우리의 인권은 유린당하고, 문화는 말살되어가고 경제력은 근저로부터 착취당하여 우리 조선 민족은, 정신적으로 물질적으로 자멸 상태에 빈(瀕)하였다. (중략)

나는 어서 우리가 열망하는 형태의 자주독립 국가가 되어 이 지긋지긋한 과도기 모든 죄악상이 소멸되기를 충심으로 기원하면서 오늘도 추풍에 조락(凋落)되어가는 황혼의 산보도를 외로히 소요하고 있다.[259]

ⓒ 「안해의 얼굴」이 해방기 정치적, 경제적 혼돈으로 인해 겪게 된 경제적 어려움을 개인 가정사로 풀어갔다면, ⓐ 「황혼의 산보도」에서는 역사적 난맥 속에서 혼돈기에 처한 나라의 정치적, 경제적, 사회적 문제를 총체적으로 제기하고 있으며, 자주독립 국가로 거듭나서 이 모든 과도기적 문제가 해소되기를 기원하고 있다. 이처럼 최병화는 일제강점기에서 벗어나 자주독립 국가로 나아가기 전 과도기적 혼란을 겪고 있는 당대 시대상을 고발하고 있으며, 그러한 문제가 새 나라에서 깔끔하게 정리되기를 소망하고 있었다.

빼앗겼던 나라를 찾고 잊어버렸던 말과 글을 배우게 되니 그 기쁨은 그야말로 하늘에나 오른 듯 할 것입니다. 태극기에게 경건한 마음으로 절은 하고, 또 애국가를 높이 부를 때마다, 새 기운이 뻗어나고 새 희망이 번득거릴 것입니다. (중략)

앞으로 새 나라를 두 어깨에 짊어지고 나갈, 책임 있는 귀한 몸들이란

---

258 최병화, 「안해의 얼굴」, 『조선교육』, 1947년 6월호, 96쪽.
259 최병화, 「황혼의 산보도」, 『조선교육』, 1947.10.15, 67쪽.

것을, 어린이 스스로가 잘 깨닫는 듯 하였습니다. (중략)

<u>완전자주독립국가로 새로 건설된 우리 대한민국의 소년 소녀</u>는, 한 나라 <u>겨레의 귀중한 보물</u>이며, 외국 사람들의 주목의 과녁이 되어 있다는 것을, 한때라도 잊어서는 아니 됩니다.[260]

최병화는 해방기의 혼란과 사회·경제적 문제를 해결할 수 있는 것은 "새 기운이 뻗어나고 새 희망이 번득거릴" "완전자주독립국가" 건설로 보았으며, "앞으로 새 나라를 두 어깨에 짊어지고 나갈" "대한민국 소년소녀"는 "귀중한 보물"이라고 하였는데, 결국 나라의 미래와 희망은 어린이에게 달려있다는 것을 강조한 것이다.

이 밖에도 계급주의적 사상과 정치적 이념, 인생관 등에 대한 고민을 담은 「고성에서 낙엽을 붓들고」, 친일적 시선으로 일제의 군국주의에 동조하고 찬양한 「문사부대와 『지원병』-교수, 식사의 정연」과 같은 작품도 눈에 띈다.

(4) 최병화 수필의 상호텍스트성

한 작가가 쓴 수필과 다른 갈래의 작품은 서로 밀접한 연관 속에 있는데, 이를 '상호텍스트성'[261]이라고 부른다. 수필은 작가의 인생관과 가치관이 담겨 있어, 작가의 다른 작품을 감상하고 이해하는 데 중요한 근거로 작용

---

260 최병화, 「내가 어렸을 때와 오늘의 어린이날」, 『월간소학생』, 1950.5.1, 14~15쪽.
261 '상호텍스트성'에 관해서는, 박용찬, 『한국 현대시의 정전과 매체』, 소명출판, 2011, 298쪽 참조.

한다. 최병화의 작품에서도 수필과 다른 갈래의 작품간 연관성, 즉 상호텍스트성을 찾아볼 수 있는데, 살펴보면 다음과 같다.

먼저, 졸업식 날의 복잡한 심경을 담은 「졸업식 후」와 학교소설, 소년소설, 동화의 연관성이다.

> 그중에도 집이 빈한한 동무는 집의 살님을 도와 농사를 짓는다 군청의 급사로 간다 하고 중학교에 가서 더 공부할 수 업는 것을 언짠어 하는 동무도 잇고 집이 부유한 동무는 서울노 시험보라 간다고 왼집안이 써들석한 동무도 잇다.[262]

「졸업식 후」에서는 졸업 후, 가난한 형편 때문에 중학교 진학을 하지 못하고 농사를 짓거나 군청 급사로 취직하는 상황에 대해 깊은 연민을 갖고 안타까워하고 있다. 최병화의 소년소설, 학교소설, 동화에는 가난 때문에 진학을 포기하거나 미루고, 취직하거나 집안일을 돕는 주인공의 이야기가 자주 등장하는데,[263] 이는 「졸업식 후」에서 확인한 작가의 태도와 깊은 연관이 있다. 작품 제목이 「졸업식 날」이나 「졸업식」이 아니라 「졸업식 후」라고 한 것도, 졸업 이후를 내다보는 작가의 복잡한 심경을 담아낸 것으로 볼 수 있다.

다음으로, 어릴 적 죽은 누나와의 추억을 떠올리는 「내 봄 자미(봄이 되여

---

262 최병화, 「졸업식 후」, 『별나라』, 1927.4.1, 13쪽.
263 대표적인 작품으로, 「우리 학교-슲은 졸업식」(『어린이』 1933.3.20.), 「경희의 변도」(『조선일보』, 1933.10.24.), 「내 힘과 쌈」(『별나라』, 1934.1.22.), 「월사금의 죄(전 3회)」(『조선일보』, 1934.2.4.~7), 「우정의 승리」(『아이생활』, 1938.3.1.) 등이 있다.

버드나무에)」와 동화, 소년소설, 학교소설 등의 연관성이다.

> 봄이 되여 버드나무에 물이 오르고 개나리 진달내가 피여 만발할 째면 나는 지나간 옛날을 더듬어 하염업는 어릴 째 꿈속을 더듬어 가고 잇슴니다. 무지개 갓치 알숭달숭한 시절 내 나히 열두 서너 살 째 지금은 죽어간 누나 등의 업혀 나는 뒤장독간에 피인 개나리 구경하고 누나는 버들피리 불며 그 어리광 부리든 봄 시절이 십 년이 지난 지금도 봄이 되면 나의 마음줄을 흔드러 놋슴니다.[264]

봄이 되면 어릴 적 죽은 누나와의 추억을 떠올리게 된다는 것인데, 신춘수필 「개나리와 진달레」(『학등』, 1936.3.1.)에도 "나는 일즉이 요사한 누님을 생각할 때 반듯이 「꽃을 따지 말어라」 하든 말을 기억하고 꽃따기를 싫여하였다"와 같이 죽은 누나를 추억하는 장면이 나온다. 동화 「귀여운 눈물」(『별나라』, 1926.7.1.)에서 새를 괴롭히는 영호가 살아있는 생명을 괴롭히지 말고 살려주라는 누나의 말을 듣고 살려 보내준다는 이야기도, 「개나리와 진달레」에서 '꽃을 따지 말아라' 타이르던 누나에 관한 추억을 바탕에 둔 것이라 할 수 있다. 동화 「팔려간 풍금(전 3회)」(『중외일보』, 1927.04.11.~13), 학교소설 「팔녀가는 풍금(전 2회)」(『조선일보』, 1933.11.10.~11)에서도 죽은 누나가 생전에 아끼던 풍금을 둘러싼 이야기를 소재로 하고 있다.

세 번째, 고향을 떠올리는 「봄비 나리는 고향을 차저」와 소년소설과의 연관성이다.

---

264 최병화, 「내 봄 자미(봄이 되여 버드나무에)」, 『어린이』, 1930.4.20, 23쪽.

ⓜ 장거리 한복판에 웃둑 소슨 홰나무 그곳에 까치집도 여섯 해 전 그째와 다름이 업다. 죽집-나에게 각금 떡을 주시든 죽집 할머니 그 할머니는 작년 겨울에 도라가시엿다고 한다.[265]

ⓑ 장거리로 드러스니 내가 이곳을 써나 서울로 갈 그째의 장거리와는 아조 짠판이엿습니다. 우선 면사무소(面事務所)가 이 장거리로 이사해 오고 그 엽헤는 금융조합(金融組合)이 웃둑 서 잇는 것이 나의 눈을 이쓰럿스며 길 양편에는 포목전 잡화상 리발소가 죽 느러서 잇는 것이 제법 그럴 듯하게 보여주엇습니다.

예전에 학교 갈 적 올 적에 목이 말르면 『할머니! 물 좀 주세요』하고 물을 어더먹든 죽집 자리에는 고무신 가게가 떡 버러지게 잇고 동리 아이에게 무러보니 죽집 할머니는 작년 겨을에 이 세상을 써나시엿다고 합니다. 이 말을 드른 나는 그 할머니의 인정이 만흔 목소리가 안즉것 귀에 들리는 듯 하야습니다.[266]

ⓜ은 봄 수필 「봄비 나리는 고향을 차저」, ⓑ은 소년소설 「고향의 봄(전 7회)」(『매일신보』, 1937.4.24.~5.4.)의 한 부분인데, "장거리 한복판에" "장거리로 드러스니"로 장소가 똑같고, ⓜ에서 "죽집 할머니 그 할머니는 작년 겨울에 도라가시엿다"는 것과 ⓑ의 "죽집 할머니는 작년 겨을에 이 세상을 써나시엿다"는 것이 흡사하다. 이 밖에도 유사한 표현이 여러 군데에서 확인이 되는데, 이를 통해, 소년소설 「고향의 봄(전 7회)」은 봄 수필 「봄비 나리는 고향을 차저」를 바탕으로 쓴 작품으로 추정할 수 있다. 이상에서 살펴본 바와 같이 최병화의 수필은 다른 갈래의 작품과 밀접한 연관, 즉 상호텍스

---

265 최병화, 「봄비 나리는 고향을 차저」, 『별나라』, 1934.4.20, 9쪽.
266 최병화, 「고향의 봄(6)」, 『매일신보』, 1937.5.3.

트성을 갖고 있으며 다른 갈래의 작품을 깊이 이해하기 위해서는 최병화의 수필을 면밀하게 살펴볼 필요가 있다.

아동문학가 최병화는 일제강점기와 해방기에 다양한 갈래의 작품을 발표하였는데, 수필도 그중 하나이다. 최병화가 발표한 수필은 총 19편으로 등단 초기부터 사망 전까지 꾸준히 발표해 왔는데, 지금까지 이에 관한 연구는 이루어지지 않아, 본격적인 연구의 긴요함을 더했다.

수필은 당대 시대 상황과 작가의 삶에 밀착된 갈래로, 작가의 인생관과 가치관 등이 담겨 있어, 작가의 작품을 이해하는 데 자료로서 중요한 가치가 있다.

이 글에서는 최병화의 수필의 작품 현황을 갈래 중심으로 정리하고, 작품 세계의 특징을 살펴본 후 최병화 수필의 '상호텍스트성'을 고찰하고자 하였다.

최병화의 수필은 총 19편으로, 갈래 용어로 세분화하면 수필 12편, 미문 1편, 소품문 3편, 회고록 1편, 유희 1편, 소감록 1편이다. 갈래 용어로 수필을 사용한 작품은 3편이고, 일상생활에서 겪은 개인의 경험과 느낌을 자유롭게 표현한 작품도 수필에 포함하여 정리하였다.

최병화의 수필의 작품세계를 내용 중심으로 살펴보면, 첫째, 작가의 섬세한 감각으로 자연을 관찰하고, 자연에서 깨달음을 얻는 작품이 눈에 띈다. 둘째, 당대의 현실을 직시하여 적나라하게 표현하며, 지식인으로서 시대 고발적인 모습을 띠기도 하였다. 해방기의 혼란을 해소할 수 있는 방법은 자주독립 국가의 건설이고, 새 나라의 주역은 어린이라는 사실도 밝히고 있다. 이 밖에도 사상과 이념, 인생관에 대한 고민과 번뇌, 친일적인 시선을 보인 작품을 확인할 수 있었다.

최병화의 수필은 다른 갈래의 작품과 깊은 연관성, 즉 상호텍스트성을 찾아볼 수 있는데, 주로 '고학담'을 다룬 이야기, 작가가 어릴 적 요절한 누나와의 추억을 떠올리는 이야기, 고향을 떠올리는 이야기 등이며, 소년소설, 학교소설, 동화 등에서 유사한 내용을 확인할 수 있었다.

최병화의 수필에서, 작가가 자연을 바라보는 섬세한 감각과 시대와 세태를 향한 예민한 감수성으로, 끊임없이 시대와 소통하면서 삶의 자세를 벼린 것을 확인할 수 있었다.

4. 비평을 통한 정체성의 모색

1) 비평을 통한 정체성의 확립

(1) 비평과 작가 연구

작가의 비평 활동[267]은 당대 시대 상황과 가장 밀접한 문학 활동으로, 작가의 인생관, 가치관을 직접적으로 드러내고, 또 이를 쉽게 확인할 수 있다는 점에서 그 자체로 예술성과 효용성을 지니며, 작가의 작품을 이해하는 데 중요한 자료적 가치가 있다고 할 수 있다. 또한 작품을 대하는 작가의

---

267 이 글에서 비평은 "작품과 작가를 평가하는 기준"에 따라 "문학 작품을 정의하고 그 가치를 분석하며 판단하는" 활동과 작품을 의미하며, "이론 비평(theoretical criticism)과 실천 비평(practical criticism)"을 비롯한, '작품과 작가 평가에 유용한 정보를 제공하는 글'을 아우르는 개념으로 사용하고자 한다.(한국문학평론가 협회 편, 『문학비평용어사전 상』, 국학자료원, 2006, 887~888쪽 참조) 필요에 따라 작가의 수필("인생의 경험이나 사상, 판단, 체험을 형식적인 구애 없이 산문 양식으로 쓰는 글", 한국문학평론가협회 편, 위의 책, 266쪽)을 함께 다루기로 한다.

의식·무의식이 직접적으로 표출된다는 점에서. 작품 분석과 해석을 위한 중요한 참고자료가 된다.

1920년대 중반에 등단하여 해방기까지 꾸준히 이어졌던 최병화의 작품 활동은 1951년 한국전쟁 중 사망으로 중단되었기에, 최병화의 문학 활동과 작품을 심층적으로 이해하기 위해서는 작가가 남긴 비평에 더욱 의존할 수밖에 없는 상황이 되었다.

이 글에서는 최병화가 발표한 비평을 바탕으로, 최병화의 작품에 나타난 '정체성'[268]을 중점적으로 살펴보고자 한다. 최병화가 발표한 비평 자료를 분석하여 세부적인 내용을 살펴본 후, 비평의 작품 대응 양상을 고찰하고자 한다.

(2) 최병화의 비평 활동과 정체성

최병화의 비평은 격문, 좌담회, 작품의 서문 등 다양한 형태로 발표되었으며, 총 16편(연재 횟수로 26편)으로 일제강점기에 4편, 해방기에 12편을 발표하였다. 우선, 일제강점기에 발표한 비평의 주요 내용을 살펴보면 다음과 같다.

---

268 이 글에서 '정체성'은 "어떤 다른 존재와 구별되는 자기 고유의 지속적인 성격"으로, "자아정체성(self-identity)"을 가리키는 말이다. 자아정체성은 개인이 속한 사회적 관계와 문화적 맥락 속에서 형성된다는 의미에서 심리적이고 집단적이며 관계적이다. 개인의 자아정체성을 구성하는 요인으로는 가족, 종족, 국가, 성(性), 지역, 문화, 연령, 직업 등을 들 수 있다. 류동규, 『전후 월남작가와 자아정체성 서사』, 역락, 2009, 19~20쪽 참조.

나는 의미에 잇서서 이성인 여학생에게 주는 격문을 쓸 것이 만핫지만 선배 제씨가 본지에서 이미 명론탁설을 하신 바 잇기에 중첩할 우려가 잇서 다 생략하고 오즉 내가 아즉까지 미혼 전 남학생으로써 여학생을 교제한 경험에서 통감한 바를 논술하야 여학생에게 주는 격문에 대(代)하랴 함니다.[269]

「격!! 여학생 제군에게」는 결혼 전인 남학생 최병화가 여학생에게 당부의 내용을 담은 격문 형식의 글이다.[270] 주요 내용은 '(2) 경제적 지식을 함양하시라(물산 장려 운동에 적극적으로 참여할 것), (3) 노동을 할 줄 아는 여성이 되시라(농촌 여성해방 운동의 선구자가 될 것), (4) 연애 대상관을 개혁하시라(자유연애보다는 결혼을 전제하여 배우자의 인격, 지식 등의 조건을 신중히 고려하여 결정할 것)' 등으로, 최병화의 여성관, 노동관, 일제하 조선의 경제적 자립, 무산 계급 등에 관한 계급관 등이 상세히 드러나 있어 주목되는 작품이다.

태여날 쌔 남자가 아니고 여자인 까닭으로 혹은 태여날 쌔 백인인 아니고 흑인인 까닭으로 태여날 쌔 귀족이 아니고 평민인 까닭에 그 이상 놉흔 사회적 지위 안일한 직업에 종사하는 것을 금하는 일이 잇스면 안 된다. 그러나 현재 여러 문명 제국의 제도를 보면 그 사람이 일생 어느 직업을

---

269 글의 서두에 "(19행 삭)"이라고 하여 '(1)'이 검열로 삭제되었음을 알리고 있다. 최병화, 「격!! 여학생 제군에게」, 『학생』, 1929년 5월호, 77~80쪽 참조.

270 목차에는 제목이 「여학생 제군에게 주는 격문」으로, 본문에는 「격!! 여학생 제군에게」로 되어 있다. 『학생』(1929년 5월호)에는 '격문(檄文)' 2편이 실렸는데, 여학생에게는 '연전(延專, 연희전문학교)' 최병화가, 남학생에게는 '이전(梨專, 이화여자전문학교)' 백귀녀(白貴女)가 쓴 것으로, 전문학교 학생이 각각 이성(異性)에게 보내는 격문을 특집으로 다루고 있다.

붓잡고 잇는 것을 금하는 것은 여성의 경우 쑌이다. 여성이 오즉 여성으로 태여난 이유로 엇더케 노력을 하야도 여러 관직에 나아갈 수 업다는 그 갓흔 일은 다른 데 예가 업는 근대 제도의 결함이다.[271]

「근대 여권 사상의 제상(3회 확인)」(『여성지우』,[272] 1930.2.~6)은 총 4편[273]을 발표하였는데, 제2편에서는 크랩트의 『여권 옹호』, 밀의 『부인 복종』, 슈러이너의 『여성관』, 씰만의 『부인과 경제』를 소개하고 있다. 위의 인용문은 밀의 『부인 복종』을 소개한 부분으로, 태어날 때 '여자', '흑인', '평민'이라는 이유로 "그 이상 놉흔 사회적 지위 안일한 직업에 종사하는 것을 금하는 일이 잇스면 안 된"다는 것과 "여성이 오즉 여성으로 태여난 이유로" 사회적 진출을 막는다는 것은 "근대 제도의 결함"이라는 표현이 눈에 띈다. 제3편에서는 부인 참정권 운동, 사회사상 상의 여성해방, 카펜터의 『양성관』을 소개하고 있는데, 특히, "부인 참정권 운동의 성공은 조만진개(早晩眞個)의 『페미니씀』의 실현을 초래할 것으로 생각"[274]된다고 하면서, 여성 참정권 운동을 통한 '페미니즘'의 도래를 예상한 부분은, 시대 상황과 세태 변화를 예측하는 선구적인 내용이라고 할 수 있다. 제4편에서는 레닌의 『여성해방론』, 코론타이의 『연애관』, 과학적 여성 중심설 등을 소개하면서, "종래의

---

271 최병화, 「근대 여권 사상의 제상 (2)」, 『여성지우』, 1930.2, 16쪽.

272 『여성지우』는 1929년 1월 1일에 조선여성사에서 창간한 월간 종합 여성지였다. <현담문고> 잡지 해제(http://www.adanmungo.org/view.php?idx=16669) 참조.

273 『여성지우』(제2권 제1호)에 「근대 여권 사상의 제상 (2)」를 발표한 것으로 보아, 「근대 여권 사상의 제상(1)」이 있을 것으로 추정이 되나, 실물을 확인하지는 못하였다.

274 최병화, 「근대 여권 사상의 제상 (3)」, 『여성지우』, 1930.4.5, 14쪽.

남성중심주의를 대신하야 여성중심주의를 건설하고 여성의 자유와 지위와 권리를 놉히"[275]자는 내용을 중점적으로 다루고 있다.

「격!! 여학생 제군에게」와 「근대 여권 사상의 제상」은 작가 최병화의 '성정체성(gender identity)'을 확인할 수 있는 작품이다. 이때, 성정체성은 성(생물학적 성(性)과 사회적인 성(性)의 의미를 포함하는)과 성별 역할에 대한 개인의 자각과 인식 수준을 가리키는 말이다.

> 미풍에는 미풍으로서의 섬약한 기품이 잇고 폭풍에는 폭풍으로서의 완강한 기품이 잇는 거와 가치 한 작품을 대할 째마다 그 작품을 통해서 그 작가의 기품을 성찰할 수 잇는 것이다. 사이비 작가의 작품에는 변절이 심하야 고정된 기품을 발견할 수 업다. 그러나 푸로니 쌕루니 구별할 것 업시 그 중견 작가의 작품 속에서는 그 작가로서의 독특한 작품을 규□할 수 잇게 된다. 그리하야 그 작품에서 감촉된 미감 고혹 통쾌 비분 등등은 그 작품의 작가의 인격을 존숭하게 하는 것이다.[276]

최병화는 「작가의 기품」(『조선문학』, 1933년 10월호)에서, 작가의 기품은 작품을 통하여 들여다볼 수 있으며, 푸로와 부르주아를 구별하기에 앞서 이미 작품 속에는 작가 나름의 기품이 들어 있으니, 작품을 깊이 있게 이해한다면, 작가의 의도와 의식을 존숭하게 될 것이라고 하였다. 이는 작가와 독자가 염두에 두어야 할 마음가짐과 기본적인 태도에 대해 작가의 견해를 피력한 것으로 볼 수 있다. 특히, "푸로니 쌕루니 구별할 것 업시"라는 대목에서,

---

275 최병화, 「근대 여권 사상의 제상 (종)」, 『여성지우』, 1930.6.5, 22쪽.
276 최병화, 「작가의 기품」, 『조선문학』, 1933년 10월호, 78~79쪽.

최병화는 계급주의의 이분법적인 논쟁에서 한 발 비켜나 있다는 것과 특정 진영에 속해 있지 않다는 것을 알 수 있다. 또 수필 「인간소고」(『백웅』 2호, 1928.3.12.)에서 "인간생활을 부정하고 사(死)를 찬미하는 염세자나 인간생활을 긍정하고 생을 예찬하는 낙천자는 다 각각 자기의 진리는 올타고 역설할 것"이라고 하여, 이분법적인 사고를 경계하였으며, "위대한 예술이 인간성을 고결하게 하며 영혼을 정화식히는 거와 갓치 위대한 예술가는 그 주위의 사람을 고상하게 해주며 영혼을 순백하게 해준다"고 하여 예술의 힘과 역할을 강조하였다.[277]

한편, 민봉호는 최병화의 입지소설 「소년 직공 「철수」」(『어린이』, 1931.1.1.)에 대해 "작자의 개량주의적 사회주의적 소쌕르조아지의 근성이 폭로"되었고, "작자의 소쌕르조아지의 유희적 관념이 우리를 기만하려 하엿"다고 하면서, "동무야! 이러한 쌕르조아의 주구적 임무의 충실하려는 반동적 작품을 배격하자!"[278]는 구호를 외쳤는데, 「작가의 기품」은 최병화의 계급주의적 의식 부재를 지적한 민봉호의 글에 대한 소명이자 답변에 해당한다. 「작가의 기품」을 통하여 최병화의 '계급정체성(class identity)' 또는 '계급의식(class consciousness)'의 수준과 방향성을 확인할 수 있다. 이때, 계급정체성(계급의식)은 "각 계급의 사회적 지위, 경제적 이해, 역사적 사명에 대한 자각"[279]과 인식 수준을 가리키는 말이다.

---

277 최병화, 「인간소고」, 『백웅』 2호, 1928.3.12, 41~42쪽 참조.
278 민봉호, 「자유평단(3)-신진으로서 기성에게, 선진으로서 후배에게, 금춘 소년창작(속)」, 『조선일보』, 1931.4.2.
279 한국문학평론가협회 편, 『문학비평용어사전 상』, 국학자료원, 2006, 164쪽.

이처럼 일제강점기에 최병화가 발표한 비평은, 주로 여학생과 여성이 지녀야 할 자세와 태도, 계급주의적 의식에 관한 내용을 다루었다. 특히, 여권 신장에 관한 유명 사상가의 이론과 세계사적 흐름을 소개한 「근대 여권 사상의 제상」은 당대 사회·문화적 상황에서 양성평등, 페미니즘과 같은 이론과 사상을 다루었다는 점에서 선구적이라 할 수 있다.

다음으로, 해방기에 발표한 비평의 주요 내용을 살펴보면 다음과 같다.

먼저, 해방기에 처음 발표한 비평은 「아동문학 소고-동화작가의 노력을 요망」(『소년운동』, 1946.3.25.)이다. 일제강점기에 "조선 문단은 너무나 아동문학에 관심을 두지 않았기 때문에 아동문단에 대한 상식이 결핍"하였고, 아동문학 작가들이 "성인문학으로 전향하"여 "아동문학 진영을 사수한 사람은 수인에 불과하"였으나, 해방 이후 아동문학은 활기를 띠게 되었으니 동화작가의 노력을 요망한다는 것이다. 아동의 독서욕을 만족시켜주기 위해 "잡지를 비롯하여 단행본이 많이 출판"되어야 하고, "동화작가는 양심적으로 동화를 창작하고", "외국동화를 번역을 하야 아동문학을 위하여 헌신적 희생적 노력을 하여야 할 것"이라고 하였다. 무엇보다 "미래를 질머질 새 조선의 임자인 소년을 잘 인도하는 것"이 중요하기에, "소년을 생각하고 조선을 살리려는 동지는" "조선소년운동중앙협의회"에서 함께 일해 보자는 취지의 글이다. 일제강점기부터 해방기에 이르기까지 아동문학계의 분위기를 전하고, 새 나라의 미래가 소년(어린이)에게 있으니, 이를 위해 동화작가들이 힘을 합쳐보자는 것이 중심 내용이다.

「아동 지도 문제 연구(전 2회)」(『부인』, 1947.6.5.~11.10.)는 "새 나라 새 조선을 계승하여 완전한 독립국가를 빛나게 할 사람은 우리들 어린이"이고, "8·15

광복 이후 해방된 우리 조선에 있어서의 아동 지도 문제는 한시 한때도 소홀이 역여서는 안 되는 가장 중대한 문제"라고 하면서, 칭찬과 격려를 아동의 명예심과 자존심을 살리는 방법으로 제시하였다. 「아동 지도 문제 연구(제1회)」(『부인』, 1947.6.5.)에서는 '못하는 아이일수록 칭찬하자, 너무 칭찬을 많이 하지 말자, 칭찬도 사람에 따라 달리하자' 등 칭찬의 대상과 상황, 방법을 제시하였고, 「아동 지도 문제 연구(제2회)」(『부인』, 1947.11.10.)에서는 '꾸지람과 벌'을 육체적 벌과 정신적 벌로 나누어 제시하였다. 아동 지도의 궁극적인 목적을 "훌륭한 일꾼", "훌륭한 국민"[280] 만들기에 둔 것은 해방기의 특수한 상황에서 비롯된 것으로, 아동문학가로서 아동 지도 문제, 즉 자녀 교육 문제를 이와 연결 지은 후, 이에 관한 구체적 방법을 제시한 것이다.

최병화는 1947년 고려대 교무과 직원의 신분으로 「아동문학의 당면 임무」(『고대신문』, 1947.11.22.)를 발표하였다.

야만적 일제의 강압으로 아동 잡지는 발행 금지를 당하고 일간신문 아동란도 전폐되어 아동문학가는 작품 발표기관이 전무 혹 있다 하더라도 독자층인 아동들은 전혀 우리 말을 해득치 못하였다. (중략)

---

280 최병화는 「아동 지도 문제 연구」를 쓰게 된 취지를 다음과 같이 밝히고 있다. "새 나라 새 조선을 계승하여 완전한 독립국가를 빛나게 할 사람은 우리들 어린이입니다. 이 귀여운 앞날의 일꾼들을 어떻게 하면 훌륭한 일꾼들이 되게 하나 하는 것은 오로지 지도 교양 여하에 달렸다고 할 수 있읍니다. 한 사람이라도 낙오자가 없이 훌륭한 국민이 되어지이다 하는 일렴에서 이곳 저곳서 재료를 수집하고 또 경험을 이끌어내어 매달 이 글을 계속하여 쓸가 합니다." 최병화, 「아동 지도 문제 연구 (1)」, 『부인』, 1947.6.5, 34쪽 참조.

해방 직후 혼란과 무질서한 암흑기를 이용하여 비양심적 급조 작가와 삼문화가(三文畫家)는 백해무익한 작품을 기탄없이 써내고 영리에만 몰두한 악질 출판업자군은 상당수의 아동도서를 출판하였다. 그것은 거개 봉건주의 잔재가 농후하고 허위맹랑한 모험심을 주제로 한 비민주주의적이고 비현실적인 독소의 결정체인 만화군중이다. (중략)

우리는 단연 이러한 부류의 아동문학을 배격하고 우리의 희망의 전당이요 다음 세대를 계속할 존귀한 아동에게 항상 정당한 현실 속에서 씩씩하고 쾌활하고 건전하고 희망에 넘치는 문학을 창작하여 읽히도록 노력하여야 할 것이다. (중략) 인류는 모든 부정당성을 개혁할 수 잇다는 용감한 신념과 존귀한 희망을 품게 하는 것이 아동문학의 중대한 임무라고 확신한다.[281]

최병화는 일제강점기에 일제 강압으로 아동문학이 고초를 겪었다면, 해방기에는 혼란과 무질서로 "비양심적 급조 작가와 삼문 화가(三文 畫家)는 백해무익한 작품을 기탄없이 써내고 영리에만 몰두한 악질 출판업자군"이 수많은 아동도서를 출판하여 아동문학이 곤란을 겪고 있다고 보았다. 해방후 아동문학의 당면 과제를, "우리의 희망의 전당이요 다음 세대를 계속할 존귀한 아동"을 위해 "항상 정당한 현실 속에서 씩씩하고 쾌활하고 건전하고 희망에 넘치는 문학을 창작"하고 읽혀, "모든 부정당성을 개혁할 수 잇다는 용감한 신념과 존귀한 희망을 품게 하는 것"으로 제시하였다. 구체적인 방법으로, 모험 만화나 비과학적인 황당무계한 공상과 모험을 주제로 한 사이비 문학에 현혹되지 않도록 존귀한 아동에게 유익하고 수준 높은 작품

---

281 최병화, 「아동문학의 당면 임무」, 『고대신문』, 1947.11.22.

을 창작하여 읽힐 것을 제안하였다.[282] 아동문학가로서 문단과 출판 현실을 직시하고, 올바른 방향으로 나아가고자 하는 작가적 신념이 담긴 글이다.

　해방기 최병화의 비평에서 특히 주목해야 할 것은 해방기라는 특수한 상황을 작가가 어떻게 바라보고 평가하였는가 하는 부분이다. 최병화는 해방기의 과도기적 혼란과 무질서한 시대 상황을 냉철하게 분석하고 있으며, 소년(어린이)에게 새 나라의 미래가 달려있다는 판단하에, 이들을 나라의 훌륭한 일꾼으로 길러내기 위해 바르고 질 좋은 교육(아동문학)을 제공할 것을 당면 과제로 제시하였다.

　「아동문학 소고-동화작가의 노력을 요망」, 「아동 지도 문제 연구(전 2회)」, 「아동문학의 당면 임무」를 작가의 정체성과 연결 지어본다면, '국민정체성'[283] 또는 '민족정체성(national identity)'으로 볼 수 있다. 이때, 국민정체성은 "개인이 민족국가 담론에 포섭됨으로써" "민족국가의 일원으로서" 갖게 되는

282　이러한 아동문학 작가의 당면 임무를 수행하고 아동문학 작가에게 도움을 주기 위해, 최병화는 세계의 유명 동화를 연구한 전문 이론서를 번역하여 소개하기도 하였다. 최병화, 「세계동화연구(전 7회)」, 『조선교육』, 1948년 10월호~1949년 10월호 참조. 최병화의 「세계동화연구」는 일본의 "아시야 시게쓰네(蘆谷重常, 필명 蘆谷蘆村, 1886~1942)의 『세계동화연구』(早稲田大學出版部, 1924)를 편집 번역한 것"이다. 류덕제, 『한국 아동문학비평사 자료집 7』, 보고사, 2020, 407쪽 각주 190번 재인용.

283　이 글에서 '국민정체성'은 '민족정체성'과 같은 개념으로 사용하고자 한다. 류동규는 민족정체성에 대하여 다음과 같이 정리하고 있다. "민족은 가장 작은 민족의 성원들도 대부분 자기 동료들을 알지 못하고 만나지 못하지만, '구성원 각자의 마음에 서로 친교의 이미지가 살아있기 때문에 상상된 것'이다. 이처럼 상상된 공동체로서 민족국가가 형성되고, 이러한 민족국가의 일원으로서의 정체성을 가지게 되는 과정은 담론적 구성을 필요로 하게 된다. 전통적 사회의 집단적 정체성에서 민족적 정체성으로의 변화의 핵심은 면대면의 직접적인 관계가 담론적 구성을 거쳐야 하는 관계로 전환된 데 있다." 류동규, 앞의 책, 32쪽 참조.

정체성을 가리킨다.[284]

(3) 정체성의 작품 대응

작가의 비평에는 작가의 인생관과 가치관이 담겨 있어, 작가의 다른 작품을 감상하고 이해하는 데 중요한 근거로 작용한다. 작가의 비평 정신이 자연스럽게 작품에 투영된다고 보았을 때, 작가의 비평과 작품은 불가분의 관계에 있다고 할 수 있다. 최병화의 작품에서도 비평과 다른 갈래의 작품 간 연관성, 즉 '상호텍스트성'[285]을 찾아볼 수 있다. 이 글에서는 최병화의 비평 활동에서 확인한 정체성에 주목하여, 정체성이 작품에 어떻게 형상화되었는지 작품 대응 양상을 통해 살펴보고자 한다.

먼저, 성정체성을 형상화한 작품이다.

> 「누님은 나를 일상 세 살 먹은 어린애로만 아시는구료. 참 기가 맥혀셔 죽을 노릇이지. 누님이 나를 업어요. 내가 누님을 업게 되얏소. 남녀동등이니 여자해방이니 하고 써드러대도 누님은 약한 여자요 나는 이래 보여도 사내대장부라우」
>
> 「누님 나는 장래 근축가(建築家)가 된다고 그랫지. 그래 근축가가 될 재조가 잇나 업나 누님은 내가 새장 맨드는 솜씨를 보시고 비평이나 하야 쥬시구료」 하고 누님의 얼골을 쑤러지도록 본다.
>
> 누님은 웃지 하면 영호의 마음을 돌리게 할가 하고 가삼을 태우고 잇다. 누님은 풀이 죽어셔 영호의 새장 맨드는 것만 보다가 갑작이 무엇을 궁리

---

284 류동규, 앞의 책, 32쪽 참조.
285 박용찬, 『한국 현대시의 정전과 매체』, 소명출판, 2011, 298쪽 참조.

하얏는지

「아이 그 가엽셔라. 이애 영호야! 새 색기가 눈물을 흘니는 구나」하고 새 색기를 디려다 본다.

「새 색기가 눈물을 흘니다니 누님은 여자라 할 수 업셔」

「이애! 정말이다. 집을 떠나셔 어머니 품을 그리워하는 것이야 사람이나 김생이나 무엇이 다르겟늬」

「누님은 듯기 실혀요. 그것은 여자들이나 하는 말이닛싼. 남자는 못 아라드러요. 설계(設計)하는대 방해 놀지 말고 어셔 가셔 누님 공부나 하시구료 응! 누님」[286]

최병화가 필명 '접몽'으로 발표한 동화 「귀여운 눈물」에서 새를 잡아와서 새장에 가두려는 영호와 새를 풀어주려는 누나 사이의 대화 장면으로, 주인공 영호의 성정체성을 확인할 수 있다. 영호는 세상이 "남녀동등이니 여자해방이니 하고 써드러대도" "누님은 약한 여자"이고 자신은 "사내대장부"라며 남성 중심적 사고를 하고 있다. 장래 희망도 "건축가"가 되는 것이라면서, "설계하는 데 방해하지 말라"고 하였는데, 여기에서도 '건축가', '설계' 등은 남성이 하는 일로 구분 짓고 있다. 새를 불쌍히 여기는 누나에게, "누님은 여자라 할 수 업셔", "그것은 여자들이나 하는 말이닛싼"이라며 성차별적인 인식을 하고 있다.

『영국이도 남자다』응원석에셔 피를 싸내는 듯한 소리가 들녓습니다.

『그럿타. 나는 남아다. 인정에 붓들녀셔는 안 되겟다』하고 영국이는 응원

---

286 접몽, 「귀여운 눈물」, 『별나라』, 1926.7.1, 50쪽.

석을 흘긋 바라다 보았습니다.[287]

최병화가 필명 '최접몽'으로 발표한 야구소설 「혈구」에서 주인공 영국이
가 결승전 마지막 타석에 들어서 혼잣말을 하는 장면이다. '영국이도 남자
다'라고 소리친 응원자와 '나는 남아다. 인정에 붓들녀셔는 안 되겠다'고
생각한 영국이 모두, '남아'는 감정에 현혹되지 않고 위기의 순간에 냉철한
판단으로 책임감 있게 행동해야 한다는 인식이 밑바탕에 깔려 있다.

> 장미화는 향기복욱(香氣馥郁)하고 미태를 가진 꽃 중의 여왕이다. 그러
> 나 그의 몸에는 날카라웁고 뾰족한 가시가 숨어 잇다는 것을 어리석은 사
> 람은 모르고 잇다. 여성은 남성을 끌게 하는 매력과 미태를 가젓다. 그러나
> 그의 마암 속에는 허영이란 독기를 가젓다는 것을 모든 남성은 몰으고 잇
> 다.[288]

최병화의 수필 「과수원에 잇는 M군에게(남학생 간)」에서 K군이 Y양에게
실연을 당한 후, 혼잣말로 중얼거리는 부분으로, 여성은 "남성을 끌게 하는
매력과 미태"를 가졌으며, "마음속에 허영"이 들어 있어 남성들은 조심하라
는 표현이다. 이 밖에도 창작동화 「낙화암에 피는 꽃 (1)」(『조선일보』, 1929.
6.30.)에서 "누나는 암만해도 계집애라 할 수 업서. 내가 칼을 가지고 여기
잇는데 무엇이 무섭단 말이요"와 같은 표현은 남성 우월적이고 성차별적인
인식 수준을 보인 경우라고 할 수 있다.

---

287 최접몽, 「혈구」, 『별나라』, 1927.8.18, 35쪽.
288 최병화, 「과수원에 잇는 M군에게(남학생 간)」, 『별건곤』, 1928.7.1, 36쪽.

이상의 작품은 최병화의 비평 「격!! 여학생 제군에게」(『학생』, 1929년 5월 호)와 「근대 여권 사상의 제상」(『여성지우』, 1930.2~6)을 발표하기 전의 작품 으로 성차별적이고 남성 우월적인 성정체성을 그대로 노출한 작품이라고 할 수 있다.

> 그러나 수남이 계모는 수남이 남매를 낳지만 않았을 뿐이지, 피 섞긴 어머니 부럽지 않게 귀여워하고 정을 주었다.
> "어머니, 어머니."
> 복희와 수남이는 새어머니를 진심으로 성기고 따른다.
> "복희야, 옷이 더럽구나. 새옷으로 바꾸어 입어라."
> "수남아, 음식이란 급히 먹으면 체하기 쉽다. 꼭꼭 씹어 먹어야 소화가 잘 된다."하고 남매에게 대하여 보살피고, 애끼는 품이 나날이 두터워간다. 새어머니는 벌써부터 복희가 국민학교를 졸업하고, 중학교에 못가는 것을 퍽 애석히 생각하셨다. (중략)
> "공부하고 싶지만 집안 형편이…"
> 복희는 얼굴이 홍당무같이 되어서 고개를 폭 수그린다. 그리고 어머니가 내 마음속을 떠보려고 일부러 꾸며하신 말씀이나 아닌가 하는, 한걸음 앞 선 생각을 하였던 것을 뉘우쳤다.
> "요새 세상은 남녀 간에 공부를 해야 하느니라. 내가 작년에 네 집이 와서 곧 생각해 본 일이지만, 집안 형편이라든지 네 실력의 정도를 몰라, 불쑥 말을 못 꺼내었다. 학교에 가서 심 선생님께 네 성적을 여쭈어 봤다. 심 선생님은 네 칭찬이 놀랍고, 준비만 하면 어렵지 않게 입학이 되리라고 격려의 말씀까지 하시더라."[289]

---

289 최병화, 「즐거운 메아리」, 『소학생(임시증간)』, 1949.8.1, 41~43쪽.

소년소설 「즐거운 메아리」의 일부분으로, 복희는 어려운 집안 형편 때문에 중학교 진학을 포기할 처지인데, 이를 애석하게 생각한 새어머니가 복희에게 "요새 세상은 남녀 간에 공부를 해야" 한다고 하면서 공부할 수 있는 방도를 찾는 장면이다. 여학생도 공부해야 한다는 양성평등의 사고를 엿볼 수 있다. 최병화의 작품에는 어려운 형편 때문에 진학을 포기하거나, 진학을 못하더라도 학업을 향한 열정으로 꿈과 희망을 키워가는 이야기가 많은데, 주인공 대부분이 남학생이다. 여학생이 중학교 진학의 꿈을 펼쳐가는 이야기를 그린 「즐거운 메아리」는 그래서 더 특별한 작품이다. 또한, "수남이 계모는 수남이 남매를 낳지만 않았을 뿐이지, 피 섞긴 어머니 부럽지 않게 귀여워하고 정을 주었"고 "복희와 수남이는 새어머니를 진심으로 성기고 따른다"는 대목도 계모에 대한 부정적인 선입견에서 벗어난 표현이어서 눈에 띈다.

  "승애야, 암말 말고 할아버지 시키시는대루 해야 한다. 나두 처음 할아버지 말씀을 듣고는 널 놓지 않으려고 했지만, 깊이 생각해 보니 이곳에 있는 것보다는 서울 가는 것이 좋을 것 같다. 넌 내 대신 공부를 많이 해서 새 조선의 훌륭한 여자가 되어야 한다."

  "오빠두, 그런 말을 하우?"

  "난들 너와 헤어지는 것이 좋을 리가 있겠니, 난 아까 가게 방에서 어떻게 울었는지 모른다. 암말 말고 아버지께루 가서 중학교, 대학교를 졸업해라. 그래 간호부의 시조 나이팅겔 같은 이나, 미국의 불쌍한 검둥이 이야기를 쓴 스토우 같은 부인이나, 또 라쥼을 발명한 퀴리같은 여류발명가가 되어라 응!. 승애야 내 대신 너나 공부를 많이 해서, 훌륭한 여자가 된다면 내가 그리된 거나 마찬가지니까……"[290]

"암, 그렇구 말구. 아들이나 딸이나 우리나라를 위하여 좋은 일 많이 하기를 바라야 한다. 지금 우리나라는 민주주의 국가니까, 저만 똑똑하구 잘나면 여자두 남자 부럽지 않게 될 수 있단 말야. 여자 장관, 여자 대학총장, 여자 외교관, 여류 문학가, 여류 예술가가 된 여자가 있는 것을 너희들은 모르나 보구나. 이 군산만 하더라도 여자 순경, 여자 군인이 있는 것을 보면서두 그러니? 그러니까, 우리두 여자로 태어났다고 비관할 것은 절대루 없어, 너희들두 공부 잘하고, 훌륭한 여자가 되면, 다 될 수 있어."[291]

최병화의 장편소년소녀소설 『꽃피는 고향』에서 서울에 승애의 친아버지가 있다는 이야기를 듣고, 승애를 위해 서울로 보내려는 오빠 승렬, 가지 않으려는 여동생 승애의 대화 장면이다. 승렬은 승애에게 "공부를 많이 해서 새 조선의 훌륭한 여자가 되"라고 하고, 나이팅게일, 스토우 부인, 퀴리 부인 같은 훌륭한 사람이 되라고 응원해 주고 있다. 여학생도 "중학교, 대학교를 졸업"하는 등 공부만 하면 성공할 수 있다는 양성평등의 인식을 전제하고 있다는 점에서 의미 있는 대목이다. 『즐거운 메아리』에서도 민주주의 국가에서 남자, 여자를 구분할 이유가 없고, 여자도 열심히 공부하면 어떤 자리에도 오를 수 있으며 훌륭한 사람이 될 수 있다는 양성평등의 인식을 보였다.

해방기 최병화의 아동문학 작품에 나타난 양성평등적 사고가 최병화의 「격!! 여학생 제군에게」와 「근대 여권 사상의 제상」 등의 비평 활동과 직결된 변화라고 보기에는 어려움이 있다. 다만, 비평 활동을 시작한 1929년

---

290 최병화, 『꽃피는 고향』, 박문출판사, 1949, 23쪽.

291 최병화, 「즐거운 자장가」, 『즐거운 자장가』, 1975, 156쪽.

이후, 최병화의 작품에서 성차별적인 표현을 찾아보기 어렵고, 『여성지우』, 『신여성』, 『여인』, 『부인』과 같은 여성 중심의 잡지에 작품을 여러 편 발표했다는 점에서, 비평 활동으로 벼린 작가 정신을 작품에 적극적으로 반영한 것이라 할 수 있다.

다음으로, 계급정체성(계급의식)을 형상화한 작품이다.

『그 대신 너의 주인이라는 흰쥐는 살려둘 수가 업다. 자기가 하고십지 안은 일을 남을 식히는 그 마음이 고약하다. 그런 놈에 한해서 납분 지혜가 잇서서 언제든지 맛잇는 음식을 훔처다 먹을 것이 틀림업다. 아마 살이 통통이 쩌서 맛도 좃겟지. 자, 길을 가르켜라. 배는 잔득 불느지만 그러한 놈이면 한 놈즘 더 먹기 어렵지 안타. 길을 아르켜 주지 안는다면 맛은 업지만 너래도 잡아먹겟다.』

『네 그저 살려주십시요』

『어서 압장을 서라.』

똘똘아범은 실치만 할 수 업시 흰쥐의 집을 아르켜 주엇습니다. 흰쥐는 자기 집에서 편안히 드러누어서

『흥! 빙충마진 놈, 지금쯤은 고양이에게 소곰도 발느지 안코 가리로부터 먹혀버렷스리라. 내 말을 듯지 안흐니깐 최면술을 씨운다고 속혓드니 고지 듯고 가는 꼴악선이라.』하고 껄! 껄! 웃고 잇는 그때 뛰여드러온 고양이 벼락불덩이 가티 흰쥐에게 덤벼들어서 잔득 내리눌느면서 『이놈 무엇이 엇저고 엇재, 너가튼 고약한 쥐는 뼈도 남기지 안코 먹어버리겟다.』하고 흰쥐를 눈감작할 사이에 다 먹어버리엿습니다.[292]

---

292 최병화, 「쥐들의 공론 (4)」, 『조선일보』, 1936.3.31.

최병화의 동화 「쥐들의 공론 (4)」에서 주인(흰쥐)이 자기 대신 하인(똘똘아범)을 죽음의 구렁텅이로 밀어 넣은 사실을 알게 된 고양이가 흰쥐를 잡아먹는 장면이다. 비록 동물 우화 형식으로 의인화하여 보였지만 하인을 대하는 악덕 지주의 행태를 통해 계급의식을 선명하게 보인 작품이다.

최병화의 작품에서 이와 같은 계급의식을 드러낸 작품은 찾기가 어렵다. 1930년대 계급의식이 강하게 드러난 『신소년』에 발표한 최병화의 작품(「진달내꼿 필 째」(『신소년』, 1930.4.1.); 「별도 웃는다」(『신소년』, 1930.7.1.))에서도 계급의식을 찾아볼 수 없다는 것이 단적인 예이다.

특히, 장편입지소설 「별도 웃는다」(『신소년』, 1930.7.1.)는 기존 최병화의 작품처럼 가난하고 구차한 형편의 주인공이 등장하지만, 주인공의 가난한 형편과 삶의 어려움을 더 현실적이고 생생하게 표현하였다는 특징이 있다. 기존 작품이 대체로 가난한 형편 때문에 상급학교에 진학하지 못하고 취직을 하거나 다른 진로를 선택하는 상황을 단순하게 반복하거나 설명하는 데 그쳤다면, 「별도 웃는다」는 소년가장 명효가 먹거리를 구하러 시장통을 다니고, 집세 때문에 주인아주머니의 눈치와 독촉에 시달려 아버지의 유품인 시계를 전당포에 맡기고, 병환으로 누워 계신 어머니를 위해 직접 부엌에서 밥을 하는 등 고단한 생활상을 생생하게 드러내고 있어 더욱 현실감 있게 다가오는 작품이다. 현실주의[293] 서사의 모범적인 사례로 손꼽힐만한

---

293 최병화의 작품 특히 동화, 소설에서는 낭만적 현실주의 경향이 나타나 있다. 카프 맹원을 중심으로 운영된 「별나라」의 편집 동인으로 활동한 최병화이기에 자연스레 계급주의적 성향이 작품에 반영되었을 것으로 평가되었으나, 실제 작품에는 계급주의적 색채가 거의 드러나지 않았다. 주인공이 처한 삶의 현실과 상황을 세밀하게 드러내 보이면서도 꿈과

작품이다.

마지막으로, 국민정체성을 형상화한 작품이다.

> 『우리는 조선독립을 위하야 애쓰시다가 도라가신 여러 어른의 영혼에게 감사한 뜻을 표하고 또 조선 독립이 하로밥비 되어 줍시사고 우리들이 그린 태극기 압페서 묵상을 허자』 아버지께서 말슴하시자 모다 이러서서 자기가 그린 국기 압페서 묵상을 하엿습니다.[294]

동화 「내가 그린 태극기」에서 온 가족이 태극기 앞에서 조선 독립을 위해 애쓰시다 돌아가신 분께 감사의 묵상을 올리는 장면이다. 이야기의 인과성이 떨어지고 다소 과장된 부분은 있지만, 조국 독립을 위해 순국하신 선열을 기리는 마음을 강조한 작가 의식이 두드러진 작품이다. 나라를 사랑하는 마음과 희망과 용기를 지닌 자주독립 국가의 국민으로서 국민정체성을 형상화한 작품이다.

> "이만하면 자주독립 국가의 생도로서 부끄럽지 않다."하는 자신이 나고 또 선생의 교훈을 잘 지켜 비가 퍼부어 오는데도 불고하고 한 사람 결석이 없는 것이 여간 댁연한 노릇이 아니다.(48쪽)
> "자 내 이야기는 이만이다. 오늘 내가 이 이야기를 한 것은 해방 후 중학생들의 풍기가 좋지 못하여 사회의 문제가 되었는데, 우리 반만은 비오는 날 제법한 우산도 못 받으면서 한 사람 지각이나, 결석이 없이 출석한 것을

희망을 잃지 않고 꿋꿋이 살아가는 이야기가 대부분으로, 낭만적 현실주의 경향을 보인 것이라고 할 수 있다.

294 최병화, 「내가 그린 태극기」, 『중앙신문』, 1945.12.20.

볼 때 자연 15년 전 일이 생각이 나서 이 이야기를 꺼낸 것이다."

　새 나라 새 조선을 이어받을 공협의 중학 1학년 학생들은 깊은 감명을 받으면서 세삼스럽게 김 선생님의 얼굴을 우르러 보았다.(52쪽)²⁹⁵

동화 「탁상시계」에서 비가 쏟아지는데도 한 사람의 결석과 지각도 없이 모든 학생이 출석한 것에 대해, 김 선생님이 "자주독립 국가의 생도로서 부끄럽지 않다"고 칭찬하는 대목이다. "새 나라 새 조선을 이어받을" 학생들은 "풍기가 좋지 못하여 사회의 문제가 되"어서는 안 된다는 점도 강조하고 있다. 자주독립 국가의 학생으로서, 새 나라를 이어받을 학생으로서 국민정체성을 형상화한 작품이다.

　그러나 나는 여러분이 해방이 되어 푸른 하늘을 쳐다보고 『만세, 만세,』하고 부르짖으며 태극기를 흔들던 때와 같이 즐겁습니다.(8쪽)
　나는 내 변변치 못한 꽃―빛도 곱지 못하고 아름다운 향내도 내지 못하는 아무 보잘것 없는 내 꽃이 저 남매의 아버지 병환을 고쳐드렸나 하고 기쁨과 감격으로 빙그레 웃었읍니다. 그리고 『나도 세상에 태어난 보람이 있고나.』하고 새 희망과 용기가 내 몸에 꽉 찼읍니다.(11쪽)²⁹⁶

동화 「이름 없는 풀」은 '이름 없는 풀(나)'이 누군가에게 힘이 되어 의미 있는 존재가 되었음을 알고, 새 희망과 용기가 생겼다는 이야기이다. "나는 여러분이 해방이 되어" "『만세, 만세』하고 부르짖으며 태극기를 흔들던 때

295　최병화, 「탁상시계」, 『소년』, 1948.9.1, 48~52쪽.
296　최병화, 「이름 없는 풀」, 『아동문화』, 1948.11.10, 8~11쪽.

와 같이" 즐겁다는 부분에서, 「이름 없는 풀」이 알레고리 작품으로 기능하고 있다는 것을 확인할 수 있다. "나도 세상에 태어난 보람"은 광복을 맞이한 조국(조선)을 의미하고, "새 희망과 용기가 내 몸에 꽉 찼"다는 것은 광복을 맞이한 기쁨과 희망에 부푼 시대적 분위기와 기대감을 반영한 것으로, 국민정체성을 형상화한 작품에 해당한다.

> 빼앗겼던 나라를 찾고 잊어버렸던 말과 글을 배우게 되니 그 기쁨은 그야말로 하늘에나 오른 듯 할 것입니다. 태극기에게 경건한 마음으로 절을 하고, 또 애국가를 높이 부를 때마다, 새 기운이 뻗어나고 새 희망이 번득거릴 것입니다. (중략)
> 앞으로 새 나라를 두 어깨에 짊어지고 나갈, 책임 있는 귀한 몸들이란 것을, 어린이 스스로가 잘 깨닫는 듯 하였습니다. (중략)
> 완전자주독립국가로 새로 건설된 우리 대한민국의 소년 소녀는, 한 나라 겨레의 귀중한 보물이며, 외국 사람들의 주목의 과녁이 되어 있다는 것을, 한때라도 잊어서는 아니 됩니다.[297]

위의 인용문에서 최병화는 해방기의 혼란과 사회·경제적 문제를 해결하는 방법을 "새 기운이 뻗어나고 새 희망이 번득거릴" "완전자주독립국가" 건설로 보고, "앞으로 새 나라를 두 어깨에 짊어지고 나갈" "대한민국 소년 소녀"를 "귀중한 보물"이라 하면서, 나라의 미래와 희망은 어린이에게 달려 있다는 것을 잊지 말 것을 강조하였다. 여기에서 '태극기'와 '애국가'는 대한민국 국민의 일원으로서의 자긍심과 국민정체성을 환기하는 상징으로 사용

---

297 최병화, 「내가 어렸을 때와 오늘의 어린이날」, 『월간소학생』, 1950.5.1, 14~15쪽.

되고 있다.

(4) 비평 활동을 통한 국민정체성 확립

최병화는 일제강점기와 해방기에 여러 갈래의 작품을 발표하면서 비평 활동도 병행하였다. 작가의 비평은 작가의 의식과 작품 창작의 의도와 직결된다는 점에서 작품 분석과 이해를 위한 중요한 자료적 가치를 지닌다.

최병화는 격문과 좌담회, 작품의 서문 등의 형태로 잡지와 신문 지면에 총 16편의 비평을 발표하였다. 이 글에서는 최병화의 비평에서 드러난 국민정체성에 주목하여 이를 작품에 어떻게 형상화하였는지 중점적으로 살펴보고자 하였다.

최병화는 일제강점기에 비평 4편을 발표하였는데, 주로 여학생과 여성이 지녀야 할 자세와 태도, 계급의식 등에 관한 내용을 다루었다. 특히, 양성평등, 페미니즘 등 유명 사상가의 이론과 세계적인 흐름을 소개한 것은 당대의 상황에서 선구적인 이론과 사상을 보여주었다는 점에서 의의를 지닌다.

또한 최병화는 해방기에 비평 12편을 발표하였는데, 특히 주목할 부분은 해방기라는 특수한 상황을 바라보는 작가의 시선이다. 최병화는 해방기의 혼탁한 시대 상황을 고찰한 후, 미래의 희망이자 보물인 소년(어린이)을 잘 가르쳐 훌륭한 일꾼으로 길러내어 새 나라를 건설하자고 하였는데, 국민정체성과 연관 지을 수 있다.

최병화의 비평에서 중점적으로 다룬 가치와 의식이 작품에 구체적으로 반영되는 경우를 확인할 수 있다. 1930년 이전, 최병화의 동화나 야구소설,

수필 등에는 남성 중심적이고 여성 차별적인 표현이 노골적으로 드러났다면, 1930년 이후에는 그러한 표현을 찾아보기 어렵다. 해방기에 발표한 소년소설과 장편소설에는, 여학생을 주인공으로 하여 중학교 진학의 꿈을 펼쳐가는 이야기와 여학생도 공부만 하면 성공할 수 있다는 이야기가 등장하여, 이야기 속 인물들의 인식 변화를 확인할 수 있다. 이러한 변화가 여학생과 여성의 권리 신장, 양성평등을 다룬 최병화의 비평과 맞물려 이루어진 즉각적인 변화라고 보기에는 어려움이 있다. 다만, 그간 비평 활동으로 다진 작가 정신을 작품에 적극적으로 반영하였을 것으로 보인다. 최병화의 작품에는 계급의식을 보이는 작품을 거의 찾아볼 수 없었으며, 국민정체성을 보인 작품은 해방기에 여러 편 찾을 수 있었다. 국민정체성은 해방기라는 특수한 시대적 상황이 만들어낸 것으로, 자주독립 국가의 국민으로서 가져야 할 정신이면서, 국가의 일원에게 부여된 정신적·행동적 의무라고 할 수 있는데, 일제의 강압과는 또 다른 억압 기제로 작용한 측면이 있다.

2) 개작을 통한 국민정체성의 변환

(1) 해방기의 개작 활동

해방기 최병화는 동화와 소설 중심의 작품 활동을 하면서, 4권의 단행본을 출간하게 되는데, 모두 일제강점기에 발표한 작품을 개작한 것이다. 1920년대 중반 등단하여 해방기까지 왕성한 작품 활동을 한 최병화는 개작 활동도 꾸준히 해왔으며, 해방기에 본격적인 개작 활동을 통하여 단행본 출간을 하게 되었다.

개작 활동은 작품의 완성도를 높이기 위한 창작 활동의 일환으로 볼 수 있지만, 이 글에서는 작가 의식의 변화를 개작의 주요 동인으로 보았다. 개작이 단순한 변화가 아니라 사건 전개와 주제 의식에 영향을 줄 수 있는 변화라면 작가 의식의 변화에서 기인한 것이라 할 수 있다.

이 글에서는 최병화가 해방기에 개작하여 발표한 작품을 중심으로 작가 의식의 변화를 살펴보고자 한다. 이를 위해, 작가 의식의 변화와 연동되는 작중 인물의 국민정체성 변화를 집중적으로 살펴보고자 한다.

(2) 개작 활동과 장편화 경향

일제강점기인 1920년대 중반에 등단하여 해방기를 거쳐오는 동안, 최병화는 『어린이』를 비롯하여 『별나라』, 『신소년』, 『진달래』, <박문출판사> 등의 편집과 집필에 관여하였으며, 각종 신문과 잡지에 수많은 작품을 발표하는 등, 일제강점기 아동문학의 역사를 함께하고 몸으로 겪은 당사자였다. 그런 최병화가 회고한 일제강점기 아동문학의 실태는 다음과 같다.

> 과거 36년간 일본제국주의 침략으로 말미암아 우리의 모든 문화가 근대적 단계에서 자유스러운 성장발달을 저지당하였었다. 더욱이 문학 부문에 있어서 아동문학은 일층 비참한 형극의 일로를 방황 준순하다가 최후에는 근저로부터 말살을 당하였다.
>
> 야만적 일제의 강압으로 아동 잡지는 발행 금지를 당하고 일간신문 아동란도 전폐되어 아동문학가는 작품 발표기관이 전무 혹 있다 하더라도 독자층인 아동들은 전혀 우리 말을 해득치 못하였다.
>
> 소중학교 과목에서 조선어를 방축하고 소위 대동아전쟁이 발발한 후부

터는 반도는 일본과 동근동조라 표방하고 황민화교육에 급급하여 "국어 상용" 정책을 강행하였다. 순진한 아동이 무심코 조선어를 사용하면 벌을 씨우고 벌금을 징수하여 우리의 언어와 민족의식 말살에 신인이 공노할 야만적 정책을 강행하였다.

이리하여 이제 바야흐로 싹트기 시작한 아동문학은 존재할 도리가 없고 최후에는 자멸해 버리어 아동문학가는 혈루를 뿌리며 허희차탄(嘘唏嗟嘆)하였다.[298]

일제강점기 말, "아동 잡지는 발행 금지를 당하고 일간신문 아동란도 전폐되어" "아동문학가는 작품 발표기관이 전무"하였고, 간혹 있다 하더라도 조선어 말살 정책에 의해 우리말을 읽을 독자층이 없었으며, 1941년 "대동아전쟁"(태평양전쟁)이 일어난 이후, 일제의 강압은 더욱 심해져 결국 "아동문학은 존재할 도리가 없고 최후에는 자멸"할 수밖에 없었다고 회고하고 있다. 아동 잡지의 발행 금지와 일간지의 폐간으로 작품을 발표할 지면도 읽을 독자도 없게 된 현실과 이 땅에 어렵게 세운 아동문학의 기초와 그동안의 노력이 무너져내린 상황을 "혈루를 뿌리며 허희차탄(嘘唏嗟嘆)"한 것이다.

8·15 광복 이후, 최병화는 동화와 소설 중심의 작품 활동을 하면서, 장편소설을 단행본으로 출간하기 시작한다. 일제강점기부터 꾸준히 쌓아온 작품을 해방기에 들어서야 비로소 단행본으로 출간하게 되었는데, 일제강점기의 억압된 출판 분위기 탓도 있었다.

먼저, 최병화는 소년역사소설 『낙화암에 피는 꽃』(조선어학회 교정, 1947.3

---

298 최병화, 「아동문학의 당면 임무」, 『고대신문』, 1947.11.22.

추정)을 출간하였는데,[299] 이는 일제강점기에 쓴 창작동화 「낙화암에 피는 곷(전 4회)」(『조선일보』, 1929.6.30.~7.4.)과 역사동화 「낙화암에 피는 곷(전 14회)」(『매일신보』, 1937.6.13.~26)을 개작하여 단행본으로 출간한 것이다. 1929년에 발표한 창작동화 「낙화암에 피는 곷(전 4회)」을 역사동화 「낙화암에 피는 곷(전 14회)」으로 장편화하면서, 월낭소저와 충효의 이별, 백제와 신라의 대치 국면과 전쟁 상황, 당나라 청병의 존재, 청의동자군과 이를 이끄는 남동생 충효의 활약, 백제의 멸망 등 내용을 추가하거나 보완하는 방식으로 개작을 하였다. 소년역사소설 『낙화암에 피는 꽃』은 역사동화 「낙화암에 피는 곷(전 14회)」을 해방기에 다시 보완하고 정리하여 단행본으로 출간한 것이다.

이러한 최병화의 장편화 작업은 일제강점기에 이미 여러 갈래에서 진행되고 있었다.

최병화는 덴마크(丁抹) 출신 작가 뻐레 홀드의 여행기를 번역한 「15세 소년의 세계 일주기(전 84회)」(『동아일보』, 1930.9.15.~1931.2.1.)를 5개월 가까이 연재하였다. 제1편(『동아일보』, 1930.9.15.) 서두 "역자의 말"에서, 정말(丁抹) 출신 15세 소년의 44일간 세계 일주기를 세계 각국에서는 다투어 가며 번역하고 환영받고 있는데 "조선말로는 번역이 되어 잇지 안는 것을 유감으로 생각하고 둔한 붓이나마 감히 번역"[300]을 한다고 하여, 조선의 어린이 독자

---

299 「(광고) 소년역사소설·눈물의 역사소설-신간 낙화암(落花岩)에 피는 꽃」, 『한성일보』, 1947.3.25.; 「(광고) 소년역사소설·눈물의 역사소설-신간 낙화암(落花岩)에 피는 꽃」, 『한성일보』, 1947.3.30.; 「(광고) 소년애국역사소설-낙화암에 피는 꽃」, 『한성일보』, 1947.4. 17 참조.

들에게 유익한 읽을거리를 제공한다는 취지에서 번역 작업을 하였음을 밝혔다. 1936년에는 마크 트웨인의 「왕자와 거지(전 55회)」(『조선일보』, 1936.10. 28.~1937.1.13.)를 장기간 연재하였으며, 그 외에도 체호프, 안데르센, 와일드, 하우프, 모레아스 등 외국 유명 작가의 작품을 여러 편 번역하여 연재의 형식으로 발표하였다.[301] 장편의 작품을 번역하여 소개하는 과정은 최병화가 자기 작품을 개작하여 장편화하는 데 큰 도움이 되었을 것이다.

1949년 장편소년소설 『희망의 꽃다발』(민교사, 1949)을 출간하였는데, 일제강점기에 발표한 소년소설 「누님의 얼골」(『어린이』, 1930.7.20.)과 장편소설 「꿈에 보는 얼굴(4회 확인)」(『소년』, 1940.9.1.~12.1.), 해방기에 발표한 장편소설 「꿈에 보는 얼굴(5회분 확인)」(『새동무』, 1947.1.15.~9.10.)을 개작하여 발표한 것이다.

⊙『응! 나는 누님을─누님을 차저야 한다. 우리 누님께서는 지금 어대 게신지 도모지 알 수가 업다. 나는 멧 해 동안을 이러케 차저단이지만 누님께서도 나를 반듯이 찾고 게실 것이다. 누님께서는 나의 그림을 퍽 사랑하야 주섯다. 그럼으로 누님께서 살어만 게시다면 어느 곳에 게시든지 내가 전람회(展覽會)에 쓸힌 것(入選)을 신문을 보시고 아시기만 하면 아시는 그 즉시로 전람회장으로 쒸여 오실 것이다. 그러면 이곳에서 누님을 맛나뵈올 수가 잇슬 것이다. 그럼으로 나는 이러케 날마다 와서 누님을 찾고 잇는 것이다. ⋯⋯⋯⋯연갑아! 이것이 내가 그림을 그린 목적이다.』[302]

300 최병화 역, 「15세 소년의 세계 일주기」, 『동아일보』, 1930.9.15.
301 『조선일보』, 1935.8.2.~10.8 참조.
302 최병화, 「누님의 얼골」, 『어린이』, 1930.7.20, 58쪽.

ⓛ "이 그림의 소녀는 제 누이구, 업힌 아이는 저랍니다. 저는 가끔 꿈속에서 누이를 만나 본답니다. 이 〈꿈에 보는 얼굴〉도 제 어렸을 때 기억과, 꿈에 보는 얼굴을 모델 삼아서 그렸는데, 그 목적은 혹시 누이가 이 그림을 보구 절 찾을까 하는 희망으로 어렸을 때 누나의 모습을 더듬어 그린 것이랍니다."[303]

ⓝ은 소년소설 「누님의 얼골」, ⓛ은 장편소년소녀소설 『희망의 꽃다발』의 일부분으로, 주인공이 소녀의 그림을 그려 전람회에 참가한 것이 어릴 때 헤어진 누나를 찾기 위해서라는 내용이 유사하다. 이를 통해 『희망의 꽃다발』은 「누님의 얼골」을 작품 속에 삽입하여 장편화하였음을 알 수 있다.

『희망의 꽃다발』과 관련 있는 작품으로, 「꿈에 보는 얼굴(4회 확인)」(『소년』, 1940.9.1.~12.1.)과 「꿈에 보는 얼굴(5회분 확인)」(『새동무』, 1947.1.15.~9.10.)을 들 수 있다. 주인공 이름과 세부적인 묘사 등은 조금씩 달라졌지만, 남자 주인공(경호 또는 수동)이 물에 빠진 사람을 도와주는 이야기와 선생님의 편지를 받고 공부를 위해 고향을 떠나는 이야기 등 기본적인 화소를 그대로 유지하고 있다. 따라서, 『희망의 꽃다발』은 「꿈에 보는 얼굴」(『소년』)과 「꿈에 보는 얼굴(『새동무』)의 내용을 개작하여 장편화한 것이라 할 수 있다.

1949년 장편소년소설 『꽃피는 고향』(박문출판사, 1949)을 출간하게 되는데, 1940~41년에 발표한 「삼색화(11회 확인)」(『아이생활』, 1940.1.1.~1941.3.1.)의 내용을 개작하여 단행본으로 출간한 것이다. 『꽃피는 고향』과 「삼색화」에는 여주인공 승애가 납치되어 악한의 소굴에 갇혔다가 탈출하는 등 공간

---

303 최병화, 『희망의 꽃다발』, 교학사, 1976, 69~70쪽.

이동이 많은 모험소설의 특징이 드러나 있는데, 최병화는 일제강점기에 소년소설 「이역에 피는 곷(전 15회)」(『조선일보』, 1935.4.16.~5.9.)과 「고향의 푸른 하늘(전 4회)」(『동아일보』, 1938.9.4.~7)을 발표하면서,[304] 만주와 러시아를 배경으로 한 모험소설을 충분히 연습했고 이를 적극적으로 활용하고 있다.

> 그러나, 〈즐거운 자장가〉가 책이 되자, 6·25 사변[305]이 터져서, 창고에 쌓인 채로 사변을 치러, 그냥 흩어지고 말았다.
> 최병화 선생은 불행하게도 사변 중에 파편에 맞아 세상을 떠났다고 하지만, 묵은 잡지가 더러 남아 있고, 어느 휴지 가게에서 마구리에 닿아 묶였던 노끈 자국으로 쭈그러지고 때 묻은 〈즐거운 자장가〉 한 권을 구하여, 이 책이 엮여 나오게 된 것은 참으로 다행한 일이다. (어효선)[306]

최병화가 사망하기 전 마지막으로 출간한 작품은 『즐거운 자장가』(명문당, 1951)이다. 어효선은 1975년 『즐거운 메아리』를 출간하게 된 일화를 소개하면서, "묵은 잡지가 더러 남아 있고", "어느 휴지 가게에서" "때 묻은 〈즐거운 자장가〉 한 권을 구하여", "이 책이 엮여 나오게 된 것"이라고 하였다. 묵은 잡지가 더러 남아 있다는 것은, 최병화의 작품이 실린 잡지를 어디에

---

304 최병화 소년소설의 공간적 배경에 관해서는, 임현지, 「최병화 소년소설 연구『이역에 피는 꽃』(1935)과 「고향의 푸른 하늘」(1938)의 만주 및 러시아 지역을 중심으로」, 인하대학교 대학원 석사학위논문, 2013 참조.

305 여기에서 '6·25 사변'은 1950년 6월 25일 북한군의 불법 남침으로 일어난 '한국전쟁'을 가리키는 용어 가운데 하나이다. 이 글에서는 국제적으로 통용되는 '한국전쟁'을 쓰되, 자료를 인용할 때는 원문 내용을 그대로 표기하기로 한다.

306 어효선, 「해설: 최병화의 동화 세계」, 『즐거운 메아리』, 교학사, 1975, 258쪽.

서 구했다는 말이다. 따라서, 『즐거운 메아리』는 최병화가 다른 잡지에 발표했던 작품과 한국전쟁 이후 어느 휴지 가게에서 구한 『즐거운 자장가』를 엮어서 출간한 작품집이라 할 수 있다. 『즐거운 메아리』(교학사, 1975)에는 장편소설 「즐거운 자장가」 외에 「봄과 어린이」를 포함한 단편소설 10편[307] 이 실려 있다.

(3) 개작 활동과 국민정체성의 변환

최병화는 개작을 통한 소설의 장편화로 해방기에만 단행본 4권을 출간하였다. 이 과정에서 최병화의 개작 활동에 주목할 필요가 있다. 작가 의식이 작품에 반영된다고 보았을 때, 개작 활동은 작가 의식의 변화에서 비롯된 것이라 할 수 있다. 또한 작가 의식은 작품의 인물상을 통해 구체화한다고 보았을 때, 인물의 의식 변화에 초점을 맞출 필요가 있다. 최병화는 1920년대 중반에 등단하여 일제강점기 말까지 왕성한 작품 활동을 하였고, 해방기에 단행본을 출간하는 등 작품 활동을 이어간 작가였으므로, 일제강점기와 해방기라는 특수한 시기를 거치면서 겪게 된 작가 의식의 변화에 주목할 필요가 있다. 이 글에서는 해방기 최병화의 장편소설에서 진행된 개작 활동과 인물의 국민정체성을 중점적으로 살펴, 작가 의식의 변화를 고찰하고자 한다.

---

307 단편소설 10편은 「봄과 어린이」, 「봄이 먼저 찾아오는 집」, 「푸른 보리 이삭」, 「귀여운 희생」, 「엄마의 비밀」, 「즐거운 메아리」, 「이름 없는 풀」, 「아버지 학교」, 「누님의 얼굴」, 「눈보라 치는 날」이다. 최병화, 『즐거운 메아리』, 교학사, 1975, 6~7쪽 참조.

일제강점기와 비교하여 해방기라는 특수성의 작품 반영 여부와 작가 의식의 변화를 확인하기에 적합한 작품으로, 일제강점기 말에 필명 '최유범'으로 발표한 장편모험소설 「마경천리(전 6회)」(『아이생활』, 1940.4.1.~11.31, 이하 「마경」)와 해방기에 발표한 장편모험소설 「십자성의 비밀(전 9회)」(『어린이나라』, 1949.7.1.~1950.3.1, 이하 「십자성」)을 선정하였다. 「마경」과 『십자성』은 일제강점기와 해방기라는 시대적 구분이 명확하고, 최유범과 최병화라는 작가명으로 각각 발표한 작품이어서 작가 의식의 반영과 변화를 비교·대조하기에 적합하다고 보았기 때문이다. 「마경」과 「십자성」의 작품 내용을 살펴보면서, 장편모험소설에 나타난 작가 의식의 변화를 살펴보고자 한다.

일제강점기 「마경」에서 해방기 「십자성」으로 오면서, 결정적으로 달라진 부분은 등장인물의 국민정체성이다.

해외로 가는 여객선의 출발 장소가 「마경」은 '신호(神戸, 일본 고베)'이고 「십자성」은 '인천'이며, 여객선의 이름이 '흥아환(興亞丸)'에서 '해방호'로 바뀌었다. 여기에서 '흥아(興亞)'는 아시아를 흥하게 한다는 뜻으로, 일본제국주의에서 주창하는 '대동아 공영론'에 부합하는 용어로 볼 수 있다. 표면적으로 드러나는 적극적인 친일은 아니지만, 작품 전반에 일제의 편에 선 일제 중심의 사고가 기저를 이루고 있으며, 이를 토대로 서구 열강과의 적대적 관계를 반영하고 있음을 쉽게 파악할 수 있다.[308]

---

308 김화선은 "'대동아공영권'은 군사적 필요에 따라 내건 팽창정책의 슬로건이고 거기에는 '동아 해방' 등 근대 일본의 굴절된 아시아 인식이 편입되어 있었다"고 보았으며, "중일전쟁 이후 일제는 철저한 교육을 통해 아동을 황국신민으로 호명하고 있는데, 1930년대 후반에서 1940년대 초반에 이르는 아동문학과 아동담론은 이와 같은 일제의 파시즘적인

해외로 가야 하는 이유에 대해서 「마경」이 "우리는 경제적(經濟的)으로 중대한 임무를 띠고 가는 이만치 하루라도 지체하면 그만큼 우리나라의 손실"(제1장, 28쪽)을 내세웠다면, 「십자성」은 "우리나라가 해방된 후, 국제적 회합에 참석하는 것이 이번이 처음 아니요? 안 가거나, 늦게 가거나 하면 우리나라 체면이 뭣이 되겠우? 그리고, 약소민족은 할 수 없다고 흉을 보지 않겠우?"(제1장, 12쪽)라며 해방된 나라의 국제적 체면과 권위를 내세웠다. 스파이의 악행에 대해서도 「마경」은 "요새 스파이가 일본 배를 노리고 있"(제1장, 27쪽)다고 하여 일본을 피해자의 입장에 두었고, 「십자성」에서는 ""요새 일본과, 독일 스파이들이, 연합국 배를 노리구 있대", "아주 망해버린 왜놈들인데, 설마 스파이가 있다구 해두, 배마다 모조리 침몰하는 법이 어디 있단 말이냐?", "넌 독사 같은 왜놈의 성질을 잘 알면서두 그러는구나.""(제1장 11쪽)처럼 일본과 독일을 스파이 집단으로 바라보고 있다.

무인도에 표류하였다가 탈출할 때, 나무에 이름을 새기는 대목에서, 『마경』은 "이 섬은 대일본제국의 영토다. 김한도(金韓島)라 명명한다. 소화 1×년 ×월 ×일, 한세웅(韓世雄). 한숙경(韓淑卿). 탐험가 김병호(金秉浩)"(제2장 제3화, 59쪽)라고 한 것에 반하여, 『십자성』은 "이 섬은 김오도(金吳島)[309]라고 이름을 지었다. 1949년 8월 5일, 김병호, 오수동, 오복희"(제3회 제2화, 42쪽)라고

이데올로기의 영향을 받아 그 이데올로기를 전달하는 실질적인 전략으로 기능"하였다고 보았다. 김화선, 「일제 말 전시기의 아동문학 및 아동담론 연구」, 『친일문학의 내적 논리』, 역락, 2003, 173~209쪽 참조.

309 「십자성」 원작에서 '金吳島'를 '금오도', '김오도'로 병용하였기에, 이 글에서는 원문에 따라 표기하기로 한다. 최병화, 「십자성의 비밀(3)」, 『어린이나라』 9월호, 1940.9.1, 42쪽 참조.

하였다. 이는 등장인물의 국민정체성을 드러낸 것으로, 최유범의 「마경」이 친일문학[310] 작품임을 전면에 드러난 대목이다.[311] 인도양 인근의 무인도를 일본제국의 영토라고 한 것을 볼 때, 대동아공영권을 인정하고 받든 것이며, 또한 작품의 배경과 주인공이 모두 일본제국주의 소속임을 알린 것도 그러한 분위기에 부합한다고 할 수 있다.

　이 밖에도 "우리들이 일본인이란 것을 저놈들에게 보여주자. 결코 울거나 무서워해서는 안 된다"(제5장 제3화, 31쪽), "듣기 싫다. 우리는 일본인이다. 가령 자식이 죽는다고 하드라두 우리나라의 비밀을 파는 매국노는 되고 싶지 않다."(제5장 제3화, 33쪽)에서 '일본제국주의 국민'으로서 정체성을 확고히 하고 있음을 확인할 수 있다. 「마경」의 완결편인 '제6장 대단원'에서는 절체절명의 순간에 일본제국 해군 함장과 해군사관 안원 대위가 등장하여 주인공을 구하고, 스파이의 소굴을 일본 해군 군함의 포격으로 전멸시키는 것으로 마무리가 된다.

　"세 사람이 어안이 벙벙해 있을 때 어둠 속에서 깨끗한 힌 해군복(海軍服)을 입은 해군사관(士官)이 불숙 나왔다. 『나는 대일본제국 해군 군인 안원 대위(安原 大尉)요』. 이 말을 들은 세 사람은 안원 대위에게로 일제히 달겨들었다."(제3화, 14쪽), "이태리 로마로 가는 상선 ××환까지 안원 대위는 세웅

310　이 글에서 '친일문학'은 일본제국주의의 이데올로기를 표방하고 이를 전달·찬양하는 문학 작품을 가리키며, 일본에 부역하는 '부왜문학'을 아우르는 개념으로 사용하고자 한다.

311　최병화는 동료 문인들과 '문사부대'의 일원으로 일본 육군 지원병 훈련소를 견학하고 이에 대한 칭송의 글을 남겼는데, 이때가 「마경천리」의 연재(총 6회)를 마친 직후이다. 최병화, 「문사부대와 '지원병'—교수, 식사의 정연(教授, 食事의 整然)」, 『삼천리』, 1940. 12.1, 65쪽 참조.

군 남매와 세웅 군 부모님을 호위하야 주었다.", "스파이의 소굴인 기암성은 안원 대위가 탄 군함의 포격(砲擊)으로 전멸을 당하였다."(제3화, 15쪽) 등에서 일본제국주의와 해군의 모습을 이상적으로 그리고 있어서 더욱 문제가 되는 작품이다.

이는 작가 최유범(최병화) 개인의 친일적 성향으로 볼 수 있지만,[312] 「마경」을 연재한 잡지 『아이생활』이 "일제 당국의 총후(銃後) 체제에 발맞춰 노골적인 친일의 색채를 지면에 반영"하고 "민족모순과 계급모순이 중첩된 식민지 현실을 의도적으로 외면"[313]한 배경도 크게 작용한 것으로 볼 수 있다.

일제 강점 말기 《아이생활》은 '일본식 기독교'인 천황 숭배를 중심으로 모든 종교가 국가신도(國家神道)에의 복속을 강요하는 정책에 굴복하고 만다. 1940년대 이후 《아이생활》에는 점차 일본어 원고가 많아지고, 일본 황실과 징병 예찬 등 부일 작품이나 친일을 권하는 내용이 많아진다. 기독교 관련 내용도 거의 사라져 본래의 편찬 의도가 무색하게 된다.[314]

---

312 최병화는 이후, '조산병화(朝山秉和)'라는 창씨명으로 『아이생활』에 장편소설 「꿈에 보는 얼굴(夢に見ろ顔)(전 2회)」(1943년 10월호, 12월호)을 일본어로 발표하기에 이른다. 「꿈에 보는 얼굴(夢に見ろ顔)」이 제2회 연재로 끝이 난 것은, 『아이생활』의 폐간으로 인한 것이다. 대외적으로 최병화가 다시 작품을 발표한 것은 해방 이후 『중앙신문』에 동화 「내가 그린 태극기」(1945.12.20.)를 발표하면서부터이다. 일제강점기 말, 창씨명으로 일본어로 된 작품을 발표하다가 해방 이후 '태극기'를 소재로 한 작품을 발표한 것은 아이러니하다.

313 류덕제, 「한국 근대 아동문학과 『아이생활』」, 『근대서지』 제24호, 근대서지학회, 2021. 12, 606~617쪽 참조.

314 진선희, 「일제강점말기 아동 잡지와 동시」, 『일제강점기 동시 연구』, 박이정, 2023, 352~353쪽.

『아이생활』발간의 배경과 성격 변화에 관하여 상술하고 있는 위의 연구에서 알 수 있듯이 『아이생활』은 "1937년 중일전쟁 발발을 전후하여 1941년 태평양전쟁 발발을 거치며 1940년대에 급속하게 전환되었"[315]는데, 최유범의 「마경」도 이러한 시대적 흐름에서 벗어나지 못했음을 짐작할 수 있다.

반면에 「십자성」에서의 등장인물은, "당신들은, 대한 사람이요?", "네 우리는 대한 사람이요."(제7회 제2화, 25쪽), "우리 대한을 위해서, 아니 세계 평화를 위해서, 저희들은 죽어도 상관없습니다."(26쪽), "우리는 비겁하게 사는 것보다 장엄한 죽음을 취하자. 그래서 우리 대한 사람의 의기와 결기를, 무지막지한 악한들에게 떳떳이 보여주자."(27쪽) 등에서 알 수 있듯이, 대한민국 국민으로서 정체성을 주창하고 있다.

또한 「마경」에서는 일본 제국 해군의 등장으로 구조를 받고 스파이 일당을 소탕하였다면, 「십자성」에서는 "학병, 프로감시병, 징용 온 우리나라 사람들"(제9회 제3화, 29쪽)이 함께 스파이 윌리엄 일당과 싸우고 사람들을 구하게 된다. "고국을 떠나, 남해 열대지방에서 우리나라 국기를 대할 때, 수동이와 복희의 가슴은 지향 없이 뛰놀았다. 피는 감격에 못 이기어, 금방 혈관을 뚫고 뻗칠 것만 같았다.", "남해 고도에 휘날리는 태극기!", "얼마나 대한 민족의 의기를 높이고, 감격의 눈물을 자아내게 하는, 문구이냐?"(이상 28쪽)와 "십자성 본부 높은 지붕 위에는 태극기가 세찬 바다바람에 나부끼고 있는 양이 여러 사람의 희망과 감격을 여러 가지 모양으로 새롭게 하여 준다"(30쪽)는 대목은 「마경」과 극명히 대조되는 부분이다. 이는 8·15 광복

---

315 진선희, 앞의 책, 353쪽.

이후 수립된 대한민국 정부에서 "해방 이후 민족적 과제인 '나라 세우기'"[316]를 위한 기대와 희망에 찬 분위기를 반영한 것으로, 아동에게 "새 나라의 씩씩한 일군이 될 것을 맹서"(제9회 제3화, 30쪽)시키는 교화적 역할로써 아동문학이 기능하고 있다고 할 수 있다.

> 대한민국 정부의 수립은 해방 직후 격렬했던 좌우익의 대립과 혼란이 공식적으로 종료됨을 의미하였다. 안정과 민심의 통일이 시급하였던 신생 정부는 이승만 대통령이 제창하는 '일민주의'를 통해 국민의 사상적 통일과 단합을 꾀하고자 하였다. 일민주의(一民主義)는 "신흥 국가의 국시"로 자리 잡으면서 신생 대한민국의 사상적 지도원리로 부상한다. 한겨레, 한 핏줄을 내세우는 일민주의는 "민족의 분열을 일삼는 나라 안의 모든 반동적 사상과 또 나라 밖에서 침입하는 모든 파괴 사상을 철저히 쳐부수"기를 요구한다. 그러므로 공산주의와의 투쟁은 사상적 통일과 단합을 위한 신생 정부의 선결과제가 된다. 이러한 상황하에서 반공주의와 국가주의 시선을 담은 출판매체들이 나타나기 시작한 것은 자연스러운 일이었다.[317]

1948년 8월 15일 대한민국 정부 수립 이후 이승만 정부는 "한겨레, 한 핏줄을" 강조하면서 '일민주의'를 국시로 내세웠다. 일민주의는 국가를 최

---

316 최미선, 앞의 책, 112쪽.

317 박용찬, 「전선매체의 등장과 지역문학 공간의 구축」, 『대구경북 근대문학과 매체』, 역락, 2022, 395쪽. 한편, 류동규는 일민주의를 '전통적 가부장 중심의 가족 윤리'에 '가족국가주의 이데올로기'를 덧씌운 것으로 보았으며, 일민주의에 대하여 "국가는 가정의 확대이고 민족은 가정의 연장이라는 이념에서 진정한 국가가 성립한다고 보며, 이를 전체주의 체제를 구축하는 논리로 활용하였다. 국가를 가족의 연장으로 파악하게 될 때, 지도자는 가부장의 위치로 올라서게 되고, 국가는 국민에게 절대적인 복종과 경의를 요구하게 된다"고 설명하였다. 류동규, 앞의 책, 35~36쪽 참조.

우선에 두고 이를 향한 충성하는 국민으로서의 국민정체성을 강조하였는데, 대한민국으로 이름만 바꾸었을 뿐 식민지 체제의 국가주의 이데올로기와 동일 기제를 사용한 것이라 할 수 있다. 「십자성」에서 "대한 사람"임을 계속해서 강조하고, "태극기"를 바라보며 "대한 민족의 의기", "감격의 눈물", "희망과 감격"을 느끼는 것도, 대한민국 정부 수립 이후 발표한 작품으로 이승만 정부의 '일민주의'에 부합하는 국민정체성을 반영한 것이라 할 수 있다.

이상에서 살펴보았듯이, 일제강점기와 해방기에 각각 발표한 장편모험소설 「마경」과 「십자성」은 기본적인 작품 구성과 화소가 대부분 일치하는 형식상 같은 작품이다. 하지만, 작품의 인물이 지닌 국민정체성과 사상적 지향은 극명히 대조되는 작품이라고 할 수 있다. 즉, 「마경」은 일본제국주의 국민과 군인 등 인물의 친일적인 국민정체성을 지향하였다면, 「십자성」에서는 자주독립하여 새롭게 수립된 새 나라 대한민국의 국민으로서 국민정체성을 지향한다고 할 수 있다. 「마경」에서 「십자성」으로 개작하는 과정에서 국민정체성의 변화를 겪고 있는데, 이는 작가 의식의 변화에 따른 것으로 보인다.

이 밖에도, 최병화가 일제강점기와 해방기에 발표한 작품 중에 인물상을 견주어 볼만 작품으로, 장편소년소녀소설 「삼색화(11회 확인)」(『아이생활』, 1940.1.1.~1941.3.1.)와 『꽃피는 고향』(박문출판사, 1949)을 들 수 있는데, 두 작품은 같은 작품으로, 「삼색화」를 개작하여 단행본 『꽃피는 고향』을 출간한 것이다.

<표 15> 「삼색화」, 『꽃피는 고향』 작품 대조

「삼색화」(『아이생활』)[318]	『꽃피는 고향』[319]
㉢ 기차가 플랜홈—에 들어가자 마침 ○○ 방면으로 <u>출정하는 황군을 환송(歡送)하느라고 그 넓은 정거장 안은 국기를 흔들며 만세를 부르는 사람들로 인산인해를 이루었습니다.</u> 승애는 이곳에서 비로소 출정하는 황군을 보고 또 여러 사람들이 열심히 전송해주는 광경을 대하고는 <u>마음 깊이 감동되었습니다.</u>(「삼색화 3」, 64쪽)	㉣ 기차가 풀렐홈에 들어가자 <u>누구를 환영하는지 그 넓은 정거장 안은 태극기를 흔들며 만세를 부르는 사람들로 혼잡을 이루었습니다.</u> 승애는 이곳에서 또 한 번 우리나라가 완전 자주독립의 길로 나가는 모습을 대하고는, 마음 깊이 감동이 되었습니다.(27쪽)
㉤ 『요년! 어딜 다라나가?』하는 험상스러운 소리가 바로 귀밑에서 들려오자 그 순간 자기 팔이 붙잡힐 듯 한 것을 핵 뿌리치고 길을 가로건너 가랴할 때 <u>인천 방면에서 경성으로 향해 급히 가는 또락구(貨物自動車)가 경적을 요란히 울리면서 질주해 오다가 가로 건너가는 소녀를 발견하고 급정거를 하였으나 원체 거리가 가까웠던 관계로 뿌레기가 잘 듣지 않어 불행히 칙면충돌(側面衝突)을 하야 그대로 길에 나둥그러졌습니다.</u> 또락구가 정거하자 쫓아오든 악한 두 사람은 「도독이 제 발이 제리다」하는 상말과 같이 나종 문제가 켕기였든지 그대로 장짜를 주었습니다(「삼색화 11」, 40쪽)	㉥ <u>서울서 인천으로 급히 가는 미군 추럭이 소녀를 발견하고 급히 정거를 하였으나, 원체 거리가 가까웠던 관계로 불행히 칙면충돌(옆으로 부디친 것)을 하여, 그대로 나둥그렀습니다.</u> 미군과 조선 사람 직공이 뛰어 나리자 악한 두 사람은 "도독이 제발이 제리다"고 도망을 가고 미군은 승애를 추럭에 싣고 갔습니다.(100쪽)

㉢은 「삼색화」에서 여주인공 승애가 가짜 외삼촌을 따라 서울로 가던

---

318   최병화, 「삼색화 3」, 『아이생활』, 1940.3.1, 64쪽; 최병화, 「삼색화 11」, 『아이생활』, 1941. 3.1, 40쪽.

319   최병화, 『꽃피는 고향』, 박문출판사, 1949, 27쪽.

길에 기차역에서 목격한 장면을 묘사한 부분이다. 「삼색화」에서 "출장하는 황군을 환송"하기 위해 사람들이 "국기를 흔들며 만세를 부르"고, 처음으로 "출정하는 황군을 보고" "마음 깊이 감동"한 것을 그렸다면, ⓔ『꽃피는 고향』에서는 "누구를 환영하는지" 알 수 없지만, 사람들이 "태극기를 흔들며 만세를 부르"는 모습을 통해, "우리나라가 완전 자주독립의 길로 나가"고 있음에 마음 깊이 감동하였다는 것을 그리고 있다. 같은 장면에서 상반된 인물의 국민정체성을 그림으로써, 일제강점기 「삼색화」와 해방기 『꽃피는 고향』은 확연히 다른 작품이 된 것이다.

ⓜ은 「삼색화」에서 악한들에게 쫓기던 여주인공 승애가 '또락구(貨物自動車)'에 충돌하는 장면이고, ⓗ『꽃피는 고향』에서는 악한들에게 쫓기던 여주인공 승애가 '미군 추럭'과 충돌하지만, 미군이 승애를 태우고 간 덕분에 악한들의 추격에서 벗어나게 된다는 내용을 다루고 있다. 같은 장면을 서로 다르게 그리고 있는데, 앞서 ⓒ에서 황군의 출정식을 보고 마음 깊이 감동한 것과 ⓗ『꽃 피는 고향』에서 미군의 도움을 받는 상황은 대조될 뿐만 아니라 국민정체성의 변화로 이어질 수 있는 부분이다. 일제강점기 말에 발표한 「마경」에서 주인공을 구해준 사람이 일본제국주의 해군 함대와 해군 장교 안원 대위였다면, ⓗ『꽃 피는 고향』에서는 위험에 처한 어린 여주인공 승애를 구해준 사람은 '미군'이었다. 1949년에 출간된 『꽃 피는 고향』에는 1948년 대한민국 정부 수립에 결정적인 역할을 한 미국과 미군정에 대한 당대의 호의적인 분위기와 작가 의식이 반영된 것으로 볼 수 있다.

이처럼 최병화는 일제강점기의 작품을 해방기에 개작하여 발표하면서 인물의 국민정체성 변화를 단행하였는데, 이러한 변화는 일제강점기의 친

일적 국민정체성을 청산하고 해방기 새롭게 건설한 대한민국 국민으로서의
국민정체성으로 변환하려는 작가 의식에서 비롯된 것으로 볼 수 있다.

(4) 국민정체성의 변환과 식민 잔재

최병화는 해방기에 동화와 소설 중심의 작품 활동을 전개하였으며, 개작
을 통한 소설의 장편화로 장편소설 4권을 단행본으로 출간하였다. 해방기
에 들어서야 비로소 단행본 출간을 하게 된 것인데, 모두 일제강점기부터
쌓아온 작품을 개작하여 장편화한 것이다. 최병화 작품의 장편화 작업은
일제강점기에 이미 여러 갈래에서 진행되고 있었는데, 일간지에 세계 유명
작가의 작품을 번역하여 장기간 연재하거나, 앞서 발표한 작품을 개작하여
장편화하는 과정을 반복하기도 하였다.

개작 활동은 작가 의식의 변화와 긴밀히 연동되고, 작가 의식은 작중
인물의 국민정체성을 통해 구체화한다고 보았을 때, 작중 인물의 국민정체
성 변화를 살펴볼 필요가 있다.

이 글에서는 최병화의 개작 활동에 주목하여, 일제강점기와 해방기라는
특수한 시기를 거치면서 겪게 된 작가 의식의 변화를 살펴보고자 하였다.
특히, 해방기 최병화의 장편소설에서 진행된 개작 활동과 인물의 국민정체
성을 중점적으로 살펴, 작가 의식의 변화를 고찰하고자 하였다.

일제강점기 말, 필명 최유범으로 발표한 장편모험소설 「마경」과 해방기
에 발표한 장편모험소설 「십자성」의 개작 현황을 살펴본 결과, 「마경천리」
와 「십자성의 비밀」은 작품 구성과 화소가 대부분 일치하는 작품이지만,

작중 인물의 국민정체성에서 차이를 보였다. 「마경」이 일본제국주의 국민으로서 친일적인 국민정체성을 띠었다면 「십자성」은 새 나라 대한민국 국민으로서 국민정체성을 띠었다. 이러한 국민정체성의 변화는 일제강점기에 보인 친일적인 국민정체성을 청산하고 새롭게 수립된 대한민국 국민으로서의 국민정체성을 갖기 위한 작가 의식의 반영이라고 할 수 있다. 다만, 「십자성」의 경우, 1948년 대한민국 정부 수립 이후 이승만 정부가 내세운 '일민주의'에 부합하는 국민정체성을 보였는데, 식민지 체제의 국가주의 이데올로기와 같은 억압 기제를 사용한 것으로 볼 수 있어 이에 관한 추가적인 검토가 필요하다.

1949년에 출간한『꽃피는 고향』은 일제강점기 말에 발표한 장편소년소녀소설 「삼색화」를 개작하여 단행본으로 출간한 것이다. 일제강점기 「삼색화」에서 해방기『꽃피는 고향』으로 넘어오면서 인물의 국민정체성 변화를 보인 대목이 눈에 띄는데, 「삼색화」가 일제강점기 친일적 국민정체성을 지향하였다면『꽃피는 고향』은 새 나라 대한민국 국민의 국민정체성을 지향한 작품이라 할 수 있다. 즉『꽃피는 고향』도 일제강점기 친일적 국민정체성을 해방기 자주독립 국가 대한민국의 국민정체성으로 탈바꿈하려는 작가 의식이 반영된 작품이다.

제4장

최병화 아동문학의 의의

1. 새로운 어린이상 제시

근대 아동문학의 형성은[1] '아동의 발견'에서 비롯되었다고 할 수 있다. 아동의 발견은 아동 내면의 발견이라 할 수 있는데, 여기에서 '동심'이라는 개념이 만들어진다. 동심을 통하여 그동안 어른의 부속물처럼 여겼던 아이

1 　이 글에서는 근대 아동문학의 형성과정을 정리하기 위하여 '아동의 발견'과 '동심'에 관한 기왕의 논의를 참조하였는데, 목록을 정리하면 다음과 같다. 김종헌, 『동심의 발견과 해방기 동시문학』, 청동거울, 2008; 김화선, 「아동의 발견과 아동문학의 기원」, 『문학교육학』 제39호, 한국문학교육학회, 2012.12, 115~137쪽; 서동수, 「아동의 발견과 '식민지 국민'의 기획」, 『동화와번역』 16, 건국대학교동화와번역연구소, 2008.12, 241~269쪽; 염희경, 『소파 방정환과 근대 아동문학』, 경진, 2014; 이미정, 『유년문학과 아동의 발견』, 청동거울, 2022; 이재철, 『남북아동문학 연구』, 박이정, 2007; 이재철, 『한국현대아동문학사』, 일지사, 1978; 조은숙, 『한국 아동문학의 형성』, 소명출판, 2009; 가와하라 카즈에(河源和枝), 양미화 역, 『어린이관의 근대』, 소명출판, 2007; 가라타니 고진(柄谷行人), 박유하 역, 『일본근대문학의 기원』, 민음사, 2005; 다프나 주르, 세계아동청소년문학연구회 역, 『근대 한국 아동문학』, 소명출판, 2022; 필립 아리에스, 문지영 역, 『아동의 탄생』, 새물결, 2003.

를 아동기라는 특수한 시기에 있는 독립적이고 주체적인 존재로 바라보게 된다. 아동은 동심을 지키고 꾸려가야 할 '근대적 주체'이며 미래 사회를 책임질 주역이기도 하였다. 이처럼 근대사회는 아동을 근대적 주체로 주목하였고, 이들의 순진무구하고 순결한 동심을 지키고 보호하여 '근대 시민'으로 키워가야 할 책무를 교육과 문학이 지게 되었다. 여기에서 아동문학의 필요성과 역할을 찾을 수 있다. 아동문학은 동심을 다룬다는 면에서 특수성을 띠며, 이것이 일반 문학과 차별화되는 지점이다. 아동문학 작품에는 작가가 구상하고 지향하는 동심이 투영된다고 보았을 때, 작품을 통하여 작가의 아동관을 들여다볼 수 있다. 최병화 아동문학의 특징을 정리하기 위해서는 작품에 투영된 작가의 아동관을 고찰할 필요가 있다. 작가의 아동관은 작중 인물을 통해 표출되는데, 아동문학에서는 이를 '어린이상(또는 아동상)'이라 통칭해 왔다. 정리하면, 어린이상을 통해 작가의 아동관을 찾을 수 있고, 이를 통해 작가의 문학적 지향, 작가 의식, 즉 문학 세계를 특징지을 수 있다는 것이다.

한국 아동문학에서 육당 최남선의 『소년』(1908) 창간을 기점으로 소파 방정환의 『어린이』 창간까지를 '소년' 또는 '어린이'라는 근대적 주체를 세운 근대 아동문학의 형성기라고 보는 것이 일반적이다. 최병화는 1920년대 중반에 등단하여 1951년 한국전쟁 중 사망할 때까지, 일제강점기와 해방기라는 특수한 시기를 거치며 왕성한 아동문학 활동을 펼쳤으며, 한국 근대 아동문학 형성기와 변모 과정을 주도하고 목도한 작가이다. 최병화가 어떠한 아동관을 지녔는지, 어떤 어린이상을 그렸는지 살펴봄으로써 최병화 문학 세계를 특징지을 수 있을 것이다. 이를 위해 당대 아동문학의 주류적 아동관을 살핀 후 이에 비추어 최병화의 아동관과 어린이상의 위상을 정리하고 평가할 필요가 있다.

1920년대 방정환의 『어린이』 창간 이후, 한국 근대 아동문학은 2가지 아동관으로 나누어볼 수 있는데, 하나는 방정환 중심의 동심주의 계열이고, 다른 하나는 카프(KAPF) 중심의 계급주의 아동문학 계열이다. 이에 대한 대표적인 논의를 바탕으로, 최병화의 아동관과 어린이상을 정리하고자 한다.

이재철은 방정환 중심의 동심주의 계열을 '주관적 동심주의'로 이름 붙이고, 작품에 표출된 경향을 7가지(천사주의적, 애상적, 자연친화적, 낙천적, 탐미적, 감각적, 신동심주의적)로 나누어 각각의 특징과 대표적 작가와 작품을 개관하였다. 이와 같은 분류는 복합적으로 드러난 양상 중 두드러진 경향을 세분화하여 살핀 것이라 할 수 있다. 애상적인 경향은 최병화의 등단 초기 시 갈래에 나타나기도 하지만 작품 수가 적고 짧은 기간에 발표한 작품이기에 특정 경향으로 보기에는 어려움이 있다. 낙천적 경향에는 최병화의 작품 중 가난과 같은 고달픈 현실 속에서도 희망을 향해 나아가는 이야기를 포함할 수 있다. 김종헌은 낙천적 경향을, 현실의 이데올로기로부터의 순수성과 인류 공통의 아동의 본성을 바탕으로 한다는 의미에서 '휴머니즘적 동심'이라고 하였다. 특히, 신동심주의적 경향은 주관적 동심주의에서 가장 진보적인 아동문학관으로, 동심주의 색채를 띠면서도 아동의 현실 생활을 끊임없이 관찰하고 모색한 것이 특징인데, 아동의 현실을 사실적으로 그렸던 최병화의 작품과 긴밀히 연결되는 부분이어서 주목할 필요가 있다.

이재철은 카프(KAPF) 중심의 계급주의 아동문학 계열을 '사회적 현실주의'로 이름 붙이고, 방정환의 주관적 동심주의에 대한 강력한 반발로써, 현실의 부조리와 모순 등을 샅샅이 파헤치는 현실 고발적인 성향을 지녔다고 보았다. 작품에 표출된 경향을 2가지(현실주의적, 계급주의적)로 나누어 살펴보았는데, 첫 번째 현실주의적 경향은 현실 사회의 모순을 고발하나, 어떠한 해결책을 제시하지는 못한다고 하면서, 해당 작가로 이원수(「눈 오는 저녁」), 노양근(「열세동무」), 최병화(「눈보라 치는 날」) 등을 들어, '감상적 현실주의' 경향을 띠었다고 평가하였다. 두 번째 계급주의적 경향은 『신소년』, 『별나라』 잡지에서 두드러졌으며, 1930년대 전반기를 절정기로 보면서, 자본주의 사회의 모순을 파헤치는 데 그치지 않고 부르주아 계급의 타도와 적극적인 계급적 이념 투쟁의 자세를 보인다고 하였다. 해당 작가로 박세영, 송영, 정청산, 박아지, 신고송, 현덕, 이주홍 등 카프 소속 작가를 거명하고 있으며, 가장 활발하게 활동한 작가는 「소년 직공」 등을 발표한 이동규라고 하였다.

여기에서 주목할 점은 최병화를 '사회적 현실주의'로 분류하면서 감상적 현실주의 경향을 띤 작가로 바라보았다는 것이다. 최병화가 『별나라』의 창간 때부터 편집 동인으로 깊이 관여하였고, 『신소년』의 편집에도 관여하였다는 점을 들어, 계급주의 아동문학 계열의 작가로 분류한 것이다. 이재철이 최병화를 감상적 현실주의 경향으로 분류한 것은, 계급주의 아동문학 작가이면서 현실을 고발하거나 투쟁적인 성향을 띠지 않았다고 보았기 때문이다. 문제는 최병화를 계급주의 아동문학 작가로 볼 수 있느냐는 것이다.

최병화는 이동규의 「소년 직공」과 비슷한 제목을 붙인 입지소설 「소년직공 「철수」」(『어린이』, 1931.1.1.)를 발표하였는데, 계급주의적 의식이 부재하며 부르주아적 근성이 폭로된 작품이라며 민봉호로부터 맹비난을 받았다. 2차 계급주의 방향전환이 단행된 1920년대 후반부터 1930년 중반까지 계급주의 아동문학이 대세인 상황에서, 최병화는 계급주의 아동문학에 가담하지 않고 계급 담론을 단순 '복제'하여 계급주의 진영으로부터 비판을 받은 것이다. 여기에서 복제는 작가 본연의 의식과 달리, 겉모습을 흉내 내는 식으로 해당 경향이나 대세적인 문학의 형식과 소재 등을 취했다는 의미이다. 최병화는 1920~30년대 계급주의 진영 문인들과도 교유하고 있었고 당대 대세가 계급주의 문학인 상황에서 계급주의 담론을 작품에 형식적으로 담아냈을 뿐, 최병화의 문학 세계 기저에는 방정환의 동심주의가 자리 잡고 있었고, 이를 계속하여 이어갔다. 다만, 최병화의 소년소설과 동화 등에서 아동이 처한 현실을 중점적으로 다룬 것은 계급주의 담론의 단순 복제라기보다는 방정환 동심주의의 관념적인 아동과 동심에 머물지 않고 현실적인 아동 서사를 지향한 작가 고유의 문학적 취향이라고 할 수 있다. 이러한 지점에서 최병화의 아동문학은 계급주의 아동문학의 '현실주의'와 결을 같이 한다고 할 수 있다.

한편, 염희경은 방정환의 동심주의를 천도교의 인내천 사상과 일본 유학 시절 영향받은 서구의 동심주의의 결합으로 설명하면서, 방정환의 동심주의가 '동심천사주의'로 불리게 된 배경을 통해, 오인된 부분을 바로잡았다. 방정환은 일본의 동심주의에 영향을 크게 받았는데, 『빨간 새』의 오가와 미메이(小川未明)의 동심주의와 깊은 연관이 있다고 보았다. 가와하라 카즈에(河源和枝)는 『빨간 새』에 나타난 어린이를 세 가지 이미지로 정리하였는데, 첫 번째 '착한 어린이'('선하고 착함'의 이미지, 상냥·효도·노력·반성하는 어린이), 두 번째 '약한 어린이'('연약함'의 이미지, 마음 약한·가난한·학대받는 어린이), 세 번째 '순수한 어린이'('순수함'의 이미지, 순수함을 구현하는 존재로서 어린이를 상징적으로 취급)이다.[2] 최병화가 등단 초창기부터 『어린이』 등을 통하여 방정환과 교유하였으며 그의 영향을 크게 받았다는 점에서, 『빨간 새』의 3가지 어린이상은 최병화의 작품에도 이어졌다고 할 수 있다.

특히, 염희경의 연구에서 주목할 점은 방정환의 동심주의에는 낭만적 지향과 현실주의적 지향이 내장되어, 작품을 긴장감 있게 끌고 가는 동력으로 작동하였다고 본 것이다. 낭만성은 낙천적이고 밝고 순수한 동심이고, 현실주의는 현실에서 동심을 실현하고자 하는 지향성이라고 정리하면서, 낭만성으로 치우친 작가로 윤석중을, 현실주의를 이어간 작가로 이원수를 들고 있다. 최병화의 작품에는 힘든 여건 속에서 희망을 잃지 않고 꿈을 향해 나아가는 긍정적이고 낙천적인 인물이 자주 등장한다는 점에서 '낭만적'이고, 작중 인물의 현실에 밀착하여 그들의 삶의 면면을 속속들이 알고 함께 한다는 면에서 '현실주의'라고 할 수 있다. 이러한 점에서 최병화의 아동문학을 방정환의 동심주의에 뿌리를 둔 '낭만적 현실주의' 경향으로 분류할 수 있다.

이상의 내용과 이 글의 연구 결과를 토대로, 최병화의 아동관을 정리하면 다음과 같다.

최병화는 한국 아동문학의 근대적 주체로 '어린이'를 세운 방정환의 동심주의에 뿌리를 두고 있다고 할 수 있다. 최병화는 방정환의 동심주의 가운데 낭만적 경향과 현실주의 경향을 이어받았는데, 낭만적 경향은 낙천적이

---

2   염희경은 방정환이 『빨간 새』의 '약한 어린이'를 있는 그대로 받아들이지 않고, 탐정소설 등에서 현실과 대립하고 맞서 싸울 줄 아는 어린이상, 용기 있고 진취적인 어린이상으로 변모시켰다고 하였다. 염희경, 앞의 책, 126~142쪽 참조.

고 밝고 순수한 동심이라고 할 수 있으며, 현실주의 경향은 '신동심주의'로, 인물의 현실에 밑바탕에 두고 삶의 면면을 상세히 다룬 것을 가리킨다.

최병화는 계급주의 아동문학과도 깊은 연관이 있다. 1920~30년대는 계급주의 아동문학이 아동문학단의 흐름을 주도하였고, 이러한 흐름 속에서 최병화는 계급주의 아동문학 담론을 복제하기도 하였다. 여기에서 계급 담론의 복제는 작가 의식 본유의 특징이라기보다는 대세에 따른 단순한 형식상의 복제였다. 다만, 아동이 처한 현실에 밀착한 작품을 중점적으로 다루었다는 방법적인 면에서, 계급주의 아동문학의 현실주의적 특성과 결을 같이한다고 할 수 있다.

요약하여 정리하자면, 최병화는 방정환의 동심주의에 정신적인 뿌리를 두고 '현실주의'라는 계급주의 아동문학의 방법론을 받아들였다고 할 수 있다. 방정환의 동심주의에 뿌리를 두고 있으면서, 계몽적이고 관념적인 동심에 머물러 있지 않고, 아동의 현실을 직시하는 현실주의적 경향을 띠었는데, 이러한 최병화의 아동관을 '낭만적 현실주의'로 부를 수 있다. 어느 한쪽을 선택하고 버린 것이 아니라, 양쪽과 끊임없이 교류하면서 작가 고유의 문학적 취향을 만들어냈으며, 이를 끈기 있게 고집해 나갔던 것이다. 최병화는 양단의 진영 논리에 흔들리지 않고 중립을 지켜갔으며 이러한 분위기와 태세는 해방기에도 이어졌는데, 이것이 최병화 문학이 가진 고유한 특성이고 한국 아동문학사에서 주목해야 할 부분이다.

한편, 최병화의 아동관은 방정환 동심주의의 근원이 되는 『빨간 새』와 연결 지을 수 있는데, 작가의 아동관이 어린이상으로 형상화된다고 보았을 때, 최병화의 작품에 드러난 어린이상을 『빨간 새』의 3가지 어린이상으로 분류하여 정리할 수 있다. 다만, 『빨간 새』의 3가지 어린이상을 바탕으로 하되, 방정환의 영향과 최병화 고유의 문학적 취향을 반영하여 분류 기준을 수정하고 추가할 필요가 있다.

최병화의 작품에 나타난 어린이상은 크게 5가지로 분류할 수 있다. 첫째, '착한 어린이상'으로, 도덕적 가치와 덕목을 실천하는 어린이이다. 둘째, '낭만적 어린이상'으로, 긍정적인 어린이, 진취적인 어린이, 성장하는 어린이이다. 셋째, '약한 어린이상'으로, 약자를 배려하는 어린이, 여권 신장을 지향하는 어린이이다. 넷째, '순수한 어린이상'으로, 순수한 동심을 상징적으로 나타내는 어린이, 순수한 동심을 있는 그대로 나타내는 어린이이다. 다섯째, '애국하는 어린이상'으로, 나라를 사랑하는 마음을 가진 어린이이다. 각각의 어린이상을 구체적인 작품을 통해 살펴보면 다음과 같다.

첫째, '착한 어린이상'이다. 『빨간 새』에서 사회·도덕적 가치를 실천하는 어린이를 착한 어린이(다른 사람에게 상냥하고, 효도하고, 노력하고, 반성하는 어린이 등)라고 하였는데, 최병화의 동화와 학교소설에도 도덕적 가치와 덕목을 실천하는 주인공이 자주 등장한다. 병환을 얻은 어머니를 지극정성으로 돌보고 마침내 깨끗이 낫게 한 「토마스의 효성(전 3회)」(『조선일보』, 1936.5.14.~19)의 토마스, 장맛비로 수해를 입은 사람을 위해 알뜰히 모아온 저금통을 깨서 신문사에 기탁한 「깨진 벙어리」(『조선일보』, 1936.8.24.)의 숙희, 길에서 주운 돈을 파출소에 맡긴 일로 학교의 명예를 빛낸 「만 원 얻은 수동」(『서울신문』, 1950.5.15.)의 한수동 등이 모두 착한 어린이상이라 할 수 있다. 최병화는 선행과 정직, 생명의 소중함과 사랑, 온정의 베풂 등 도덕적인 가치를 다룬 동화를 통해 착한 어린이상을 구현하고 있다.

또한 최병화의 소년소설과 학교소설에서도 착한 어린이상을 쉽게 찾을 수 있는데, 교통사고를 당한 같은 반 친구의 가난한 형편을 알고 자신의 도시락을 주고 빈 도시락을 들고 다닌 「경희의 빈 벤또」(『조선아동문학집(선집)』, 1938.12.1.)의 경희, 길에서 만난 할머니의 짐을 들어드리고 받은 돈 일전으로 학교 친구들에게 학용품을 사서 나눈 「돈 일 전의 갑」(『조선일보』, 1933.10.25.)의 복남, 언덕길에서 짐을 가득 싣고 힘겹게 수레를 끌고 가는 노인을 도운 「귀여운 쌈방울」(『조선일보』, 1933.11.14.)의 학생들도 모두 착한 어린이상이라 할 수 있다. 최병화의 학교소설에서 주목할 점은 선생님이 제자에게 보내는 편지 형식의 작품이 많으며, 수신 시간이 자주 등장한다는 것이다. 선생님이 제자에게 보내는 편지는 대체로 제자를 걱정하면서 바른 길로 가기를 바라는 선생님의 마음을 담고 있으며, 수신 시간은 선생님이 도덕적 가치와 덕목을 학생들에게 가르치는 시간으로 활용되고 있어, 착한 어린이상을 구현하는 데 중요한 역할을 하고 있다. 학교소설이라는 갈래 특성상, 작가의 대변자인 '선생님'과 도덕적 가치를 가르치는 '수신 시간'을 통해 교육적 역할을 하려는 것은 자연스러운 일이다. 다만, 착한 어린이상을 구현하기 위해 일방적인 가치 주입의 방식을 취한 것과 지나치게 교훈적이고 계몽적으로 흐른 면이 있다는 것은 한계라 할 수 있다. 교훈적·계몽적 의도가 관념적 아동상을 만들었고 이것이 방정환 동심주의의 한계로 제기되곤 하였는데, 최병화에게도 그런 면이 이어지고 있었다.

둘째, '낭만적 어린이상'이다. 『빨간 새』에서는 '연약함'의 이미지에 속하는 집단으로 '약한 어린이상'을 제시하였는데, 혼자서 고민하는 마음 약한 어린이, 병든 어린이, 가난한 어린이, 학대받는 어린이이다. 하지만, 최병화의 작품에는 가난하고 마음 약하고, 병든 어린이라도 '연약함'에 빠져 있지 않고, 긍정적이고 진취적이고 스스로 성장으로 나아가는 인물을 그리고 있다는 점에서 '약한'을 '낭만적'으로 대체할 수 있다. 낭만적 어린이상은 작품에 구현되는 양상에 따라, 긍정적인 어린이, 진취적인 어린이, 성장하는 어린이로 나눌 수 있다.

먼저, 긍정적인 어린이상이다. 최병화의 작품에는 고난과 시련 속에서도 꿈과 희망을 품고 살아가는 긍정적인 어린이상이 잘 구현되어 있다. 최병화의 입지소설, 소년소설, 학교소설 등에는 가난으로 인해 학교를 그만두거나 돈을 벌기 위해 취직을 하는 주인공이 자주 등장하는데, 이들은 자신이 처한 현실에 낙담하지 않고, 자신의 꿈을 향해 나아가려는 긍정적인 자세를 취하고 있다. 가난 때문에 학교를 그만두고 공장에 취직하여 낮에는 일하고 밤에는 야학으로 공부하겠다는 「소년 직공 「철수」」(『어린이』, 1931.1.1.)의 철수, 가난한 형편에 낙담하지 않고 집안일도 챙기며 성실히 공부하는 「새로 핀 두 송이 꽃」(『아이생활』, 1938년 9-10월 합호)의 명숙이가 긍정적인 어린이상의 좋은 예이다.

여기에서 주목할 작품은 가난한 형편으로 어려움을 겪는 주인공이 주변 조력자로 인해 긍정적 어린이상을 구현하는 작품이다. 가난한 형편에 억지로 마련한 월사금을 잃어버린 줄 알고 울던 순이가 월사금을 대신 맡아준 정희 덕분에 웃게 되었다는 「웃다 우는 얼골」(『조선일보』, 1933.10.27.), 친구의 월사금을 대신 내주기 위해 어머니께 저축할 돈이라고 거짓말을 한 모범생 정숙의 이야기 「월사금의 죄(전 3회)」(『조선일보』, 1934.2.4.~7), 어려운 집안 형편 때문에 시험에서 1등을 하지 않으면 포목점에 취직해야 하는 영순을 위해 일부러 답안을 틀리게 쓴 덕구의 이야기 「우정의 승리」(『아이생활』, 1938.3.1.)가 이에 해당한다. 「꽃 피는 마음」(『아이생활』, 1938.4.1.)은 일찍 어머니를 여의고 어려운 형편에 있는 혜숙의 이야기로, 5년 동안 친어머니처럼 가르쳐 주신 최 선생님이 전근 가시고 슬픔에 빠져 나쁜 생각까지 하게 되지만 이내 장 선생님이 좋은 소식을 전하는 덕분에 다시 희망을 품게 된다는 것이 대강의 줄거리다. 이처럼 주인공이 낙담하거나 포기하기 전에 조력자가 도와주고 끌어주는 것은 긍정적인 어린이상을 구현하기 위한 작가의 의도가 강력하게 작용하고 있기 때문이다. 이러한 최병화의 작품은 시종 긍정적인 어린이상의 구현을 위해 나아가고 있다. 작품에 등장하는 '꽃'과 '봄'과 같은 낱말은 고난과 역경 속에서 품어야 할 꿈과 희망을 상징한다고 할 수 있다. 또한 입지소설, 소년소설, 학교소설 등 여러 갈래 용어를 사용한 것은 어린이상을 구현하기 위하여 다양한 형식과 내용을 활용하려는 작가 의식의 표출에서 비롯된 것이라 할 수 있다.

다음은, 진취적인 어린이상이다. 앞서 방정환이 『빨간 새』의 '약한 어린이상'을 그대로 수용한 것이 아니라 현실에 맞서 싸우는 용기 있는 어린이상으로 변모를 꾀하였다고 하였는데, 최병화의 작품에서도 현실의 어려움과 위험 속에서 좌절하거나 실망하지 않고 도전과 모험을 마다하지 않는 진취적인 어린이상을 찾아볼 수 있다. 최병화의 소년탐정소설은 주인공 '소년 탐정'이 악한에게 납치되거나 행방불명이 된 주변 인물을 찾아 나서는 구조로 되어 있는데, 청년 발명가 한일광이 개발한 한식 디젤 기관의 설계도를 찾기 위해 정박사를 겁박하는 악한과의 대결을 마다하지 않는 「과학탐정, 철동소년」(『별나라』, 1930.5.6.~7.1.)의 소년탐정 철동, 전조선소년야구대회 결승전을 앞두고 행방불명이 된 ×보통학교 야구선수 김영선을 찾기 위해 악한과의 위험천만한 대결을 펼치는 「청귀도의 비밀」(『어린이』, 1934.5.20.~1935.3.1.)의 소년 탐정 태순, 조선의 발명가 오 박사를 납치하고 세계적 발명품의 설계서와 도면을 훔친 악당을 뒤쫓는 「소년 금강가」(『아이생활』, 1939.1.1.~8.1.)의 소년 탐정 5명이 이에 해당한다. 최병화의 장편모험소설 「마경천리」(『아이생활』, 1940.4.1.~11.31.)와 「십자성의 비밀」(『어린이나라』, 1949.7.1.~ 1950.3.1.)에서도 절체절명의 위기와 여러 위험의 순간을 용기 있고 지혜롭게 헤쳐 나가는 진취적인 어린이상을 확인할 수 있다. 최병화는 탐정모험소설 「소년 금강가 (1)」(『아이생활』, 1939.1.1.)의 서두에 "1. 외국인이 본 조선 소년"이라는 글을 제시하였는데, '조선 소년은 용기가 없다, 활발치 못하다, 모험을 할 줄 모른다' 등의 문제를 제기하면서, 진취적인 어린이상의 의미와 중요성을 알리고 작품을 통해 이를 구현하겠다는 작가의 의도를 밝히기도 하였다.

　마지막으로, 성장하는 어린이상이다. 최병화의 작품에는 스스로 성장으로 나아가는 어린이상이 구현되어 있다. 모든 아동문학 작품이 독자의 성장을 전제로 한다는 점에서 공통적이라 할 수 있으나 이 글에서는 서사 방식을 통하여 주인공 스스로 성장으로 나아가는 과정을 두드러지게 보인 작품에 주목하였다. 최병화의 스포츠소설은 어린이 주인공이 스포츠 경기에서 갈등 상황을 맞게 되고 경기 과정에서 중대한 결정을 내리면서 내면적 성장으로 나아가는 과정을 보여주는 방식을 취하였다. 주인공의 내적 갈등 단계를 '갈등 상황 발생-갈등 상황 대면(고민, 회피)-선택(결정)의 순간-결과의 수용'의 단계로 구분할 수 있는데, 이러한 과정을 통해 인물의 내면 성장을 구현하였다.

야구소설 「혈구」(『별나라』, 1927.6.1.~8.18.)는 리화촌에서 전학한 야구선수 영국이가 모교 팀 리화촌 야구부와 결승전을 치르게 되면서 겪게 되는 갈등 상황과 성장 과정을 그린 작품이다. 「혈구」는 갈등 상황(모교 팀과의 대결)-갈등 상황 대면(경기에 뛰어야 하나, 투수를 해야 하나, 최선을 다해야 하나)-선택의 순간(나에게 우리 팀의 운명이 걸렸다, 인정에 붓들려서는 안 된다, 타격을 하자)-결과의 수용(도화촌의 승리, 모교 팀과 은사에 대한 죄책감)을 통해 성장형 어린이상을 구현한 작품이다. 야구소설 「홈으런 쌔트」(『별나라』, 1929.7.20.)도 '갈등 상황 (야구대회 결승전 당일 동생 경남이가 위독함)-갈등 상황 대면(결승전에 가야 하나, 동생의 곁을 지켜야 하나)-선택의 순간(결승전을 뛰어 동생을 기쁘게 해주자)-결과의 수용(우승의 주역이 되었고, 동생도 완쾌되었다)을 통해 주인공 영남의 내면 성장 을 구현하고 있다.

셋째, '약한 어린이상'이다. 『빨간 새』에서 제시한 '약한 어린이상'의 '연 약함'을 최병화의 작품에서는 사회적 약자와 여성의 특징으로 보고, 사회적 약자를 배려하는 어린이, 여성 인권 신장을 지향하는 어린이로 대체할 수 있다. 최병화의 동화 「성탄 전날 밤」(『조선일보』, 1938.2.4.)은 성탄절 전날 감기로 몸져누워 있는 봉희에게 12명의 별 아가씨가 찾아와 노래하고 춤추며 위로하고 병을 낫게 해줬다는 이야기로, 아픈 환자를 위로하고 배려하는 어린이상을 구현하였다고 할 수 있다. 여학생도 남학생과 똑같이 공부해야 하고, 공부하면 얼마든지 성공할 수 있다는 이야기를 다룬 소년소설 「즐거운 메아리」(『소학생(임시증간)』, 1949.8.1.)와 승렬이가 여동생 승애에게 공부를 해서 훌륭한 사람이 되고, 여학생도 공부만 하면 얼마든지 성공할 수 있다고 독려한 장편소년소녀소설 『꽃피는 고향』(박문출판사, 1949)은 양성평등과 여성 인권 신장을 지향하는 어린이상을 구현하였다고 할 수 있다. 이 밖에도, 소녀소설, 소녀시, 소년소녀소설 등 갈래 용어에서도 양성평등과 여성의 입지를 다지려는 작가 의식을 엿볼 수 있다.

넷째, '순수한 어린이상'이다. 『빨간 새』에서 '순수한 어린이상'은 '순수함'의 이미지로, 순수함을 구현하는 어린이를 상징적으로 취급한다고 하였는데, 최병화의 작품에는 순수한 동심을 상징적으로 나타내는 어린이, 순수한 동심을 있는 그대로 나타내는 어린이, 동물의 삶을 통해 순수함과 연관 짓는 경우를 들 수 있다. 동화 「봄과 어린이」(『월간소학생』 66, 1949.4.1.)는 어른인 뚱뚱보 아저씨가 자기 집 마당에 어린이를 못 들어오게 하자, 그 집에만 봄이 오지 않았고, 어린이가 있어야 봄이 온다는 사실을 알게 된 후 자기 행동을 뉘우친다는 이야기로, 어린이의 순수한 동심을 '봄'으로 상징화하여 순수한 어린이상을 구현한 작품이다. 동화 「귀여운 눈물」(『별나라』, 1926.7.1.)에서 새를 괴롭히려다가 누나에게서 엄마 이야기를 듣고 금세 눈물을 흘리며 마음을 돌리는 영호, 동요 「눈썹 시는 밤」(『동아일보』, 1927. 2.1.)과 동화 「눈썹 시는 밤」(『조선일보』, 1936.1.31.~2.1.)에서 설 전날에 잠을 자면 눈썹이 하얗게 센다는 누나들의 말을 진심으로 믿고 잠들지 않으려고 애쓰는 아이, 학교소설 「학교에 온 동생」에서 비 오는 날 우산을 들고 오빠의 교실에 온 여섯 살 여동생 복희, 모두 순수한 동심을 있는 그대로 나타낸 어린이상이다. 이 밖에도, 어린이 주인공이 거의 등장하지 않지만, 동물의 행동과 관계를 통해 사람들이 잊고 있던 순수함을 떠올리게 하는 '동물애미담'도 순수한 어린이상을 구현하는 역할을 한다고 볼 수 있다.

다섯째, '애국하는 어린이상'이다. 『빨간 새』에는 제시되지 않은 어린이상으로, 최병화의 작품에 구현된 나라를 사랑하는 어린이이다. 일제강점기와 해방기라는 특수한 시기를 거친 최병화의 작품에 구현된 어린이상으로, 일제강점기와 해방기로 나누어 살펴볼 수 있다.

먼저, 일제강점기에 나라를 사랑하는 어린이상이다. 「이역에 피는 꽃(전 15회)」(『조선일보』, 1935.4.16.~5.9.)은 러시아, 만주국, 조선 세 나라 팀이 참가하는 제2회 북만소년육상경기대회에 조선 대표로 참가하는 혜성보통학교 학생 홍수를 중심으로 한 이야기인데, 이국을 배경으로 하여 조선 소년의 조국애를 다루고 있다. 다만, 일제강점기에 러시아, 만주국 등을 부정적으로 그린 작품이어서 작가의 기획 의도와 작품이 지닌 의미를 좀 더 살펴볼 필요가 있다. 장편모험소설 「마경천리(전 6회)」(『아이생활』, 1940.4.1.~11.31.)는 일본제국주의 국민으로서 정체성을 가진 한세웅과 한숙경 남매를 통해 일제강점기 나라를 사랑하는 어린이상을 구현한 작품이다. 일제강점기 말, 작가의 친일적인 행보가 작품 속 나라 사랑하는 어린이상의 구현으로 이어진 것이다.

다음으로, 해방기에 나라를 사랑하는 어린이상이다. 동화 「내가 그린 태극기」(『중앙신문』, 1945.12.20.)에서 조선 독립을 위해 애쓰시다 돌아가신 순국선열의 고마움을 기리기 위해 태극기 앞에서 묵상하는 수동이네 가족, 동화 「탁상시계」(『소년』, 1948.9.1.)에서 자주독립 국가의 생도로서, 새 나라 새 조선을 이어받을 주역으로서, 비가 쏟아지는데도 결석과 지각 한 명 없이 모두 출석한 공협의 중학 1학년 학생들, 장편모험소설 「십자성의 비밀」에서 해방기 자주독립 국가의 국민으로서 나부끼는 태극기를 바라보며 감격의 눈물을 흘리고, 새 나라의 씩씩한 일꾼을 떠올리며 희망과 감격을 느끼는 수동과 복희, 모두 나라를 사랑하는 어린이상이다. 특히, 자주독립 국가의 소년으로서, 나라를 사랑하는 마음과 희망과 용기를 지닌 인물상은 해방기라는 특수한 시기에 기획된 어린이상이라 할 수 있다.

2. 다양한 문학 활동을 통한 아동문학 문화 조성

최병화는 1920년대 중반에 등단하여 1951년 한국전쟁 중 사망할 때까지 수많은 작품을 발표하고 다양한 문단 활동을 전개하였다. 한국전쟁 중 사망으로 그의 작품과 문단 활동은 중단됐지만, 일제강점기와 해방기라는 특수한 시기에 아동문학단에서 펼친 그의 문학 활동은 가벼이 여길 만한 것이 아니었다. 최병화 아동문학의 가장 큰 의의는 새로운 아동문학 문화 조성에 앞장섰다는 것이다. 새로운 아동문학 문화 조성은 크게 4가지로 정리할 수 있는데, 첫째, 매체(일간지와 잡지) 중심의 출판문화 조성, 둘째, 새로운 아동문학 갈래 개척, 셋째, 외국 작품의 현지화 작업, 넷째, 시대적 흐름과 요구에 부응하는 것이다.

첫째, 최병화는 매체(일간지와 잡지) 중심의 출판문화 조성에 앞장섰다.

최병화는 소파 방정환이 『어린이』를 창간하여 아동문학 활동을 본격화하던 1920년대 중반에 등단하여 『별나라』의 창간 때부터 편집 동인으로 참여하는 등 일찍이 아동문학단에 뛰어들었다. 최병화의 아동문학 활동은 일간지와 잡지, 아동문학 단체 중심이었다. 1924년 신시 「무덤의 사람」(『조선일보』, 1924.10.13.)을 시작으로, 『조선일보』와 『동아일보』, 『중외일보』, 『조선중앙일보』등 여러 일간지에 다양한 갈래의 작품을 발표하였는데, 1930년대 『조선일보』에 가장 많은 편수의 동화를 발표한 작가로 이름을 올리기도 하였다. 『조선일보』(1933.2.20.~1934.7.6.)에 학교소설을 발표하고, 『조선중앙일보』(1934.1.24.~2.16.)에 수양미담(16편), 『조선일보』(1936.6.25.~7.28.)에 동물애미담(10편)을 발표하는 등 신문을 통해 여러 편의 작품을 발표하였다. 또한 일간지에 「15세 소년의 세계 일주기(전 84회)」(『동아일보』, 1930.9.15.~1931.2.1.)와 「왕자와 거지(전 55회)」(『조선일보』, 1936.10.28.) 등 외국 유명 작가의 작품을 번역하여 장기간 연재하기도 하였다.

최병화는 1926년에 창간한 『별나라』의 편집 동인이었고, 『어린이』와 『신소년』의 필진이었으며, 인천의 『습작시대』, 충남 공주의 『백웅』 등 다른 지역의 문예지에도 필진으로 참여하였다. 1936년경에는 잡지 『목마』(<목마사> 근무)에 관여하였고, 해방기에는 <호동원>(1945 창립)에서 발행한 『호동』의 편집위원이었으며, 1948년 <박문출판사>의 편집기자(국장)와 1950년 아동 잡지 『진달래』의 필진을 거치는 등 일제강점기와 해방기 각종 잡지의 운영과 편집에도 깊이 관여하였다.

또한 최병화는 아동문학에 뜻을 같이한 문우들과 서울에서 <꽃별회(꽃별회)>를 창립(1927)하고, 1927년 어린이날 준비위원회인 <조선소년운동협회>의 상무위원, 1929년 아동문제연구단체 <별탑회>의 동화회 연사, <조선아동예술작가협회> 집행위원, 1941년 <경성동극회> 선거위원, 1945년 <조선소년운동중앙협의회>, 아동예술연구단체 <호동원> 등 아동문학 단체를 중심으로 아동문학 활동과 소년 문예 운동을 적극적으로 펼쳤으며, 주요 보직을 맡아 중심적인 역할을 하였다.

한국 근대 아동문학은 일제강점기에 일간지와 잡지 등 매체 중심의 출판 문화를 형성하게 되었는데, 최병화는 이러한 토대를 마련하는 데 주도적인 역할을 하였다. 안으로는, 필진과 편집의 역할을 맡아 일간지와 잡지 중심의 작품 활동을 활성화하였고, 밖으로는 각종 아동문학 단체를 통하여 어린이날 행사, 동화회 활동 등 다양한 문학 활동을 전개하면서 아동문학을 대중적인 문학으로 이끌어갔다. 해방기에도 일간지와 잡지, 아동문학 단체 중심의 문학 활동을 이어갔는데, 이런 점에서 최병화는 일제강점기와 해방기 아동문학의 흥망성쇠를 함께하고 목도한 작가라고 할 수 있다.

둘째, 최병화는 새로운 아동문학 갈래 개척에 앞장섰다. 최병화가 등단하여 아동문학 활동을 본격화한 1920~30년대는 주요 일간지가 창간되고 수많은 교양 잡지와 아동 문예지가 발간되는 등 소위 "아동 잡지의 족출시대(簇出時代)"[3]로 불렸다. 신문, 잡지 등 수많은 언론 매체의 등장은 저널리즘의 활성화와 동시에 생존을 위한 경쟁을 가속하였다. 신문과 잡지는 더 많은 독자층을 확보하고 꾸준한 인기를 구가하기 위해 다양한 전략을 모색할 수밖에 없었는데, 이러한 분위기에서 최병화는 '학교소설', '수양미담', '동물애미담', '스포츠소설' 등 새로운 아동문학 갈래를 개척하였다.

1876년 개항 이후, 서구식 근대 학교가 곳곳에 들어서기 시작했고, 일제의 억압적인 식민 교육 정책과는 달리 조선 시민의 근대적 제도권 교육에 대한 사회적 열망과 지향은 뜨거웠으며, 상대적으로 소외와 결핍을 겪는 부류가 생겨났다. 이러한 시대적 분위기를 반영하여 만들어진 갈래가 학교

---

3   이재철, 『세계아동문학사전』, 계몽사, 1989, 453쪽.

소설이다. 학교소설은 주로 학교를 배경으로 일어난 사건을 소재화하였는데, 학교소설을 집중적으로 발표하던 1930년대 초반, 최병화는 연성흠이 설립한 야학 강습소 <배영학교>의 교원으로 근무하면서, 형편이 어려운 학생들의 고학담을 쉽게 접할 수 있었고, 이를 작품 소재로 적극적으로 활용하게 되었다. 당대 아동문학이 주로 보통학교 이하 어린이를 대상 독자로 삼았던 상황에서, 학교소설은 중·고등학교 이상의 소년을 아동문학의 독자로 끌어들여 아동문학의 저변을 확대하였고, 이후 '소년소설'의 발판을 마련하였다는 의의가 있다.

'미담'은 계몽적·교훈적 의도를 전면에 내세우며 등장한 갈래이다. 일제강점기에는 이정호, 최경화(崔京化)를 비롯하여 많은 작가가 미담을 발표하였다. 최병화는 미담 발표를 시작하면서 '수양미담'을 여러 편 발표하였는데, 당대 여러 가지 갈래 용어로 발표되던 미담을 수양미담 하나로 정리하려고 했다는 데 의의가 있다. 이후 '동물애미담'이라는 새로운 갈래를 발표하는데, 계몽적이고 교훈적인 기존 미담과는 달리, 화자(작가)의 개입을 절제하면서 관찰과 묘사 중심의 표현 기법으로 동물의 세계를 보여주는 방식을 취하였다. 여기에서 더 나아가, 미담이라는 갈래 용어를 사용하지 않고, 동물을 소재로 한 작품을 발표하거나 동화나 소년소설 속에 미담을 삽입하여 활용하기도 하였다. 이는 기존 미담이 지나치게 계몽적·교훈적이라는 문제의식을 바탕으로, 계몽과 감동을 함께 추구하려는 작가의 의도에서 비롯한 것으로, 계몽과 감동을 함께 추구하는 기법 면에서 상당한 성취를 보였다.

1900년대 이후, 서구의 스포츠가 국내에 소개되어 학교의 교육 내용에 체조, 체육 과목으로 자리 잡게 되고, 체조, 육상과 더불어 야구와 축구 등 구기 종목이 인기를 끌게 되면서, '야구소설' 같은 '스포츠소설'이 새로운 갈래로 등장하였다. 야구소설을 발표할 당시, 최병화는 『별나라』의 편집인으로 있었는데, 독자의 기호는 잡지의 판매, 매출과 직결된다는 점에서, 독자에게 인기 있는 스포츠 소재의 작품에 관심을 기울인 것은 자연스러운 일이다. 최병화의 스포츠소설은 야구와 축구, 육상 등 당대 인기 스포츠를 중심 소재로 활용하였고, 탐정소설이나 모험소설에 스포츠 소재를 부분적으로 활용하기도 하였다. 생생하고 속도감 있는 서사로 스포츠라는 특수성을 살린 것과 스포츠 종목에 성장물의 요소를 가미하여, 주인공의 내면적 성장 과정을 충실히 담아낸 것은 성장 서사의 좋은 예라고 할 수 있다.

최병화는 잡지의 대중적 인지도와 독자 확보의 중요성을 인지하여, 독자의 관심과 호응을 얻기 위한 기획물에도 힘을 쏟았는데, '연작소설(릴레이소설)' 「눈물의 선물 (5)」(『별나라』, 1928.7.31.)과 '합작소설' 「아름다운 희생(전2회)」(『어린이』, 1929.12.20.~1930.1.20.)이 그 예이다. 작가로서 독자와 적극적으로 소통하려는 자세를 바탕으로, 독자층 확보를 위한 문학적 형식과 발표 방식을 실험하고 시도했다는 점에서 의의가 있으며, 1930년대 중반에 소멸한 줄 알았던 릴레이소설을 해방기(「굴러간 뽈」, 『소년』 6호, 1949.1.1.)에도 이어 갔다는 점에서 문학사적 의의를 지닌다. 다만, 해방기에는 '1인 연재소설'의 방식이 본격화되면서, 한 작품의 일정 분량을 여러 작가가 나누어 발표하는 릴레이소설은 자연스레 소멸하게 된다. 이처럼 최병화는 아동문학의 새로운 갈래 개척에 앞장섰는데, 아동문학 갈래가 본격적으로 자리매김하던 당대와 이후의 아동문학 지형을 살피는 데 최병화의 아동문학은 중요한 자료적 가치가 있다.

셋째, 최병화는 외국 작품의 현지화 작업에 앞장섰다.

최병화는 1930년대 탐정소설을 여러 편 발표하였는데, 창작과 번역을 병행하였다. 문제는 번역 사실을 밝히지 않은 작품의 경우, 창작인지 번역인지 구분하기가 쉽지 않다는 것이다. 최병화의 첫 탐정소설 「혈염봉(전 2회)」(『학생』 5~6월호, 1930.5.1.~6.15.)은 최근 연구에서 최병화의 창작이 아니라 일본 작가 '돈카이 오우(呑海翁)'의 「피에 물든 배트(血染めのバット)」를 번안한 사실이 밝혀졌다. 최병화의 창작으로 오해한 것은 등장인물과 공간적 배경을 번역 과정에서 '현지화(現地化, glocalization)' 혹은 '동화(同化, domestication)'하였기 때문이다. 외국 작품에 나온 인물의 이름과 장소를 그대로 번역할 경우, 가독성과 현실성이 떨어질 수밖에 없는데, 최병화는 외국 작품을 현지화하여 조선의 현실에서 있을 법한 이야기로 만들어냈다.

또한 최병화는 일본의 아동문학 연구서 「세계동화연구」를 대한민국의 실정에 맞게 내용을 다듬고 보태어 현지화하였다. 「세계동화연구(전 7회)」(『조선교육』, 1948년 10월호~1949년 10월호)는 세계 동화를 연구한 일본의 전문 비평가의 이론서를 번역하여 소개한 것인데, 당대 대한민국의 상황에 맞게 자료를 제시하고 설명하였다는 점에서 중요한 의의를 지닌다. 방정환이 일본 유학을 통해 영향받은 것을 조선에 전달하는 역할을 하였다면, 최병화는 방정환이 일본에서 가져온 문학을 식민지 조선의 현실에 맞게 현지화하는 작업을 수행하였다고 할 수 있다. 최병화가 방정환이 사망 직전까지 집착했던 탐정소설, 모험소설을 이어가면서 조선의 실정에 맞게 변모를 꾀한 것과 일본의 아동문학 연구서 「세계동화연구」를 단순히 번역만 한 것이 아니라 대한민국의 실정에 맞게 다듬고 보탠 것이 대표적인 예이다.

넷째, 최병화는 시대적 흐름과 요구에 적극적으로 부응하였다.

1920년대 후반, 아동 잡지는 계급주의 아동문학의 방향전환에 따른 '교양 (특히 과학)'을 중시하는 시대적 흐름에 부응하기 위하여, 문학 분야 외에 과학상식, 예술, 위인 소개, 일반상식 등 다양한 분야의 글을 지면에 실었다. 1920년대 계급주의 아동문학에서 추구하는 '교양'은 '과학적 지식을 보급' 하는 것이고, 이때 '과학적 지식'은 '자연과학과 사회과학을 의미'하며, 이를 통해 '소년들의 삶과 사회 변혁을 도모'하고자 하였다. 최병화도 1920년대 중후반부터 독자의 교양을 높이기 위한 글(과학적 상식, 여성의 인권과 교양, 세계적 위인과 유명 예술인 소개, 외국의 유명 작품 번역)을 발표하였는데, 아동문학 잡지가 예술적 기능뿐만 아니라 아동들의 교양, 교육을 책임지는 교육적 기능까지 담당해야 했던 시대적 분위기도 한몫하였다. 다만, 일제강점기 말『아이생활』등 친일적인 색채를 노골적으로 드러낸 잡지에 작품을 발표 하면서 일제의 '대동아공영권'에 부응하는 '제국주의 군인'을 미화하거나 황국신민으로서의 자긍심을 노래하였다가, 8·15 광복 이후 새 나라 대한민 국의 자랑스러운 일꾼이 되기를 소망하는 어린이를 그리는 등 시대의 변화 에 따른 변곡선을 그리기도 하였다.

이상에서 살펴본 바와 같이 최병화는 일제강점기와 해방기 새로운 아동 문학 문화 조성에 주도적인 역할을 하였다. 다만, 비슷한 소재와 주제를 다룬 작품을 여러 편 발표하여 도식적이고 상투적이라는 비판을 받기도 하였다. 소년소설의 경우, 주인공의 고학담, 우정과 우애 등 비슷한 이야기 를 주로 다루었고, 주인공 이름으로 '수동', '복희'를 여러 작품에 사용한 것도 작품의 도식성과 상투성을 높인 원인 중 하나였다. 또한 최병화의 아동문학 작품은 계몽적 의도를 앞세워 주제 의식을 전면에 노출하기도 하였다. 초기 미담과 수양미담에서는 계몽적 의도를 전면에 노출하는 방식을 자주 활용하였는데, 계몽을 앞세움으로써 이야기를 도식화·상투화하였다고 할 수 있다.

제5장

결론

최병화는 일제강점기인 1920년대 중반부터 해방기를 거쳐 한국전쟁 중 사망할 때까지 30년 가까이 각종 지면에 수많은 아동문학 작품을 발표하고 다양한 문단 활동을 전개하였다. 최병화에 관한 연구는 국소적인 측면에서 다루어졌거나 미미한 수준에 머물러 있어, 이 글에서는 최병화 아동문학 전반을 분석·검토하고 정리하고자 하였다. 신문과 문예지 등 일차적인 원전 자료를 활용하여 최병화의 작품과 문단 활동을 실증적으로 분석·검토하였으며, 최병화의 생애와 필명, 작품세계, 문학사적 의의를 집중적으로 조명하고자 하였다.

먼저, 최병화의 생애 자료를 검토하여 재구하였다. 최병화의 <배재고등보통학교(배재고보)> 학적부를 통하여, 정확한 생년월일과 주소, 재학 기간을 확인하였으며, 1927년에 창립한 아동문제연구회 <꽃별회(꽃별회)>의 사무소 주소가 최병화의 학적부 주소와 같다는 사실을 통하여 <꽃별회>가 최병화를 중심으로 운영되었음을 추정할 수 있게 되었다. <연희전문학교(연

전)> 재학 시절 발표한 작품을 통하여 <연전> 재학 사실을 확인하였으며, 발표 작품에 기재된 작가 정보를 통하여 <배영학교>와 <고려대학>에서 근무한 이력도 확인하였다. 이 밖에도 다양한 소년 문예 운동과 각종 문단 활동 이력을 함께 밝혀 '작가 연보'와 '작품 연보'에 반영하여 정리하였다.

다음으로, 그동안 논의되었던 최병화의 필명을 정리하고 새로운 필명을 제기하여 검증하였다. 최병화의 필명으로 알려진 '고접(孤蝶)'은 오류로 배제하였고, 표현이 예스럽고 어투도 맞지 않은 '경성(京城)'과 '고월(孤月)', 1회 발표에 그친 '최선생(崔先生)' 등은 확정되지 않은 필명으로 보류하였으며, '최접몽(崔蝶夢), 접몽(蝶夢), 나븨꿈, 나뷔쿰, 창씨명(조산병화, 朝山秉和)', '병(秉)'은 필명으로 확정하였다. 1930년대 탐정소설을 주로 발표하였던 '최유범(최류범)'이 최병화의 필명 가능성이 제기되어 검증한 결과, 탐정소설 「순아 참살 사건」의 저자가 목차에는 최병화, 본문에는 최유범으로 되어 있다는 점, 최병화와 최유범이 동일 잡지 같은 호에 작품을 함께 발표하여 작품 활동 시기가 겹친다는 점, 최유범의 장편모험소설 「마경천리(전 6회)」(『아이생활』, 1940.4.1.~11.31.)가 최병화의 장편모험소설 「십자성의 비밀(전 9회)」(『어린이나라』, 1949.7.1.~1950.3.1.)과 같은 작품인 점을 근거로 최유범이 최병화의 필명이라는 사실을 밝혔다. 이를 통하여 최병화 연구의 대상 범위를 새롭게 설정하게 되었으며, 최병화 연구는 새로운 국면을 맞게 되었다.

셋째, 최병화 아동문학의 갈래와 성격을 중점적으로 조명하였다. 최병화는 습작기인 1920년대 중후반에 신시, 시, 동요, 소녀시 등 다양한 형식의 시 갈래 창작을 시도하였으나 지나치게 어둡고 무거운 주제를 다루었고 감정을 과잉 표출하는 등 여러 가지 한계를 보였다. 다만, 이 시기는 <꽃별

회> 회원 등 아동문학 문우들과 교유하고 문단 활동을 본격화하면서, 이후 활동의 발판을 마련한 시기로 볼 수 있다. 최병화는 1920년대 후반부터 시 갈래가 아닌 동화와 소년소설 등 다른 갈래에 천착하게 된다.

최병화는 '흥미성'과 '계몽성'을 작품 창작의 중심축으로 두었는데, '흥미성'을 추구하는 대중문학의 면모를 소년소설에서 찾을 수 있다. 소년소설 중 학교소설은 방정환의 고학생소설과 이정호의 『사랑의 학교(쿠오레)』에 문학적 뿌리를 두고 있는 갈래로, 소년 소녀의 현실을 중점적으로 다루었다. 최병화의 학교소설은 근대적 제도권 교육에 대한 당대의 열의와 지향을 '학교'라는 공간에 담아냈으며, 대상 독자층을 '학생'으로 확대하여 이후 소년소설로 나아갈 수 있는 발판을 마련하였다는 의의가 있다. 최병화는 1930~40년대 최고의 인기를 구가하던 탐정소설을 여러 편 발표하였다. 최병화는 초기에 외국 작품을 번역·번안하다가 이후 소년탐정소설, 모험소설을 창작하는 등 앞서 탐정소설을 다수 발표한 방정환의 작품 활동과 유사한 이력을 보였다. 최병화의 탐정소설은 법정의 재판, 심리학적인 수사 방식, 괴담과 기담 등을 작품 소재로 다루어 탐정소설의 소재를 풍성하게 하였으며, 학생(어린이)이 읽을 수 있는 소년탐정소설과 모험소설을 여러 편 발표하여 대상 독자의 폭을 넓혔다는 의의가 있다. 또한 당대 인기 스포츠를 작품의 소재로 활용하여 스포츠소설의 가능성을 보여주었으며, 스포츠를 활용한 서사에 인물의 성장 과정을 담아내어 성장물의 좋은 예를 보였다. 또한 독자의 흥미와 관심을 끌어낼 수 있는 연작소설(릴레이소설)을 발표하여 새로운 글쓰기 방식을 실험하기도 하였다.

'계몽성'에 초점을 맞춘 갈래로는 동화와 미담을 들 수 있다. 동화는 소년소설과 함께 최병화 아동문학의 중심적인 갈래였다. 갈래 용어로 동화와 창작동화 두 가지를 사용하였지만, 작품의 면면을 들여다보면, 다양한 하위 갈래로 분화하고 있었는데, 다양한 하위 갈래의 분화는 어린이 독자에게 다양한 읽을거리를 제공하기 위한 작가의 의도적인 활동으로 볼 수 있다. 최병화의 동화는 대체로 계몽적이고 교훈적인 주제를 다루었다. 계몽성을 추구하는 대표적인 갈래가 미담인데, 최병화는 여러 가지 용어로 발표되던 미담을 수양미담으로 정리하였으며, 동물애미담을 통해 교훈과 감동을 추구하는 미담의 세계를 보여주었다. 또한 미담 용어를 사용하지 않고 동물 소재 작품을 발표하거나 동화나 소년소설 속에 미담을 활용하는 등 기존 미담의 한계를 벗어나려는 새로운 시도를 하였다. 수필을 통하여 작가의 시대 정신과 시대와 소통하려는 작가 의식을 보여주었다.

비평 활동을 통해 최병화의 작품에 나타난 '정체성'을 살펴보았다. 일제 강점기 최병화의 비평에서는 양성평등과 여권 신장을 중시하는 성 의식과 계급주의의 이분법적인 논쟁에 가담하지 않겠다는 계급의식이 눈에 띈다. 해방기에는 자주독립 국가의 국민으로서 가져야 할 국민정체성을 확인할 수 있다. 최병화는 개작 활동을 통하여 해방기에 비로소 단행본을 출간하게 되었는데, 개작 활동은 작가 의식의 변화에 기인한 것으로 보고, 작품 속 인물의 국민정체성 변화를 살펴보았다. 최병화의 일제강점기 장편모험소설 「마경천리」를 해방기 장편모험소설 「십자성의 비밀」로 개작하면서 국민정체성의 변화를 보였는데, 「마경천리」에서 일본제국주의 국민으로서 정체성을 지향하였다면, 「십자성의 비밀」에서는 자주독립 국가 대한민국 국민으로서 정체성을 지향하였다. 일제강점기 소년소녀소설 「삼색화」를 해방기

『꽃피는 고향』으로 개작하면서도 유사한 국민정체성 변화를 보였는데, 친일적인 이력을 지우기 위한 작가의 의도적인 변환이라 할 수 있다.

넷째, 최병화 아동문학의 의의를 살펴보았다. 근대 한국 아동문학의 아동관을 중심으로 최병화 아동관의 좌표를 찾아보았는데, 최병화의 아동관은 방정환의 동심주의에 뿌리를 두고 계급주의 아동문학의 현실주의 방법론을 받아들인 '낭만적 현실주의'로 부를 수 있다. 이를 바탕으로 최병화의 작품에서 다양한 어린이상(착한, 낭만적, 약한, 순수한, 애국하는)을 찾을 수 있다. 또한 최병화는 새로운 아동문학 문화를 조성하는 데 앞장섰다. 매체 중심의 출판문화 조성과 학교소설, 스포츠소설, 미담 등 새로운 아동문학 갈래 개척, 외국 작품을 국내에 번역하면서 현지화 작업, 시대의 흐름과 요구에 부응하는 작품 활동이 이에 해당한다.

마지막으로, 『별나라』 편집 동인으로 활동한 이력을 들어 최병화를 계급주의 작가로 분류한 기존 평가의 적합성을 검증하였다. 최병화의 아동문학 경향에 관한 기왕의 연구 가운데 상당수가 『별나라』의 편집 동인으로 참여하고 계급주의 작가와 교유한 이력을 들어, 최병화를 계급주의 작가로, 그의 작품을 계급주의적 경향으로 분류하고 평가하였다. 1908년 최남선의 『소년』부터 1920년대 방정환의 『어린이』로 넘어오면서, 한국 근대 아동문학은 '어린이'를 근대적 주체로 세우고 본격적으로 동심을 그려 넣기 시작했는데, 방정환의 동심주의가 그 시초였다. 하지만, 방정환의 동심주의가 그 뿌리를 온전히 내리기도 전, 아동문학단은 계급주의 방향전환으로 치열한 대립과 논쟁의 장이 되었고, 해방기에는 좌우 이념 논쟁으로 분열의 길을 걷기도 하였다.

계급주의 방향전환이 단행된 1920년대 중후반부터 1930년대 중반까지 최병화의 작품에서 계급주의적 성향이 두드러진 작품을 찾아볼 수 없으며, 이후에도 계급주의적이고 이념적인 특징을 보이지 않았다. 그것은 최병화의 문학 세계, 즉 작가 의식의 중심에 계급이 아닌 '소년(어린이)'이 있었기 때문이다. '소년(어린이)'은 미래의 희망이고 세상을 이끌어갈 소중한 존재이기에 그들이 미래의 주역으로 나아갈 수 있도록 '좋은 작품'을 통해 꿈과 희망을 심어주어야 한다고 보았다. 그래서 '소년(어린이)'에게 '재미'와 '유익'을 주는 문학을 아동문학의 본령으로 두고 작품 활동에 매진하게 된 것이다. 이 덕분에 최병화는 당대의 이분법적인 사고와 진영 논리에서 벗어나, 양쪽과 교유하며 아동문학의 발전을 위한 가교 구실을 할 수 있었다. 최병화의 작품 특히 동화, 소년소설에는 낭만적 현실주의 경향이 잘 나타나 있다. 카프의 맹원을 중심으로 운영된 「별나라」의 편집 동인으로 활동한 최병화이기에 자연스레 계급주의적 성향이 작품에 반영되었을 것으로 추정하였으나, 실제 작품에는 주인공이 처한 삶의 현실과 상황을 세밀하게 드러내 보이면서도 꿈과 희망을 잃지 않고 꿋꿋이 살아가는 모습을 중점적으로 그리고 있다. 따라서, 최병화의 아동문학 작품은 긍정적인 주인공이 발 딛고 살아가는 현실과 희망적인 주제 의식을 담고 있어 계급주의라기보다는 낭만적 현실주의로 보아야 할 것이다.

참고문헌

<기본 자료>

1) 신문

『가정신문』, 『경향신문』, 『고대신문』, 『국도신문』, 『대한독립신문』, 『동아일보』, 『매일신보』, 『민보』, 『서울신문』, 『소년조선일보』, 『수산경제신문』, 『어린이신문』, 『자유신문』, 『조선일보』, 『조선중앙일보』, 『중앙신문』, 『중앙일보』, 『중외일보』, 『한겨레신문』, 『한성일보』

2) 잡지

『가톨릭소년』, 『근대서지』, 『동화』, 『배재』, 『백웅』, 『별건곤』, 『별나라』, 『부인』, 『사해공론』, 『삼천리』, 『새동무』, 『소년운동』, 『소년조선』, 『소년』, 『소학생』, 『신동아』, 『신소년』, 『신소설』, 『신여성』, 『아동구락부』, 『아동문화』, 『아이생활』, 『어린이나라』, 『어린이』, 『여성지우』, 『여인』, 『월미』, 『조광』, 『조선교육』, 『진달래』, 『학등』, 『학생계』, 『학생』

3) 작품집

최병화, 『꽃피는 고향』, 박문출판사, 1949.
최병화, 『즐거운 메아리』, 교학사, 1975.
최병화, 『희망의 꽃다발』, 교학사, 1976.

<논문>

권혁준, 「아동문학 서사 장르 용어의 통시적 고찰 - '동화'를 중심으로」, 『한국초등국어교육』 제39집, 한국초등국어교육학회, 2009.4, 49~91쪽.

김성희, 「한국 역사극의 기원과 정착 - 역사소설/야담과의 교섭과 담론적 성격을 중심으로」, 『드라마연구』 제32호, 한국드라마학회, 2010.6, 65~113쪽.

김영순, 「일제강점기 시대의 아동문학가 이정호」, 『아동청소년문학연구』 1호, 한국아동청소년문학학회, 2007, 195~229쪽.

김영주, 「해방 전 아동문학에 나타난 '일하는 소녀' 연구 - 동화를 중심으로」, 『현대문학의 연구』 61, 한국문학연구학회, 2017, 275~306쪽.

김윤정, 「어린이에 나타난 아동 신체 인식과 형상화 방식」, 인하대학교 대학원 박사학위논문, 2023.2.

김젬마, 「한국 근대아동소설의 '소영웅(小英雄)' 변주와 『쿠오레』 번역」, 『한국학연구』 제55집, 2019, 41~74쪽.

김주리, 「근대적 신체 담론의 일고찰 - 스포츠, 운동회, 문명인과 관련하여」, 『한국현대문학연구』 13, 한국현대문학회, 2003.6, 17~50쪽.

김현숙, 「『소년소녀일보』(1937~1940)의 아동서사 연구」, 『근대서지』 제20호, 근대서지학회, 2019.12, 880~919쪽.

김화선, 「아동의 발견과 아동문학의 기원」, 『문학교육학』 제39호, 한국문학교육학회, 2012.12, 115~137쪽.

류덕제, 「한국 근대 아동문학과 『아이생활』」, 『근대서지』 제24호, 근대서지학회, 2021.12, 563~624쪽.

류동규, 「전후 월남작가의 소설에 나타난 자아정체성의 형성 양상」, 경북대학교 대학원 박사학위논문, 2008.2.

류수연, 「탐정이 된 소년과 '명랑'의 시대 - 아동잡지 『소년』의 소년탐정소설 연구」, 『현대문학의 연구』 61호, 한국문학연구학회, 2017.2, 245~274쪽.

문경연, 「이야기와 만화의 향연-해방기 아동잡지 『소년』」, 『근대서지』 제4호, 근대서지학회, 2011, 203~214쪽.

문경연, 「『소년』 목차」, 『근대서지』 제4호, 근대서지학회, 2011, 473~502쪽.

박광규, 「식민지 시기 아동문학가의 탐정소설 - 작품 소개 및 해설」, 『(계간)미스터리』, 제34호, 한국추리작가협회, 2011.12, 127~133쪽.

박광규, 「아동문학가의 탐정소설 창작과 번역 - 1920~30년대를 중심으로」, 고려대학교 대학원 석사학위논문, 2013.2.

박세영, 「조선 아동문학의 현황과 금후 방향」, 『건설기의 조선문학』, 조선문학가동맹 중앙집행위원회 서기국, 1946, 96~110쪽.

박정희, 「1920~30년대 '릴레이 소설'의 존재방식과 그 의미에 대한 연구」, 『한국현대문학연구』 51, 한국현대문학회, 2017, 261~290쪽.

서희경, 「『어린이』의 대중과학적 글쓰기, 동물소설 「북해의 왕 백웅」의 진화론적 상상력」, 『근대서지』 제27호, 근대서지학회, 2023.6, 635~662쪽.

송수연, 「식민지시기 소년탐정소설과 '모험'의 상관관계 - 방정환, 김내성, 박태원의 소년탐정소설을 중심으로」, 『아동청소년문학연구』 8호, 한국아동청소년문학학회, 2011.6, 95~117쪽.

심지섭, 「최병화의 해방기 장편 소년소설 연구 - 해방기 도시·농촌의 지역성 인식을 중심으로」, 『아동청소년문학연구』 21호, 한국아동청소년문학학회, 2017.12, 199~234쪽.

염형운, 「방정환 탐정소설의 지향점」, 『세계문학비교연구』 제66집, 세계문학비교학회, 2019.3, 23~52쪽.

염희경, 「'소설가' 방정환과 근대 단편소설의 두 계보」, 『아동청소년문학연구』 13호, 한국아동청소년문학학회, 2013.12, 117~149쪽.

오영식, 「해방기 잡지 목차 정리 ⑤ 시옷편」, 『근대서지』 제27호, 근대서지학회, 2023, 811~1073쪽.

오현숙, 「1930년대 식민지 조선의 소년탐정소설과 아동문학으로서의 위상 - 박태원·김내성·김영수를 중심으로」, 『현대소설연구』 제53호, 한국현대소설학회, 2013.8, 235~267쪽.

오혜진, 「1930년대 한국 추리소설 연구」, 중앙대학교 대학원 박사학위논문, 2008.8.

원종찬, 「근대 한국아동문학에 나타난 중국인 이미지」, 『동북아문화연구』 제25집, 동북아시아문화학회, 2010, 133~142쪽.

원종찬, 「해방 이후 아동문학 서사 장르 용어에 대한 고찰」, 『아동청소년문학연구』 5호, 한국아동청소년문학학회, 2009, 7~30쪽.

유인혁, 「식민지시기 탐정서사에 나타난 '악녀'와 도시공간」, 『대중서사연구』 24, 대중서사학회, 2018, 352~391쪽.

윤대석, 「1940년대 전반기 황국 신민화 운동과 국가의 시간·신체 관리」, 『한국현대문

　　학연구』 13, 한국현대문학회, 2003.6, 79~100쪽.

이미정, 「1920~30년대 한국 아동문학에 나타난 아동상 연구 - 아동-되기 서사를 중심
　　으로」, 건국대학교 대학원 박사학위논문, 2016.8.

이선해, 「방정환 동화의 창작방법 연구 - 탐정소설을 중심으로」, 한남대학교 대학원
　　석사학위논문, 2007.2.

이충일, 「한국 아동 추리소설에 대한 반성적 고찰」, 『어린이책 이야기』 6호, 청동거울,
　　2009.6, 136~150쪽.

임동현, 「일제시기 조선인 체육단체의 스포츠 문화운동」, 고려대학교 대학원 박사학
　　위논문, 2022.2.

임현지, 「최병화 소년소설 연구 - 『이역에 피는 꽃』(1935)과 「고향의 푸른 하늘」
　　(1938)의 만주 및 러시아 지역을 중심으로」, 인하대학교 대학원 석사학위논문,
　　2013.2.

장성훈, 「1920년대 최병화의 아동문학 활동 연구 - 초기 작품을 중심으로」, 『국어교육
　　연구』 제81집, 국어교육학회, 2023.2, 391~443쪽.

장성훈, 「아동문학가 최병화의 미담 연구」, 『한국아동문학연구』 47집, 한국아동문학
　　학회, 2023.10, 287~321쪽.

장성훈, 「아동문학가 최병화의 탐정소설 연구」, 『국어교육연구』 제83집, 국어교육학
　　회, 2023.10, 289~320쪽.

장성훈, 「아동문학가 최병화의 필명 연구 - 최유범을 중심으로」, 『한국아동문학연구』
　　46집, 한국아동문학학회, 2023.7, 123~147쪽.

장성훈, 「아동문학가 최병화의 학교소설 연구」, 『국어교육연구』 제82집, 국어교육학
　　회, 2023.6, 381~410쪽.

장성훈, 「최병화의 아동문학 활동 연구」, 『국어교육연구』 제80집, 국어교육학회,
　　2022.10, 267~317쪽.

장정희, 「한국전쟁 전후 아동 잡지에 나타난 아동문학 작가군의 남북 분화 과정 연구」,
　　『한국문학논총』 제90집, 한국문학회, 2022.4, 179~209쪽.

정미란, 「1920~30년대 아동잡지의 연작소설(連作小說) 연구」, 『아동청소년문학연구』
　　16호, 한국아동청소년문학학회, 2014.12, 175~207쪽.

정선혜, 「해방기 소년소설에 나타난 아동상 탐색 - 아동 잡지에 게재된 소년소설을
　　중심으로」, 『한국아동문학연구』 26집, 한국아동문학학회, 2014.5, 93~134쪽.

정혜영, 「소년 탐정소설의 두 가지 존재양상」, 『한국현대문학연구』 제27집, 한국현대

문학회, 2009.4, 63~87쪽.

조동길, 「근대 문예지 『백웅』 연구 - 제2호의 내용을 중심으로」, 『새국어교육』 96호, 한국국어교육학회, 2013.9, 409~432쪽.

조동길, 「공주의 근대문예지 『백웅』 연구」, 『한국언어문학』 제77집, 한국언어문학회, 2011.6, 263~284쪽.

조은숙, 「일제강점기 아동문학 서사 장르의 용어와 개념 고찰」, 『아동청소년문학연구』 4호, 한국아동청소년문학학회, 2009, 67~102쪽.

조은숙, 「탐정소설, 소년과 모험을 떠나다 - 1920년대 방정환 소년탐정소설의 문학사적 위치와 의의」, 『우리어문연구』 38집, 우리어문학회, 2010, 615~645쪽.

조재룡·박광규, 「식민지 시기의 일본 탐정소설의 한국어 번역 연구: 방정환, 최병화, 최유범을 중심으로」, 『비교문학』 제56집, 한국비교문학회, 2012, 137~162쪽.

차선일, 「한국 근대 탐정소설의 한 연구」, 『국제한인문학연구』 14호, 국제한인문학회, 2014, 181~207쪽.

최미선, 「한국 소년소설 형성과 전개과정 연구」, 경상대학교 대학원 박사학위논문, 2012.

최미선, 「『신소년』의 서사 특성과 작가의 경향 분석」, 『한국아동문학연구』 27호, 한국아동문학학회, 2014, 189~264쪽.

최미선, 「『학생』지 연재 <소설 창작 리레이> 연구」, 『한국아동문학연구』 46, 한국아동문학학회, 2023, 183~216쪽.

최배은, 「한국 근대 청소년소설의 형성과 이념 연구」, 숙명여자대학교 대학원 박사학위논문, 2013.2.

최애순, 「1930년대 탐정의 의미 규명과 탐정소설의 특성 연구」, 『동양학』 42호, 단국대학교 동양학연구원, 2007, 23~42쪽.

한국추리작가협회 편, 「최유범과 신경순에 대해서」, 『(계간) 미스터리』 통권29호, 2010.9, 9~14쪽.

한민주, 「근대 과학수사와 탐정소설의 정치학」, 『한국문학연구』 45집, 동국대학교 문화학술원 한국문학연구소, 2013.12, 237~268쪽.

홍윤표, 「『청춘』과 『학생』 잡지로 본 초창기 야구의 계몽」, 『근대서지』 제10호, 근대서지학회, 2014.12, 363~367쪽.

황익구, 「근대일본의 스포츠를 둘러싼 정치학과 식민지 조선 - 스포츠담론의 행방과 국민의 신체」, 『한일민족문제연구』 40, 한일민족문제학회, 2021, 207~247쪽.

3. 단행본

구자황·문혜윤 편, 『어린이독본(새벗사 편집)』, 경진, 2009.

김서정, 『멋진 판타지』, 굴렁쇠, 2002.

김시태·박철희 편, 『문예비평론』, 문학과비평사, 1988.

김용성·우한용, 『한국근대작가연구』, 삼지원, 2003.

김제곤, 『윤석중 연구』, 청동거울, 2013.

김종헌, 『동심의 발견과 해방기 동시문학』, 청동거울, 2008.

김종헌, 『우리 아동문학의 탐색』, 소소담담, 2019.

김주현, 『계몽과 심미』, 경북대학교출판부, 2023.

김주현, 『신채호문학연구초』, 소명출판, 2012.

김주현, 『실험과 해체』, 지식산업사, 2014.

김찬곤, 『이원수 동요 동시 연구』, 푸른사상사, 2017.

김화선, 『친일문학의 내적 논리』, 역락, 2003.

류덕제, 『일제강점기 아동문학 작가와 매체』, 역락, 2023.

류덕제, 『한국 아동문학비평사 자료집(전 9권)』, 보고사, 2019~2022.

류덕제, 『한국 아동문학의 발자취』, 보고사, 2022.

류덕제, 『한국 현실주의 아동문학 연구』, 청동거울, 2017.

류덕제, 『한국현대아동문학비평론 연구』, 역락, 2021.

류동규, 『식민지의 기억과 서사』, 박이정, 2016.

류동규, 『전후 월남작가와 자아정체성 서사』, 역락, 2009.

류희정 편, 『1920년대 아동문학집 (2)』, 문학예술종합출판사, 1994.

류희정 편, 『1930년대 아동문학작품집 (1)』, 문학예술종합출판사, 2005.

박경수, 『아동문학의 도전과 지역 맥락 - 부산·경남지역 아동문학의 재인식』, 국학자
　　료원, 2010.

박용찬, 『대구경북 근대문학과 매체』, 역락, 2022.

박용찬, 『한국 현대시의 정전과 매체』, 소명출판, 2011.

박용찬, 『해방기 시의 현실인식과 논리』, 역락, 2004.

박종석, 『작가 연구 방법론』, 역락, 2007.

박종순, 『아동청소년문학의 시대』, 소소담담, 2023.

박현수, 『시론』, 울력, 2022.

박현수, 『시창작을 위한 레시피』, 울력, 2014.

박현수, 『작품과 함께 풀어보는 문학에 대한 열두 가지 질문』, 울력, 2018.

안경식, 『소파 방정환의 아동교육운동과 사상』, 학지사, 1999.

양진오, 『당대의 한국문학, 한국문학의 당대』, 한국문화사, 2012.

양진오, 『조선혼의 발견과 민족의 상상』, 역락, 2008.

양진오, 『한국문화의 이해와 체험』, 한국문화사, 2020.

염희경, 『소파 방정환과 근대 아동문학』, 경진, 2014.

오세란, 『한국 청소년소설 연구』, 청동거울, 2013.

오영식 외, 『『어린이』 총목차 1923-1949』, 소명출판, 2015.

오혜진, 『1930년대 한국 추리소설 연구』, 어문학사, 2009.

원종찬, 『북한의 아동문학』, 청동거울, 2012.

원종찬, 『아동문학과 비평정신』, 창비, 2001.

원종찬, 『한국 아동문학의 계보와 정전』, 청동거울, 2018.

윤종혁, 『근대 이후 한국과 일본의 학제 변천 과정 비교 연구』, 한국학술정보, 2008.

이강엽, 『바보 이야기, 그 웃음의 참뜻』, 평민사, 1998.

이미정, 『유년문학과 아동의 발견』, 청동거울, 2022.

이상섭, 『문학연구의 방법』, 탐구당, 2005.

이원수, 『아동문학론 - 동시동화 작법』, 이원수전집 29, 웅진출판, 1984.

이재복, 『우리 동요동시 이야기』, 우리교육, 2004.

이재철, 『남북아동문학 연구』, 박이정, 2007.

이재철, 『세계아동문학사전』, 계몽사, 1989.

이재철, 『한국현대아동문학사』, 일지사, 1978.

이정현, 『방정환 번역동화 연구 - 『사랑의 선물』을 중심으로』, 청동거울, 2023.

이정호, 『사랑의 학교 - 전역 쿠오레』, 이문당, 1929.

이주영, 『어린이 문화 운동사』, 보리, 2014.

이준식, 『근대 학문의 형성과 연희전문』, 연세대학교 출판부, 2005.

이철호, 『영혼의 계보 - 20세기 한국문학사와 생명담론』, 창비, 2013.

장영미 편, 『이원수』, 글누림, 2016.

정선희 편, 『『부인』·『신여성』 총목차 1922-1934』, 소명출판, 2023.

정진헌, 『한국 근대 아동문학 장르 인식과 분화』, 역락, 2022.

조성면, 『대중문학과 정전에 대한 반역』, 소명출판, 2002.

조은숙, 『한국 아동문학의 형성』, 소명출판, 2009.

진선희, 『남북한 전래 동요 연구』, 미래엔, 2018.

진선희, 『문학체험연구』, 박이정, 2006.

진선희, 『일제강점기 동시 연구』, 박이정, 2023.

천정철, 『근대의 책 읽기』, 푸른역사, 2014.

최덕교, 『한국잡지백년(전 3권)』, 현암사, 2005.

최명표, 『한국 근대 소년문예운동사』, 경진, 2012.

최명표, 『한국근대소년운동사』, 선인, 2011.

최미선, 『아동문학 야외정원』, 케포이북스, 2018.

최미선, 『한국 소년소설과 근대주체 '소년'』, 소명출판, 2015.

최배은, 『오래된 백지』, 소명출판, 2023.

최배은, 『한국 근대 청소년소설의 정치적 무의식』, 박문사, 2016.

최시원·최배은, 『쓸쓸한 밤길』, 문학과지성사, 2007.

최애순, 『조선의 탐정을 탐정하다』, 소명출판, 2011.

하웅용 외, 『사진으로 보는 한국체육 100년사』, 체육인재육성재단, 2011.

한원영, 『한국근대신문연재소설연구』, 이회문화사, 1996.

한국문학평론가협회 편, 『문학비평용어사전(전 2권)』, 국학자료원, 2006.

한국문화예술위원회 편, 『100년의 문학용어 사전』, 아시아, 2006.

한국아동청소년문학학회 편, 『100개의 키워드로 읽는 한국 아동청소년문학』, 창비, 2023.

한국아동청소년문학학회 편, 『한국 아동청소년문학 장르론』, 청동거울, 2013.

가와하라 카즈에(양미화 옮김), 『어린이관의 근대』, 소명출판, 2007.

기라타니 고진(박유하 옮김), 『일본근대문학의 기원』, 민음사, 2005.

Zur, Dafna(세계아동청소년문학연구회 옮김), 『근대 한국 아동문학』, 소명출판, 2022.

Edel, Leon(김윤식 옮김), 『작가론의 방법』, 삼영사, 2005.

Nikolajeva, Maria(김서정 옮김), 『용의 아이들』, 문학과지성사, 1998.

Nikolajeva, Maria(조희숙 외 옮김), 『아동문학의 미학적 접근』, 교문사, 2009.

Bettelheim, Bruno(김옥순 옮김), 『옛이야기의 매력(전 2권)』, 시공주니어, 1998.

Townsend, John. Rowe(강무홍 옮김), 『어린이책의 역사(전 2권)』, 시공주니어, 1996.

Nodleman, Perry(김서정 옮김), 『어린이문학의 즐거움(전 2권)』, 시공주니어, 2001.
Hazard, Paul(햇살과나무꾼 옮김), 『책·어린이·어른』, 시공주니어, 2001.
Ariès, Philipps(문지영 옮김), 『아동의 탄생』, 새물결, 2003.

1. 작가 연보

1906년	11월 20일 경성부(京城府) 관철동(貫鉄洞) 251번지에서 출생
1925년	9월 1일 무시험으로 <배재고등보통학교> 제3학년에 입학
1928년	3월 3일 <배재고등보통학교> 졸업
1928년	<연희전문학교> 입학
1926년	『별나라』 편집 동인으로 참여
1927년	유도순, 한형택, 진종혁, 안준식, 주요한, 염근수 등과 함께 아동문제연구회 <꽃별회(꽃별회)> 창립. 사무소 주소(경성부(京城府) 관철동(貫鉄洞) 251번지)
1927년	<꽃별회>에서 황해도 지방에 여름 <가갸거겨 학교>를 설립하고 염근수, 박원근과 함께 강사로 순회 활동
1927년	진우촌, 한형택, 김도인, 유도순, 박아지, 양재응, 염근수 등과 함께 인천(仁川)에서 문예지 『습작시대』 발행에 참여
1927년	4월 10일 어린이날 기념식 준비를 위하여 <조선소년운동협회> 준비위원회 개최. 최병화는 상무위원 지방부에 배정. 지방부(김영환(金永煥), 윤석중(尹石重), 최병화, 안정복(安丁福))
1928년	충남 공주에서 창간된 월간 문예지 『백웅』에 진우촌, 박아지, 엄흥섭, 양재응, 김도인 등과 필진으로 참가하여 수필 「인간소고」를 발표

1929년	연성흠이 중심이 되어 창립한 아동문제연구단체 <별탑회>가 주최한 동화동요대회에서 특별 동화 순회(2월 14일~2월 24일)의 연사 중 한 명으로 참가
1929년	7월 4일, 경성 시내 중앙유치원에서 경성 시내 중앙유치원에서 <조선아동예술작가협회>를 창립. 최병화는 집행위원(김영팔, 안준식, 양재응, 최병화, 염근수)으로 선출
1932년	연성흠이 설립한 야학 강습소 <배영학교>에 근무하면서 소년소설 「선생님 사진」(『어린이』, 1932.12.20.)과 「총각좌담회」(『신여성』, 1933.2.1.) 발표
1936년	목마사(木馬社)에 입사하여 근무 중, 11월경 퇴사. 12월경 경성부청 토목과에서 근무
1937년	어린이날 기념 중앙준비회를 조직하였는데 최병화는 경성동원부(京城動員部) 준비위원에 배정
1940년	10월 12일 문사부대(文士部隊)로 구성된 문인들과 육군 지원병 훈련소를 입영 견학 후 소감문 「교수, 식사의 정연」(『삼천리』, 1940.12.1.) 발표
1941년	2월 일본어 보급과 내선일체 구현을 위해 창립한 친일 예술단체 <경성동극회(京城童劇會)>의 역원 선거위원(5명)으로 피선
1943년	조산병화(朝山秉和)로 창씨개명하고, 『아이생활』에 일본어로 장편소설 「꿈에 본 얼굴(夢に見ろ顔)」을 연재
1945년	10월 12일 소년운동의 개시를 위하여 천교도당에서 열린 <조선소년운동중앙협의회> 결성대회에 참석
1945년	11월경 아동예술연구단체 <호동원(好童園)>이 창립되는데 최병화는 함세덕, 김훈원, 김처준 등과 문예부에 소속되었고, 양재응, 박노일과 함께 잡지 『호동』의 편집위원을 맡음
1946년	2월 8~9일 서울 종로 서울중앙기독교청년회관에서 열린 <조선문학자대회>의 초청자 명단에 포함되었으며, 양일간 대회에 참가
1946년	3월 13일 종로 기독청년회관에서 정인보, 손진태 등이 발기한 <전조선문필가협회> 대회의 추천위원 명단에 포함
1946년	어린이날 행사 전국준비위원회를 결성하고 위원(상무위원)으로 참여
1946년	9월경 아동의 문화 향상과 지식 보급을 위해 창립한 <조선아동문화협회>의 문화교양 잡지 『아동순보(兒童旬報)』의 창간 준비 위원으로 활동

1947년	2월 9일 국립도서관 강당에서 소년 운동자 제2차 간담회가 개최되는데 '조선 소년운동의 금후 전개와 지도 단체 조직'과 '어린이날' 준비에 관한 안건이 상정 되었으며 조선 어린이날 전국준비위원회를 조직하기로 결정되었음. 최병화는 준비위원으로 이름을 올림
1947년	5월 5일 어린이날 기념 행사로 <조선문학가동맹> 아동문학위원회에서 주최한 <아동예술극장> 발회식과 아동 연극의 밤 행사의 사회를 맡음
1947년	고려대 교무과 직원으로 근무하면서, 수필 「안해의 얼굴」, 「황혼의 산보도」, 평론 「아동문학의 당면 임무」 등을 발표
1947년	첫 번째 작품집 소년역사소설 『낙화암에 피는 꽃』(조선어학회 교정)을 출간
1948년	박문출판사에서 편집기자(국장)로 근무
1949년	『진달래』 필진으로 참여(동요·동시: 이병기, 이원수, 김철수; 작문·동화: 윤태영, 박계주, 최병화). 장편소년소설 『꽃피는 고향』(박문출판사), 『희망의 꽃다발』(민 교사) 출간
1949년	4월 30일 <전국아동문학가협회>를 결성하였는데, 최병화는 정지용(鄭芝溶), 조연 현(趙演鉉), 최정희(崔貞熙) 등과 이사(理事)에 이름을 올림
1949년	정지용, 정인택, 양미림, 엄흥섭, 박노아 등과 함께 <국민보도연맹>에 가입
1950년	1월 27일 "한글 전용을 어떻게 보나"라는 주제로 조선일보사에서 주최한 "한자 문제 좌담회"에 아동문학 작가 대표로 참석. 참석자(현상윤(고려대학총장), 이희 승(한글학회 간사, 서울대 문리대 교수), 이숭녕(진단학회 총무, 서울대 문리대 교수), 방응모(조선일보 사장))
1950년	김영일(金英一) 자유시집 『다람쥐』 출판기념회에 발기인으로 참석. 참석자(김철 수, 임원호, 최병화, 박목월, 김원룡, 박인범, 윤복진, 이원수)
1951년	장편소년소설 『즐거운 자장가』(명문당) 출간
1951년	이원수(李元壽)와 함께 피난하였다가 서울로 복귀 중 사망(폭사(爆死)한 것으로 추정)

2. 작품 연보

글쓴이	작품명	갈래	게재지	게재연월일
최병화 필명 보류 작품 연보				
경성 최병화	계(鷄)의 성(聲)	단편소설	조선일보	1920.08.24
고월 최병화	한강교상의 져무름(전 2회)	단편소설	조선일보	1921.12.11.~12
배재고보 최병화	희망의 보물	평론	학생계, 17호	1922년 9월호
최병화	우리의 급선무는 과학	평론	배재, 창간호	1922.11.01
최병화 필명 확정 작품 연보				
최병화	질의응답	기사	동아일보	1924.01.01
최접몽	무덤의 사람	신시	조선일보	1924.10.13
최접몽	황혼	시	동아일보	1924.10.20
최병화	고성에서 낙엽을 붓들고	수필	조선일보	1924.11.17
최병화	가신 누의	시	조선일보	1925.10.26
나븨쑴	느진 봄	동시	별나라	1926.07.01
접몽	귀여운 눈물	동화	별나라	1926.07.01
접몽	병든 쏫의 우름-눈물의 저진 편지	소녀소설	별나라	1926.09.01
나븨쑴	달밤	소녀시	동아일보	1926.10.14
최병화	(화성)고요한 긔도의 밀네 선생	인물평전	별나라	1926.11.01
접몽	무궁화 두 송이(전 2회)	소년소설	별나라	1926.11.01~12.01
최접몽	눈섭 시는 밤	동요	동아일보	1927.02.01
쏫별회 최병화	널쒸는 누님	동요	동아일보	1927.02.08
최병화	졸업식 후	미문	별나라	1927.04.01
최병화	팔려간 풍금(전 3회)	동화	중외일보	1927.04.11~13
최병화	제웅	동요	동아일보	1927.04.16
접몽	비단결 선생님	소녀소설	별나라	1927.05.01

글쓴이	작품명	갈래	게재지	게재연월일
최병화	개나리꽃 필 째(전 6회)	동화	중외일보	1927.05.29 ~06.07
최접몽	(야구소설) 혈구(血球) (전 3회)	야구소설	별나라	1927.06.01 ~08.18
최병화	초하 찬미(初夏讚美)	소품문	별나라	1927.06.01
최병화 기(記)	돌마지 긔럼 축하회와 음악 가극 대회	회고록	별나라	1927.07.20
최병화	가두 소품(街頭小品)	소품문	중외일보	1927.08.02
최병화	어느 녀름 날('발가숭이 세 동무', '임간동화회(林間童話會)')	소품문	별나라	1927.08.18
최선생	버래 잡아먹는 식물 / 밥 만히 먹는 거믜 / 밤에 물건을 본다 / 헤염 잘 치는 어린이	과학상식	별나라	1927.10.10
최병화	인간소고(人間小考)	수필	백웅	1928.03.12
최접몽	수선화의 향기	소년소설	별나라	1928.03.15
최병화	병든 꽃의 우름 -눈물의 저진 편지	소녀소설	어린이독본, 회동서관	1928.07.15
최병화	눈물의 선물 제5회 - 어둔빗과 발근빗	연작소설	별나라	1928.07.31
최병화	(동지로서 동지에게) 과수원에 잇는 M군에게(남학생 간)	수필	별건곤, 14	1928.07.01
연전 최병화	세 죽엄	시	조선일보	1928.11.07
연전 최병화	격!! 여학생 제군에게	평론	학생	1929년 5월호
바아넷트 (최병화 역)	소공녀	애련정화(哀憐情話)	별나라	1929.05.03
최병화	입학시험	단편 소년소설	어린이	1929.05.10
최병화	학생 빵 장사	소설	소년조선	1929년 6월호
최병화	일홈 업는 명인	동화	어린이	1929.06.18

글쓴이	작품명	갈래	게재지	게재연월일
최병화	낙화암에 피는 꼿(전 4회)	창작동화	조선일보	1929.06.30 ~07.04
최병화	소녀의 심장	동화	어린이	1929.07.20
최병화	홈으런 쎄트(1회 확인)	야구소설	별나라	1929.07.20
최병화	옥수수 익을 째	소설	어린이	1929.08.20
최병화	(어린이차지)잠 못 자는 왕자 (전 4회)	동화	조선일보	1929.10.19.~23
최병화	새벽에 부르는 놀애(전 4회)	동화	동아일보	1929.11.04~07
최병화	소년수병 엔리고(전 5회)	소년미담	동아일보	1929.12.13.~19
연성흠 이정호 최병화	아름다운 희생(전 2회)	대합작소설	어린이	1929.12.20~ 1930.01.20
최병화	신용과 근면으로 석유대왕이 되기까지-「럭크펠너」이약이	입지 성공미담	어린이	1930.01.20
최병화	낙랑공주(전 2회)	사극	학생, 2~3월호	1930.02.01 ~03.01
최병화	근대 여권 사상의 제상 (전 4회 중 3회 확인)	평론	여성지우	1930년 2월 ~1930.06.05
최병화	남국에 피는 백합화(전 2회)	소설	여성지우	1930년 2월 ~1930.06.05
최병화	권두(卷頭), 마음의 싹을 차저	수필	별나라	1930.03.19
접몽	세계영웅위인 소개(1)	위인전기	별나라	1930.03.19
최병화	통쾌! 통쾌! 어린이들의 힘으로 조혼을 타파한 이약이	유희	어린이	1930.03.20
최병화	(어린이차지) 누나에게	동화	중외일보	1930.03.28
최병화	진달내꼿 필 째	소년소설	신소년	1930.04.01
최병화	내 봄 자미 (봄이 되여 버드나무에)	수필	어린이	1930.04.20
최병화	참된 우정	소년소설	어린이	1930.04.20
최병화	혈염봉(전 2회)	탐정소설	학생, 5~6월호	1930.05.01 ~06.15

글쓴이	작품명	갈래	게재지	게재연월일
최병화	과학탐정, 철동소년(3회 확인)	탐정소설	별나라	1930.05.06 ~07.01
접몽 역	돌구렝이 잡은 이약이	모험실화	별나라	1930.06.01
최병화	별도 웃는다(계속)	장편입지소설	신소년	1930.07.01
최병화	누님의 얼골	소년소설	어린이	1930.07.20
최병화	(어린이차지) 나를 대신 째려라	동화	중외일보	1930.08.13
최병화	(어린이차지) 접시의 소리	동화	중외일보	1930.08.14
최병화	(어린이차지) 호랑이게 덤벼드러	동화	중외일보	1930.08.15
최병화	영수의 편지	소년소설	어린이	1930.08.20
최접몽	봉희의 편지	소설	신소설	1930.09.01
최유범	인육 속에 뭇친 야광주	탐정소설	별건곤, 32	1930.09.01
뻐레 훌드 (최병화 역)	십오 세 소년의 세계 일주기 (전 84회)	여행기 (덴마크)	동아일보	1930.09.15.~ 1931.02.01
최병화	눈보라 치는 날	소년소설	어린이	1930.12.20
최병화	소년 직공 「철수」	입지소설	어린이	1931.01.01
최병화	입신 출세 금언집	소년 경전	어린이	1931.02.20
최병화	경복의 모자	소년소설	어린이	1931.03.20
최병화	불끈 쥔 주먹	소년소설	어린이	1931.05.20
최병화 역술	두 편의 편지	단편소설	신여성	1931.06.01
최병화 역술	착각된 유희	첨단소설	신여성	1931.09.01
최병화	여우 최순애의 재판(전 2회)	탐정소설	여인	1932.07.27 ~08.20
최병화	미모와 날조	진기소설	별건곤, 55	1932.09.01
최병화	향기 일흔 백합화	소품	신여성	1932.10.01
최병화	심리고백	탐정소설	여인	1932.10.01
배영학교 최병화	선생님 사진	소년소설	어린이	1932.12.20
최병화	신구 가정 쟁와 이해 업는 시어머니	소설	신여성	1933.01.01

글쓴이	작품명	갈래	게재지	게재연월일
최유범 (최병화)	순아 참살 사건	탐정소설	별건곤, 60	1933.02.01
이무영 최병화 박상엽 안회남	총각좌담회	평론 (좌담회)	신여성	1933.02.01
최병화	우리 학교- 귀중한 일축	장편소설	어린이	1933.02.20
최병화	봄마다 생각나는 그 모녀	수필	별건곤, 61	1933.03.01
최유범	질투하는 악마	탐정소설	별건곤, 61	1933.03.01
최병화	우리 학교- 슯은 졸업식	학교소설	어린이	1933.03.20
최병화	저주 바든 동정 (어느 사생아의 고백)	소설	별건곤, 62	1933.04.01
최유범	K박사의 명안	탐정소설	별건곤, 62	1933.04.01
최유범	S. 뿌레-크 명작단편집(1) 이상한 걸인	탐정소설	별건곤, 63	1933.05.01
최병화	동면(冬眠)에서 쎄나는 동물	특별강좌 (과학상식)	별나라	1933.05.05
최병화	우리 학교– 희망을 찾는 소리	학교소설	어린이	1933.05.20
최병화	늙은 살인마 (일명 말사스 귀(鬼))	살인괴담	별건곤, 64	1933.06.01
최유범	S. 뿌레-크 명작단편집(2) 못생긴 악한	탐정소설	별건곤, 64	1933.06.01
최유범	S. 뿌레-크 명작단편집(3) 아연중독자	탐정소설	별건곤, 65	1933.07.01
최병화	고아원 종소리	유년소설	어린이	1933.07.20
최병화	히마라야 산의 비화 -세계 최고산 이약이	권두강좌 (과학소화)	별나라	1933.08.01
최병화	작가의 기품	평론	조선문학	1933년 10월호
최병화	경희의 변도	학교소설	조선일보	1933.10.24
최병화	돈 일전의 갑	학교소설	조선일보	1933.10.25
최병화	마메콩 우박	학교소설	조선일보	1933.10.26

글쓴이	작품명	갈래	게재지	게재연월일
최병화	웃다 우는 얼골	학교소설	조선일보	1933.10.27
최병화	인순이의 서름	학교소설	조선일보	1933.10.28
최병화	희망을 위하야	학교소설	조선일보	1933.10.29
최병화	백 원 어든 남성이	학교소설	조선일보	1933.10.31
최병화	슬픈 리별	학교소설	조선일보	1933.11.01
최병화	전차와 옥순(玉順)이(전 3회)	학교소설	조선일보	1933.11.03.~07
최병화	팔녀가는 풍금(전 2회)	학교소설	조선일보	1933.11.10.~11
최병화	『쌘비』 삼룡이	학교소설	조선일보	1933.11.12
최병화	귀여운 쌈방울(전 2회)	학교소설	조선일보	1933.11.14.~15
최병화	영미교상(永尾橋上)에서	학교소설	조선일보	1933.11.16
최병화	우수운 일 세 가지	학교소설	조선일보	1933.11.17
최병화	선과 악(전 2회)	학교소설	조선일보	1933.11.19.~21
최병화	승리를 위하야(전 2회)	학교소설	조선일보	1933.11.22.~23
최병화	최후의 일 분간(전 3회)	학교소설	조선일보	1933.11.26.~29
최병화	실험하는 소년(전 2회)	학교소설	조선일보	1933.11.30 ~12.01
최병화	기괴한 대면	탐정소설 (인생애화)	신여성	1933.12.01
최유범	『흑묘좌』 기담(『黑猫座』 綺譚)	탐정소설	별건곤, 68	1933.12.01
최병화	중국 소년	학교소설	조선일보	1933.12.02
최병화	소년 직공(전 2회)	학교소설	조선일보	1933.12.03~04
최접몽	송별회의 밤	학교소설	조선일보	1933.12.06
최병화 초(抄)	수상(隨想), 세계명작감격삽화	수상록	별나라	1933.12.15
최병화	경희의 벤또	장편소설	어린이	1933.12.20
최유범	약혼녀의 악마성(전 3회)	탐정소설	별건곤, 69~71	1934.01.01 ~03.01
최병화	신판 천야일야집(新版千夜一夜集) -【제2화】 푸레센트	소설	신여성	1934.01.01

글쓴이	작품명	갈래	게재지	게재연월일
최접몽	내 힘을 밋는 사람(전 2회)	학교소설	조선일보	1934.01.14~16
최접몽	소도서관(전 2회)	학교소설	조선일보	1934.01.16~17
최병화	마즈막 벌	학교소설	조선일보	1934.01.18
최병화	내 힘과 쌈	학교소설	별나라	1934.01.22
최병화	(수양미담1)반듸불과 창의 눈	수양미담	조선중앙일보	1934.01.24
최병화	(수양미담2)발가벗고 공부	수양미담	조선중앙일보	1934.01.25
최병화	(수양미담3~4) 거지와 악수한 트 문호 (전 2회)	수양미담	조선중앙일보	1934.01.26.~29
최병화	(수양미담5)일분 느진 시계	수양미담	조선중앙일보	1934.01.30
최병화	(수양미담6)빠스칼의 연구심	수양미담	조선중앙일보	1934.02.01
최병화	작은 웅변(전 3회)	학교소설	조선일보	1934.02.01~03
최병화	(수양미담7)뭇소리니와 자긔의 힘	수양미담	조선중앙일보	1934.02.02
최병화	(수양미담8~9) 발명가의 연구심(전 2회)	수양미담	조선중앙일보	1934.02.03~04
최병화	월사금의 죄(전 3회) (2회와 3회는 제목이 '월사금')	학교소설	조선일보	1934.02.04~07
최병화	(수양미담10)힘이 약하야진 어머니 매	수양미담	조선중앙일보	1934.02.05
최병화	(수양미담11)어머니의 무덤	수양미담	조선중앙일보	1934.02.06
최병화	(수양미담12)아가씨에게 드린 약	수양미담	조선중앙일보	1934.02.07
최병화	(수양미담13)내버린 아이를 줍는 사람	수양미담	조선중앙일보	1934.02.08
최병화	(수양미담14)남에게 바든 은혜	수양미담	조선중앙일보	1934.02.09
최병화	(수양미담15)호랑이 잡은 이징옥	수양미담	조선중앙일보	1934.02.10
최병화	(수양미담16)긋헤 동생이니까 제일 적은 것	수양미담	조선중앙일보	1934.02.16
최유범	누가 죽엇느냐!!	탐정소설	별건곤, 72	1934.04.01
최병화	봄비 나리는 고향을 차저	봄 수필	별나라	1934.04.20

글쓴이	작품명	갈래	게재지	게재연월일
최병화	청귀도의 비밀(1~3)	소년탐정소설	어린이	1934.05.20 ~1935.03.01
최유범	인육 속의 야광주	탐정소설	별건곤, 73	1934.06.01
최병화	졸업식 날(전 2회)	학교소설	조선일보	1934.06.10~12
최병화	희망을 찾는 소리(전 3회)	학교소설	조선일보	1934.06.13~15
최병화	학교의 봄(전 2회)	학교소설	조선일보	1934.06.16~17
최병화	명랑한 교실(전 5회)	학교소설	조선일보	1934.06.24~29
최병화	백옥과 흑옥(전 6회)	학교소설	조선일보	1934.06.30 ~07.06
최병화	말코니와 무선 전신전화	발명물어 (發明物語)	별나라	1934.09.10
최병화	이역에 피는 꽃(전 15회)	소년소설	조선일보	1935.04.16 ~05.09
최병화	미련한 호랑이	동화	동아일보	1935.05.19
최병화	이름 없는 명인(名人)	동화	동아일보	1935.05.23
최병화	이상한 막때기	동화	동아일보	1935.05.24
최병화	『바둑이』의 일기	동화	동아일보	1935.05.25
최병화	선장의 꾀	동화	동아일보	1935.05.26
최병화	원숭이와 조롱박	동화	동아일보	1935.06.16
최병화	햇스님과 시게(전 2회)	동화	동아일보	1935.07.28 ~08.04
체호프 (최병화 역)	(세계문예동화집) 처음 행복(전 3회)	동화	조선일보	1935.08.02~04
안데르센 (최병화 역)	천사(The Angel)	동화	조선일보	1935.08.06
와일드 (최병화 역)	(세계문예동화집) 별의 아들(전 9회)	동화	조선일보	1935.08.08~23
하우프 (최병화 역)	(세계문예동화집) 학이 된 임금님(전 6회)	동화	조선일보	1935.08.25 ~09.04
최병화	(외국동화)시골 나무 장사 (전 3회)	동화	동아일보	1935.09.07.~11

글쓴이	작품명	갈래	게재지	게재연월일
모레아스 (최병화 역)	(세계문예동화집) 욕심쟁이와 샘쟁이(전 2회)	동화	조선일보	1935.09.10~12
안데르센 (최병화 역)	(세계문예동화집)어머니 (전 4회)	동화	조선일보	1935.09.19 ~10.08
최병화	무쇠왕자(전 4회)	동화	조선일보	1935.12.07~11
최병화	늙은이 버리는 나라	동화	조선일보	1935.12.12
최병화	참새의 공	동화	조선일보	1935.12.14
최병화	진주와 배암 1	동화	조선일보	1935.12.21
최병화	숲속의 신선(전 2회)	동화	조선일보	1935.12.25~28
최병화	바보 두 사람	동화	조선일보	1936.01.13
최병화	귀순이와 간난이	동화	조선일보	1936.01.20
최병화	눈섭 시는 밤(전 2회)	동화	조선일보	1936.01.31 ~02.01
최병화	개나리와 진달레	신춘(新春)수필	학등, 2~3월 합호	1936.03.01
최병화	이상한 파랑새(전 3회)	동화 (스페인)	조선일보	1936.02.14~16
최병화	오천냥에 산 거북	동화	조선일보	1936.03.02
최병화	돌이 된 귀신(전 2회)	동화 (네덜란드)	조선일보	1936.03.03~04
최병화	외다리 병정(전 3회)	동화 (덴마크)	조선일보	1936.03.05~07
최병화	김생의 은혜 가픔(전 2회)	동화	조선일보	1936.03.08~10
최접몽	천도복숭아(전 2회)	동화	조선일보	1936.03.11~12
최병화	농부와 바람(전 4회)	동화 (러시아)	조선일보	1936.03.14~18
최병화	이상한 중	동화	동화	1936.03.14
최병화	호랑이: 백사람 고개	동화	아이생활	1936.03.18
최병화	쥐들의 공론(전 4회)	동화	조선일보	1936.03.27~31

글쓴이	작품명	갈래	게재지	게재연월일
최병화	물 업는 나라(전 2회)	동화	조선일보	1936.04.03~05
최병화	요술 우물의 보물(전 5회)	동화 (아라비아)	조선일보	1936.04.08~14
최병화	젊어지는 샘물	동화	조선일보	1936.04.27
최병화	신선이 된 사람(전 2회)	동화 (중국)	조선일보	1936.05.03~05
최병화	지옥에 간 세 사람	동화	동화	1936.05.06
최병화	봄과 소녀(전 3회)	동화	조선일보	1936.05.09~12
최병화	병든 꽃과 나비	동화	조선일보	1936.05.11
최병화	토마스의 효성(전 3회)	동화	조선일보	1936.05.14~19
최병화	임금님의 귀(전 3회)	동화	조선일보	1936.05.22~24
최병화	형제의 마음	동화	아이생활	1936.06.01
최병화	바보 수남이(전 2회)	동화	조선일보	1936.06.09~10
최병화	명길이와 바나나	동화	조선일보	1936.06.15
최병화	(동물애미담1)고양이와 거북 (전 2회)	동물애미담	조선일보	1936.06.25~26
최병화	(동물애미담2) 색기를 찾는 어머니 고래(전 4회)	동물애미담	조선일보	1936.06.28 ~07.02
최병화	(동물애미담3) 칠면조의 선생이 된 학	동물애미담	조선일보	1936.07.03
최병화	(동물애미담4)앵무새의 심부름꾼인 개	동물애미담	조선일보	1936.07.04
최병화	(동물애미담5) 십년 전 동무이든 호랑이와 개(전 2회)	동물애미담	조선일보	1936.07.08~09
최병화	(동물애미담6)색기 따라 죽은 어미 원숭이(전 2회)	동물애미담	조선일보	1936.07.10.~11
최병화	선녀가 만든 꽃술	동화	조광	1936.7
최병화	린색한 부자(전 2회)	동화	조선일보	1936.07.14~15
최병화	(동물애미담7) 오리, 닭, 고양이의 두목인 솔개	동물애미담	조선일보	1936.07.18.~19

글쓴이	작품명	갈래	게재지	게재연월일
최병화	(동물애미담8) 수달피를 기른 어미 고양이 (전 2회)	동물애미담	조선일보	1936.07.22.~23
최병화	(동물애미담9-10) 함께 타 죽은 말과 강아지 (전 2회)	동물애미담	조선일보	1936.07.24.~25
최병화	(동물애미담11) 색기를 위하야 죽은 어미새의 사랑	동물애미담	조선일보	1936.07.28
최병화	8월의 산과 바다	수필	가톨릭소년	1936.08.01
최병화	깨진 벙어리	동화	조선일보	1936.08.24
최병화	파랑새 노래(전 4회)	창작동화	매일신보	1936.08.30 ~09.20
최병화	어린이들의 이야기동무: 돈 일전의 값	동화	가톨릭소년	1936.09.01
최병화	옥수수 편지	동화	조선일보	1936.09.14
최병화	장수와 개	동화	아이생활	1936.10.11
마크 트웬 (최병화 역)	왕자와 거지(전 55회)	동화	조선일보	1936.10.28 ~1937.01.13
최병화	오동나무 밑의 노인	동화	조광	1936.11
최병화	산속의 외딴집	동화	월미	1937.1
최병화	"별" 동생	동화	소년조선일보	1937.01.24
최병화	꿈에 본 누나(전 5회)	동화	매일신보	1937.02.02.~06
최병화	참새와 까마귀	동화	소년조선일보	1937.02.21
최병화	학교에 온 곰(전 5회)	소년소설	매일신보	1937.02.28 ~03.04
최병화	고향의 봄(전 7회)	소년소설	매일신보	1937.04.24 ~05.04
최병화	낙화암에 피는 꽃(전 14회)	동화	매일신보	1937.06.13.~26
최병화	소뿔 백만 개	동화	사해공론	1937.07.01

글쓴이	작품명	갈래	게재지	게재연월일
최병화	명희의 꿈	동화	소년조선일보	1937.12.05
최병화	성탄 전날 밤	동화	조선일보	1938.02.04
최병화	(이야기) 긴 이름	동화	소년조선일보	1938.02.06
최병화	자금이 생일날	동화	소년조선일보	1938.02.20
최병화	매다른 고추	동화	소년조선일보	1938.02.27
최병화	우정의 승리	학교소설	아이생활	1938.03.01
최병화	귀여운 물장수	동화	소년조선일보	1938.03.27
최병화	봄 동산에 고운 꽃: 개나리꽃	수필	아이생활	1938.04.01
최병화	꽃 피는 마음	학교소설	아이생활	1938.04.01
최병화	눈물의 맹세	학교소설	아이생활	1938.07.01
최병화	새로 핀 두 송이 꽃	학교소설	아이생활	1938년 9-10월 합호
최병화	형제의 약속/ 고향의 푸른 하늘(전 4회)	동화/소설	동아일보	1938.09.04~07
최병화	경희의 빈 벤또(선집)	소년소설	조선아동 문학집, 조선일보사출 판부	1938.12.01
최병화	감나무 선 동네	학교소설	아이생활	1938.12.01
최병화	소년 금강가(8회 확인)	탐정모험소설	아이생활	1939.01.01 ~08.01
최병화	할머니 웃음	동화	소년조선일보	1939.09.03
최병화	어머니 방울	소년소설	교문	1939.12
최병화	삼색화(三色花)(11회 확인)	소년소녀소설	아이생활	1940.01.01 ~1941.03.01
최유범	마경천리(전 6회)	장편모험소설	아이생활	1940.04.01 ~11.31
최병화	꿈에 보는 얼굴(4회 확인)	장편소설	소년	1940.09.01 ~12.01
최병화	문사부대와 「지원병」-교수, 식사의 정연	수필 (소감록)	삼천리	1940.12.01

글쓴이	작품명	갈래	게재지	게재연월일
조산병화 (朝山秉和)	꿈에 보는 얼굴(夢に見ろ顔)(전 2회)	장편소설	아이생활	1943.10.01 ~12.01
최병화	내가 그린 태극기	동화	중앙신문	1945.12.20
최병화	올해의 주인공 개 이야기, 바둑이	동물미담	어린이신문	1946.01.12
최병화	아동문학 소고— 동화작가의 노력을 요망	평론	소년운동, 창간호	1946.03.25
최병화	선생님 이발사	소설	새동무, 제2호	1946.04.01
최병화 원작 이하종 각색	『동예』 제1회 연극 공연 '청의동자군', 전 3막 5장	희곡	동아일보	1946.10.15
최병화	학교에 온 동생	학교소설	주간소학생	1946.10.28
최병화	꿈에 보는 얼굴(5회 확인)	장편소설	새동무, 제5~10호	1947.01.15 ~09.10
최병화	『낙화암에 피는 꽃』	소년역사소설	조선어학회 교정	1947.3 추정
최병화	동화 아저씨 이정호 선생	평론	새동무	1947.04.01
최병화	어린이의 동무 최인화 선생	평론	새동무	1947.05.01
최병화 (고려대학)	안해의 얼굴	수필	조선교육, 조선교육 연구회	1947년 6월호
최병화	아동 지도 문제 연구(전 2회)	평론	부인	1947.06.05 ~11.10
최병화	미꾸라지와 뱀장어	동화	아동문학, 제3호 (속간 1호)	1947.07.13
최병화 (고려대학)	황혼의 산보도	수필	조선교육	1947.10.15
최유범	꾀 있는 머슴	동화	새동무, 제11호	1947.11.01
최병화	푸른 보리 이삭	소년소설	새동무, 제11호	1947.11.01
최병화 (고려대학)	아동문학의 당면 임무	평론	고대신문	1947.11.22
최병화	개가 가져온 편지	소년소설	서울신문	1948.05.05
최병화	탁상시계	소년소설	소년, 제2호	1948.09.01

글쓴이	작품명	갈래	게재지	게재연월일
최병화 역	세계동화연구(전 7회)	평론	조선교육	1948.10 ~1949.10
최병화	이름 없는 풀	동화	아동문화, 제1집	1948.11.10
최병화	작고한 아동문학 군상	평론	아동문화, 제1집	1948.11.10
방기환 정비석 최병화 박계주	굴러간 뽈 3	동화	소년, 제6호	1949.01.01
최병화	대담한 소년	시대소설	소년, 제7호	1949.02.01
최병화·임원호·이원수	내가 다시 소년이 된다면(문학가)	작가의 말	소년, 제7호	1949.02.01
최병화	『희망의 꽃다발』	장편소년소설	민교사	1949.03
최병화	봄이 먼저 찾아오는 집	동화	어린이나라	1949.03.01
최병화	봄과 어린이	동화	월간소학생, 66	1949.04.01
최병화	나비와 민들레	동화	조선일보	1949.05.01
최병화	『꽃피는 고향』	장편소년소설	박문출판사	1949.05
최병화	(어린이날 선물) 소파 방정환 선생	평론	소년, 제10호	1949.05.01
최병화	아버지 학교	소년소설	어린이, 134	1949.06.05
최병화	십자성의 비밀(전 9회)	장편모험소설	어린이나라	1949.07.01 ~1950.03.01
최병화	즐거운 메아리	소녀소설	소학생 (임시증간), 소년소설 특집, 아협	1949.08.01
최병화	즐거운 꿈	동화	조선일보	1949.08.21
최병화	새 학기를 맞이하는 소학생들에게-어머니의 사랑	평론	어린이나라	1949.09.01
최병화	강가루와 사냥개	맹수 이야기	어린이, 136	1949.10.01
최병화	엄마의 비밀	소녀소설	진달래	1949.11.01
최병화	꽃 피는 희망	소녀소설	월간소학생, 72	1949.11.01

글쓴이	작품명	갈래	게재지	게재연월일
최병화 외	한글전용을 어떻게 보나?	평론 (좌담회)	조선일보	1950.01.30
최류범	특집·예술가들의 소년 시절 (술 주정군 아들(베토오벤의 소년시대))	인물 이야기	어린이나라	1950.02.01
최병화	즐거운 얼굴들	동화	서울신문	1950.03.19
최병화	귀여운 희생	소년소설	아동구락부	1950.05.01
최병화	내가 어렸을 때와 오늘의 어린이날	수필	월간소학생, 78	1950.05.01
최병화	만 원 얻은 수동	동화	서울신문	1950.05.15
최병화	『즐거운 자장가』	소년소설집	명문당	1951
최병화 사망 이후 출간 작품				
최병화 외 이원수, 박홍근, 이석현 편	한국동화선집(우리나라 명작동화선집) 2 『분홍 감자꽃』-즐거운 메아리 1편	동화	한국자유교육 협회	1974
최병화	『즐거운 메아리』	창작동화집	교학사	1975
최병화	『희망의 꽃다발』	장편소년소설집	교학사	1976
최병화	『꽃피는 고향』	장편소년소설집	교학사	1976
류희정 편	학생 빵장사	소년소설	현대조선문학 선집 19 1920년대 아동문학집 (2), 문학예술종합 출판사	1994.02.20
	옥수수 익을 때	소년소설		
	누님의 얼굴	소년소설		
	눈보라 치는 날	소년소설		
최병화 외, 겨레아동문학 연구회 편	『돼지 콧구멍』-진달래꽃 필 때, 고향의 푸른 하늘, 푸른 보리 이삭 3편	동화	보리	1999
최병화 외	『바위나리와 아기별』 -누님의 얼굴 1편	동화	상서각	2002
류희정 편	참된 우정	소년소설	현대조선문학 선집 39	2005.04.12

글쓴이	작품명	갈래	게재지	게재연월일
	경희의 빈 밥곽		1930년대 아동문학 작품집(1), 문학예술 출판사	
최병화 외, 이상배 편	『우리나라 대표 단편동화 2』-즐거운 메아리 1편	단편동화	계림닷컴	2006
최병화 외, 최시한· 최배은 편	한국 근대 청소년소설 선집 1 『쓸쓸한 밤길』-참된 우정, 경희의 빈 도시락 3편	청소년소설	문학과지성사	2007
최병화 외, 이지훈 편	『동백꽃』-고향의 푸른 하늘, 푸른 보리 이삭, 진달래꽃 필 때	소설	삼성출판사	2012
최병화 외	논술이 쉬워지는 교과서 작품 읽기 ⑫ 아기소나무-즐거운 메아리 1편	동화	계림북스	2012
최병화	『진달래꽃 필 때』	그림책	개암나무	2015
최병화 외 원종찬· 박숙경 편	『벼알 삼 형제』	유년동화선집	창비	2014
최병화	『진달래꽃 필 때』	아동문학 단편소설집	부크크	2019
최류범	순아 참살 사건: 『순아 살인 사건』	탐정소설집 미스터리 컬렉션	위즈덤 커넥트(eBook)	2020.01.23
최류범	누가 죽엿느냐!: 『누가 죽였나』	탐정소설집 미스터리 컬렉션	위즈덤 커넥트(eBook)	2020.01.31
최류범	인육 속에 뭇친 야광주: 『몸속의 보석』	탐정소설집 미스터리 컬렉션	위즈덤 커넥트(eBook)	2020.02.14
최병화	1. 경희의 빈 도시락	어린이 소설 시리즈	유페이퍼 (eBook)	2020.04.20
	2. 고향의 푸른 하늘			2020.04.20
	3. 꽃 피는 마음			2020.04.20
	4. 누님의 얼굴			2020.04.20

글쓴이	작품명	갈래	게재지	게재연월일
	5. 눈물의 맹세			2020.04.20
	6. 눈보라 치는 날			2020.04.21
	7. 병든 꽃의 울음			2020.04.22
	8. 옥수수 익을 때			2020.04.22
	9. 이상한 중			2020.04.22
	10. 입학시험			2020.04.22
	11. 즐거운 메아리			2020.04.22
	12. 지옥에 간 세 사람			2020.04.23
	13. 진달래 꽃 필 때			2020.04.29
	14. 참된 우정			2020.05.04
	15. 푸른 보리 이삭			2020.05.04
최병화	한국아동문학 『참된 우정』-책을 훔친 소년, 거만한 심술쟁이 동무, 의리를 모르는 놈, 따뜻한 마음에 사는 표적, 착한 동무는 인생의 보배	동화집	소치북스	2020.09.29
최병화	한국의 근대 문학 『최병화 동화 모음집』	동화 모음집	토씨(eBook)	2022.08.23

3. 최병화의 <배재고등보통학교> 학적부(좌우 2면)

원본과 상위 없음을 확인함
20 ㅗㅣ 년 1 월 4일
배재고등학교장

第 58 號	姓 名	崔東和	貫（本）
	生 年 月 日	明治 39年 11月 20日生	

學籍簿

培才高等普通學校

保證人及學費支給者氏名	正保	副保	學費支給者	原籍及現住	戶主職業	道京城府郡 黃鐵洞 番地 251	
					戶主		職業
				現 住			
生徒トノ關係				家 族	父 母 祖父 祖母 兄 弟 姉 妹		
身分				結 婚	貧 不動産		
職業				家又ハ族ノ信仰本人	産 動産		
	原 現	原 現	原 現				
原籍及現住所				入學前ノ學歷一般	大正 年 月 入學		
					大正 年 月 轉學		
					大正 年 月 卒業		
					大正 年 月		

入 學	大正 14年 9月 日 第 3 學年	試驗（銓試驗）		
進 級	第一學年修了	第二學年修了	第三學年修了	第四學年修了
	大正 年 月 日	大正 年 月 日	大正 15年 3月	大正 2年 3月 日
轉退學	大正 年 月 日			轉（退）學
卒 業	大正 年 月 日			
死 亡	大正 年 月 日			第二依ヮ死亡

學業成績						體格					
年度 學年	年度 第學年	年度 第學年	大正十四年度 第三學年	大正十五年度 第四學年	昭和二年度 第二學年	學年	第一學年	第二學年	第三學年	第四學年	第五學年
修身			85	82	76	身長					
國語及漢文 國語講讀			64	84	77	體重					
漢文講讀			72	51	71	胸圍 常時 蓄虛差					
作文·文法			67	79		脊柱					
習字						視力 左右					
朝鮮語及漢文 鮮語講讀			90	87	80	眼疾					
英語 英語講讀			94	85	70	聽力					
作文·習·會·解			64	78	62	耳疾					
歷史地理 歷史			89	83	77	齒牙					
地理			80	89	80	疾病					
數學 算術代數 三						其他					
幾何			68	40	60						
三角			49	48	61						
博物 植物 動物 生理 礦物通論			49		72						
物理化學 物理				84							
化學			55	72	59						
法制及經濟			60	79	63						
					60						
實業 圖畫			69	73	70						
唱歌											
體操			69	69	89						
			60								

人物

學年	第一學年	第二學年	第三學年	第四學年	第五學年
性質					
言語					
動作					
嗜好					
役員					
志望					

合計				1038	1125
平均				65	70
大行定					56
席次					
人員			142	114	106
受驗人員				114	106
勤 授業日數			231	210	209
缺席日數			2	5	4
出席日數			234	187	179
惰 缺席日數 有故無故			0	23	30
			0	19	18

備考	卒業後ノ職業	認主任印 敎務任印

學籍簿 城東高等普通學校

4. 「꿈에 보는 얼굴」, 『희망의 꽃다발』 작품 개요

「꿈에 보는 얼굴」(『소년』)	「꿈에 보는 얼굴」(『새동무』)	『희망의 꽃다발』
제1회 언덕 위의 외솔나무 도적의 누명 경자 집 삼 남매	제3회 (작품 수록 사실만 확인)	1. 언덕 위의 외소나무 2. 도둑의 누명 3. 원수를 은혜로 4. 소년 성자
제2회 떠러진 편지 물에 빠진 동무 농부의 아들	제4회 남매의 마음 어머니 무덤	5. 백합화의 향기 6. 선생님 편지 7. 남매의 마음 8. 어머니 무덤
제3회 백합화의 향기 선생님의 편지 남매의 마음	제5회 슬픈 이별 고마운 외삼촌	9. 고마우신 외삼촌 10. 이은희 선생 11. 소년 예술가 12. 꿈에 보는 얼굴
제4회 어머니 무덤 슬픈 이별 고마운 아저씨	제6회 이은희 선생 누나를 찾는 결심	13. 전람회장에서 14. 가엾은 외톨백이 15. 불행한 김 선생 댁 16. 거리의 소년들
	제7회 꿈에 보는 얼굴 (이하 인식 불가)	17. 성애 집 가정 18. 신기한 발견 19. 새 직장 풍경 20. 박선달 생일날 21. 불량소년 민수 22. 소년 등대 23. 100m에 신기록 24. 희망의 꽃다발 25. 즐거운 잔치 26. 고향의 흙 냄새

5. 「삼색화」, 『꽃피는 고향』 작품 개요

「삼색화」(『아이생활』)	『꽃피는 고향』
제1회 형제봉의 봄 남매의 문답 불상한 동무	형제봉의 봄 남매의 문답 불쌍한 동무 서울 외삼촌
제2회 - 서울 외삼촌 - 할아버지 이야기 슬픈 이별	할아버지 이야기 슬픈 이별 쓸쓸한 봄 의심
제3회 쓸쓸한 봄 의심 무서운 흉계	무서운 흉계 마굴의 천사 부산역에서 한 선생님
제4회 마굴의 천사 안동현역 구사(舊師) 한 선생	잃어버린 봄 어린 가정교사 흑진주 반지 가엾은 외톨백이
제5회 잃어버린 봄 가정교사 흑진주 반지	선생님의 교훈 서울에 온 첫날 취직 전선 문학청년 박 선생
제6회(수록 사실만 확인)	점잖은 중학생 행복 아닌 행복 고향의 폐가
제7회 취직 전선 문학청년 박 선생 점잖은 중학생	깨어진 희망 맹인소녀 독창회 뜻밖의 방송
제8회 - 행복 아닌 행복 고향의 폐가 깨여진 희망	광명의 세계로 승애 집을 찾아서 두 번째 유혹
제9회 맹인소녀 독창회 극적 상봉	위조 편지 대담한 모험 꽃 피는 고향

「삼색화」(『아이생활』)	「꽃피는 고향」
제10회(수록 사실만 확인)	
제11회 -위조 편지 -대담한 모험 전화위복	
(이하 연재 중단으로 추정)*	

---

*   평원군 공덕면 퇴상리 전용수(全龍洙)가 『아이생활』(1941.8.1.)에 "최병화(崔秉和) 선생님 이여!, 자미가 솔솔 나는 『삼색화』는 왜 지난 3월호에 딱 끄처버렸읍니까?"라고 하여 「삼색화 11」(『아이생활』, 1931.3.1.) 이후 연재가 중단되었음을 확인할 수 있다. 「우리면회실」, 『아이생활』, 1941.8.1, 48쪽 참조.

찾아보기

(ㄱ)

(ㄴ)

저자 **장성훈**張盛勳

대구교육대학교 국어교육과와 같은 대학 교육대학원을 졸업하였다. 경북대학교 대학원 국어교육과에서 「최병화의 아동문학 연구」로 박사학위를 받았다. 저서로 동시집 『꼭 그래야 하나』(청개구리, 2021)가 있다.

2007년 『아동문학평론』에서 동시 부문 신인문학상을 받았다. 2009 개정 교육과정 3, 4학년 국어과 교과용 도서 개발 집필위원을 맡았다. 2010년부터 2023년까지 대구교육대학교 학부와 대학원 강사로 출강하였고, 현재 김천 대덕초등학교 교사로 재직하고 있다.

아동문학가 최병화 연구

초판 1쇄 인쇄 2024년 4월 15일
초판 1쇄 발행 2024년 4월 25일

저 자 장성훈
펴 낸 이 이대현

편 집 이태곤 권분옥 임애정 강윤경
디 자 인 안혜진 최선주 이경진
마 케 팅 박태훈 한주영

펴 낸 곳 도서출판 역락
주 소 서울시 서초구 동광로 46길 6-6(반포4동 문창빌딩 2F)
전 화 02-3409-2060(편집부), 2058(영업부)
팩 스 02-3409-2059
등 록 1999년 4월 19일 제303-2002-000014호
이 메 일 youkrack@hanmail.net
역락홈페이지 http://www.youkrackbooks.com

I S B N 979-11-6742-750-2 93810